ビルケナウからの生還

――ナチス強制収容所の証言

モシェ・ガルバーズ／エリ・ガルバーズ 著
小沢君江 訳

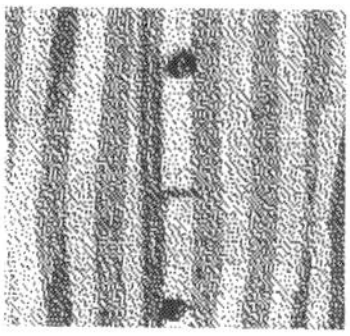

緑風出版

UN SURVIVANT
by Moshè et Elie Garbarz

Originally published by Editions Plon.
Japanese translation rights arranged
with Moshè et Elie Garbarz through Kimie OZAWA.

序文

パリの二〇区にあるペール・ラシェーズ墓地のなかにある、パリ・コミューン兵士が銃殺された壁にそって、ひとりの幼児が四歳になる従姉の手をとって微笑みながら歩いている。

従姉のロゼット・ガルバーズとわたしは、いっしょに遊んだことがあるのだろうか。彼女はほんとうに存在していたのだろうか。もしそうだとしたら、なぜひとつも彼女についての思い出が浮かばないのだろうか。彼女と写っている写真が家族のアルバムに貼られて、わたしの眼の前にあるのに……。

以前、父とわたしは定期的に市営の浴場に行ってはシャワー室に二人で閉じこもり、父は早口にわたしに言ったものだ。

「早く！　耳と足と、それから指のあいだもよく洗いなさい。急いで！」

六十秒のあいだに、全身が完全にきれいになっていなければならなかった。このシーンを長いあいだ、わたしは訓練のためと思っていたのだが、そうではなかった。父は、わたしに生き延びるための訓練をしていたのだ……。ポーランドのヤヴィショヴィッツ強制収容所の看守が毎晩棍棒をもって、父がシャワーを浴びるのをドアの後ろで待っていたようなことが、わたしにふりかかるかもしれない日に備えるためだった。

父はポーランドにあった強制収容所から生還してきてすぐに、彼が生きた体験をわたしに分かち合わさせようとしたが、それは実現不可能な賭けにひとしかった。父が生きた体験の遺産を子孫が引き継ぐことは不可能だったからだ。彼が過去に生きた、聞くに耐えられない強制収容所での日常を微細に語れば語るほど、わたしは恐怖でますます身がすくむのだった。

「話」を聞くことや、写真を見ることはさほど問題ではなかったのだが、それを再度生き、言葉に再現される地獄に身をおくことには耐えられなかった。死と共存すること、ロゼットの死、彼女の両親の死、虐殺されたすべてのユダヤ人の死、父の死、そしてわたしの死を想定することはどうしてもできなかった。わたしは極力、父との対話の焦点をそらそうとした。

父は半ばあきらめながらも、証言だけでも書き残すことはあきらめなかった。それもできないなら、死んだほうがましだという。死者のほうが生存者より優れていたのであり、「義人」と「英雄」は死んでしまい、彼のような「凡人」だけが生き残ったのだという。

生還してくるや父は、まず記憶に残る人びとの名前と事実をイディッシュ語で書きとめ、そのあとフランス語に訳していた。

しばしば彼は、わたしが彼の語ることに興味を抱いてくれるようにと懇願するばかりか、彼が手帳に記述したメモを解りやすい文章に直すようにとわたしに頼みこむのだった。

わたしはそれから逃れるために、「この分野専門のジャーナリストに連絡してみるといいよ」と言っては、迂回戦術で父の願いから逃れようとした。

「すでにアウシュヴィッツのことでわたしに会いに来たジャーナリストがいたけれど、断ったのは知ってるだろ。おまえかおまえの弟に書いてほしいのだ。それもだめなら、後年おまえの息子がやってくれるだろう」

ある日、また追い打ちをかけるように言い出した。

「急ぎなさい、わたしが死んでからでは質問もできなくなるんだよ」

わたしは間近に迫っている死と過去の死、ユダヤ人の大量殺戮と父の死のあいだに挟まれたまま、彼が記してきた走り書きに眼を走らせはじめた。

読み進むにつれて手が震えだし、催眠術にかけられたかのように父が手帳に書き綴った文章にとり憑かれていた。わたし自身が、彼のために、ユダヤ人六百万人のために、そしてわたし自身のためにも、父の声そのものになろうとしていた。あれから四十年後の今日、殺戮者たちは六百万人の虐殺をもう一度忘れ去ることによって、生存者をも絶滅させようと目論んでいる。

父とわたしはそれから何カ月ものあいだ、毎晩、イディッシュ語とフランス語の二カ国語でほとばしるマグマを言葉に、文章に置き換えながら、モシェ（モーリス）・ガルバーズの平凡でありながら、類のない証言によって強制収容所の現実を再現してみることに挑戦してみたのである。

しかし、ひとつの言葉が他の言葉を凌駕してはならなかった。アウシュヴィッツについて書かれた文学は、父にとっては犠牲者に対する冒瀆にひとしかった。彼は証言を書き綴っていくことに対し、エクリチュールにならないエクリチュール、つまり事実そのものが時間を超えて実在できる文章の透明性を要求していた。

「わたしの仲間たちが審判を下すだろうが、文章のなかにはすこしの曖昧さも、偏った表現もあってはならない」

しばしば父は語るのを止めて、部屋から出ていく。数分後に戻ってくるとき彼の眼は赤くなっている。馴染みの何人かの亡霊が彼の脳裏を横切ったのだろうと思いながらも、そのあとわたしは何ごともなかったかのように、父の語ることを文章にしていった。

わたしに語りつくしたあと、父は全身にとぐろを巻いていた巨大なタコの足から解き放たれたかのように楽になり、以来悪夢にも襲われなくなったのだった。死んでいった者たちの代わりになって長いあいだ彼が背負ってきた「過去」を、わたしに分け与えたのである。

息子エリ・ガルバーズ

目次

ビルケナウからの生還
——ナチス強制収容所の証言

プロローグ
ワルシャワからパリへ

中庭

わたしはワルシャワで生まれた。両親は非常に貧しかった。小さいときから、わたしには母しかいなく、父親がいてくれたら、といつも思っていた。監視する者が誰もいないから、毎日年上の少年たちに殴られ痛めつけられるわたしを、父が守ってくれるだろうと思っていたからだ。

二人の兄と姉もわたしを助けてくれようとはしなかった。彼らは自分自身を守るのにも弱すぎて、近所の乱暴な少年たちを怖れながら毎日を送っていた。

当時わたしたちは、ヴィスワ川を挟むワルシャワの郊外プラガ市のタルゴヴァ通り十一番地に住んでいた。家はプラガ市のなかでいちばんみすぼらしかった。建物の広い中庭は、辻馬車の御者や泥棒、与太者たちのたまり場になっていたが、わたしの遊び場でもあった。

道路沿いに長屋風の一階建てのアパートや職人の露店風のアトリエなどが並び、中庭を外部から隔てていた。

なかでもブリキ職人はすばらしかった。彼は、壊れたブローチから、家屋の修理、鍋の把手まで何でも直してくれた。わたしはよく彼のアトリエに座りこんで、鉄板をいともたやすく折り曲げたり操作できる彼の指先を感心して見ていたものだ。あるときトーチランプがなくなっていたことで、彼はわたしを数回殴りアトリエから追い出した。わたしには父親がいなかったから、当然彼はわたしを泥棒に仕立てあげ、見境なく殴ったものだから、わたしを半殺しにしかねなかった。

そのあとじきに、ひとりの少年の家でトーチランプが見つかり、職人はわたしを呼び、ソーセージの薄切れを挟んだ一切れのパンを分け与えてくれた。そのときわたしは、驚きながらもこの男は悪い人ではないと思ったのだ。

彼の隣人である馬具職人の家にもよく遊びに行った。彼の息子は自転車をもっていたのだが、手が完全に麻痺しており、足も正常でなかったので友だちはひとりもいなかった。彼は手足が不自由なのに、自転車に補助車輪を付けてよく乗り回していた。

彼はあまり自転車を貸したがらず、いつもわたしは彼のあとを追っては、「そんなら、ひとりにしちゃうから」と脅かしたりした。そうすると一回くらいは自転車でひと回りできた。ときどき彼の両親が出てきては、「友だちができたんだから、彼にも貸すんだよ」と言ってくれた。わたしは飽きることなく自転車を乗り回し、長いあいだ唯一の遊び道具となった。

そのほかに靴職人もいた。靴底を替える注文が多かったことと、たまに金持ちの客が特注することもあった。わたしたちと同年の息子はバイオリンが弾けた。独学で覚えたのだという。

これらのアトリエのほかに、近所にあった簡易食堂や洗濯屋のほとんどはユダヤ人が経営していた。彼らはわたしたちにとても親切だった。

道路左側の先端にポーランド人が経営するビストロ風レストランがあったが、その近くに行くのはできるだけ避けていた。その店の客たちは、ウオッカを飲みながらニシンと黒パンを頬ばっている。彼らは食べ終わると、店からがやがやと千鳥足で出てきては、喧嘩をはじめるのだった。警官が介入し、戒めのために何人かの酔っぱらいは一晩留置された。

中庭の左側には金持ちが所有していた厩舎があり、二十四頭の馬と御者台が十二個、二頭の馬が牽く何台かの荷馬車が置いてあった。そのなかで辻馬車は、三人の御者が宝もののように大事にしていたので、触ることも禁じられていた。彼らはユダヤ人の与太者で、わたしたちと同様にイディッシュ語を話すのだが、わたしにはほとんど理解できない俗語だった。

両側に並んでいるレンガ造りの家は三階建てで、厩舎の前にある建物には二つのユダヤ教礼拝所シナゴーグがあった。一階にあるシナゴーグは、御者や市場の運搬人、靴職人など卑しい職業を営む者や乞食のための礼拝所だった。

三階にあるもうひとつのシナゴーグには、読み書きができなくても、経済的に余裕のある者しか入れなかった。わたしも入室が禁じられていたが、ごまかして入っては内部の清潔さに感心したものだ。内装が豪華であるばかりか、毎月一回は床を掃除していたのだ！　その脇の部屋はタルムード（ユダヤ教律法）を学ぶ青年たちのためのラビ養成学校だった。彼らはひっきりなしに祈りを唱えていた。そしてその場でタマネギと塩とパンを食べ、お金をもっている者はボウルに入れたミルクも飲めた。彼らは体が硬直してしまわないように、絶えず前後に胴体を揺り動かしている。彼らはおもに信徒からの施しで暮らしている。祈ることによって、もっと良い世の中に変えられると心から信じているのだろう。

わたしたちが住んでいた家は、中庭のいちばん奥にある三階建ての建物の二階にあった。台所のほかに広い部屋があり、二つの大きな窓ガラスから明かりがそそいでいる。隣人の家にもわたしたちの家にも水道がなく、便所のある家はもっと少なかった。

住人が共同で使用する便所が中庭にあり、どの窓からも見下ろすことができた。四つ並んでいる便所のうちひとつを選んで入るのだが、どれも吐き気を覚えるほど汚かった。鍵が付いていなかったので、扉に付いているひもを引っ張ったまま用を足さなければならなかった。各便所の壁にはいくつかの穴が空いていたので、隣で誰かが用を足すのを覗き見することもできた。それを避けるため、女たちは四人ずつ同時に用足しに行ったものだ。が、男たちは汲み取り口のあるほうの壁の隙間から覗いては面白がっていた。

月に一度、手押し車が汚物を汲み取りに来たのだが、その翌日と翌々日は中庭に充満する悪臭といったらなかった。

隣人同士が知り合いで、母は洋裁師マリーと呼ばれ、隣人たちが洋服の縫製や直しを頼みに来ていた。が、家族を食べさせるには不充分だった。わたしたちはいつも飢えていたので、ときには叔母の家に食べに行っては空腹をなだめていた。

生き延びるためのつてがないわけではなかった。食材から乳製品、塗料まで売っている雑貨屋で売り子がひとりのときは、四分の一リットル分の料金で二リットル注いでくれた。

ある日、店主のマダムがいる前で、次兄のアルベールが灯油を注文した。中身が見えないようにわらで覆った六リットル入るガラス瓶を出してみせた。彼はミルクのときのように四分の一リットル分の料金を払ったら、売り子が二リットルの灯油を瓶に入れてくれたのだ。そのときマダムが驚いたように大きな声を上げた。

「何それ？　あんたのお母さんは、四分の一リットルの灯油を買うのに、そんなに大きな入れものを持たせるの？」

彼女が中身の量を調べていたなら、わたしたちも売り子もたいへんなことになっていただろう。それからは、兄は灯油を買いに行く前に店の内部をうかがい、親切な売り子がウインクしてから入れものを取りに行くようになった。

わたしたちを助けてくれた人びとのなかには食材の卸商もいた。許す範囲、彼女はジャムや砂糖やその他の食材を持ってきてくれた。彼女の援助がなかったなら、わたしたちはすでに乞食になっていたはずだった。

もうひとつの食料獲得策として、兄は隣のおばさんに手伝ってもらい、棒切れの端に釘を打ち込んだ。彼女が買いものに行くときは兄もついていき、八百屋のおじさんが他の野菜を量っているあいだに、買いものかごを彼女の膨らんだスカートのなかに入れておいて、兄が棒切れの先でジャガイモを刺してはかごのなかに落とし入れるのだ。

おばさんが買いものに行かない日は、わたしはすき腹を抱えてはぐずっていた。それで考えついた作戦として、通行人に「どうして泣いてるの」と訊かれると、「おなかがすいてるの」と答えることにした。すると硬貨をくれるので、それで兄がパンを買ってきてくれ、兄弟にとってたいへんなご馳走となった。

祖母の家に遊びに行ったあと、彼女はジャガイモがなくなっていることに気がつき、貯蔵品を置いてある戸棚の扉に鍵をかけるようになった。が、そんな姑息な手段はたいした役に立たなかった。なぜなら、兄は戸棚の上に付いている引出しを全部取り外し、手を突っ込んでいくつかの野菜を取り出してから引出しをもとに戻しておいたので、すこしも気づかれることはなかった。

わたしたちは獲得品を平等に分け、そのなかでいちばん腹をすかしている兄弟には多く分け与え、翌日はその分だけ減らすようにした。わたしたちは一個のジャガイモでも、四つに切ったあと、さらに小さく切って分配していた。

母は洋裁の仕事にかかりきりで、子どもたちの世話をするひまもなかった。近所の女性たちにはほとんど無料で洋裁をしてあげていた。そのためか彼女たちはわたしたちにも優しくしてくれた。わたしたちを庇ってくれたばかりか、物乞いをしたりジャガイモをくすねるときも援助の手を差しのべてくれていた。彼女たちも貧しい生活をしていたので、わたしたちの置かれた状況を理解していたのだろう。当時ポーランドにいたほとんどのユダヤ人が飢餓状態にあったのだ。

それからしばらくして住み込みのお手伝いさんが来た。彼女は台所に寝泊まりし、わたしたちと食事をともにした。彼女には賃金の代わりに食住を保証し、子守りのほか、台所や洗濯、アイロンかけなどをやってもらい、母が洋裁を教えてやった。洋裁がうまくなったころ、「よそに行けば労賃を稼げるのよ」と母がすすめたが、彼女はそれには従わず、「自分の家にいるようで、何も不自由しないし」と言い、わたしたちがフランスに移住する日まで生活をともにした。彼女はユダヤ人ではなくキリスト教徒だった。わたしは彼女が好きだったたし、家族もいつも彼女のことを思いやっていた。夜などはよく彼女と遊んだりし、またしばしば彼女のボーイフレンドが会いに来ていた。台所が広かったので彼女のベッドやテーブルがあったが、ある意味で恵まれていたと思う。

大きな一室に二つのベッドと二つのテーブル（ひとつは洋裁用）、ミシンとマネキン一体が置いてあり、そのなかで二人の兄のほかに姉、母とわたしとがぎゅう詰めになって寝ていた。

二つのベッドをくっつけて、姉と母、わたし、二人の兄の順に五人が並んで横になった。夏の暑いときは、あいだに挟まったわたしはいちばん寝心地が悪かったが、冬は暖かくして寝られた。

中庭がだいぶ広かったので、火曜日と金曜日、御者たちが出はらったあと、そこに市場が立った。この日、わたしたち少年たちが引き受けたのは、露天商の万引きやスリを見張る役目だった。界隈のごろつきたちをよく知っていたので、怪しい者が眼に入るや商人たちに眼で合図するだけでよかった。

当時のポーランドでは万引きは国民の習慣にもなっていたのである。街中のどこにでも、市電のステップの上にも「盗人にご用心!」と大きく書かれていた。それほど貧困が浸透していた。

スリ、窃盗専門の輩たちの稼ぎ場として大きな市場が広がっていた。ごろつきが仲間同士でけんかをするふりをし、まわりに集まった群衆のポケットに手をすべり込ませてはスリをはたらいていた。または狙いをつけた者の肩甲骨のあいだを強く手で押し、そのあいだにもうひとつの手をポケットにすべり込ませるのだ。市場が閉まると、わたしたちは露天商から褒美として半キロか一キロのジャガイモをもらえたので、それを家族でおいしく食べたのだった。

市場でスリに遭わなかった農民には別の災難が待ちかまえていた。農地に向かう路上に不良少年がたむろしていて、通りかかる荷馬車を覆うシートに眼をつけ、よく荷作りがされていない箇所を見つけると、動いている馬車の後ろに跳びのって、商品の入った袋を二、三個シートから引き落とすと、仲間がそれらを拾い上げて逃げていった。強奪品のなかでいちばん歓迎されたものはタバコとろうそくだったが、さもなければジャガイモか小麦粉だった。

夕方になると、御者たちが馬車のデッキ部分を中庭に置きに来た。そのあと彼らは小さなビストロに行き、塩漬けのニシンを肴にウオッカの小瓶を空にして、しばらく仲間とふざけてボクシングのまねごとをしてから馬といっしょに厩舎に寝に行った。彼らのほとんどは妻子がいなかった。粗暴な彼らの日常は、仕事のあとウオッカを飲むことのくり返しだった。

ある晩、ライバルの御者の一団がやって来て、中庭の厩舎に寝ていた御者たちをめった打ちにしていった。おそらく復讐だったのだろう。彼らはうまく決着をつけようとやって来たのだったが、険悪さが嵩じていき、最初は拳で、そのあとは角材、馬と馬具をつなぐ鎖、最後にはピストルが使われ、殺戮は六時間つづき、夜明けまでくり広げられた。ついに警官が介入し、数人の死者と重傷者が出たのだ。それ以後、厩舎では二人の馬丁以外は誰も寝泊まりできなくなった。

この場面を楽しんで眺めていたわたしを、母は銃弾が飛び込んでくるのを恐れ、窓の後ろで腹ばいにさせた。翌日わたしは、友だちとおとなたちのまねをして遊んだ。

祖父母と叔父たち

わたしたちは、この中庭に引越してくる前はワルシャワに住んでいた。父は一九一五年末、スペイン風邪が流行った時期に死んでいた。兄姉によると、わたしは一九一五年初頭に生まれたという。が、身分証明書には、わたしが生まれたのは一九一三年と記載されている。どちらが正しいのか知る術もない。

最初、わたしは祖母に預けられた。祖母の家がどれほど居心地よかったかを実感するにはわたしは幼すぎた。彼女は孫のわたしを愛してくれていたと思うのだが、祖父はそれほどとは思えなかった。おそらくわたしは、ただ食いするガキとでも思われていたにちがいない。わたしはかなりのO脚だったので家のなかを素早く走り回ったりすることなどできなかったので、テーブルの上に這い上がって棚に手をのばすなどとは祖父母でさえ考えおよばなかったのだろう。

家にひとりでいるときもわたしは何ら不自由しなかった。ある日、わたしはベッドの下にもぐって大きな瓶に入った自家製のジャムを食べている現場を見つかってしまった。これで、わたしが食事のときはあまり食べないのに太っている理由がわかってしまったのである。

祖父は怒り狂ったが、祖母はどこまでもわたしを庇ってくれた。

「父親がいない子を殴る権利はないのよ。殴ったら神さまが容赦しませんからね」

と言っては祖父に鞘をおさめさせるのだった。幸いに祖父母とも神を信じていた。

このエピソードのあと、食物の入った戸棚には鍵がかけられるようになったので、わたしは泣いてしまった。わたしが二歳半のとき、祖母はわたしを自宅に送り返した。夫も病気になり、これ以上わたしの世話をするのは面倒になったのだろう。

家に戻ってから、わたしは初めて腹をすかせるということがどんなことであるかを思い知ったのだった。すき腹を抱え、ひっきりなしに泣きべそをかいていた。ある日、(ユダヤ人ということで開業できないでいる)民間療法士が来てくれて、タラの肝油をスプーンで何杯か呑むようにと指示してくれた。

三歳になってやっと歩けるようになったわたしは、誰よりも強い子どもになりたかった。それがいちばんの望みだった。

わたしの好きな叔父モイシェ＝シナク・ミンクはシェロカ通りに住んでいた。彼は結婚式を執り行なう専門家だった。披露宴をオーガナイズし、テーブルから椅子、ナプキン、食器類……お手伝いまで提供し、彼自身が料理もし、ミュージシャンの指揮もした。盛大な結婚式をしたければ、彼に日程を（もちろんお金が必要だが）明示するだけでよかった。

たまにだが、特別の会場を借りきって行なうこともあった。普通は新婦の両親のアパートで行なわれるのだが、スペースが狭いときは、廊下や隣のアパートまではみ出すこともあった。地下室に住んでいた人たちはよく中庭まではみ出して暮らしていたので、取り立てて苦情を言う者はいなかった。わたしが住んでいた建物の、明り取りの小さな窓しかない地下室に六家族が住んでいた。

叔父にはかなりの収入があった。四人の子どもは高校に通っていた。デラックスなアパルトマンには古いピアノもあった。娘のひとりがカトリックの学生と結婚していることは近所の誰もが知っていた。叔父は信仰心はなかったが、この異なった宗教の信者同士の結婚は、仕事とはいえ戸惑わざるをえなかった。

彼の居間に入ることは禁じられていたが、わたしは彼に親しみを抱いていた。居間に入れてくれないのは彼のせいではなく、彼の妻、叔母のせいだと思うようにした。わたしは彼のエネルギッシュな働きぶりが好きだった。披露宴が終了するや彼はてきぱきと助っ人たちに、ひとつひとつのテーブルをどうやって折り畳み重ねていくかを説明した。長さ三メートル、幅一メートル半の分厚い板を一度に二枚持ち上げては片付けていった。手伝いたい一心でわたしも椅子を次つぎに片付けた。最初、彼はわたしをばかにしていたが、そのうちにわたしは一度に二個の椅子を持ち上げられるようになっていた。

わたしが彼を尊敬しているのと感じとったのか、彼はわたしが台所に入っていくことも許すようになった。じきに台所を自由に歩き回れ、兄が服に付けてくれた大きなポケットに、優しいお手伝いさんがいろいろな貯蔵食品を詰め込んでくれた。

そのあと、わたしはもうひとつの貯蔵場所を見つけたのだ。厩舎のなかにジャガイモを煮る鍋があった。わたしと友人はジャガイモとエンバクを混ぜることに熱中した。まずジャガイモをたらふく食べたあと、家族用にと煮えたばかりの熱いジャガイモをポケットに詰め込んだ。鍋ごと持ち歩くのは人目につくので危険だった。ポケットに入れたジャガイモで腿が火傷するほどだったので、それからは生のジャガイモを持って帰り、家で煮るようにした。

雇い主が賢いと思ったのは、労働者の代わりに子どもを働かせては、わずかばかりの古野菜を駄賃代わりにあげていたことだった。しかし、二時間もシャベルで掘り返す仕事は子どもには重労働すぎた。なかでもわたしはがっしりした体格だったため仕事をもらえたので、他の子どもたちに羨ましがられた。

食料難のこの時期に兄とわたしは道の両側を歩きながら落ちている食物を拾って歩いたものだ。姉は母の手伝いをし、いちばん上の兄は、革職人の叔父の家で見習いとして働きはじめていた。それでもわたしたちはいつも腹をへらしていた。

プラガ市にはもうひとりの叔父プラツマンがいた。彼はザブコフスカ通りで小さい雑貨店を営んでいた。ジャガイモから石鹸、パン、灯油まで何でも扱っていた（当時電気はまだなくガスは金持ちのためだった）。タバコも売っていたが、一本ずつ、ときには半分を買いにくる客もいた。一箱を買う客はめったにいなかった。

店は夜八時に閉めるのだが、裏口からは深夜まで入れた。さらに土曜日には、ユダヤ教の安息日シャバ(訳注)のご馳走のための食材を付けで買いにくる客もいた。

それにもかかわらず彼は毎月やり繰りするのが苦しかった。そこで羊飼いを雇ってリンゴとナシを摘んでもらった。わたしは果物摘みに夢中になり、木に登ったり野原を駆けめぐっていたので体力もつき背も二人の兄と同じくらいになっていた。叔父は、大きな鍋かバケツに野菜と肉を入れて羊飼いの家までもって行くようにとわたしに言いつけた。五キロほど歩かなければならなかったので、最初は重すぎたが数カ月後、季節の終わりころにはほとんど苦にならなくなっていた。羊飼いの家に着くと、温かい料理が待っていた。

この野菜運びは、わたしと十八歳になる従兄と二人の庭師とで行なった。昼いっしょに弁当を食べるとき、わたしは四人分の量を食べたので、従兄はわたしを餓鬼のようだと皮肉っていた。わたしは肉以外は何でも食べた。肉は月に一度または宗教的祝祭日のときしか食べられなかった。祭日の日、叔父は必ずわたしを招いてくれた。わたしがユダヤ教を忘れてしまうのを恐れていたのだろう。父親がいないため、宗教について教育する者がいなかった。

七歳半になったとき、わたしは生まれて初めてシナゴーグに入ってみたが、それが一生のうちで最初で最後だった。叔父はわたしに宗教上の断食と、ユダヤ教の贖罪の大祭日ユム・キプルの祈りに加わらせようとした。断食は、すき腹を抱えている者には忍耐のいるスポーツになりえただろうが、栄養失調の子

訳注　シャバは、金曜日の日没から土曜日の日没まで。

どもには向いていなかった。わたしはシナゴーグから抜け出して、叔母の貯蔵室に忍び込んで、食べられるものは何でも口に頬ばった。

こうしてわたしはユム・キプルを冒瀆し、神が信徒に課した律法を侵したのだった。母は狼狽し、世間がどう言うだろうかと気にしていた。しかし、宗教心よりも現実の極貧状態のほうが説得力があったので、母は信仰に対し疑いの念を抱かざるをえなかったようだ。そんな母の動揺ぶりを見ながら、兄たちは吹き出してしまった。彼らはすでに宗教に強く反発していたからだ。

学校と喧嘩

わたしたち兄弟は皆学校に行きたがっていたが、兄姉とも十歳で学校に行くのを止めた。わたしだけが運よく十一歳まで通学できたのだが、それもそう簡単ではなかった。公立の小学校に母が登録に行ったとき、校長が言った。

「頑丈な子でなければつづかないですよ。ここが彼にとって安全であるか保証できませんからね。校外に出るや、カトリック系の生徒が彼を殴り倒しますから。あなた方の地区にあるユダヤ人学校に入れたほうが安全ではないでしょうか」

それで母はわたしを民族学校に入れたのだった。そこではイディッシュ語で教えられ、授業料を払わなければならなかったが、わたしたちは一銭も払わなくてよかった。腹はすきっぱなしだったし、授業料などはとても払えなかった。

学校から自宅まで一キロほどの距離だったが、初日の帰路は辛かった。カトリック系の子どもたちがわたしを取り巻いて殴る蹴るの暴力をふるったので、次の日からわたしは学校に行くのをいやがった。母が付き添って行かなければならなかった。

小さいときからわたしは自分を守るために強くなりたいと望んでいた。兄たちは自分を守ることもできないし、喧嘩好きではなかった。わたしは家のなかで体力をつける訓練をすることにした。母が見つけてくれた布袋に、床に落ちている布の切れ端を詰め込んでパンチングボールのようにして、台所と居間のあいだの鴨居に吊るし、ボクシングのトレーニングのまねをした。

わたしの手つきを見ながら家族全員が笑い転げたものだ。そのうちにパンチを入れながら、体をひとつの部屋と隣の部屋のあいだを行き来させる要領も板について、皆が「ボクサー、がんばれ！」と応援しては楽しんでいた。

近所では強くなりたいと思っていたのは、わたしだけではなかった。仲間たちとトーナメント試合を行ない、最初に転んだ者が負けだった。各々が敵を投げ倒すのに異なった技をもっていた。わたしたちはよく取っ組み合いをしていた。あるときは真剣な闘いであり、あるときは練習をかねていた。学校と宿題が終ったあと中庭に出て、布で作ったボールでサッカーをしたりしたが、いちばんよくしたのは喧嘩だった。

他の子の手足の動きを観察し合い、新しい技やテクニックに気がつくと自分のレパートリーに加えた。相手を正面から両手で掴み、顔に頭をぶつけるか、股のあいだを膝で蹴るのが効果的だということもすでに知っていた。もうひとつは、相手の上着を下に引き下げて腕が動かないようにするテクニックだった。

このようにして、わたしは喧嘩に強い少年になり、一年後には学校からの帰路も怖くなくなっていた。が、カトリック教徒の礼拝行進のある日などは別だった。この日は集団虐殺が起こりかねないので外出することもできなかった。眼をつけられたユダヤ人が逃げきれなくなったあげく、大勢が殴る蹴るの暴力を加えたため数日後に死亡したこともあった。

ある日、町内では見かけないダウン症の少年が道に迷っていたとき、彼はユダヤ人ではないのにカトリック系の少年たちが彼をユダヤ人とみなし、彼の間の抜けた表情が少年たちをばかにして苦笑いしているように見えたのか、少年たちは彼に襲いかかり殴り殺してしまったのだ。ちょうど礼拝行進が通りかかり、そのなかのひとりの婦人が「彼はユダヤ人ではないよ！」と叫びながら警察官を呼びに行ったのだが、警官が来たときにはすでに少年は息絶えていた。被害者がユダヤ人だと、警官がいつも駆けつけて来るわけではなく、被害者が死ぬか重傷を負ったときくらいしか現場まで出てこなかった。

他の少年たちがどうしてわたしに向かって「汚ねえユダヤ人め、パレスチナに帰れ！　おまえの居所はここじゃあねえ」と罵るのか、その理由が分からなかった。誰も説明してくれなかったので、わたしは革命家のように考えるようになった。朝はしばしば何も食べずに家を出ていった。生き延びるために家族でいろいろ工夫をこらすのだが、パンとミルクを買うお金もなかった。

わたしたちの学校は、二つのユダヤ系社会党を支持していた。当時党が関係している学校がいくつかあった。ここで「わたしたち」というのは、七歳でわたしはすでに社会主義者になっていたからだ。

ある日、わたしは学校で気分が悪くなった。なぜだか分からなかった。社会主義者のシュニツキ校長が、「どこが痛いのか」と訊くので、わたしは「前のほうが」と答えた（すごく腹がすいているとき痛くなるのは胃ではなく、胸の下のほうだった）。校長はユダヤ人の貧困状態を見知っていたので腹痛の原因がすぐに分かったのか、ミルク一リットルと半キロのパン、バターと砂糖をもって来るようにと給食係に頼んでくれた。給食係は温めたミルクをもって来てくれた。当時高級品だったバターは、一度に大量に食べると腹にあたるのでほとんど手をつけなかったが、砂糖をできるだけ多く入れたミルクは一滴も残さず、パンもたいらげてしまった。

すき腹を抱えながらも、わたしはよく勉強をしたので教員たちは満足していた。学校に通うときもわたしの眼がくぼんでいたので、そのわけも理解していたようだった。先生たちは苦笑しながら、「それじゃ友だちに先をこされちゃうぞ」とわたしを勇気づけるのだった。

教員たちは私生活も投げうって一心に教育に打ち込んでいた。彼らは全員、ヤヌーシュ・コルチャク（原注）と共通する精神力をもっていた。

初めての背広

兄のアルベールは、十三歳ですでに立派な仕立屋になっていた。アトリエがひまなときには、家族の前で自分が縫製した服を自慢そうに見せびらかした。ノミの市で見つけた、古い大きなサイズのコートの各

原注　実名ヒルシュ・ゴールドシュミット（一八七八〜一九四二年）。新教育の先駆者。彼は、ナチスによる検挙の際、孤児たちを守るために自分をアーリア人と認めず、ワルシャワ北東九十キロの所にあるトレブリンカ強制収容所の焼却炉に向けてユダヤ人を移送する輸送列車に孤児たちといっしょに乗り込んだのだった。

部分の縫い目をわたしがほどき、兄がすり切れた部分を切断し、残った布でわたしのコートに仕立て直してくれた。それを着たわたしは急に金持ちの少年になったようだった。

この傑作を見せるために、二キロ離れたところに住んでいる叔父の家に行ったのだ。わたしは彼の家でごちろそうになれることにはしゃぎ、もしかしたら叔父も兄の器用さに感心して注文してくれるかもしれないと考えた。当時ポーランドでは新品の布地を買うことはまれだった。

叔父の家に行く途中、向こうから二人のカトリック系の少年が近づいてきた。〈彼らはぼくらより年上で強そうだけれど、よそ行きの服を着ているぼくには手を出すはずがない〉と内心思っていた。

ちょうど行き違ったとき、そのひとりがわたしに拳骨の一撃をくらわせた。あまりにもふいだったので地べたに殴り倒されてしまった。兄はわたしが倒れる前にすばやく逃げ去っていた。二人の少年が、泥土のなかでじたばたするわたしを殴りつづけるのを見て兄が戻ってきたところを、不良少年らが襲いかかった。そのすきにわたしは跳び上がった。彼らはわたしが逃げていくのかと思い、今度は兄だけに殴る蹴るの暴力をふるった。彼らはわたしより頭の丈ほど背が高かったので、叩きのめされて地べたにぐったりしているわたしは、彼らにとって取るに足らない存在だった。

アルベールは喧嘩などできなかった。ましてや相手が二人では勝てる見込みなどなかった。すぐに彼は地べたに投げつけられたので、わたしはポケットのなかにあった鍵ぐらいの大きさの鉄片を握り反撃に出た。兄の胴体を膝で押さえつけていた少年のひとりがわたしの声を聞きふり向いたとき、その顔に向かって鉄片を握った拳で殴ったのだ。

ショックのあまり敵は地べたに倒れ、立ち上がったときにわたしを殴り返すのではないかと構えたのだが、一足とびに逃げ出した。残されたわたしたち二人は殴り合いをつづけ、兄とわたしはこのときとばかり、残った不良少年を痛めつけてやった。

わたしは鼻と口からも出血し顔が血だらけになり、誂えたばかりの背広も泥にまみれ、ぼろ切れ同然になっていた。

「こんな姿は叔父さんには見せられないから帰ろうよ」。兄は意気消沈してもらした。

わたしが重傷を負ったのではないかと心配し、最初に自分が逃げだそうとしたことに責任を感じていたようだった。

「それにしてもよくおまえはすぐに立ち上がって相手を殴り返し、敵を追っ払うことができたな」。兄は不思議な顔をして呟いた。

わたしにとって喧嘩をすることが日常茶飯事になっていることを兄は知らなかった。背の小さかったわたしには、彼のように「素早く逃げる」作戦はあまり向いていなかった。

わたしたちの姿を見ると、母はむせび泣き、不安と哀しみに打ちのめされた。すこし前に近所の少年が殴られ、出血多量で死んでいるのだ。

「おまえは年上なんだから弟を守ってやらなきゃいけないのに！」。母は兄を叱った。

「守ったよ！　助けてやったんだよ！　ぼくがいなかったら彼は死んでたんだよ」

兄の言うことには逆らわなかった。血が流れるような暴力を受けたら、誰だって真っ先に逃げるのは当然だと思ったからだ。

わたしは気が沈んでしまっていた。蹴られたところがまだ痛かったのだが、痛みはそれほど重要ではなかった。それよりも仕立て上がりの背広を台無しにしたことと、叔父の家でごちそうにあやかれなかったことのほうが口惜しかった。

洗濯したあと、チョッキとズボンだけが残った。アルベールはそのあと、同じように古着をリサイクルして、わたしに立派なコートを誂えてくれた。こうして叔父は、わたしと出歩くのにも恥をかかずに、甥の面倒をみてやっていることを自慢そうに隣人に話すようになっていた。しかしながら、叔父の家では一度も彼らといっしょに食事をとることはなく、いつもわたしは台所でひとりで犬のように前日の残り物を食べさせられていた。残飯は彼らには固かったからだろうが、わたしへの対し方は他の家族も同じだった。そのなかで祖母だけが異なり、彼女は台所でわたしといっしょに食べてくれたのだった。

御者ヤーチェ・ボンデとのもめごと

荷馬車の御者とは異なり、辻馬車をもつ三人の御者は家族と建物のなかに住んでいた。彼らは鶏と山羊を飼っていた。皆体格が良かった。当時の馬車は客だけでなく、酒樽や荷物、商品などもカートンに詰めて運搬していた。注文主が運賃を支払わないときなどは、腕力と恐喝で代金を回収していた。

そのひとりは悪事をはたらくことと、よく暴力をふるうことで知られていたので、隣人の誰もが彼を恐れていた。自分の娘と、わたしより二歳上の息子まで痛めつけていた。近所の少年たちは、彼をヤーチェ・ボンデ（太鼓腹のジャック）というあだ名で呼んでいた。

彼は親からの仕返しを恐れていたので、何人かの子どもにはひどいことはしなかった。が、わたしたちみたいに父親のいない子どもは、なぶり者にするのにちょうど良かった。彼に出会ったら猛スピードで逃げきるほかなかった。

彼の息子もわたしたちをよく殴っていた。ある晩、彼はわざとわたしの兄に喧嘩をふっかけてきた。それに父親が介入し、二人で兄をこっぴどく痛めつけたのだ。わたしは腕力ではこの息子と同じくらい強くなっていたのだが、まだそれを実行してみようとはしなかった。〈きみの父親がいなくなったときに仕返しするからな。きみがおれたちにしてきたすべての悪事の仕返しをしてやるから〉と心のなかで自分に誓った。

ある日、十一歳の少年が（このときわたしは七、八歳だった）、突飛なことを考えついたのだ。その作戦の結果を想像しただけで、わたしは一足跳びで家に閉じこもり、窓から便所を見下ろしていた。ひとりのいたずらっ子が便所の汲み取り口があるほうの扉を開けて、かの御者の山羊を肥溜めのなかに突き落したのだ。山羊は死に物狂いで鳴き叫び、子どもたちは泣きわめきながら飼い主を呼びに行った。御者が山羊を救い出したのは良かったのだが、羊毛にこびりついた糞尿を洗い落すのは並大抵ではなかった。

窓から見ていたわたしは笑いがふき出すのを押さえて、母の言いつけに従うほかなかった。彼女はたいへんなことが起きるのを予感していた。

「ベッドのなかで寝込んでいるふりをしなさい。そして何も見なかったと言いなさい」

御者はすぐにわたしたちの家に上がってきて、わたしを問い詰めようとした。わたしはベッドのなかで布切れで頭を隠して横たわっていた。母は「息子は熱があるので……」と口ごもる。御者は何も言わずに出ていったが、犯人を探しあてる執念は、わたしを殴りつけたいサディスト的な欲求へと発展していった。他の少年たちを疑うことも殴ることもしなかった。

ある晩、泥酔した御者は凍てついた路上で転んで重傷を負い、それから数日後に死んだ。それはまさに隣人たちにとっては天恵にひとしく、みんなで祝いたかった。もうあの父も息子も恐れる必要がなくなったのだ……この父にしてこの子あり……息子は喧嘩をするときはナイフを使うこともいとわなかった。父親がいるということで、彼はアンタッチャブルの存在だった。いつもわたしは彼を避けていたのだが、あるとき不注意から彼と行き違ってしまった。彼はいつものように拳固でわたしの脇腹を思いきり殴りつけた。わたしは逃げるかわりに、「ぼくを殴りたいのかい？　いいよ、みんなの前で喧嘩しよう」と答えてやった。

その一時間後に彼の仲間とわたしの仲間とのにらみ合いになった。もちろん敵のほうが大勢だった。このような真剣勝負のときの敵の作戦は、まず輪をつくってわたしたちを囲むことだった。わたしには自信があった。腕力では彼らより強いと思っていたので、公衆の面前で敵をこらしめてやる決心をした。彼らのやり口も知っていた。ナイフをちらつかせて相手を怖がらせるのだ。ナイフを握る相手とすでに闘ったことはあるが、そういうときはポケットに隠しもっている鍵型の鉄片をもって先に相手にぶつかっていくことだ。が、この日はそれを使わずに素手で向かっていき、相手に実力を見せつけてやりたかった。それには二つの作戦があった。ひとつは頸骨を蹴ること、もうひとつは刃物をもっている相手の手を蹴ること。このときわたしは後者を選んだ。跳び上がるようにして足蹴をくわせれば、その瞬間に相手は身を守るためにナイフを握っている手を下げ、足蹴をくらった手からナイフが落ちるはずだ。彼は守備にまわる反射運動も叶わず、そのあいだにわたしは敵の襟をつかみ顔に向かってわたしの額を強くぶつける。彼の鼻から血が流れ出す。いつもはこのへんで喧嘩を止めるのだが、わたしの怒りは鎮まらずブレーキがきかなくなっていた。

「ひざまずいて、いままでぼくにしてきた暴力を悪かったと詫びるんだ」

わたしは、彼らの仲間がいつも口にする啖呵を切った。

「きょうから立場が逆になるんだ。道でぼくと出会ったら、おまえのほうが歩道を替えるのだ。そして兄に仕返しをしようなどとは金輪際思うな、分かったか」

彼の母親は大柄でヒステリックな女で、隣人からは「ガゼルおっかあ」というあだ名で呼ばれていた。彼女は、暴君だった夫がまだ生きていると思っているようだった。暴力的な夫と闘ってきただけあって、他の隣人女性からも恐れられる存在になっていた。彼女はわたしたちの家に来るなり怒鳴った。

「息子はどこにいるんだい。殺してやるから」

母は恐怖におののき、騒動の歯車が回転しだしているのにも気がつかなかった。こうなることは予感していたので、わたしには覚悟ができていた。当時家は炭で暖房をとっていたが、点火するのに薪を使っていたので各家庭には斧があった。その斧で薪を割るのがわたしの役目だった。

とっさにわたしは斧をとって彼女の前に仁王立ちになって叫んだ。

「一分間のうちに出ていかなければ、とんだことになりますよ。そしたら隣人を怒鳴りちらすおばさんの罵声も聞かないですむようになるんです。きょうからはぼくがいちばん強いんだから帰ってください。でなければ殺しますよ。そして息子さんにもう一度見せしめを味あわせてやるから。あんたたちなんかもう怖くないんだから」

わたしは異様な興奮状態にあった。母は泣きながら、「出ていってください。帰ってください。でないと彼はほんとうに殺しますよ」とくり返した。

ガゼルおっかあは彼女らしくもなく一言ももらさずに引き返していった。が、一分後には町内に響きわたる声で叫んだ。

「マリーの息子は犯罪人だ！　わたしの頭をぶった切るところだったんだ！」

そのあとすべてがもとに戻ったのだった。しかしガゼルおっかあは卑怯だ。彼女は腕力だけに頼っていたのにもうそれがきかなくなったので、わたしの母と仲良しになり味方につけようとしたのだ。

母は、わたしが虚勢をはっていただけで斧を振うようなことは絶対にしないと知っていた。わたしの作戦に満足してはいたものの、

「それにしても行き過ぎだったわ。それも斧でよ。分かってるでしょ」と、わたしを諭すのだった。

十一歳で働き、共産党の活動家に

十一歳のときソリで滑りに行こうと思ったのだが、そこはユダヤ人の居住地区ではなかったのでひとりで行くのは危険だった。そこで襲われたときに自衛できるように、三人組になってでかけて行くことにした。喧嘩に強い仲間を連れていったのだが、敵が何人いたか分からないが、そのとき受けた殴る蹴るの暴力は、一生忘れられないほど強烈だった。地面のそこらじゅうが血に染まった。警官が尋問しに来た

が、調査もせずに敵の肩をもったのだ。理由は、ユダヤ人がカトリック地区に遊びに行くなんて不用心すぎるということだった。

この事件以来、わたしたちは移動するたびに、二十人ほどが一団となって自衛できるようにした。それからは襲われることも少なくなった。

その年にわたしは学校に行くのを止めて仕事を探しはじめた。わたしたちが住んでいた建物のなかに家具職人がいるのを知り、彼のアトリエに雇われた。が、家具の作り方を習うのではなく一日中、板をのこぎりで切ることしかさせてくれなかったので、うんざりし飽きてしまったのでワルシャワに行き、職人のアトリエで別の仕事を見つけた。一日十一時間こき使われ、宿泊していた場所からかなり離れていたので昼食を食べに家に戻ることもできなかった。簡易食堂に行こうとしたがその金もなく、毎日すこしのスープとパン一切れで満足しなければならなかった。

それより辛かったのは帰るときだった。最初は金がなく、ヴィスワ川をまたぐキエルベズ橋を通る市電にも乗ることができなかった。初めての給料をもらったとき乗ろうとしたのだが、真冬だったので氷がはり運休になってしまった。

非常に長いこの橋の凍結を防ぐために二十メートル間隔で焜炉が置かれたが、毎朝凍死者が出ない日はなかった。この橋を渡るのに夏は二十分ほどなのに、冬のあいだは四十分以上かかった。わたしは焜炉のそばにたどり着くたびに、母が編んでくれた毛糸の防寒帽の上から凍りつく耳を思いきり手で擦りつづけた。そうしてから他の通行人と同じようにわたしは、アイススケート場となったこの長い橋の上を滑っていった。歩いていくことは不可能だった。

帰宅すると、袖に突っ込んでいた指先には、何本もの針が突き刺さっているようだった。わたしはベッドにばったり倒れ、打ちのめされたかのように疲労しきって食べることもできなかった。このような生活が三カ月つづき、ついに過労で倒れ、一カ月間病床に伏すことになった。医師は、労働があまりにきつすぎるのだから、辞めるべきだとすすめるのだった。

話が前後するが、七歳半のとき、わたしは学級委員長に選ばれ、校長もよくわたしと話し合うことがあった。このころからわたしはすでに政治に関心をもっていた。ほとんどの課目がイディッシュ語で教えられたのは、将来わたしたちの国家が建国される日に備えるためだった。

家で兄たちは、別の論点から意見を交わしていた。

「ぼくたちユダヤ人は絶対に自分たちだけでは闘えないんだ。ぼくたちもポーランドの労働者も皆ブルジョワに搾取されていることを労働者たちに理解させなければいけないんだ。社会主義者たちがカトリック系社会党と、ブント党(訳注)、ユダヤ系パオレ・シオン党(訳注)の三派に分かれているのはばかげているよ。いちばんうまくやっているのは共産主義者なんだ。彼らはユダヤ人とポーランド人とでいっしょに活動しているじゃないか。最近ぼくもすこしずつ共産主義者の考え方が解るようになったんだ。つまり『自分と同じように考えない者は向こう側の人間だ』と思うようになったのさ」

共産党員になるには年少すぎたので、わたしは党の青少年運動組織「パイオニア」に加入した。偶然にもそのグループにはユダヤ人の若者しかいなかった。

「パイオニア」の活動家としてわたしが最初に任された役目は、街中の壁に『ファシスト粉砕！　自由万歳！　万人に平等の権利を！　反ユダヤ主義粉砕！』と落書きすることだった。このときわたしが信じていたことは、共産主義者による政治によって誰にとっても平等の社会が生まれ、失業者もいなくなり、そしてどんな役所でもわたしたちユダヤ人は、犬畜生のようにではなく人間として扱われるようになることだった。

総選挙に候補者を出すために、共産党は「民主党」と改名した。ファシスト政権は偶然とはいえ、この党に候補政党登録番号として十三番を与えた。選挙ポスターを貼りに出たときだった。十二人ほどのおとながわたしを囲んで、ポスター貼りの道具をわたしの手からふんだくり、全員でわたしを殴りはじめた。殴るたびに「ユダヤ人野郎！」と無数の罵声を浴びせるのだった。

仲間たちにはわたしを防御するだけの力はなかった。あとで分かったのだが、わたしを襲ったグループはポーランド社会党の行動隊だったという。

兄のアルベールの場合はもっとひどかった。壁に共産党の選挙運動のスローガンをペンキで落書きしたために逮捕され、拘置所に送られたのだった。

選挙では、元社会主義者ピウスツキ元帥(訳注)が勝利し政権を掌握した。「もっと良い将来を」というこの独

訳注　一八九七年、ロシア帝政下のポーランド東部でユダヤ人労働者代表らによって結成された社会主義政党。
訳注　シオニズム労働党。
訳注　ユゼフ・ピウスツキ（一八六七～一九三五）。一八九二年、ポーランド社会党を創立。建国の父にして、第二次ポーランド共和国初代国家元首。大統領にはならず、国防相、首相として実権を握り、独裁的な政権で政治腐敗を一掃したサナツィア（清浄化）体制により労働者やユダヤ人の絶大な人気を得る。

裁者の公約を信じた労働者と農民の投票で勝ったのだった。が、メーデーのデモで五人の労働者の死者と百人ほどの負傷者を出したのだ。わたしもデモに参加したが小さかったのと、足が速かったので官憲のサーベルから逃れることができた。

しかし、大統領就任を拒否した国家的英雄ピウスツキは、右派と左派との確執がつづく政治的混乱のなかで歴史に残る演説をしている。

「この議会は烏合の衆の集まりでしかない。兵士たち、この御仁らを外につまみ出せ！」

兄の渡仏

父の弟のひとりは、帝政ロシアの支配下にあったワルシャワでの暴動、一九〇五年革命に参加したが、蜂起に失敗したため米国に亡命し、シベリヤへの移送を免れたのだった。

革命家だったもうひとりの叔父は、ドイツに滞在したあとパリに落ち着いた。彼のおかげでわたしもフランスに移住することができたのだった。

ポーランドにいたときも、母はよくわたしに語ったものだ。

「おまえは父親を知らないのだから、ヘルシュ＝ライエブ・ガルバーズ叔父さんは、顔から性質、優しさまでおまえのお父さんと瓜ふたつと思えばいいからね」

この叔父が母から受け取った手紙には、

「わたしたちは非常に貧乏ですが、長男は腕のいい革職人としてワルシャワの叔父のアトリエでチーフとして働いています。デッサンもうまく、新しいデザインのサックも作れます。でも徴兵年齢なので兵役に出ますが、反ユダヤ主義の強い兵舎での毎日が思いやられます」と書いてあった。

叔父は、長兄のジャックがフランスに移民するのを手伝ってくれた。彼の出発は、親類縁者そろって厳かに祝われた。各々が便りを交換することを約束し合った。極貧までいかなくても、誰もがこのファシストの国ポーランドから去りたがっていた。ポーランド人にとってわたしたちは外国人であり、彼らはことあるたびに「ユダヤ人はパレスチナに帰れ！」と叫んでいたのだ。

兄からの最初の手紙には、

「フランスはポーランドとはまるで違う世界だ！　電車から降りるなり、五、六人の採用者がぼくを囲んで、想像できないほどいい条件を口走るので、叔父が走ってきて『彼の雇用主はわたしなんだから、ほっといてください』と注意する始末さ」と書かれていた。

彼がパリに着いて分かったことは、カトリック系市民に暴力をふるわれることもなく、とくに革製品の分野なら仕事は簡単に見つかるということだった。当時フランスはすでにユダヤ系ポーランド人移民のおかげで、婦人物ハンドバッグを輸出できるようになっていた。熟練の革職人は引っ張りだこだった。

兄は、定期的に家族にお金を送ってきてくれた（わたしたちには多額のお金は必要なかったのだが）。そのうえ、わたしたちがパリに来れるようにするためのリベートと旅費も貯めていた。彼はたいへん生活費をきりつめていたのだろう。

「みんなが来れるようにするから、モイシェ、おまえはただ働きでもいいから革職人の技術を学べばいい」

兄がすすめるように、わたしはそのあとすぐにワルシャワに行くことにした。次兄のアルベールがノミの市で買ってくれた、いちばん見栄えのする古着を着て出かけた。雇用主は即座にわたしを採用してくれた。ただ働きすると言ったのだから当然だった。

アルベールは、移民しないではいられなくなっていた。何度かの逮捕と拘留をくり返していたからだ。あるとき現行犯で逮捕されそうになったとき、彼は即座にポスター貼りの糊を投げ捨てて、ポスターを持っていた女性と抱擁のポーズをとってごまかしたのだという。以来、彼はブラックリストに記され、ふたたび左翼運動の疑いで捕まれば数年は牢獄に閉じ込められ、出獄するときはぼろ切れのようになっていただろう。ユダヤ人であることは、一歩も家から出ないほうが無難だった。警察官の眼には、ユダヤ人＝「革命家」と捉えられていた。わたしたちの地区ではそれは嘘ではなかった。

一九二八年、アルベールはジャックのもとに発っていった。やっと彼らは尊敬に値するパリの住民となったのだ。フランスに二人の息子が住み、二週間おきに彼らの手紙が届き、自分たちももうじきパリに発てるということが、どんなにか隣人に羨ましがられ、母にとってどんなに大きな喜びとなったことか。町内では英雄扱いされるほどだった。そのうちに誰もがわたしたちと仲良くなり、地区のとくに年を取りはじめている女性たちが、わたしのあとを追うようになっていた。そして、わたしたちがパリに行っても彼女たちのことを思い出してくれるようにと頼みこむのだった。

いまになって思い返すなら、彼らの気持はよく分かるのだ。当時のポーランドでの生活は、ユダヤ人には仕事口もなく、そのうえ罵詈雑言だけが浴びせられる耐えがたいものだった。彼らには専門学校も大学の門も閉ざされていた。医師やエンジニア、下端の公務員になることさえ不可能だった。官庁にどんな書類を求めるのにもチップやリベート、袖の下……などが必要だった。ユダヤ人だと二倍のリベートを払わなければならなかった。

フランス入国と異国に慣れるまで

ジャックは、荷物はできるだけ軽くと言ってきたが、ほとんど家財もないわたしたちにはその意味がよく分からなかった。彼の忠告を無視し、わたしたちは一週間かけて持っていく物を用意したのだ。ひん曲がったしゃもじはもちろん、ひびの入った食器、ガラス瓶……と、家にあったすべての家財道具を荷物に詰め込んだ。

一九二九年五月、パリの東駅に着いた。しかしパリで暮らすということはそう簡単ではなかった。滞在許可証と労働許可証を取得するのは不可能だったたからだ。お金を払った仲介者にだまされ、受け取ったのは一年の滞在許可証ではなく、三カ月有効の観光ビザだった。兄が支払った大金は消えてなくなっていた。

三カ月はまたたく間に経ってしまう。兄と叔父は四方八方、援助してくれる人を探し歩いた。そのうちにある者が赤毛の女と言われる女性の住所を教えてくれた。彼女はペテン師ではないと見られていた。仲介料は彼女にではなく、第三者、この道ではよく知られているある商人に払うことになっていた。赤毛の女性は、交渉がうまくいった場合にだけ手数料を受けとるらしいが、パリではいちばん高くとるという話だった。

残念ながら彼女との約束は実現せぬまま、警視庁の担当職員から通知がきて、母と姉、わたしの三人を国外退去させると知らせてきたのだ。そこでお金をまき上げていた黒幕が直接関わることになったのだが、手のうちが見え透いていた。彼は責任を逃れるために、生け贄となる者が必要だった。赤毛の女が言うには、もしフランスにいたいのなら、すでに一年以来フランスで暮らしている兄のアルベールが不法にわたしたちを入国させたことを自供し、いったん祖国に帰国すれば、一年後には再入国できるだろうという設定だった。

ある晩、兄は別れを言いに来たとき、勇気づけにシュナップスを豪快に飲みほしてから、北駅で列車に乗り込んだのだった。翌朝、彼はアントワープで下車し、誰ひとり知り合いもいない町中を歩き回り、ある縫製屋にとび込んで事情を話したら、その夜、就職が決まったという。

兄は数日間ホテルの四人部屋に泊まり、そのあとはユダヤ人男性と相部屋のワンルームを借りることができ、食事は労働組合の簡易食堂でとることができた。六カ月後、共産主義者たちのデモに参加したとき警官に捕まり、フランスの国境まで送還された。フランスに再び入ることができたのだが、わたしたちが赤毛の女性に彼の滞在許可証取得のコミッションの残金を払いきるまで、兄は不法滞在するほかなかった。

わたしたちは十八区のジャン・ジョレス大通り側にあるクロヴィス・ユーグ通りにアパートが見つかり、三メートル四方の部屋に四人で暮らすことになる。料理も、食べることも、寝ることもこの一室で間に合わせるほかなかった。幸いにトイレと流しは中庭にあった。この最小限の空間でどうやって暮らすかというと、起床するや、ひとつのベッドを折りたたみ、もうひとつのベッドをベンチ代わりにしたのだ。夜は二個のスツールを壁にかける。ひとつしかないテーブルは日中、食卓として使われ、夜は革製品の小物を作る仕事台になった。ジャックとわたしは雇用主のアトリエで働いてきたあと、夜はそのテーブルで小ぶりの財布の製作にかかった。姉が仕上げの糊をつけるのを手伝ってくれた。

このようにして数カ月暮らした。革を折り込んだり広げたりする仕事は、とくに夜遅くまでしなければならないときはかなり辛かった。隣家の台所部分を借りられるようになり、それだけでもかなりのスペースが稼げたのだが、出たり入ったりしなければならないので時間の浪費と、何よりも家賃が高くなることだった。そのうえベルギーにいる兄をフランスに来させるために、赤毛の女性に借金を返済しつづけなければならなかった。

このような困難はあったが、もちろんポーランドにいたときよりパリのほうがましだった。パリの他のユダヤ人と比べれば、わたしたちの暮らしはずっと楽だった。ポーランドでは一カ月に一度しか肉を食べられなかったのが、週に三回は食べられるようになっていた。いまではわたしは典型的なパリジャンになりきって、ポーランドにいたときもそうだが、おいしいパンには眼がなかった。

アルベールの滞在許可証のための借金も払い終え、やっと家族全員がそろったのだった。このころから日曜の午後は働かないことに決めたのだ。

ある日曜日、兄たちとビュット・ショーモン公園に散歩に出かけた。向こうから体格のいい五人の青年が歩いてきた。彼らと行き違う寸前に、わたしは反射的に反対側の歩道に身を交わそうとした。

「ぼくらは三人なのに彼らは五人だ！　向こうに渡ろう！」。わたしは兄たちに叫んだ。

兄はびっくりし、

「パリに一年もいるのに、おまえはまだポーランドにいると思っているのかい。背広を着てベレー帽を被ってるぼくらが、どうしてユダヤ人だと分かるんだい？　言っておくけれど、ここではカトリック系の若者がユダヤ人狩りするなんて考えられないんだよ」

ジャックはこの点について何度もくり返すのだった。

「ここではね、汚いユダヤ人としてではなく、汚いガイジンとして扱われるくらいなんだ」

彼の言うとおりだった。若者らはわたしたちに見向きもせずに通りすぎていった。

「それよりも警官には気をつけるべきだよ。彼らは怖い。身分証を調べられたら、とにかく口を開けるんじゃない。彼らの言うことに合わせて『ウイ』か『ノン』だけ言うんだ」

が、兄は証明書などは無造作にポケットに入れておかないようにと注意するのを忘れた。

ある日のこと、道路で警官のコントロールとはち合わせになった。五、六人の警官が近寄ってきて、「身分証を見せろ！」と言うので、わたしがズボンのうしろポケットに手をすべり込ませたときだった。突然ひとりの警官が強烈な平手打ちをくらわせたのだ。わたしは何が何だか理解できず、「きっとぼくを盗賊か泥棒とみなしているのだろう」と思うほかなかった。そのあと、警官らは証明書などは上着の内ポケットに入れておくようにと注意したのだ。

このときわたしは十七歳だった。身なりもちゃんとしていたのだから、警官の態度は理に合わないと言ってくれる人が多かった。確かにわたしの歳では身分証など調べられることはないし、そのうえ平手打ちをくらわせるなんて禁じられているはずだった。フランスでもポーランドでも警官は同じで、どちらの国でもわたしは外国人にすぎなかった。

警官のなかには、罵声を浴びせながら警察署まで連れていき、こちらが彼らを侮辱したということを理由に、殴る蹴るの暴行をはたらく者もいた。警官のあいだではそれがとおり、外国人は国外追放となった。彼らは互いに仲間同士で、「袖の下」か何かで都合をつけるか、国外追放の猶予期間を一、二カ月遅らせることもできたのだ。当時ポーランドから来ていたユダヤ人のほとんどが同じような状況にあった。彼らの半数は国外追放を免れるために賄賂をつかった。金のない者は国外退去となるか、農地やブドウ畑に行って働かせてもらうか、またはフランス軍隊の外人部隊に雇われるしかなかった。

フランスでの生活

住居は、ベルヴィルのドノワイエ通り十一番地のアパートの三階にあった。わたしたちにとってはパレスのようだった。アパートには二部屋と小さな玄関、小さな台所には水道が付いていた。すばらしいことは、ときどき光線が差し込むことだった。各階の廊下にトイレがあるので、中庭まで降りていく必要もなかった。

ここでもわたしたちは気違いのように働いた。毎晩、兄のジャックがアトリエからがま口と財布を持ち帰ってきては家で仕上げていたので、わたしたちにはフランス語を習う時間もなかった。

ジャックは経済恐慌が起きる直前にフランスに入国していたので労働許可証を取得しており、母とわたしたち三人の子どもは滞在許可証だけを得ていた。わたしはまだ十八歳になっていなかったのだが、うまい解決策を見つけたのだ。市役所に見習工としての労働許可証を発行してもらうことにしたのだ。賄賂によってそれもうまく解決できたのだった。このカードによって他の者よりよく見られるようになり、アトリエにコントロールの警官が来ても、ベッドの下や戸棚のなかに隠れなくてもよかった。が、アルベールは滞在許可証を取っていなかったので、ドアのベルが鳴るたびに、彼は隠れなければならなかった。赤毛の女性にまた大金を払わなければならないのではと、わたしたちの悩みは絶えなかった。

姉も母も仕事をすることが禁じられていた。そのうちに近所の女性たちと仲良くなり、すこしずつ彼女らは母に縫いものを頼むようになっていた。こうして二人は時間が驚くほど早く感じられるくらい仕事が増えていった。

正式には見習いとしてだったが、わたしの手先があまりにも器用なので、パトロンは思いきりわたしをこき使った。そこでジャックと叔父が考えついたのは、自宅で働き、労賃だけを請求することだった。そうすればアトリエで働くのより二倍の労賃を稼ぐことができるのだ。労働許可証のあった兄がわたしの代わりにアトリエで働けばよかった。二部屋のうち一室にミシンを置き、各自が座る場所を決めれば動く必要もなかった。テーブルは隅に移し、ミシンは移動するときのためにその下に布を敷き、ベッドは折り畳んだ。このようなキャンピング生活には誰もが慣れていた。

当初パトロンと主任はわたしたちを信用していなかった。最初は兄がアトリエに行き来していたのだが、そのうちにわたしが配達人の役をつとめ、革の入ったカートンを持ち帰り、仕上がったバッグをもって行き労賃を受け取るのだ。あまりいい役目ではなかったが……。

出来上がりが完璧だったので、主任は何も言わなかったのだが、商品をもって行くたびに彼は次の注文用の材料をくれずに、二日後にまた来るようにと言う。二日間仕事がなかったあと会いに行くと、

「あにきを呼んでおいで。でなきゃ仕事をやらないよ」と主任が言う。

「どうしてだい？」

「おまえのあにきはすごく腕がいいんだ。ある縫製屋が六ダースほどのバッグを届けたんだが、全部ゆがんでるんだ。どうにか直せないか、あにきの助言が訊きたいのさ」

当時は財布式ポシェットが流行っていた。すでに何千個もの財布を作っていたので、わたしには自信があった。

「そのバッグを見せてください。もしかしたらぼくが直せるかもしれないので」

一目でなにが問題なのか分かったのだ。

「コランさん、小錐（厚紙カッター）を貸してください」

「ここでするのは無理だから、全部家に持ち帰ってやったらどうだ。全部直るまで仕事はやらないからね」

「ぼくがどこまで直せるか見ててください」

わたしは二段階にわたって三回手でひねり、形がゆがんでいたポシェットをきれいに直して見せたのだ。もうひとりの主任は口をぽかんと開けて、気がふれたようにわたしを見つめている。まぬけ顔だった。

この日から、わたしは経済恐慌などどこ吹く風で、仕事をやればやるほど注文が入ってきた。再び休

むことなく朝七時から夜十時まで働きずくめだった。二人の兄も仕事から帰ってくると、家でも働いた。ポーランドやベルギーから来たかなりの知人たちが、わたしたちの家で不法労働をしては危機を乗りきろうとしていた。後年イディッシュ語の新聞『新ニュース』の編集長となったケニグ氏もそのひとりだった。

イディッシュ労働者スポーツ・クラブ

共産党員になるのは問題外だった。党活動のシンパになるのだったら問題なかったのだが、それもそう容易ではなかった。参加、不参加に関らず疑われると、すぐに国外追放となったからだ。

このころわたしは「イディッシュ労働者スポーツ・クラブ」、つまりユダヤ人労働者スポーツ・クラブに加入した。そして同じ住所、パラディ通り十四番地にあったインテリのサークル「文化協会」にも出入りするようになった。土曜日と日曜日にそこに集まり講演を聞いたり、図書室で読書をしたり意見を交わしたりした。わたしたちのほとんどは共産党のシンパだった。さまざまな話題について話し合ったが、なかでも政治問題がいちばんの焦点となった。

そこを出たら、自転車でパトロールしている警官の眼に付かないように注意せねばならなかった。どんな質問にも「ウイ」「ウイ」と返せばよかった。もし「ノン」などと言ったら、警官侮辱罪で国外追放となった。わたしはいつも神経を尖らせて、遠くのほうを見ては警戒したものだ。どんなに小さな道でも知っていたから、ツバメ（警官は黒いコートを着ていた）が通りすぎるのを待つために、身を隠せる建物も調べておいた。勘の鋭い彼らは、一目でフランス人か外国人か見極めることができたのだ。こうしてわたしはこそドロのように、路地から路地をすり抜けて家にたどりつき、ほっとするのだった。

一九三二年、いつも逃げ腰のこの生活にもうんざりしはじめていたわたしは、外人部隊に入れば五年後にはフランスの国籍が得られるのだと考え応募してみた。拒否されたのだが、その理由は分からなかった。フランス語が充分に話せなかったためなのか、一六〇センチしかなかったので背が小さすぎたからなのか。または経済恐慌のため応募者が殺到したためなのか。

いまふり返ってみると、外人部隊に入らなくて良かったのだ。なぜならわたしは反戦主義者であり、共産主義派だったし、わたしの唯一の指針はロシアだったからだ。

「大躍進。ひとりとして飢える者がなく、ロシアではモンゴル人もユダヤ人も中国人も誰もが平等なのだ。これこそ目標が達成されたのだ」

この意見に対して、ロシアではストライキが禁じられていると反論する者もいた。

「経営者がいない国でストライキをしても意味がないじゃないか。誰に対してストをするんだい?」と、わたしは言い返したものだ。

このころ、わたしなりの宗教心と共産主義教理をもちはじめていた。共産主義者は反戦主義者であり、反ユダヤ主義に反対し、反人種差別主義者であり、新しい人間としてパーフェクトでなければならなかった。非の打ちどころのない人間として隣人を、家族を尊重できる者でなければならない。共産主義こそ民主主義の根源であり、トロツキーやカーメネフ、ジノヴィエフら裏切り者は、見せしめのための処罰を受けるべきだと思っていた。わたしにとってスターリンは超人にひとしかった。彼のひとつひとつの言葉を消化していき、毎日、共産党機関紙『ユマニテ』を読んでいた。

　これらの思想を理想としていたわたしは、共産党紙『ニュープレス』の宣伝をし、デモには必ず参加し、党へのカンパも欠かさなかった。

　パリ郊外ノワジー・ル・グランにハンガリー人移民が、フランスの観光史初めてのキャンピング場を開設した。もちろんわたしは参加し、オープニング祝いにはビュッフェを担当し、マルセル・カシャン（訳注）とも握手したのである。このころわたしは有頂天になっていた。


　ユダヤ人スポーツ・クラブでいろいろなスポーツに参加し、水曜日は水泳をし、日曜日は野球をしたりした。なかでもボクシングは好きだった。トレーニングは筋肉を強くするのに効果があったばかりか、〈いつか役に立つだろう〉と自分に言い聞かせて練習に励んだ。

　それはすぐに役に立ったのだ。

　しばしばファシストのグループがベルヴィル街を襲っては、「ユダヤ人をやっつけろ！」と罵声を浴びせながら、そこにいるユダヤ人たちに殴る蹴るの暴行を加え、ときには死人が出ることもあった。

　ボクシングの仲間たちが集まり、この与太者たちに仕返しをすることを決めたのだ。しかし、自分たちの安全を守るためにも完璧な戦略が必要だった。敵のほうが大人数であることと、何よりも恐れたのは警官の眼だった。些細な過ちでも捕まれば国外追放になるのだ。

　日没後、二人の友人がカフェのテラスに座っていた。警官が去っていったあと必ずファシストの行動隊が来るのは分かっていた。予想していたとおり、十人ほどのファシストたちがやって来て、ユダヤ人客を罵倒しはじめ、暴行をはたらきはじめたのである。

わたしたちのグループのひとりが立ち上がって、敵のひとりの鼻先にパンチをくらわせてからアングレーム通りのほうに逃げ去った。敵たちはあとを追いかけていくが、走力に自信のある友人は、敵を引き離さず絶えず三、四メートルの間隔をもって走りつづけ、中庭に入り込んだ。敵たちはそこで彼を思う存分打ちのめそうと思っていたようだが、入口の扉の裏側に体格のいい数人の仲間が隠れていたことを知らなかった。

わたしたちは武器も持たず、たいした作戦すら練っていなかった。敵は中庭に入り込もうとしたときに、わたしたちから足蹴をくらい、次つぎに転倒していった。敷石の上だったので相当痛かったのだろう、茫然自失の態だった。わたしたちは彼らが握っていた棍棒を奪い取り、素手で殴りつづけた。棒切れも鉄棒も必要なかったのだ。最後に残った敵の二人は、わたしたちが張った罠に気がついたのだが手遅れだった。それから三分間にわたって彼らに見せしめの復讐をやってのけたのだった。わたしたちはこの行為については誰にも口外しなかった。

翌日の新聞にこの事件についての三面記事が載っていたので笑い転げたのだった。罠にかかった敵の言い分では、プロの仕業だったという。それ以来ファシストたちは姿を見せなくなったのだった。

「悪者はいつも卑劣で、自分たちが誰よりも強いと思うときにきまって他人に嫌がらせをはたらくもの

訳注　マルセル・カシャン（一八六九〜一九五八年）。ロシア革命に賛同し、ユマニテ紙主宰者。人民戦線の中心人物となり、戦後共産党議員となる。

だ」。そう結論を下すほかなかった。が、わたしたちのとった行動は意外な結果をもたらした。この日からベルヴィル大通りでは警官による身分証のコントロールが頻繁に行なわれるようになったのだ。そのためユダア人もそこを通るのを恐れる者が多くなった。

一九三五年、わたしはノワジー・ル・グラン（パリ郊外の町）である女性と知り合い、六カ月後に結婚した。妻はわたしと同じ思想を共有していた。わたしたちはキャンピング・クラブの会員になり、毎週土曜日、場所を変えてはテントを張っていた。会員はフランス人、ユダヤ人が混ざっていたが、大部分は共産主義者だが党には所属していなかった。こうして週末の二日間はしばしば野外で過ごしていた。

一般の住民から見ると、当時はまだキャンピングなどは気違いじみていたのである。

「家があるのに外で寝るなんてどうかしているよ。頭がへんになったんじゃないか」

村の食料品店に買い出しに行くときも、店主は白い目でわたしたちを見つめ、商品が盗られるのではないかと監視の眼をゆるめなかった。

わたしたちは仲のよいグループとなって、この時期を互いに楽しんでいた。

結婚して五年後に息子が生まれた。

第１章
最初の収容所

ピティヴィエ収容所

わたしたちはフランスで暮らし、すでに十年になった。このころから軍靴の足音が明確に聞こえはじめていた。家族のなかですでに三人の息子が兵隊として出ていた。わたしはポーランド軍兵士として、二人の兄はフランス軍兵士として、戦争がはじまった初期に志願していた。

ナチス軍がパリに侵入した直後、いちばん上の兄ジャックはドイツ軍に捕まる寸前に逃げることができた。攻撃された直後に上官が兵士たちに命令を下したのだった。

「逃げるんだ。軍服を捨てて私服に着替えるのだ」

次兄のアルベールは捕虜となったが、数カ月後に脱走することに成功した。

わたしはポーランド大使館に出向き、政府はいつからわたしを徴兵するのか訊きに行ったのだ。

「自宅で待機していてください。ポーランドをナチス軍から奪い返すために軍隊が必要になったときに、こちらから連絡します」

一九四一年五月、ジャックとわたしは仏当局から身分証のチェックのためジャピー体育館に出頭するように、というグリーンの紙に印刷された通知を受け取った。そこでわたしたちのすべての書類が取り上げられ、自宅に寄る時間も与えられずにピティヴィエの収容所(原注)に連れていかれた。このときの監視員は全員フランス人憲兵で、ドイツ人兵士はひとりもいなかった。

ジャックの妻キャロルと、五歳のひとり娘ロゼットはそのあと、一九四二年七月十六日、パリのユダヤ人の一斉検挙で連行され、冬期競輪場「ヴェリヴ」に集められたあと貨物列車でポーランドかドイツの強制収容所に移送され、再び会わない人となった。

ピティヴィエ収容所での毎日は、自由がない以外はある程度がまんできる環境だった。家族からは食品の小荷物が送られてきたので餓死するほどではなかった。監視する憲兵もどこの憲兵とも同じで規律を重んじ出世することしか考えていなかった。厳しさにおいては誰にも劣らなかった。それでもわたしがそのあとに体験するアウシュヴィッツ・ビルケナウ強制収容所に比べれば、休養できるサナトリウムのようだった。

ある日、外で働くボランティアを募っていたので、兄とわたしはまっさきに応募した。二人で脱走しようとしたのだ。残念ながらジャックはピティヴィエの砂糖製造所に、わたしは農家どころかヴィルヌーヴ市の大規模な農地に送られたのだった。経営者のL氏はひどい人で、わたしたちを奴隷のように扱い、彼に雇われている労働者よりきつい労働をさせたのだった。労賃は一銭も支払われないので食べ物くらいは……と思っていたのだが、それも与えずに搾取をむさぼっていた。憲兵でさえ、「まるで犬のような

原注　ピティヴィエ（パリ南部ロワレ県）の収容所は、開戦初期にドイツ人捕虜を収容するために作られた。ナチス軍の侵入後ヴィシー政府は、そこにユダヤ人を収容した。捕虜の収容所だったのが、ナチス占領下、一九四二年七月十六日、仏警察が行なったパリのユダヤ人の一斉検挙のあとは、女性と子どもも収容するようになった。総数一万二千人のユダヤ人が収容され、彼らのほとんどが千人単位でポーランドにある強制収容所まで貨物列車で移送された。ピティヴィエ収容所と似た収容所が同県内のボーヌ・ラ・ロランドにもあった。

扱いだ」と腹を立てていた。幸い家族からの小荷物は届いていた。

脱走することはさほど難しくなかった。

「あんたらは人数が多いんだから、ひとりひとりを監視するのは不可能なんだ。鎖でつなぐわけにもいかないし。誰かが逃亡してもしょうがないさ」。顔見知りになった憲兵はもらしていた。

わたしたちが逃げたら彼が告発するのだろうが、わざと間をおいてからそうするのだろう。が、わたしひとりでは脱走したくなかった。兄といっしょになれる日を待ち望んでいたのだが、それも望み薄だった。とにかく内部にいながら闘うほかなかった。ジャックはフランスのために戦った外国人志願兵だったので、わたしより三週間早く強制収容所に移送されたのだった。

彼が移送される数日前にわたしたちは有刺鉄線で囲まれた広場に集められて監視が強化された。ドイツ軍に協力するフランス人憲兵たちの猛烈ぶりは異常だった。フランス国内の収容所から脱走するのも不可能になりつつあった。

一九四二年七月十七日、ドイツの強制収容所に移送される

わたしたちは家畜輸送車に詰め込まれた。高さ二十センチ、幅三十センチの換気口には鉄線がわたされていた。一車両に八十人が押し込まれたので座る場所もなかった。幸いに幾人かは知り合いだったので交替で座ることにした。

貨車はまる二日、三夜にわたって走りつづけた。最初に停まったところはドイツ国内のある駅だった

せなかった。

が駅名は解読できなかった。貨車の開口部から私服のドイツ兵がのぞき込んだ。彼らは、家畜のように運ばれていくわたしたちに向かって残忍な笑いを満面に見せていた。それ以外の表情は彼らの顔には見出せなかった。

停車時間が一時間ほど経った後、監視していたナチス国防軍兵士がわたしたちに水を汲みに行くことを許可した。車両のなかには四本の瓶があり、代表のひとりがそれらをもって二回だけ水を汲みに行けたのだが、わたしたちひとりひとりが一口ずつ飲んだだけでお仕舞いだった。喉を潤らした八十人にたったの七リットル……、食べるものは何もない。フランス当局は出発する前に、わたしたちが一カ月間食べるのに充分な食糧を詰め込んだ貨車を連結したはずだったのに。

このときわたしは二十八歳だった。三十歳前の若者にとって、体格が良くても飢えと渇き、立ったままの姿勢と不眠は過酷だった。意識を失う者が出はじめ、わたしたちは「気を失った者がいる!」と外に向かって叫んだ。

それへの返事が返ってきたとき、警備隊が交替したことがわかったのだ。ナチス親衛隊員S・Sが機関銃の先を車両の開口部に向けている。

「わめくのを止めないなら撃ち殺す!」

ここですべてが分かったのだ。東部に働きに行く途中の悪夢でしかないと思っていたことが、これで吹っ飛んだのだった。今後ナチス親衛隊員が警備にあたるということは、水を飲むことも、バケツに入れた汚物を捨てに行くことも許されないのだ。ナチス親衛隊員がどんなものであるかは漠然と知ってはいたが、これほどとは知らなかった。

喉の渇きはどうしようもなかった。何人かの仲間がリンゴをもっていたので、それを薄く切り、皆で分け合い一枚ずつ食べたのだった。苦痛がますます強まっていき、喉の渇き以外わたしは何も感じなくなっていた。神経が高ぶるのとは逆に体力が弱まり、下腹部をコントロールすることもできなくなり、誰もがバケツに放尿しに行きつくまで抑えられなくなっていた。

バケツが溢れ出ていたので、停車するたびにそれを空けに行きたいと願い出るのだが、いつも同じ返事が返ってきた。

「どうせおまえらは糞の塊なんだ、排出しなくても臭うんだから。収容所に着いたら、ほかのユダヤ人たちが慰めてやるだろうよ」

彼らのドイツ語を訳す必要はなかった。ドイツ語とイディッシュ語は親戚同士なのだから。

車両の床に糞尿が流れだし、座るスペースも少なくなっていた。そして疲労と喉の渇きが耐えられなくなっていた。さらに移送が二日間つづき、わたしたちは限界にきていた。仲間の二人が発狂状態に陥り、「死にたくない！」と叫びつづける。彼らを車両の隅のほうに押しやり、親衛隊員に聞かれないように黙らせた。その前の駅に停まったときに親衛隊員が別の車両のなかに機関銃を撃ち込んだのだ。

車両内の空気が希薄になり吐き気をもよおさせる悪臭が充満していたので、開口部のほうに別のグループを入れ替えざるをえなかった。

ついに列車が停まった。到着点に着いたのだ。突然怒鳴り声が聞こえた。

「外へ出るのだ！　荷物は全部なかに置いていくように。あとでユダヤ人収容者が取りにくるから」

まる二日間の不眠で足がふらつき、頭ががんがん鳴り、光で眼がくらみ、この怒鳴り声でやっと眼が覚めたのだった。

プラットホームには二メートルおきにドイツ兵が犬と機関銃をわたしたちに向けて立っている。他の親衛隊員は先端に鉄の玉が付いている奇妙な鞭を振りながらわたしたちを車両から引き降ろす。誰もが一回はこの鞭に打たれるのだ。荷物を持っていこうとした仲間は、この鞭で死ぬまで打たれたのだった。五人横隊で並べさせられるときも殺されることがあった。わたしたちは口を閉ざすのが鉄則だった。何がしかの苦痛を訴えようものならその場で殺された。棒で背中を打つ懲罰がくり返されるなかで、わたしたちは口を固く閉ざしたままじっとしているほかなかった。

親衛隊員が優しい口ぶりで、わたしたちに話しかけることもあった。

「疲れている人がいたなら出てきてください。トラックが収容所まで乗せていきますから」

この罠にはまる者は少なかった。が、それに従った者は、誰ひとりとして戻ってこなかった。

ネックレスをしていたひとりの仲間の首から親衛隊員がそれを暴力的にもぎとり、ポケットに仕舞い込んだ。

終着点に着く前に親衛隊員は何人かをすでに殺している。ひとりは辛そうに足を引きずって歩いていたので殺され、もうひとりは隣の者と話していたので殺された。鞭の代わりに銃床で頭を叩きつけたのだ。

わたしはとにかく収容所まで行って助かりたいと願っていた。頭がくらくらし立っているのがやっとのわたしたちを、彼らはどうしてこれほどまで痛めつけては、機関銃で撃ち殺そうとするのか自問しつづけていた。そばにいた仲間のひとりが耳もとでささやいた。

「分かってるだろうに、親衛隊はぼくらを抹殺しようとしているんだ」

この考えには賛成できなかった。彼らはただわたしたちを怖がらせようとしているのだと思っていたのだ。実際にわたしの全身が恐怖で怯えきっていた。そして反発するかわりに従順になりつつあった。いまになっても理解できないのは、若いころから喧嘩早く、どんな迫害にも反抗していたわたしだったのに、親衛隊員らの暴力を黙視しはじめていたことだった。

そのあと型どおりの挨拶がされたあと、

「あなた方のなかで労働するのがいやな人は列から出てください」と丁重に付け加えられた。

ひとりも動かなかった。数分前にくり広げられた銃殺場面に強いショックを受けていたわたしたちは、仕事につくことしか考えていなかった。

「では皆さん全員が労務に志願されるということですね」

強制収容所に到着

ナチス親衛隊員は有刺鉄線の柵の前で立ち止まり、カポ(訳注)と収容棟の責任者に監視がバトンタッチされた。彼らは銃や鞭ではなく棍棒を握っている。肉付きがよく筋肉隆々、話し方も動作も親衛隊員と同じだ。収容所内の監視責任者は赤い腕章を付け、その上に黒字で階級が記されていた。彼らはこぎれいでシャープなカットの軍服を着ていて、誠実そうな表情をつくろっている。しかし、わたしたちが覚えている彼らのごろつきだったころの表情は隠せなかった。

わたしたちはそのあと木造のバラックの前に連れていかれ、すでに入っている収容者らの手に託された。そのひとりがわたしたちの左腕にナンバーを入れ墨し（わたしの番号は四八九五〇）、もうひとりが頭の中央からバリカンで刈り上げる。もう一組のスタッフが今度は全身の体毛をくまなく刈り上げていき、とくに股間は皮膚が剥けるほど強く体毛を刈っていった。このときに、パリで付き合っていた何人かの収容者が貴重な助言をしてくれた。

「ドルか金を大事にして持っていれば、命拾いできることもあるよ」

わたしにはどちらもなかったので、彼は哀れむようにわたしの顔を見つめる。

「残念だな。とにかく挫けないことだ。ここでは何もできないんだ。つながりなんていうものもないし、誰もが死ぬ運命にあるんだ。あんたなら三週間は生きられるんじゃないかな……」

「最初の三週間を生き延びられれば、そのあとすこしは耐えられるようになり、そのあとまた数週間は生きられるんじゃないかな」。わたしを慰めるようにつけ加えた。

「あなたはあとどのくらい生きられると思いますか」

「ナチス親衛隊がユダヤ人を収容所に移送してくるかぎり、髪を刈ることと入れ墨の仕事があるからね」と言ってから、彼はわたしたちがどこから連れてこられたのか、フランスにはまだどのくらいユダヤ人が残っているかなどわたしに訊くのだった。

わたしたちが持ってきたわずかな衣類と、ベレー帽にも聖職者の被る椀型の帽子にも似ている収容者の帽子と、番号が記された二枚の名札が渡された。そして背中に、白いペンキで強制収容所の略字K・Z

訳注　カポとは、収容者の監視を任された古参の収容者の呼び名。

が四角で囲んで書かれたのだった。

棍棒が振り落ちるなかでわたしたちは五人横隊で整列させられ、八号棟の木造バラックに連れていかれた。そこには、ポーランドで医学生だったという責任者マレクが待っていた。

いままでめったに恐怖心というものを抱いたことのないわたしが、そこで喉がつまるほど凄惨な場面に出会ったのだ。三人ずつの固まりとなって、廃人に近いそのうちの二人がひとりの死人を板の上にのせて、死者の行進のようにゆっくり進んでいく。歩く力がどこから出てくるのか分からない骸骨に近い男たち。目玉が眼球からとび出し、皮膚が骨を覆っているだけの、ネジの緩んだロボットのようだ。このように死が間近の収容者のことをここでは隠語で「ムスリム」(イスラム教徒)と呼んでいるのだという。

筋肉隆々たるカポが彼らのそばを歩みながら棍棒を振り回し、ムスリムたちの引きずるような歩行に喝を入れている。それに対して彼らは何の反応も見せず、どんな苦痛も感じなくなっているようだった。自動人形のように叫ぶことも呻くこともしない。ここで棍棒での強烈な一撃が加えられ、死人を担いでいる二人が倒れ、板に乗せられていた死体も転がり落ちる。カポは死骸を脇にのけて、さらに激しく死人同然の二人を打ちのめしつづける。生きている者と息絶えた者を判別することも困難なのに。

突然わたしの頭に棍棒が振り落された。このバラックの監視員からの一撃だった。彼はわたしの母国語イディッシュ語で話しかけてきた。

「一カ月もしたらあんたも彼らのようになるんだ。一カ月もてばいいほうだ」

あとで古株たちは、普通ならわたしは死ぬところだったのに、と致命的な一撃に倒れなかったことを不思議がっていた。

監視員は棍棒をもった四人の殺し屋を従えて退いてから話しはじめた。

「おまえたちのなかに人を殺した経験、または武器をもって誰かを襲ったことがある者はいるか」と訊くのだ。

最初それが何を意味しているのか分からなかった。

「さあ、恥ずかしがらずに。聞かせてもらおうじゃないか」

何人かが列から出ていくと、彼は彼らの肩を優しく叩き、ノートの別頁に彼らの番号を書きとめた。こうして彼は部下を募ったのだ。そのあとおもむろに演説をはじめた。

「俺の名前はライビッヒだ。小指を切断するくらいなら千人を殺してしまいたいほうだ。おまえたちが喉を渇らしていることは知っているが、ここでは喉の渇きは他のことから比べれば些細なことなのだ。おまえたちのほとんどはポーランド出身のユダヤ人だが、フランスで贅沢な生活をし、たらふく食べていたことだろう。ここではすべて忘れることだ。いちばん頑健な者でもここでは三週間もてばいいほうだ。三週間以上生きられれば、それは神さまのおかげだ。しかし俺は神を信じていないから、一カ月以内に全員が死ぬだろう。ここではそれ以上は生きられないのだ。頭を切り替えるほかない。俺もここで死にはてると思っている。もちろん最後の最後にだが。俺がそれほどひどい人間ではない証拠として、おまえたちにアドバイスをしてあげよう。これからは絶えず俺の眼を、白い部分も含めて眼の動きを見極めて、命令に従うのだ」

「バラックの責任者マレクを知っているだろう。彼はおまえらの神さまなのだ。彼に対して何も反対できないのであって、彼がいまは夜だと言ったら、はい、真っ暗です、と答えなければならないのだ」

そう言ってから彼はわたしに向かって、いままで耳にしたこともない罵詈雑言を浴びせたのである。そのあいだに仲間のひとりが彼に質問した。彼は収容所に着いたばかりで仏軍隊の士官だったようで、がっしりした体格のユダヤ人で、きちんとした服装をしており四十五歳くらいに見えた。アウシュヴィッツではこの年齢はすでに高齢層に属していた。

「ここに来る前は何をしていたのか。答えなくてもいい、時間があるのだから。俺の話を最後まで聞くのだ。眼は見るためにあり、耳は聞くためにあるのだが、口は閉じるためにあるのだ。なのにおまえは俺に口をきいた。列から出て左側に出ろ」。ライビッヒが声を張り上げた。

男は従おうとしなかった。

「たいしたことはない。待つ必要もない、俺が迎えにいくから」

収容棟の責任者マレクがわたしたちを数えはじめた。彼が担当するバラックに収容されるには五人が余分だった。いちばん歳をとった者を選び出し、説明する。

「とにかくここでは長く生きられないのだから、これ以上苦しんだところで何の意味もない。おまえらのことを思ってのことだ」

とっさに人差し指である男を指した。

「おい、そこにいる奴、サナトリウムにいるとでも思ってるのか、口をきくということがどんなに高くつくか教えてやろう。早口にしゃべってたろう」

彼は笛を鳴らし、内心気後れしたのか言い訳がましく言う。

「気違いには注意しなければならん」

すぐに十人ほどの殺し屋がその男を囲み、他の五人のカポもいっしょに棍棒で打ち殺したのだ。収容者が初めて見せた沈黙の抵抗が数分で砕け散ったのだった。収容所に着く前にナチス親衛隊員が見せたのと同じ残虐さで六人の収容者が惨殺されたのである。このときほどバラックのなかに逃げ込みたいと思ったことはなかった。

マレクの演説が終わったあと、わたしたちはやっと、コーヒーと呼んでいる黒っぽい液体を何口か呑み込むことができた。収容所の水よりましだったが、悪臭を放ち、古株の収容者が言うように、飲料水でない液体だった。

飯ごうに注がれたこの液体をわたしたち五人が回し呑みする。自分だけ多く呑もうとする者にマレクは眼を走らせる。わたしのグループの仲間は静かなほうで、呑む量をごまかしたりする者はいなかった。他のグループのなかで言い争いながら、分け前より多く呑んだ者の番号を几帳面に手帳に記入してからマレクが言った。

「いいか、俺は平和と勤勉さを尊ぶのだ。不満な奴や気むずかしい奴の番号は書きとめておいたから、たかが数滴の違いで言い争う奴は、明朝バラックの前に死体となって横たわるはめになるかもしれん」

〈そんなことってあるのだろうか〉。わたしは自問していた。

八号棟の第一日目

ベッドとも呼べない寝床は、壁にそって図書館の幅広の本棚のように二段に板が渡されていて、いちばん下は地べたに寝るようになっている。そこがいちばん惨めな場所で、汚物に囲まれた地面を遮断する板もなく、凍るような湿気が体の芯まで突き刺さるのだ。そこにはいちばん体が弱っている者が寝かされた。中間の棚のほうが良かったのだが、空気が通らず埃っぽかった。いちばん良かったのは最上段だったが、夜は這い上がらなければならず、朝はまた這い降りなければならなかったのでかなりの体力が要ったので、地べたに寝たがる者が多かった。

一枚の寝床に六、七人が寝なければならなかったので仰向けになるのは難しく、全員が横になり、足を壁のほうに向けて頭を通路側に向けなければならなかったので、頭に振り落ちる棍棒から逃れることはできなかった。

わたしはボクシングを止めて以来、四十九キロだった体重が一挙に八十五キロに増えていたので、肉がマットレスの替わりになってくれていた。そしてロシア製のコートを布団代わりにした。最初緑色だったのが完全に色褪せ、シラミが何層もの巣を作っていたので全体が白っぽかった。にもかかわらずわたしは丸太のように寝入ってしまった。

ピティヴィエの収容所からわたしより三週間早く移送されてきた友だちの助言では、衣類と靴は絶対に身から離さないことだった。ここではどんな些細なアドバイスも生死にかかわるほど重要だった。わたしは重い登山靴を履いていたが、重くてもがまんするほかなかった。

朝の起床時間には、靴を脱いで寝た者の頭に棍棒の雨が降りかかった。寝ているあいだに盗まれなかったのはいいが、足がふくれ上がり靴が履けなくなるのだ。履くのにぐずぐずしている仲間のあいだをすり抜けて、わたしは外に駆けていったので棍棒の一撃をくらっただけですんだ。が、全員が外に出たあとで五人横隊に整列し終わったときに棍棒による一斉打撃が待っていた。

わたしの隣に寝たユダヤ人はフランス生まれで、わたしと同じ三十歳くらい、体格はそれほどいいとはいえなかった。

「隣で寝ていいかな。ぼくはイディッシュ語が全然わからないし、ドイツ語もほとんどだめなんだ」と頼んできた彼にわたしは言ってやった。

「いいよ、でも口をきいちゃだめだよ。見つかったら、死体となって次の荷車で運ばれることになるからな。今夜だけでも三十人殺されているんだ」

監視員補佐ライビッヒの二回目の演説がはじまった。

「みんな見たか、バラックの前に横たわっている三十人の死体を。おれが殺したんだ。なぜだか分かるか？　昨夜、親切に彼らに飲み物をやったのに不満ばかり言うからだ。おまえらにもいい教訓となるだろう」

これを聞いて震え上がったのはわたしだけでなく、恐怖で全員の目玉が飛び出すほどだった。このときわたしは〈もしわたしが死ななければならなくなったら、その前におまえの首を絞めてやる〉と内心呟いていたのをいまでも覚えている。このときのわたしはまだ完全に打ちのめされていなかった。隣のフランス人が「彼が言ったことを訳してくれるか」とわたしにささやく。

「ぼくのほうを向かないように。まっすぐ正面を見てるんだ。あとで説明するから」

わたしが訳すのを聞きながら彼の息が荒くなっていった。

わたしは彼と八日間同じ作業班で働いた。彼はわたしの半分の体重しかなく、手は女性のようにか細い。もうひとつの大きなハンディは、ポーランド人のカポたちの言葉が分からなかったことだ。彼は感じの良い勇気のある男だったが、口がきけなかったので、夜もあまり会話もできなかった。ときどき働きながら互いにカポと作業班長の動きを追うために反対のほうを見ながらささやき合った。わたしたちの労働の効率まで彼らがチェックするのは難しかったはずだから、わたしたちは最小限の労力を使い、生き延びるために必要な体力を保持しつづけることに専念するほかなかった。

彼がどのようにして収容所に移送されてきたかを説明してくれた。彼は、ドイツ女性のあいだで評判の高かった有名なデザイナーのアトリエで働いていた。ある日、彼はドイツ軍協力者でもあったこのデザイナーのアトリエを辞めて、他のアトリエに移ろうと思っていた。

「パトロンがぼくを助けてくれていたなら、いまもパリで働いていたと思うよ」

後悔しているかというわたしの質問に彼は迷うことなく答えた。

「後悔してないと言えば、嘘になるね」

当初わたしは二つの点で恵まれていた。ひとつは体重がかなりあったこと。パリで知り合いだった元ボクサーたちがここでも掟を定めていた。彼らは、わたしも彼らのように強者のひとりになるだろうと思っていたようだが、わたしは彼らを避けて近寄らなかった。監視員補助らも最初の二、三日はわたしをほっといてくれ、頑丈な登山靴も盗もうとしなかった。そのうちにカポたちが、スープの代わりにと言って靴を奪ってしまった。が、靴のサイズは三十九～四十だったので彼らには小さすぎた。彼らはわたしを殴ったあと（あまり強くはなかったが）、靴を返してくれた。このアイデアを思いつき、わたしはパンと交換に針金を手に入れることができた。登山靴の靴底が剥がれはじめていたので、それで修繕することができた。

友人はすり減った下履きのような靴をあきらめて、代わりに靴底が木でできているどた靴を履かなければならなかった。じきに足がマメだらけになり、血が吹き出し歩けなくなった。傷口を尿で消毒するほかないとすすめる者もいた。わたしはぼろ切れでポーランド式またはロシア流に靴下を形どってやったのだが、たいして役に立たなかった。

このころまだわたしには勇気があったのだろう。マレクのところに行き、友だちのすり切れた靴を新しいのと交換してくれるか訊いてみたのだ。

「俺に会いに来るとは勇気があるな。それも友人のために。今夜は部下が三十人ほど収容者を処分しなきゃならないから、そのなかにおまえも加えるが、いいか」

この言葉にわたしは、何人かの仲間のように妻子があるからと言って泣きつこうとは思わなかった。彼はわたしの知り合いにかなりのボクサーがいることを知っていたのか、

「おい、おまえは勇気があるようだから助けてやる。いつか必要になるかもしれないからな。出ていけ。その前に前かがみになれ」と言って、彼はいつも手から離さない牛の尾で作った鞭で強烈な一撃をわたしの尻に打ち込んだ。それから数日間尻の痛みは消えなかった。

仲間たちはわたしが気が狂ったのかと心配した。それから一週間のあいだ、毎晩わたしは、殺された者の数を指で数えては苦しみ悶えるのだった。選ばれた仲間たちは殺される前に、

「どうしてわたしなんだ。妻と三人の子どもがいるんだ！」

「妻と四人の子どもがいるんだ！」と声をふり絞って叫ぶのだった。

が、彼らへの返事はいつも同じだった。

「売女のガキども、おまえらのためにやっているのが分からないのか。年を取りすぎているうえに、働く力もないということを。おまえたちの妻子はとっくの昔に死んでるんだ。黙れったら、売女のガキ！明日までに三十人を処分しなきゃならんのだ」

殺すための言い訳は何でもよかった。

「年を取りすぎている、パンを口に入れているだろう、友だちからそれを盗んだろう、夜の点呼のとき小便をしに行ったろう、きのうの夜、おまえはウンコをしに行ったろう」

その逆のことも殺すための言い訳になった。

「昨夜は出て行かなかったろう、仲間の体の上に小便をしたろう」

全部ごまかしの言い訳だった。彼と同僚たちは、新たに貨車で移送されてくる収容者のためにスペースを確保しなければならなかったので急を要していたのだ。そのうえ彼は、日中は殺したくはなかったが、部下といっしょに自分の手で、いちばん体が弱っている者から殺していった。したがってわたしたちの作業班のなかで殺される者は隣のバラックより少なかった。そのかわりに、朝の点呼のときバラックの前に横たわっている死体の数はその分多かった。こうして彼は、自分がユダヤ人であるというハンディを挽回し、監視員というポストを保持するためにも、ポーランド人やドイツ人の同僚以上の成果を上げる必要があったのだ。

いっぽう補佐のライビッヒも、残忍さにおいて上司と張り合っていた。ある日、彼にとって思わぬチャンスがめぐってきた。収容者のひとりが隣の者のパンの一切れを盗んでいる現場を目撃したのだ。盗まれたほうは高熱のため食欲がなかったのでポケットにパンをしまっておいたのだ。

ライビッヒはこのときとばかり、誇らしげに口上をはじめた。

「売女のガキども、いいか、犯人は奴だ。病人のパンをかっさらおうとしたんだ。いつも言っているように、食物の盗みは死刑だ。売女のガキ、ばかもの！　盗むなら食べ物でなく金を盗め」

「売女のガキども、さあ、輪になって彼への裁きを見ているのだ。今後は絶対に他人のパンには触れさせないようにするから」

パン泥棒は泣きながら懇願する。

「わたしには妻子がいますから命だけは助けてください、お願いします」

「バカ野郎、売女のガキ！　パンをくすねたのは俺だと言うのか？　地面に横になれ、苦しまないようにしてやるからな。何も考えずにじっとしてればいいのだ」

被告は抵抗しようとした。上司マレクがやって来て笛を吹くや、棍棒を持った者たちが駆けつけてきて一斉に叩きつける。また笛が鳴り、棒打ちの刑が止まる。

「地べたに横になるんだ。わかったか」

男は従わざるをえなかった。全身を棍棒でめった打ちにされ、ふらふらになり、どこにいるのかさえ分からなくなっている。

「立っているよりずっといいだろう。ベッドに横たわっているようだろう」。ライビッヒが怒鳴る。

男は地べたに顔をつけて恐ろしさで震えている。ライビッヒは彼を二、三分そのままにしたまま、殺すのではなくふざけたんだととぼける。

「あなたがわたしを殺しっこないことは知ってます」。てっきり殺されると思っていた男が呟いた。が、そのあとすぐに部下の二人が棍棒を彼の喉もとに突きつけ、両端にひとりずつ乗ったのだ。数秒後ライビッヒが「冥途はどうだった？」と訊いたが、押しつぶされた喉からは呻き声も出でこなかった。ただ眼から涙が流れ出し、手に全身の力を入れて立とうとする。

「バカ野郎、返事をせんか、口をきこうともしないのだな…、残念だが」

もう一度彼らは棍棒の上に乗っかった。男は動くこともしなかった。死んだのだ。

殺し屋のひとりはわたしたちといっしょにパリから移送されてきた者で、ライビッヒが優しく肩を叩いた男だった。貨車が収容者を運んでくるたびに、ライビッヒはいつも同じやり方で殺し屋を募っていた。わたしたちは抵抗する手段を考えるひまもなかった。毎日知っている者が二十人ずつ殺されていった。わたしたちはハエのように、ライビッヒかマレクによってバラックのなかで殺されるか、あるいは作業中にカポに殺されるかどちらかだった。


フランスの収容所以来初めて友人のブズニクに出会った。

「モイシェ、覚えてるだろ、まだぼくらが健全だったころ、ある晩、パンが残ったのをさ。日中の作業中にかなりの仲間が倒れたろ。覚えてるかい、八号棟のなかで死人を数える係で三番目に残酷な背の小さいSを。そのころはまださほど悪い奴じゃなかったけど、彼の上司、ライビッヒに注目されようと酷いやり方をするようになったんだ」

「Sがよく叫んでいたの覚えてるかい？『パンが欲しい奴は出てこい。俺がパンといっしょに棒打ちの景品をつけてやる！　売女のガキども、腹が空いてないのか』と」

「パンの一切れさ！　ごちそうじゃないか。あのとき、きみに訊いたろ、『あんたはどう思うか』って。そしたら、きみは『列の十番目で待とう。そうすれば叩かれないですむ。彼はたいして腕力がありそうではないから。ぼくらの番がくるころには疲れてるよ』と言ったろ。そのとおりになったのだから正しかったよ」

「あとさ、モイシェ、覚えてるだろ、ある晩、父親と息子が口喧嘩していたときさ、ライビッヒとSが近づいて来て、ライビッヒが『黙れ！　誰が話してたんだ』と叫んだときにSが告げ口をしたのだ。彼らは父親を寝床から引きずりだし、息子の前で棍棒で叩き殺した。その数日後、息子がSに復讐しようと思っていたのがライビッヒに感づかれて、仕返しする時間も与えずに息子を撃ち殺したんだ」

起床と夜の帰営

毎朝四時に寝床から追い出され、五人横隊に整列し、直立不動の姿勢で八時まで立っていなければならない。この起床の規律に慣れることはできなかったが、毎日同じことがくり返されたのだった。

ライビッヒは、スープをすこし多くやることで難なく、カポの部下になる志願者を募ることができた。しかしこのポストにつけたとしても、カポは殺し屋を使っていつでもこれらの志願者を殺させることもできたのだ。「起床！　起床！」と叫ぶ、タンがつまったような太いしゃがれ声に、棍棒で叩きつける音が混じり合う。バラックから出ていくときは、頭を下げて羊のように群れをなして出ていくほうが、棍棒で頭を打たれるにしてもすこしは楽だった。

外に出ると、すでに強者たちが待っていて、わたしたちが五人横隊をつくるのを監視している。そこには、昨夜殺された者の死体がわたしたちと同じように五体ずつ並べられている。衣服が全部剥がされ、腕の上に入れ墨された番号だけが残っている。毎日死体は二十五か三十体あり、その中間の半端な数ということはなかった。ナチス親衛隊員にとって五と十は数えやすかったからだ。

列が組まれたあと、マレクが叫んだ。

「脱帽！　着帽！」

全員が寸分の違いもなく脱帽した帽子を腿に叩きつけなければならない。それだけではない。

「眼を右に！　左！　正面！」

わたしたちは帽子の着脱と眼の動きを同時に操れるスペシャリストになりつつあった。

翌々日も同じ場面がくり返され二時間以上つづいた。この訓練が一点の落ち度もなくくり返された。わずか一秒のずれでもリズムを崩した罰として、マレクは毎日五人を殺していた。前夜のうちに並べられた死体の横に新たな死体が並べられていった。

ナチス親衛隊員が監視に来たあと、わたしたちは、飯ごうと呼んでいた尿瓶に注がれた黒っぽい水のようなコーヒーを五人で分け合って呑んだ。そのほかに食べ物は一切なかった。何人かの仲間は空腹のままでいるのが耐えられず、前日食べ残しをベッドのなかに隠しておき、ノミが内部まで浸入していた小さなパン切れをかみ砕いていた。わたしを含め他の者は、桃の種くらいの大きさの小石をしゃぶっているほかなかった。

黒い水のコーヒーは、五人一組になり尿瓶から呑んだのだったが、最後の者にまわってくるときは一滴も残っていないこともあった。毎日死者が出ていたので仲間にも入れ替わりが多かった。二度にわたって一滴も呑めなかった者が不満をもらそうものなら、その場で銃殺された。二日間食べず呑まずにいる者には確実に死が待っていた。こうした状況のなかで死を覚悟していた者は叫ぶほかなかった。

ある朝、マレクが笑顔を見せながら、なんで叫んでいるのか訊きに来た。

「コーヒーを飲んでいないのは誰だ？」

「わたしです」

「もうじき死ぬのは知ってるだろう」

「わかってます」

「怖くないのか？」

「いいえ！」

「よし！」

マレクは、グループの五人のナンバーを死者のリストに記入した。

その夜、マレクが特別にスピーチを行なった。

「ガキども、きょうから従来の習慣を変えようと思う。いままでは五人のうちのひとりは空腹のまま働きに行かせてきたが、この習慣はもう止めにして、これからは残った四人全員を抹殺することにする」

その朝、コーヒーを要求した者は惨めにも、日中に殺された者のなかに死体となって横たわっていた。

仲間の話によると、彼は自分が吐いた言葉を後悔しながら、カポに抵抗もせず殺されたという。マレクはつづけた。

「俺は公正、寛大な人間だ。彼を殺そうとは思ってもいなかったが、彼は死を恐れていなかったからだ」

マレクは自分のやり方を印象づけるためか、同類の場面が生じるたびに五人のうちの四人を抹殺し、残りのひとりを死から免れさせた。それはほとんどゲームに近かった。

コーヒーをめぐるもうひとつの「ゲーム」は、コーヒーの入った二個の樽を転倒させてぶちまけ、わたしたちが一口も呑めないようにすることだった。

そのあと、わたしたちは収容所から出ていき数種の作業班に分かれていった。収容者のなかから選ばれた、音楽の才能がある二十人ほどからなる楽団が、野外祭ケルメスのように賑やかな曲を演奏し、死が待っている作業場への出発を見送るのだった。

夜、作業から戻ってくると同様に楽団の演奏がくり広げられる。五人一組となって帰ってくるのだが、そのうちの生きている者が、死骸となった仲間を背負うか、または引きずって戻ってくるのだった。

わたしたちは監視の親衛隊員の前を脱帽して進む。その脇でカポが叫ぶ。

「百五十人のうち死者十人！」

親衛隊員が、生きて帰ってきた者と死んで戻ってきた者を数え終えたあと、わたしたちはバラックに入っていけた。沈黙が支配し、音楽隊もいなくなっていた。

そのあと、棟ごとに死体を集めバラックの前に並べた。もし一体でも数が合わないときや、茫然自失状態にある者が棟を間違えたりすると、わたしたちは外で立ったまま親衛隊員が来るまで待っていなければならない。親衛隊員は、すべてが完全な態勢になっていないかぎりやって来なかった。

各棟の責任者が「奴隷たち」の数をチェックし、再チェックし、問題があるようなときは収容者のナンバーをひとりひとり点呼していく。そのたびに「ヤッ！」と叫ばなければならない。即答しなければ、翌朝死体となる三十人のなかに加わることになる。

作業のあと、しばしば四時間ぶっとおしで立っていなければならなかった。生存者と死者の正確な数が出る前に親衛隊員が到着してしまったときなどは、さらに一時間のあいだ、ひざまずいたままじっとしていなければならない。

収容棟のなかで各作業班の死者の数が五で割れないときは、ライビッヒは死者の数を四捨五入した数になるようにした。この操作は即決実行された。収容者はバラックの前に並ばされて、何人かが列から呼び出され、彼らが抵抗しようがしまいが喉元を棍棒で押しつぶして殺していった。

初めての作業班

わたしが入れられた作業班は外ではなく、バラックの内部で働いていた。収容所に着いた当初、眼にした生きた屍たちによる作業では効率が上がらなかったのだ。わたしは彼らの作業にテコ入れすることになる。各バラックの前に並べてある死体を運ぶ作業だった。板の上に載せて運ぶよりも、死体の頭が地につくように仰向けにして背負うのだが、両ひざが肩あたりにくるようにし、ふくらはぎを胸に押さえて引きずっていく。ちょうどリュックサックを背負うときのように死人の足首を両手でしっかり押さえるのだ。この作業は古い収容者には無理だった。この方法で引きずっていくときの死体の重さは、生きている者の二倍はあった。逆さまになった死体の頭が一歩ごとに担いで運ぶ者の踵にぶつかる。こうした作業のあと手を洗うための水もなかった。ばい菌で皮膚感染した場合や傷口などは、ほとんどの者が自分の尿で消毒していた。

そのあと最悪の「死者の部屋」での作業が待っていた。そこでは特別の作業班が死人の口内を調べては、金歯を引き抜いていた。ひとりの親衛隊員が歯科医を監督するなかで、わたしたちは手押し車で死体を運び入れ、歯を引き抜きやすい位置に死体を支えていなければならない。手押し車の引き手が要領を得ないときなどは、親衛隊員かカポがその場で彼の頭を棍棒で打ち砕いた。殺された男が金歯をもっていれば、その場で歯を引き抜くのだ。収容者がいとも簡単に殺されるのは、親衛隊員らの楽しみのためばかりでなく、多くの者が金歯をはめていたからでもあろう。現在でも、わたしは病院で口を開けるようにと言われると、異様な心境に陥らざるをえないのである。

ある日、親衛隊員の怒りが心頭に達し、歯科医が蒼白になっていた。屍から金歯がなくなっており、とくに全歯が金で被われた入れ歯が取り外されている死体がみつかったのだ。収容所のなかでは、かなり多くの者が自分の金歯を抜き取って、それと交換にわずかばかりの食物を得ていた。なかには親衛隊員の手先となっているドイツ人カポに買収されて金歯の取引をする者もいた。しかし、このルートを発覚させかねない者や、たいして役に立たない者は、カポがしばしば抹殺していた。

こうして死体運びをつづけていると、自分の命も永くないと感じはじめ、どうしてもほかの作業班に移らねばと、わたしは危機感を覚えはじめていた。

この絶体絶命状態のなかで、先に述べたフランス出身のユダヤ人青年を助けてやる手立てもあまりなかった。が、他人を助けようと思うだけで力が湧いてくるものだ。彼は健康なのだが、足の傷口が化膿していた。あと三日くらいじっとしていられれば治ったのだろう。彼は七号棟に移された。

そこにはユダヤ人のための病棟があった。ライビッヒのような収容棟の監視員補佐が軍医と看護婦が働くこの病棟を仕切っていた。実際には、一日おきにガス室に向かうトラックでここから瀕死者が運ばれていった。

最初不審に思ったことは、どうしてマレクとライビッヒが何人かの病臥者をそこにいさせておくのかということだった。あとで分かったのだが、七号棟に入れられる瀕死者の増減によって毎晩殺すべき収容者の人数を割り出していることだった。病状が回復に向かっていたとしても、ここに入ったら生きて出ていくことはできなかった。この棟に隣り合わせていた八号棟にいたわたしたちは、戦々恐々の毎日を送っていた。

一部の収容者は、七号棟と八号棟のあいだにある「営庭」と呼ばれる、塀で囲まれた区域に閉じ込められていた。彼らにはほとんど食べ物も飲み物も与えられなかったので、ほとんどが飢餓状態にあり、彼らの呻き声がわたしたちのいるバラックまで聞こえてくるのだった。

七号棟、カフカの証言

わたしの知っているかぎり、この「瀕死者置き場」から生きて出られたのは二人だけだった。そのひとり、カフカは強制収容所ができた初期、一九四二年七月にそこから出ることができたのだ。まだ大量殺戮装置が完全操業に入っていなかった時期だった。

カフカは戦前からの知り合いだった。彼はユダヤ人のコーラス・グループでソロで歌ったことがある。わたしの兄と彼は、わたしより三週間前にピティヴィエ収容所からアウシュヴィッツに移送されてきていた。二人とも四二〇〇〇台の収容者番号が付けられた。

カフカ（四二一九二）は語る。

「収容所に着いた最初の晩、ドイツ人元強盗犯であるカポのチーフ、ユープが俺たちを小さな部屋に連れていくや、全員の体に棍棒の雨を降らせたのだ。カポたちが何をしようとしているのか分からないまま、俺たちは壁から壁に体を投げとばされて恐怖で震え上がり、転倒した何人かは軍靴で腹と下腹部を何度も蹴られた。そのひとりは立ち上がることもできなかったので、俺たちは壁のほうに体を引き寄せたが、すでに仮死状態だった」

「カポたちはぼくらを痛めつけるだけ痛めつけ、反抗する者がいたらすぐに殺してしまうのだ」

「俺たちに時間の観念がなくなったころ、拷問が急に止まる。部屋の中央にうずくまり、らせん階段下部の手すりに背をもたせて座っていたら、カポたちが棍棒を振り回しながら、階段を登っていくようにと急きたてた。上には薄暗い屋根裏があり、俺は二、三人の仲間の体にぶつかりながら、空いている場所に座ることができた」

「眠ることだけは許され、全員が寝静まったあとやっと静けさが戻った。俺はそっと階下に下りていき、空いた場所に座って眠ることができた」

「一階に下りていたのがよかったのだと翌朝わかったのだ。カポたちが音を立てずに二階に上っていき、『ユダヤ人野郎たち、皆死んじまえ！』と罵倒しながら、寝ていた者を棍棒で叩きはじめた。跳び起きた者たちは背中を下に、または逆さまにらせん階段から転がり落ちてきた」

「一階に集められたあと、ユープがシーツを一枚もってきて床の中央に広げ、『ポケットかどこかにまだ何かもっているなら、全部ここに出せ。最後のチャンスだ。あとで見つかったなら死刑だ。分かったか』とすごんだ」

「殴打と罵倒が昼までつづいた。そのあいだ飲まず食わず。ユープが俺を含む四人を選び、スープを取りに行かせた。台所に行くと、スープがなみなみと入っている、把手も付いていない樽が渡された。俺たちは下の部分をもち上げて、ひっくり返さないようにそーっと運んでいく。ひっくり返そうものなら処罰を受けるばかりか、火傷を負うのは確実だった」

「そのときバケツを持ったひとりのポーランド人が寄ってきて、とっさに樽のなかにバケツを突っ込んでスープを奪い取って逃げていったのだ。俺たちは樽を支えたまま身動きもできず呆然となった。割当てのスープの一部が奪われたのだ」

「そのあと、俺たちはナチス親衛隊員からなる委員会に出頭させられた。『おまえらのなかで誰が病気なのだ』と訊くのだ。仲間のなかにはひとりも病人はいなかったのだが。それから二つのグループに分けられた。あんたの兄さんはアウシュヴィッツ（原注）に残ったが、そのあとどうなったか分からない。俺はビルケナウ収容所（原注）に連れてこられ、マレクが監視する収容棟に入れられたのさ」

「マレクのいつもの演説を聞くために五人横隊に並べさせられ、ひとりの親衛隊員が点検しながら、ひとりの収容者に質問した。

『フランスでの職業は？』

『仕立て屋です』

『どうして洋裁師と言わないのか』と注意しながら、胃の辺をこずき、次の者に質問する。

『おまえは？』

『肉屋です』

『肉屋のデブ公！』と叫びながら、親衛隊員は肉屋の腹にストレートをきめた」

「三人目は『商人です』と答え、ダブルパンチをくらって倒れると、下腹部に軍靴の一撃が打ち込まれた。次の者は『貧しい靴の修繕屋です』と答え、なぜか殴打を免れたのだ」

「もうひとりの仲間が『パン職人』と答えると、親衛隊員はパンの作り方を訊くのだ。パン職人の説明が気に入ったのか、親衛隊員は『俺は菓子職人なんだ』と言って通りすぎていった」

「収容者の古株が言うには、新しい収容者が着くたびにそうやって点検することが彼らの欲求不満の解消法になっていて、ボクシングの練習にもなっているそうなんだ」

「最初に加わった作業班はカポのペーターの担当だった。水と泥水の排水溝を作る作業だったのだが、数分間同じ場所にいるだけで足がくい込み、地面がぐちゃぐちゃになってしまうんだ」

「そのとき遠くから、工事現場のチーフらしき私服のポーランド人が近づいてきた。膝まで泥沼に浸かっている数人の収容者を選び出して、何の説明もなく彼らの頭をシャベルで叩きつぶしたんだ。何人かは即死だ」

「それ以来、俺は犬のように殴り殺されることを拒否したんだ。〈すぐそばにあるツルハシを拾って引き上げるくらいの力はまだある〉と思っていたところにカポが寄ってきたので、とっさに彼が何をしようとしているのか知りたかったのと同時に、そばに積んである古い板が眼についたのだ。俺は跳び上がり、その一枚を取って足の下に敷いた。それで泥土のなかにのめり込まなくてすんだのさ」

「そしたらポーランド人は顔に残忍な薄笑いを浮かべながら『そうすればいいんだ』と言う。元強盗犯であるこのカポの気性を知っていなかったなら、俺はとっくに殺されていただろうし、彼も俺のツルハシで打ち殺されていたかもしれないね」

「俺が到着した十五日後のある日曜日、バラックのなかにいたときにマレクが俺の名を呼んだ。臓腑がよじれるようだったね。名前か番号を呼ばれるときは死を覚悟しなければならないからさ」

「同じ棟にいた仲間たちに、『もし俺が戻ってこなかったら死んだと思えばいい』とささやいた。そのときマレクの後ろにボリンシュタインがいたんだ。ピティヴィエで出会った奴で、歌が唄えてダンスもできるんだ。俺はほっとし、ため息をついていると、彼が『あの奴です』と俺を指差した。するとマレクが『歌えるのか？　付いてこい』と俺に命じた」

「棟の入口には数人のミュージシャンが立っていた。台所の前の空き地に連れていかれた。鉄条網のあ

原注　アウシュヴィッツ強制収容所は一九四〇年六月十四日に開設され、一九四五年、連合軍による解放までに四百万人を殺戮した。そのうちの三百五十万人（九五パーセントはユダヤ人）は、強制収容所に到着直後ガス室に送られた。複合収容所は、三キロ離れた場所にある主な二つの強制収容所アウシュヴィッツⅠ（一般的にアウシュヴィッツと呼ばれる）とアウシュヴィッツⅡ（別名ビルケナウ）があった。その外郭に三十九の収容所があった。収容規模において後者が最大の強制収容所だった。その内部にガス室や焼却炉、衣類や眼鏡、毛髪、金歯、その他、死者の遺品選別室があった。

る近くに大きなテーブルが置かれていて舞台代りになっていて、すでにロシア人が同胞の女性たちとともにバラライカを歌っている最中だった」

「バイオリニストのジョルジュとアコーディオニストのブブールもいた。『だいぶ長いあいだ水も飲んでないので喉がからからなんだ。声がかすれるかもしれないから、カムフラージュするために伴奏をはでにやってくれ』と頼んだのさ」

「舞台に上がると監視塔から親衛隊員がぼくに銃を向けている。歌が気に入らなかったらぼくの頭を銃弾でぶち抜くのだろう。そういうことはよくあるんだ。こんな喉ではカラスの鳴き声にもならないだろう。コップ一杯の水さえ飲めたらなあ、と気が沈むばかりさ」

「ぼくはグノー作曲のアヴェ・マリアを歌ったのだが、メロディに集中できない。できるだけ早くこのシーンが終って、親衛隊員の銃の標的から逃れることだけを願っていた」

「舞台から下りたときは汗びっしょり、どんなにほっとしたことか。仲間たちが褒めてくれた。ビルケナウ収容所の秘書がぼくの名前をメモし、褒美としてパンの切れ端を俺にくれたんだ」

「それから八日後、新しく着いたばかりの収容者から、妻が捕まったことを知ったのだ。と同時に気が遠くなるほどがっくり力が抜け、吐き気を覚え、頭がぐるぐる回ってしようがなかった」

「翌日、泥土のなかでの点検のときも、炎天下でも、気持が悪くなって失神し倒れてしまった。幸いにまわりにパリ時代の友人がいてくれたので、支えてくれた。足腰の弱い男を嫌っていたマレクは『立っていられないなら横になっていい』、つまり『立っていられない奴は廃人とみなす』と、よく口にしていたように、それは口先だけでなく即断即行だった」

「幸いに最後列に身を隠していたのだが、マレクが『作業班は入れ！』と叫んだときは仲間も俺を守ることができなかった。作業班に加わらずに、俺は隣の九号棟の壁に背を支えて座っていた」

「俺の失神状態がマレクの眼に止まらないはずがなく、彼は俺の前に歩み寄り、『売女のガキ、具合が悪いのか？』と言って、俺を七号棟に連れていった。〈いつもはその場で殺してしまうのに優しいじゃないか。もしかしたら八日前に俺が歌ったことを覚えていてくれたのかな〉と独りごつ」

「七号棟の入口に白衣の男、たぶん親衛隊のフィシャー軍医なのだろう。『どうかしたのか』と訊かれたので、頭がくらくらして歩けないのだと答えた」

「若い収容者のひとりが中央部に俺を引張っていき、その場で俺の右腕に収容者番号を入れ墨したんだ。当時はまだ着いたばかりの収容者には入れ墨はせず、上着の背中に白いペンキでナンバーを記していた。この方法は親衛隊にとってかなり不便だった。死骸は全裸なので生存者と死者の見分けがつきにくかったからだ。そこで七号棟に入るなり全員が入れ墨され、そこから出るときには死骸になって出てくるわけさ」

「そのあと靴を押収され、粗末なベッドに押し倒された。すぐに寝入ってしまい、どのくらい寝たかわからないが、眼が覚めたときは頭もさっぱりしていた。実際には病気ではなかったのだが、疲労困憊していたのだろう」

「軍医が『いますぐに働ける者はいないか？』と訊いたので、俺は寝床からとび起きてボランティアを申し出たので、昼には八号棟に行くことができた。そこで出会ったのが、移送される前に付き合っていたSなんだ。彼は収容棟で秘書の仕事をしている。彼は俺の顔を見るなり、『顔色がすごく悪いな』と注意したので、一部始終を彼に説明したら、パンの一切れを差し出し、『小さなノコを手にして薪を割っているふりをするんだ。きみにパンを上げたりしているところをライビッヒに見られないようにしなければ』と言ってくれた」

「それからしばらくして、Sの部下になって人を殺せる者を探しているという話を耳にしたんだ。それでSの仕事が何であるかが分かり、それには応募しなかった」

「何日間か外で働くことができたのだが、連日強い雨が降りつづけ、地べたは泥沼化していた。点呼の最中、眼に幕がかかりほとんど見えなくなり、がっくりしているところにマレクが現われ、以前と同じシーンがくり返されたんだ。

『売女のガキ、どうしたんだ』

『脚ががくがく震えて、頭が回るんです』

『あとに付いてこい』

彼はチフスに罹ったユダヤ人だけが入っている十二号棟に俺を連れていった。治ればそこから出られるのだが。『ここにはユダヤ人は入れないのだ』と言って、ポーランド人の監視員が俺を押し返したので、マレクは二度目だが、俺を七号棟に連れていったんだ」

「そこでもっとたいへんなことになったのは、その棟に入ることも拒否されたんだ。俺はムスリム（瀕死状態の者を意味する隠語）とみなされ、営庭に連れていかれた。そこにはガス室に向かうトラックを待っている者がすでに三百人もいるではないか。俺の周りにいる収容者たちの半数はブリーフもはいておらず、下痢のためシャツだけを身につけている」

「トイレは地面に穴を掘り、その上に、尻が入る程度の穴を切り抜いた板がベンチ状に置いてある。この便器までたどりつく前に糞尿を垂れ流す者や、便器に座る力もない者は棍棒で打ち殺された。立ち上がることもできない者は地べたに横たわったままで、何人かの体はむくみ、膨れ上がっていた」

「瀕死状態にある者は手か足を引張って、死骸が堆積する場所まで引きずっていくと、二人の監視員がそれぞれ足と腕を吊り上げて、廃棄物のように堆積する死骸の山に向かって放り投げたのだ」

「俺みたいに病状が軽い者はまだ頭がはっきりしており、足が膨れ上がっていたのだが、すでに霊安室に片足を踏み入れていたのと同じだった。百人ほどの仲間がこの状態にあり疲労困憊の極致にあった」

「そうしているうちに、トラックの到着が一日遅れることが分かった。『今日は来るはずだ。バラックの内部には死体が山となっているんだから』と誰かの声。昼になってもトラックは到着しない。一日半のあいだ何も食べていない俺たちにスープが配られたんだ」

「スープはナフタリンと腐敗した臭いを放ち、遠くにまでその異臭が充満していた。黒っぽい色のスープのなかに、ぼくが見つけただけでも安全ピンやボタンなどが入っていた」

「そばにいた仲間のひとりは、パリで革製品の仕事をしていたのだが、俺ほど肉体的にまいってはいなかった。『こんな物が入っているスープを呑んだら一時間後には死んじまうよ』と彼が叫んだので、『俺が呑むよ、よかったらあんたのも。腹を空っぽにして死ぬよりも、何でもいいから詰め込んで死んだほうがましだよ』と、俺は二杯分のスープを呑んだ」

「夕方になってもトラックは着かなかった。営庭には隙間がないほど死骸が運び出されていた。多くはアウシュヴィッツ強制収容所から運ばれてくる死骸で、あまりにも多いので俺は数えるのをあきらめてしまった」

「突然どしゃ降りの雨が降りだした。それと同時に、体がまだ動く者たちが群れをなしてバラックのなかに押し寄せてきたとき、監視員が出てきて棍棒を振り回し、頭を目がけて叩きつけたので多くの者が殺された。そこに新たな死体の山ができた。俺は肩を八号棟の壁に押しつけて避難し殴打を免れ、腹の部分だけを雨で濡らしたくらいですんだのさ」

「翌朝、太陽が昇ったので、俺は営庭の乾いている場所を見つけ、そこに仰向けになって横たわり、濡れた部分を乾かした。そこにどのくらい横たわっていたのか分からないが」

「ドイツ人軍医がやってきて、まだ体がしっかりしている二十人ばかりの収容者を検診してまわる。軍医が俺のほうに来たときに俺はとび上がり直立した。軍医は俺の脈をとり、奴隷商人のように体の各部分と傷痕を調べあげる。俺の年齢は三十七歳とチェックし、もう一度腿が膨らんでいないか検査した。最後に彼の周囲を駆けめぐらせたあと、心臓に聴診器を当てた。俺の体調に満足したようで、七号棟に俺を押し入れたのだ。それから三十分後にトラックが到着し、営庭の死体置き場に横たわっている死骸が詰め込まれた」

「翌朝、軍医が『このなかで働きに行きたい者はいるか』と声を張り上げた。俺はこのチャンスに跳びつき応募した。外に出たあと、金輪際、七号棟には戻るまい、と自分に誓ったのだ」

「そのあと考えたんだ。この時期にはまだナチスの大量殺戮装置にはまだそれほど油がのっていなかったが、死を宣告された収容者数はガス室の許容量を越えつつあった。そのなかで労働者として二十人ほどの収容者を必要としていた。そのなかのひとりに選ばれただけでも幸運だった。どちらにしても同じだが。この次の検診時に俺がまだいるかどうか軍医にも分からないのだから」

カフカの証言はこうして終った。

七号棟の収容者たちの証言

マンデル（ナンバー五五四八五）も七号棟で過ごしたことがある。彼によると、そのころから大量殺戮装置は改良されていたようだった。マンデルは語る。

「最初俺は九号棟に属していたんだ。棟の責任者Lは政治的理由で移送されてきた。彼はポーランド人社会主義者でインテリだが、『ユダヤ人は糞の臭いがする』と言って一日中、怒鳴りちらしている」

「彼は骨を折るのを嫌い、自分の手を使わずに収容者を殺害していた。彼の部下としてグリンバウムを選んだのだ。彼は元共産主義者で、ポーランド議会ではめずらしいユダヤ人代議士の息子でもあるのだ。彼も上司の真似をしていつも『汚ねえユダヤ人野郎！』と、イディッシュ語でなくポーランド語で罵倒していた」

「彼は、ユダヤ人を大量殺戮するのにいとも簡単な手段を採用している。つまり有無も言わせずに収容者を七号棟に送り込むのだ。もちろんそこからはひとりも出てこれない。ユダヤ人殺戮のための最大の供給者だったのだ」

「三週間後には俺はカポか監視員によって確実に殺される「ムスリム」のグループに入れられるために七号棟に連れていかれた。〈少なくとも拷問を受けずにすぐに死ねるし、もしかしたらそこから抜け出せるチャンスもあるのでは〉と思いながら」

「翌日、罠だったとわかったのだ。裸にされ、棍棒の殴打が全身に降りそそいだ。食べ物といえば、労働している者の食料の三分の一、つまりゼロに近かった」

「最後の頼みの綱となったのは、俺がユダヤ人訛りのない完全なポーランド語を話せることだった。七号棟のチーフはチェコ人だが、俺がほんとにポーランド人なのかどうか知らなかった。『どうしておまえはここにいるんだ。この地獄からは死骸しか出られない。いいか、仕事をやるから毎日このバラックの掃除をするんだ』と彼が言ってくれたのだ」

「死人を見つけてもすぐには知らせずに、死体のそばに残っているパンの切れ端をもらうことにしているんだ。そのおかげで三日後にはずいぶん楽になり、もとの体調に戻ったのさ。監視員に会いに行き、『わたしは丈夫ですからもっと仕事をやらせてください』と申し出たんだ。そしたら二人のポーランド人監視員補佐が怒って、その場で俺を殺そうとしたが、チーフが止めさせた。それ以来、俺は四時間ごとに数えられる死者の周りを探っては残り物をくすねてきたので、こうして二週間生き延びられたわけさ。しかし、もうじきこの棟には誰もいなくなることがわかったのだ。責任者と二人の部下以外は全員ガス室に行くか死骸となって焼却炉に送られることになっていたからだ」

「死骸を包むのに使うロシア製のコートを見つけたので、それを寝床の下に隠しておいた。トラックが着いたとき、ほかの者は裸だったが、俺はすでに服を着ていて、ほうきとバケツをもって出口のほうに向かい、向かいの九号棟に忍び込んだのだ」

「運が良かったのは、第一日目の朝、入れられた作業班の担当者、ポーランド人カポが、俺を収容所内にウオッカを持ち込む役につかせたのさ。見つかったなら、彼の代わりに俺の命を犠牲にすればよかった。同僚たちがしていたように、彼も作業中にかなりの収容者を殺していた。俺は、移送中に死んだ者たちのズボンのなかにウオッカの瓶を隠した。収容所の入口で、着いたばかりの者のポケットは検査されたが、死人の衣類には誰も触れなかった。親衛隊員らは、多くの収容者が感染死したチフスを恐れていたからだ」

「この共犯関係により、棍棒の代わりに食糧が多少増えたことになる。どちらにしても、彼が気にくわなければ、その場で俺を殺していたんだ」

「ある晩、俺たちの作業班のなかで十人が死に、彼らが着ていた服のあるものはサイズが小さすぎ、残りはあまりにも破れすぎていてウオッカの瓶も隠すことができなかった。まだ生きていて、使えそうなズボンをはいている者は、カポが躊躇せずに殺してしまった」

シエラツキは、七号棟に行ったときのことを語ってくれた。

「一度ポーランド人カポが俺を含め三人の男に、七号棟まで行ってスープの入った樽をとってくるように命じた。そこにいた収容者の半数はすでに死んだか仮死状態にあった。残りの半数は何も食べ物を与えられていなかった。スープを欲しがる者は死ぬまで棍棒で叩かれた。こうして七号棟の監視員たちは何でも好きなだけ手に入れていた」

「七号棟には死骸が山となって積まれていた。死者のほうが生存者よりましな格好をしていた。なぜなら裸足で歩きまわった苦痛の痕もなく、ほとんど何も身に付けていなかったからだ。しかし、まだ生きている瀕死者たちが放つぜいぜい言う呻き声と唸り声が渦巻く修羅場を眼の前にして気が狂わない者がいるだろうか。そのなかで誰かが苦痛を訴えようものなら、監視員のめった打ちの棍棒が振り下ろされ、沈黙が舞い戻る」

九号棟

わたしたちのいたバラックの隣にある九号棟のポーランド人監視員Lは、政治犯としての収容者を意味する赤い三角形の記章を付けていた。彼はマレクより良い評判を維持しようと、演説をするときも、むしろ自分の心の広さについて話したりするのを好んだ。

実際に彼はみじめな何人かの仲間を手助けしたこともあった。たとえば、わたしたちのいたバラックからひとりの収容者が彼の棟に来て、死なせてくれと言ったのを許してやったり、さらに寛大さを発揮し、瀕死者の苦しみを和らげるために一枚の毛布を分け与えたりした。もうひとりの仲間は、彼のおかげで棟を替えることができ、マレクとライビッヒから逃れることができたのだ。マンデルが七号棟から九号棟に移るには、たぶん彼の許可が必要だったはずだ。このようにしてLは終戦時に、彼に関する好意的な証言を集めることができ、戦後、母国ポーランドで英雄として平穏な生活を送ることができたのだった。

しかし実際には、彼は悪魔のような男だった。彼の残虐行為を受けている者たちでさえ、現実に彼がしていることを理解できなかったのだ。ひとりの仲間が正直に語ってくれたことによれば……

「ある日曜日、棟の責任者が知らせに来たんだ。『きょうは全員いっしょにシャワーを浴びる。外は凍りついているが、バラックのなかで服を脱ぎ、裸でシャワー室まで走っていき、体をよく洗ったあと、また走ってくるのだ。そのあと裸のままで点呼を行なう』と指示した。シャワーを浴びさせてくれるだけでもありがたかったのだが……」

「行きは寒さで体が震えたが帰りはもっと辛かった。タオルというものがなかったので、体がびしょ濡れのまま凍てつく風が無数の棘になって全身に刺し込む。バラックにたどり着いてからは、少なくとも風から逃れられ、俺たち生きものの体温によって室内の空気が多少は温まっていく」

「点呼がはじまる。ひとり欠けていたため、Lの怒りが爆発した。『おまえたちにこれほど理解のある俺にこういうことをするのか！　くそったれ！　さあ、外に出て五人横隊になって整列！　数えなおす！』」

「やはりひとり欠けていた。Lはバラックに入っていきシラミつぶしに探しまわった。ついに隅に隠れていた男を見つけだし、彼を外に引きずり出すや、わたしたちの目前で撃ち殺したのだ。この隠れていた男のおかげで、わたしたちの半数が気管支炎に罹り、すぐにモスリムになり、間もなく死んでいった」

この証言を聞いたあと、自問せずにはいられなかった。読者も想像してみればわかるだろう。肉が削げ骨だけになった裸体で凍てつく風のなかに不動の姿勢で半時間ほど立っていたらどうなるか。皮だけを残して死に絶えるのが普通だろう。この勇猛なポーランド人監視員は、誰にも咎められることなく「奴隷」の半数を殺害してのけたのである。あれから二十年後、生き残った者たちはあのとき彼がわたしたちにしたことが何を意味していたのかいまだに理解できないのだ。Lは極めつきの残虐者だったのである。

八百人にのぼる全裸の収容者をバラックの外に追い出すよりも彼らをなかに留めておき、隠れている者を共同で探させたほうがずっと効果的だったのに。

おまけにLは自分の手で哀れなユダヤ人を殺すことの言い訳を述べたのである。

「卑劣なおまえのために仲間たちが外で凍え死にしてるじゃないか」

誰がわたしたちを外に出したのか？

Lは自分の手で殺すのを避け、部下にやらせるほうだった。しかしここでは誰が責任者で、誰が命令を下すのか。朝、コーヒーの入った樽を倒すようにと誰が仕向けたのか。

シャワー作戦だけではなかった。ある日、バラックにいる全員にカポのミュラーが率いる作業班に加わるように命じた。この作業班での死亡率がいちばん高かった。抜け目のないならず者L……。

しかしどの棟も似たり寄ったりだった。棍棒による殴打と責任者のスピーチ、毎朝バラックの前には五で割れる数の死骸が横たわっていた。

もうひとつ典型的な例として二十一号棟が挙げられる。責任者はポーランド人であるばかりか神父だった。彼は棍棒の代わりに、古いドアに付いている大きな真鍮製の把手を使って殴りつけた。狙いをつけた一撃で頭蓋骨を簡単に打ち砕くことができた。

アウシュヴィッツ・ビルケナウ収容所の衛生状態

わたしがいた八号棟に戻ろう。ビルケナウ収容所での最初の二カ月間、一度も体を洗うこともしなかった。顔を洗うことも不可能だった。最初はどうしようかと迷っていたが、〈して悪いことじゃないから〉と決心し、洗面所に入っていった。もちろん黄色い水を飲むためではなく、垢を洗い落とすためだった。ユダヤ人収容者が入らないように入口でロシア人収容者が監視している。ロシア人を信頼していたので、わたしは自信をもって彼らの前に進み出たのだが、入れてくれるどころかお返しに折檻を受けたのだ。

そのあとで分かったのだが、ユダヤ人が入口前でうろうろしていると、ロシア人たちが優しく声をかけるのだ。

「水を飲みたいのか？　顔を洗いたいのか？　歌が唄えて、踊れるのか？　それなら入れ。そのかわりにおれたちの前で唄って、踊るのだ」

ユダヤ人が顔を洗って出てくると、「唄え」と命令される。唄うことで罠のひとつが閉じられる。次に「踊れ」と命じ、ユダヤ人は完全に消耗するまで唄いながら踊りつづけなければならない。途中で止めると棍棒が振りかかる。彼らはナチス親衛隊員のやり方をよく見倣っていた。ユダヤ人が立っていられなくなると外に投げ出し、バラックに引きずっていくか、七号棟に連れていくのだった。

便所の前でもロシア人が監視していた。入口は通してくれるのだが、便所内でも他のロシア人が監視している。小便をするのにも超特急で用を足さなければならなかった。すこしでもぐずぐずしていると、彼らは「急げ！　急げ！」と叫びながら棒で殴った。それを見通して、わたしはいつも頭を手で押さえて保護していた。

便所から出てくるとき、よく背中に糞尿をひっかけられることが多かった。というのは、便器の代わりに置かれている幅広の板は、二人が背中合わせに座れるようになっている。二人が同時に座ると互いに背もたれになる。だがときどき思わぬ事故が起きる。ひとりで座っているときに、もうひとりの仲間が酷い拷問を受けたあと、駆け足で便座につこうとしたが間に合わず、相手の背中に糞尿をふっかけてしまうのだ。わたしたちのほとんどが下痢状態にあったので、こうした事故はしばしばだった。便座となる穴はかなりあったのだがいつも満席だった。腹の具合が悪いときは、ブリーフのなかで用を足してしまうほうが良かった。

強制収容所に着いて以来、わたしたちは一度も着替えていなかった。わたしの場合、ビルケナウ強制収容所にいた二カ月半のあいだ、一張羅のブリーフとシャツが肌に張りついたままだった。わたしたちには服などに気を遣うひまもなかった。どうやって監視員の殴打から逃れられ、すこしでも食べ物を手に入れられるかで頭がいっぱいだった。そして服も靴も脱がずに寝ていたのは、起床時にいちばん先にバラックから飛び出し、すこしでも朝の定例の殴打から逃れるためだった。

あまりにも棍棒が振り下ろされたので、空腹も忘れるほどだった。が、殴打の痛さよりも強烈に喉から胃にかけて刺しこむのは喉の渇きだった。

収容所で出会ったほとんどのロシア人は背が低く、肩幅と顔が幅広だった。彼らはモンゴル系だったのだろう。〈ロシア人には悪者がいるのだろうか〉と自問したほどだ。〈いやいや、どの民族にも善玉と悪玉がいる。でなくてもライビッヒとマレクに仕込まれるだろうし〉と自分を納得させる。収容所にいる古参の収容者によると、気のいいロシア人たちはすでに殺されていて、ユダヤ人を排斥しつづける元犯罪人たちだけが生き残っているのだという。彼らは飽きずに「汚ねえユダヤ人め」と怒鳴りつづける。

したがって夜も便所に行くのは避けていたが、バラックの前で立ち小便することもままならなかった。

唯一の方法はがまんすることだった。しかし夜間それも限界に達したときは、看守が眠っているあいだ、そーっとバラックから抜け出して用を足したものだ。なるたけ遠くまで行き、いつも横になって放尿した。そうすれば音も聞かれず、姿も見られなかったからだ。これも古参の仲間が教えてくれたことだった。地面は吸水しにくいのでバラックのまわりにはいつも黄色い水たまりができていた。時間帯にも気をつけてライビッヒと部下たちが手帳に記した番号の収容者たちを抹殺している時間は避けるようにしていた。

わたしがビルケナウ収容所にいたころ、そこの便所はもうひとつの役を果たしていた。監視員同士がそこで殺し合うか、部下の手で殺させる場となっていたのだ。そこで殺されるのはユダヤ人のなかでも、下っ端のポーランド人に何らかの危害を与えた役付きのユダヤ人だった。ポーランド人カポは毎日、ユダヤ人殺害者数のノルマを果たしていたのである。ポーランド系ユダヤ人は、ポーランド人の毛髪一本にでも触れればその場で殺された。

後頭部から毛布を被せて殺すか、それなしでも背後から背中にナイフを突き刺すことは簡単だった。悪者同士の喧嘩には誰も口を挟まないばかりか、目撃者たちも黙視していた。しかし便所には毎日何十人、何百人もの男たちが出入りするのに殺害者が見つかることはなかった。

そのあと監視員だけが入れる手洗いが作られたのだ。収容者がそこに入るためには、大金とまではいかなくてもパンの一切れを眼の前にちらつかせても、テコでも譲らないロシア人の便所番を丸めこむことは難しかった。

石切り場の作業班

毎朝、ナチス親衛隊員らが死者と生存者の数を調べ、間違いがないことを確認してから、わたしたちには悪夢にひとしい作業班メンバーの選別がはじまる。

いままでは毎日違う作業班を選ぶようにしていたが、どの作業班も危険度が高く、多くの死傷者を出していた。最後にやった仕事は土地の造成作業だった。このときわたしのいた八号棟だけでも一日平均十五人が死んでいた。

できるだけましな仕事をと願いつつ、配属されたのは石切り場の作業班だった。重苦しい暑さのなかで息切れしながら腕に力も入らなかった。石切り場の中央には沼ができつつあった。泥水であっても水はありがたかった。そのなかに足を突っこみ、帽子で泥水を汲み上げて頭から浴び、顔を洗うこともできた。

そうするときもカポが近くにいないときを狙い、その部下たちをも警戒しなければならなかった。彼らはわたしたちを殴りつけては、頭を泥水のなかに押さえ込んではふざけ合った。

ついていない何人かは、泳いで岸から離れようとするのだが溺れて水死するか、泳げたとしても死しか待っていなかった。どちらにしてもここでは絶対に土手に足をつけることはできない。危険を承知のうえで泥水を頭から浴びるのは、わたしのほかに何人かいた。

ここでも休息するなどということは不可能だった。監視員の一群が見張っていたからだ。彼らは二種類のグループに分けられていた。その一部は「元犯罪人」で、グリーンの三角形の記章を胸に付けている。彼らはドイツ人元服役者で、刑期を終えるために強制収容所に送られてきたのだ。その他は政治犯で三角形の赤い記章を付けている。彼らの一部はナチスへのレジスタンス活動を行なったために強制収容所に送られてきた。大半はポーランド人で、そのほとんどは戦前にユダヤ人排斥の暴行罪により懲役刑を受けた服役者たちだった。

ナチス親衛隊員らは、石切り場周辺の監視を強めるために監視塔をさらに引き上げた。新入りが眼に入るとカポを送りこみ、彼らが服を着たまま泳げるかと訊きに行かせた。ある者は、一切れのパンをもらえるという罠にかかって死んでいった。何人かは自殺するために、その罠にかかる者もいる。銃の一発を頭にくらって即死したほうが、飢えと殴打ですこしずつ弱体化し死に絶えるよりましだった。

親衛隊員らは、収容者の頭を狙い撃ちする競技に興じ、射的の訓練を重ねていた。退屈まぎれのこの競技で収容者が狙撃されるたびに、カポたちが死体を拾い歩いた。

ひとりの親衛隊員が遠くのほうに、新しく到着した収容者を見つけた。彼の体格に比べればわたしは小さな子どもの背丈だった。彼はフレッシュで健康そのもの。親衛隊員らは射的の訓練をするので、新入りを泳がせろとカポに命じた。しかし新入りは熟知していたようで、「いや、泳がない！」と叫んだ。するとカポがいつものように殴りはじめた。が、相手は体育の選手であるばかりか、わたしたちのようにまだ心理的にも精神的にもロボットにはなりはてていなかった。カポの棍棒を奪い取り、相手を打ったのだ。しかし相手はドイツ人カポであり、親衛隊員たちもドイツ人だ。純粋アーリア人にユダヤ人が刃向かうことなどはありえなかった。

カポの一団が駆け寄ってきたが男は怖がりもせず、棒を自転車のペダルのように振り回す。カポたちは彼を囲んだまま接近しようともしない。親衛隊員に向かって「撃ち殺せ！」と叫んだ。だが親衛隊員らは、このスペクタクルの実演を引き延ばすために、

「臆病者！　くそったれ！」、カポたちに罵声を浴びせた。

ひとりのカポが機転の良さを見せようと、

「棍棒を置いてひざまずけば殺さん。おまえみたいな気丈夫な男を必要としているのだ」と叫んだが、
我らが英雄は聞く耳をもたない。

「おれを殺すなら棍棒ではなく銃で撃ち殺せ」

が、親衛隊員らは射殺することを拒否する。

最後は惨殺で終った。数人のカポがそれぞれ棍棒でめった打ちにし、男は握った棍棒で反撃しようとしたが、最後は目視できない、血に染まった肉がずたずたになった惨殺死体となっていた。十二人のカポがその残骸を水辺まで引きずっていき、頭を泥水のなかに押し込んだ。

そのあと、カポたちは自分たちに刃向かった男への仕返しをわたしたちに対して行なった。わたしたちは石切り場での掘り起こし作業を中止し、蛮行の「スポーツ」に身を委ねなければならなかった。このスポーツで六百人全員が棍棒で袋叩きになり、そのうちの五十人が死んでいった。

収容所に戻ってバラックの前に整列したが、わたしは疲労困憊し立っていられるだけでも奇跡的だった。それだけではない。一時間半のあいだ、「脱帽！　着帽！」を二百五十回以上、自動人形のようにくり返させられる命令に従わなければならない。わたしはその回数を数えるのに精いっぱいだった。

疲れはて飢餓感も感じなかった。ただ喉が渇き、そのまま寝床に横になった。いつもは痒くて眠ること

もできないノミの襲来も感じなかった。

　飢えと殴打のどちらが辛いか比較するのは難しいが、わたしにとって四六時中、偏在する殴打のほうが恐ろしかった。うまくいくとはかぎらなかったが、棍棒による殴打だけは避けるように気をくばっていた。古参の収容者たちからどの作業班がいいか訊き出すようにしていたが、どの作業班でも惨殺行為がくり広げられているのには変わりなかった。

　この時期は話す相手もいなかった。知っている者たちは全員殺されていたからだ。

〈どうしても生きていなければならないのだろうか。生きるためにどうしてこれほどまで闘わなければならないのか。親衛隊員に人情があるなら頭に一発放ってくれればいい。それですべてが終るのに！〉と自問しつづけるほかなかった。すると、もうひとりのわたしが〈モシェ、おまえには妻子がいるのだ。生きなければいけない〉と答えるのだった。


　もうひとつの石切り場は最悪の作業班のひとつと数えられていた。そこでは四百人が働き、サディズムのスペシャリストと言われる、もっとも残酷なカポたちによって監視されていた。

　掘り起こした土を車輪の付いていない手押し車で、駕篭のように前後二人で持ち運ぶのだが、駆け足で運ばなければならない。重量も体力の限界を超えていたので、しばしば力のない者は転倒する。するとカポは転んだ者のほうではなく頑健な相棒を殴りつける。そうすることによって元気なほうを怒らせるのだ。この作戦はかなり効果的だった。

　昼にスープと呼ばれる黒い液体を呑むための飯ごうもないので、土を運んだ手押し車のなかに十人分のスープが注ぎ込まれる。スプーンもないから、わたしたちは犬か猫のように舌を鳴らしながら呑み込む。これを拒否する者は生きてはいられなかった。それより良心的な方法として、スープを帽子に注ぎ入れてくれるほうがましだった。

この作業班では死人や負傷者を背負って運ぶにはその人数が多すぎたため、トラックが死骸も生きている者も混ぜこぜに積み込んで運んでいった。

なかでもバラックを建設する作業班がいちばん楽だった。カポもそれほど残酷ではなかったからだ。ナチス親衛隊員たちは、いつもセメントを積んだトラックのあとについて来た。彼らが考えだした方法とは、五十キロのセメントの入った袋をトラックから引き下ろさせ、駆け足で運ばせることだった。

最初の一袋を担ぐことができた者には、親衛隊員が「よく働いたから休んでいい」と声をかける。しかしこの競技をさせられるのは、よぼよぼで死が間近な「ムスリム」たちだった。彼らは親衛隊員の足もとに崩れ落ち、もう一度立ち上がろうとするときに、軍靴と棍棒で殴る蹴るの最後の止めを受けるのだった。

収容棟の責任者とカポ

新しい作業班に動員されたが、そこでの仕事は、わたしたち自身を焼くための焼却炉を作ることだった。さほどきつい仕事ではなかったが、担当の新しいカポはポーランド人で、話し方や手先が器用なことから、人間味のあるカポではないかと想像した。

ある日、彼から話かけてきた。

「体格からしておまえはユダヤ人ではないだろ、正直に言ってみろ」

すこし考え込み、〈彼は何を目論んでいるのだろう〉と自問するが、何と答えていいのか分からない。どう答えても殴られるのが関の山。「ユダヤ人じゃない」と答えたら何の反応もないので、次に「ユダヤ人だ」と答えるや棍棒の雨が降りそそいだ。わたしは打ちのめされた体を引きずって、やっとのことでバラックにたどりつけたのだった。

その場に居合わせた仲間のひとりが話してくれた。

「ああやって彼はいつもユダヤ人を殺しているんだ。きみは引きずってでも体を動かせたんだから喜べよ」

その夜、いつものように外で点呼がはじまった。わたしは霞のなかにいるようで、考えることも感じることもできない自動人形のごとく、どこにいるのかも分からなかった。幸いに仲間たちがわたしを支えてくれた。

「たいへんだ。ひとり欠けているから、ずーっとこのまま立っていなきゃならんのだ」

二時間後に監視員助手たちが欠けていた男を見つけだした。隠れていた男は体重も軽い小男だった。窓とも呼べない二つの空き穴からわずかにバラックの内部が見えた。最初に補佐たちが探しまわったときは、彼は寝床の下に隠れていたので見つからなかったのだ。二回目に見つかって出て来たときは、ほとんど死人同然の姿だった。

バラックの前にはすでに死体が並んでいる。一列五体ずつ合計二十一体が横たわっている。それを見てマレクの怒りが爆発する。

「売女のガキども、どうやって生きるかを教えてやる」

死人の数が二十一の端数で、切りのよい二十体でなかったために彼の怒りが猛り狂う。

引きずり出されてきた男はまだ息をついている。マレクは親衛隊員が監視に来る前に、彼が倒れないようにバラックの壁に支えさせた。彼を殺す時間はなかった。親衛隊員らは、収容者の頭数を確かめているときに、殺す場面に立ち合うのを好まなかったからだ。

親衛隊員らが去ったあと、マレクはわたしたちをしゃがませた。胸をまっすぐ伸ばして、カエルのように腿をできるだけ開かせるのだが、体が弱りすぎていてそれができない者のナンバーを書きとめ、明朝死にはてる者のリストに加えた。

わたしはカエルの格好を保ちつづけるこの「スポーツ」もやりこなせたが、三十分でもそうしていることは難しかった。だが、最初の週の内に何とかものにし、その次のときは三時間そうしていらるようになり、そのあとは四時間そのままの格好でいられるようになった。

人員不足とは逆に、わたしたちのバラックの人数がひとり多かったときもあった。このときも同様に同じスポーツをやらされた。余分のひとりとは、服も着ないで入れられる七号棟で着るものを見つけだし、そこから抜け出してわたしたちのバラックに忍び込んだのだ。マレクがひとりずつ番号で点呼し、呼ばれた者は列から離れて、反対側に並ばせられたので、この闖入者が発見されたのだった。

そこでマレクは夢物語のようなスピーチをはじめた。

「おまえね、前もって俺に言っといてくれたなら、善処してやっていたのに」

マレクは部下に闖入者を七号棟に送りとどけさせたが、親衛隊員が監視に来たあとに彼をわたしたちのバラックに戻させるのが条件だった。マレクは、自分が担当するバラックの収容者たちを虐殺するだけでなく、残忍さにおいて隣の収容棟のチーフ以上に勝っていることを見せたくてうずうずしていたのだ。闖入者が戻ってくるあいだ、バラックの全員が責任をとらされ、カエルの格好をして一時間半、しゃがんでいなくてはならなかった。

たびたび親衛隊員たちは死者が少なすぎると考えていたようだ。彼らが眼前にいるということを実感させるために、わたしたちにしごきの「スポーツ」をやらせ、ときにはバラックの監視員とその補佐たちにも同じことをやらせていた。このようにして二、三日のあいだに死骸の数が二倍になっていた。

マレクは定期的にわたしたちを集めては演説をぶった。収容者を殺す前と殺したあとに長舌をふるうのが彼の癖になっていた。

「ここでは俺がユダヤ人を支配する王様だ。おまえらは俺を尊敬し、俺が通るときは道を開けなければいけない。そうしない者には死しかないと思え」

こう言うとき彼はいつも約束を守り、嬉々としてそれを実行していた。

マレクが九号棟に監視員補佐として配属させたグリンバウムはカポに昇進した。他のカポと同様に、彼は「汚ねえユダヤ人め」といつもがなり立てていた。が、わたしの印象では、他のポーランド人やドイツ人カポほどには殴らなかったようだ。その作業班ではレヴィと呼ばれる監視員が猛威をふるっていた。彼はアルジェリア人で、兇暴さにおいてマレクやライビッヒと張り合い、「サル・ジュイーフ（汚ねえユダヤ人め）！」とフランス語で罵っていた。

ドイツ人、ポーランド人、チェコ人に関係なくすべてのカポがユダヤ人を痛めつけていた。もちろん同国人には手加減を加えていたが。

カポと収容棟の責任者のやり方には一応の基準があった。収容者が棍棒で打たれて崩れ落ちたら、バネのように立ち上がらなければならない。さもなければその場で殺した。彼らは血の色を見るとさらに興奮し、打たれた者が死に絶えていようが、快感を覚えるかのように執拗に殴りつづけた。

ひとりの収容者がしこたま殴られ倒れるたびに立ち上がり、そのたびに強烈な拳固をくらった。そのうちに殴るほうが疲れはて、去って行ってしまった。殴られつづけた収容者は、それから数分後に息絶えたのだった。

武装親衛隊員との初めての接触

ビルケナウ収容所でわたしが最初に携わった作業班は死骸を運ぶ仕事だった。そこでの最後の作業班ではガス室の電気配線工事を受け持った。この最初と最後の作業班とのあいだにどのくらいの出来事が起こったのか、空白期間があったものの、思い起こしてみるのだが時間的順序は定かでない。空白期間とは、ときどきほとんど無意識状態に陥ったこともあり、何も記憶に残っていない時期もあるからだ。

収容所に着いたあとすぐに土地の造成作業に加わった。当時はわたしはまだ丈夫だった。造成作業とは、大規模な工場の建設用地の整備だった。そのとき武装親衛隊員が運転していた車が近づいてきた。前線に行く途中か、仕事が終って収容所で気分転換をしようとして来たのか。わたしを指差して、「おまえ、ユダヤ人、ここへ来い」と言った。わたしには逃げ道はなかった。

「強そうだな、カポになれ」。いやだと言えば殺される（わたしの背丈は一五九センチしかないが他の収容者より健康体だった）。

「はい、ハイル・フューラー（総統閣下）！」と即答した。

「しかしこの昇進をものにするには、誰かと闘ってみせなければならない」

つまり誰かとボクシングをし、どちらかが死ぬまで闘わなければならないのだ。

相手に選ばれたのは、見るに耐えない骨だけの男だった。でかい眼だけが眼球から飛び出している。わたしはその眼を凝視した。いまでもその眼が脳裡に浮かび上がり震えずにはいられない。試合がはじまり、わたしは彼を殴るふりをする。が、二分後に親衛隊員のひとりが叫んだ。

「なんだ、その試合は！　このブタ野郎め、俺たちを馬鹿にするつもりか」と怒鳴り、試合を止めさせた。

「全然楽しませてくれないのだから、闘うとはどういうことか見せてやる」

親衛隊員は、そこにいた若い、三人の年を合わせても六十歳に満たない助手たちを呼んだ。彼らは好感のもてる顔をしていて、兇暴さなどは見られなかった。

そのあと、彼らはわたしを昼にスープが運ばれてくるバラックに連れていった。親衛隊員のひとりがゲームをはじめる。

「おれの瞳を凝視するのだ」

彼の視線を直視したとき、極悪者の眼にぶつかった。サディスティックな鋭い眼は充血している。

「いいか、おれの眼の動きに合わせるのだ」

わたしは命令に従わざるをえず、彼が眼を右に動かすと、わたしも目玉を右に寄せる。と当時に左の頬に拳固をくらった。数秒後には左に眼がいく、それを予想しわたしも左に眼をやり、右の頬に拳固がくると予想していたのが、さっきとは逆に左の頬に拳が飛んできた。これでわかったのは、彼がボクシングをこなせる無頼漢だということだった。

このようにして半時間ほど、右、左、頭、腹部へと殴打がつづいた。このころはまだ腹筋が残っていたおかげで助かったが、さもなければ内出血で死んでいたはずだ。口や鼻から血が噴き出していた。

〈これで死んでないのなら……〉と自分に問いかけた。

彼は、わたしがボクシングに強いことに気がついたのだ。わたしは彼が打ち込む連打をうまくかわそうとした。そのあとで上半身を裸にさせられ、サンドバックのようにパンチが打ち込まれた。打撃を受けるたびに腹筋を収縮するようにした。若いときにボクシングを習っていたおかげで助かったと言えよう。

次にわたしは眼隠しをされ、通訳と呼ばれる者が呼び出された。

「あんたを使って実験するそうだ。腹をぶち開けるそうだが、ほんとにやるみたいだ」。通訳が小声でささやいた。

それに対するわたしの返事ははっきりしていた。

「何でも彼らの好きなことをすればいい。そのほうが楽になるのだ」

あまりにも強烈なパンチをくらい、どちらにしてもこれが最期だと感じとっていた。

ふとそのとき腹の上に冷たい刃先を感じた。親衛隊員のナイフだった。全身が震えだし、異様な戦慄が体内を貫いていった。〈ゲームは終った〉とわたしは観念した。と同時に、最初の拷問者のささやき声が聞こえた。

「やつは処分しないほうがいい」

「どうしてだ」。殺人鬼が訊き返した。

「あいつはボクサーなんだ。ここで彼とボクシングの訓練をし、彼が死ぬまでやってみたいのさ」

そうなれば生きて逃れられるのでは……かすかな希望が湧いてくるのだった。

しかしそのあと、彼らはわたしを高さ五十センチ、長さ一・二メートルある箱のなかに閉じ込めた。そのなかには無数のナイフとフォーク、割れた食器類の破片が入っていて、そのなかで泳がなければならなかった。選ばれた四人組の作業班が来て、その箱を十五分間、四方八方に揺り動かすのだ。幸いにしてこの棺は密閉されていなかったので、呼吸することはできそうだ。

箱のなかに入る前に、通訳が助言をささやいてくれた。

「なかからできるだけ大声で泣き叫ぶのだ」

つまりサディズムの快感を満たしてやればいいのだ。あれだけのパンチをくらったあとで肺も声帯も生気を失っていた。むしろこの箱のなかにじっとしているほうが安心できてよかったのだが、叫べるだけ叫んでみた。

なかにいながら丸くなって頭だけは防御できた。親衛隊員らがどうしてこんなことまでさせたのかその理由も思いあたらない。ひとつだけよく覚えているのは、箱から出たときに仲間やポーランド人が叫んでいたことだ。

「このユダヤ人はもう生きられないはずだが助けてやろう、勇敢な奴だから」

わたしが最初に放った叫びは「水をくれ！」だった。魔法にかかったかのように、彼らは競って水をもってきてくれたうえに、傷口に絆創膏まで貼ってくれたのである。

この優しさはあまりにも意外だった。ポーランド人、それもカポたちまで、どうしてわたしにこれほどまで優しくしてくれるのか。ビルケナウ収容所に入ったとき、カポがドイツ語で「死人二十人、作業中の負傷者一人」と言っていたのを覚えている。しかし作業中以外に起きた出来事、なかでも親衛隊員らの気分転換のゲーム中に死んだ仲間について語ることはタブーだった。

仲間が語ったところによると、

「さっきあんたを相手にふざけ合っていたドイツ人の若者たちは、同じやり方ですでに四人を殺している。どうしてあんただけがこの残虐行為から助かったのか理解できないよ。以前ボクサーだったというだけではないと思うよ。胃にパンチの直撃を受けた奴は即死さ。もうひとりは腹が破れたし。三人目はかなり頑健なやつで、最初は反撃することもできたんだが、若者たちが押さえつけて殺した。そのやっつけ方も凄かった。タフな男を処分するのはそう簡単ではない。まず最初はシャベルの刃で全身をめった打ちにしたがまだ息をついていたので、首に棒をわたして両端に親衛隊員が乗っかって喉を潰した」

それ以来わたしは仲間たちに英雄視されたのだった。しかし、わたしより弱いユダヤ人収容者とボクシングするのを拒否したのが、親衛隊員らには気にくわなかったのだ。そのあとビルケナウ収容所のなかで包帯を巻いて働いていたのはわたしひとりしかいなかったし、作業班のなかでもユダヤ人で包帯を巻いている者はひとりもいなかった。息絶え絶えの、または包帯が巻かれているユダヤ人は全員、死を待つ「看護室」、七号棟に閉じ込められていたからだ。

鉄条網での自殺

そのあと作業班が替わった。ポーランド人のカポはわたしについての話を聞いていたのか、扱い方も手加減していた。全身を被っていた瘤の痛さもすこしは軽くなっていたが、体力はなくなり、仕事の激しさで全身が疲労困憊していた。

このころは考えることもしない操り人形のように、監視員らが何を要求しているのかも判別できなくなっていた。仲間たちの名前も忘れはじめていたが、もっと重症だったのは、どの作業班に所属しているのかも覚えられなくなっていた。

犬のように主人の命令に従いながらも、自分を守る本能だけはまだ残っていた。「彼はもうおしまいさ。生きる意欲もないのだから」、「気が狂ったんだ」と言う友人たちのささやき声を耳にしながら、〈いや、自分は気違いじゃない！　考えが頭のなかで錯乱し、混乱しているだけなのだ〉と自分に言い聞かせていた。

この時期だったか、ひとりの男が鉄条網のほうに駆けていったとき、ひとりの親衛隊員が狙撃した。彼は転倒するが起き上がり、全身を前屈みにして這いながら突き進む。ふたたび親衛隊員が銃を放ち、こんどは頭に命中し崩れ落ちた。わたしたちから見れば、彼こそ英雄だった。

カポたちが死体を拾いに駆けつけた。大きなトラックがひき殺したかのように、それは肉塊でしかなかった。監視塔からひとりの親衛隊員が止めさせた。

「そのままにしておけ。傍まで行って確かめたいから」

と命令し、監視の交替時間にあたったので監視塔から降りてきた親衛隊員は、自分が射った銃弾が脳に命中したかを確かめた。脳の中央を弾が射ぬいているのを確かめ、その命中度への満足感に酔いしれるニヒルな笑いが顔を埋めつくしていた。

最初、弾が貫くときの激痛から解放してやるために二発目を放ったのかと想像していたのだが、二発とも計算したうえでの命中だった。一発は楽しむためであって、二発目は有刺鉄線を破損させないためだった。

このときわたしは現場近くにいたので、このずたずたになった死骸を死体置き場まで運んで行くようにとカポに命令された。以前はこのような役目から逃れるために隔たった場所に避難していたのだが、いまや素早くそうした行動もとれなくなっていた。

電流の流れる鉄条網に接近するためにはかなりの要領が要った。ドイツ軍は、この鉄条網を収容者が越えられないようにするための特別班を設置していた。死に方を選ぶなどということは問題にならなかった。鉄条網の前で自殺できた者を、わたしたちのほとんどが羨んでいたものだ。以前なら感電死することもできたのだが、いまではそれも不可能になっていた。

いまはそれに挑戦できる者は、短距離競走のチャンピオンであることと、そのタイミングが決めてだった。タイミングを誤ると、監視員に捕まってしまう。監視員たちはそれぞれ思い思いの残忍さで、時間をかけて逃亡未遂者を虐待していく。彼が気を失うと、頭を水中に押さえつける水攻めの拷問を続行する。

もうひとつの自殺の手段として、バラックの隅に長い釘が打たれていたので、これを使って仲間たちは首を吊っていた。そのためには収容所内では稀少なバンドと紐を手に入れなくてはならなかった。

拷問訓練

心身ともに疲労困憊しているなかで、ただひとつ判断できたのは、決まった仕事にありつけず毎日異なった作業班に配属されながら、そのどれもが私にとっては殺人機にひとしいということだった。腹を撃ち抜かれた仲間の死骸を運んだ翌日、収容所から外に働きに行くという作業班の列の末尾についた。誰の命令でどこに行くのかも分からなかった。

門の近くでドイツ人カポがわたしを呼び止めた。

「おまえは、ちょうど必要としていたタイプだ」

わたしは彼のあとについて行った。生きていく勇気を失っていたので、彼が何を要求しているのか知る気にもならなかった。「ワゴンを押すのを手伝え」と言うのを耳にしただけだった。

朝方、大きな車輪の付いた荷車に密閉してある荷物と樽を詰め込んで、ビルケナウ収容所からアウシュヴィッツまで転がしていく作業だった。午後に引き返し同じことをした。担当のカポは悪い奴ではなく、一度も殴ることはしなかった。わたしはよく食べ、よく働いた。無意識に本能と反射能力に導かれていたと言えよう。グループの仲間が誰なのか見分けもつかず、十人か十二人くらいの姿をぼんやり眺めるのだが、彼らは皆わたし以上に憔悴していた。

仲間のひとり、ヴュルタトが覚えていることを語ってくれた。

「荷車が泥土のなかに車輪がはまって進まないとき、右や左に駆けずり回って泥穴から引き上げるのを手伝ってやり、そのあと五十キロか六十キロの樽を荷車から下ろすのさ」

数日して体力が回復したのは、たぶん他の作業班より多少多く食糧が配られていたからなのだろう。が、懲罰班とともに昼のスープを食べていたときだった。そこでくり広げられたことを見たときは息が止まるほどだった。カポを対象とした拷問訓練だったのである。

彼らのほとんどが「元犯罪人」を意味する緑色の三角形の記章を胸に付けている。猛獣のような顔をしたひとりの親衛隊員が指導していた。彼も受講者も、全員がタバコを収容者の皮膚でもみ消していた。そして当てずっぽうに選んだユダヤ人を拷問の試験台にしていた。

私は親衛隊員らが受講者たちに拷問の手ほどきをし、毎日異なる拷問を教え込むのを見た。第一日目の昼は、地べたに仰向けに横たわるひとりの男の口内に管が差し込まれ、何リットルもの水が流し込まれた。見る見るうちに腹が膨れだし、苦しみもだえる顔がもみくしゃに歪んでいる。

または水をはった浴槽に頭を突っ込み、数分後に引き出し、また突っ込むことをくり返す。目的は痛めつけることで殺すことではなかった。

鞭とテーブルを使った拷問は、いちばん残酷なもののひとつだった。

「体をかがめろ、尻に鞭を打ってやるから」

威嚇だけでは拷問者は満足しきれず、虐待そのものの質を先鋭化させていった。鉄棒でできた枠に足を固定し、テーブルの上にうつ伏せにさせ、ひとりのカポが背中の上に乗っかるのだ。

拷問の場が整い、虐待者が位置につくと、鞭が二十五回振り下ろされ、拷問を受ける者は、大きな声で鞭の回数を数えなければならない。苦しみの叫びを上げると、それだけ余分に鞭が加えられた。この拷問を黙って受けられる超人的な人間は見たことがない。叫ぶことによって痛さが和らげられるのだ。

ここまでくると収容者は全身麻痺状態になっているから、親衛隊員はもっとも効果的な拷問法をカポたちに教え込んだことになる。

この残酷な拷問の巣窟で使われたさまざまな用具について描写することは、あれから数十年経ったいまでも言葉で言い表すことができないのである。

ナンバー一〇二二二四のモゼルマンは、これよりずっとあとにさらに残虐な拷問を味わっている。

「パリで親しい友だちだったナグラーは、ここでもかなり有利なポストについていて、彼のおかげで俺は作業班主任のポストにつけられたのさ。つまり疲れずに子分らを監督すればいいのだ。目上のカポは元無頼漢のハンスだ。彼はのちにビルケナウ収容所でカポのチーフになったが」

「作業場までは往復十キロもあった。その付近には女性だけの作業班がいて、彼女らは親衛隊員のための鶏やアヒル、他の家禽類を世話していた。偶然にも、その班の責任者は女性で、なんと一九三六年ベルリン・オリンピックで会ったことのある元選手だった。お互いに顔を覚えていて、嬉しさのあまり彼女は、十二リットリの飲料水をバケツに入れてくれたので、収容者の全員に分け与えることもできたんだ」

「仕事が終わるころハンスが戻ってきたとき、俺が何もやらないばかりか、収容者らにも仕事を強制しなかった、とウクライナ人やポーランド人が彼に言いつけたのだ。密告者らは、ユダヤ人とともに俺がやった水を大喜びして飲んでいたのに」

「ハンスは、女に対しては何もできん男だが、俺のところに駆け寄ってきて往復ビンタをくらわせたんだ。処罰はそれだけだと思っていたのだが、俺が仕事の妨害行為をしたという報告書を提出したのさ。翌日俺は軍法司令部に突き出されたんだが、司令室に入る前にすこしばかり「スポーツ」をさせられることになり、腕を水平に前に出して、踵だけでうずくまり、その姿勢で三十分じっとしていなければならなかった。このときばかりは、俺もこれでおしまいだ、と内心呟いたものさ」

「そのあとで収容所の広場に連れていかれたとき、鞭打ちに使われるあのテーブルを眼にした。まず足首を結わえつけ、テーブルの上に腹這いにさせられ、大男のカポが背中の上に乗っかり、軍法司令部のひとりの親衛隊員が、俺の尻に二十五回強烈な鞭を打ちつけるたびに、俺が大声で鞭の回数を数えなければならない。鞭の一振り、一振りのあいだの時間が永遠のように永く感じられるのだ。鞭の回数が増えるほど打撃に耐える力もなくなっていく。鞭は、わざと痣や傷がある箇所を狙い打ちし、そのたびに叫んだりしようものなら、五、六回おまけの鞭が振り下ろされるのだ。終わりに近いころ、心臓と脳みそがとび出すのではないかと思ったほどだ。とても立ってはいられず、カポに支えられていた」

「そのあと半日ほど休憩時間が与えられたので、バラックに戻ってうつ伏せになって横たわった。尻の皮膚が腫れ上がり、各所で傷口が破裂していたので、尻を衣類で被うこともできなかった。あまりの痛さで一晩中眼も閉じられなかった」

「こんな状態にもかかわらず翌日の朝も、何もなかったかのように仕事に出なければならなかった。それでも幸いだったのは、いつもは殴るくせのあるカポがこの日は手を下さなかったのだ」

「造成作業班に入れられて、掘り起こした土をワゴンに積み入れ、目的地まで運んで行き、そこにぶちまける仕事だった。俺の近くで二人のムスリム〈死にかかっている収容者〉がワゴンを引き上げるのに苦労しているようだったので、駆け寄ってレールに載せるのを手伝ってやったんだ。俺が手を貸さなかったなら、二人とも負傷していたはずだ」

「その場面を見ていたカポが、俺に襲いかかってきて首を絞め、『別の班の手助けをする奴は殺す。自分の仕事だけをすればいいのだ』と怒鳴りながら、お決まりの〈尻打ち五回〉の鞭を俺にくらわせた」

「それからすこしして、作業班は麦畑沿いに進んで行った。麦の穂が鼻先をかすめたので、それを引っこ抜いて食べてしまった。それを見たカポが俺の番号を手帳に記し、サボタージュを理由に俺に新たな体罰を加えたのだ」

「ビルケナウ収容所の広場では祭の準備中だった。その中央には一頭の馬がつながれていて、その周りに五、六人の親衛隊員が立っていた。そのひとりが、いつものような口調で演説をはじめた。俺が『盗みをし、サボタージュを行なった。したがって裸の尻に鞭を五十回受けなければならない』というのだ」

「もちろん鞭の一振り一振りを数えなければならない。どうにか最後まで数えきることができたのだが、尻があまりにも腫れてしまい、ズボンをはくのも辛かった。それでも立っていられたのだ。周りの観衆が俺に感嘆の眼差しを注いでいたのは確かさ」

「それにしても、鞭打ちのあとどうやってバラックまでたどり着けたのか自分でも分からない。俺が体罰を受ける前に、もうひとりのユダヤ人が同じ折檻を受けているのを眼にしたのだ。彼は鞭が五十回までいく前に気絶してしまった。それなのに鞭は五十回以上におよんだ。テーブルから体を下ろしたとたんに、彼は地べたに崩れ落ちた。それでも鞭打ちは止まず、周囲からは罵倒の嵐と足蹴が襲いかかる」

「作業班のなかで俺は特別視され、二週間以上のあいだ誰も俺を殴ろうともしなかった」

「そのあと、やはり懲罰班のカポによって作業班を替えられたのだが、そこでもきわどいところで死を免れたんだ。あるとき腹が痛くなり、便所に行くのも間に合いそうもなかったので〈パンツのなかでしてしまおうか。いままでの経験からしてそのままでしてしまうほうが楽なのだ。しかし便所は眼と鼻の先なのだ〉と自分に言い聞かせながら、疾風のごとく便所に駆け込み、三分後には自分の場所に戻ってこれたのさ。それなのに隣で働いていた奴が、俺が二十分も場を外したとカポに言いつけたんだ。それで作業班の監視員全員が棍棒で俺を袋叩きにした。彼らは元刑事犯か元政治犯なのだ。

『同志たち、どうして俺を殴るんだ。覚えているだろう、ベルリン・オリンピックでいっしょだったじゃないか』とそのひとりに叫んだら、『黙れ！　親衛隊員が見てるじゃないか』と怒鳴ったんだ」

「俺たちの言い争いを耳にした二人の親衛隊員が近づいてきて、『黙れ！　こんどは我われの番だ』と凄んだ。このとき、縦横二メートル、深さ一・七五メートルの溝のそばにいた。そのなかに溜っていた泥水は十一月というのにすでに凍りついていた。そこで働いていた作業主任と民間のポーランド人が俺をこの溝の淵に連れていくと、親衛隊員らが待ってましたとばかり、二人がかりで俺の足と両肩を摑んで、服を着たままこの泥水のなかに投げ込んだのだ」

「俺はこれで最期かと思ったよ。息絶え絶えの生命にしがみつきながら、ゆっくりだが淵から這い上がろうと何度も試みるが、そのたびに軍靴の足蹴をくらってどぶんと底に蹴り込まれる。そのたびに親衛隊員らは面白がって爆笑し、ポーランド人らがそれに合わせて笑い転げる。彼らにとってこの遊びは俺が初めてではなく、すでに何人かの犠牲者を出しているんだ」

「五回目に這い上がろうとしたときに、親衛隊員のひとりがピストルを抜き出し、俺の額に突きつけた。俺は微動だにせず彼の眼を凝視すること三十秒か一分か分からないが、おれにとって永劫と感じられるほど、そのままでいた。このときカポが『全員五人横隊！』と叫ぶのが聞こえた。俺に銃を向けていた親衛隊員はピストルをホルスターに収め、すでに俺から関心が遠のいていたようだった。このようにして俺はまだ生きているが、このときばかりは骨の髄まで凍りついていた」

モゼルマンの話は、ここで終わっていた。

もうひとりの仲間、ラザールも懲罰班による過酷な経験を味わっている。

「二十一号棟にいたとき、俺は絞首刑になるところだった。ポーランド人カポが逃亡するために、俺が知らないあいだに街着を俺の寝床のなかに隠しておいたのさ。密告者らの告げ口で、親衛隊員らがバラックに突進して来たときに、すぐに秘密がばれてしまった」

「まず死線を彷徨うほど俺を袋叩きにしてから、隠していた街着はどこから手に入れたのかの尋問に移った。拷問が八日間つづいたあと、最終的には懲罰班に拷問の試験台として送致された。ユダヤ人であることはたいしたことではなく、俺の不運の元凶となったのはポーランド人カポのせいであり、もちろん彼が自白するはずがなく、彼の代わりに俺が死ぬのは何とも思っていないさ。密告者もポーランド人で、服の持ち主も誰だか知っていたのだが、同国人を密告するかわりに俺を売り渡したわけさ。ドイツ人たちも、この問題に俺が何ら関りないことは見抜いていたはずだ。だからといって俺への体罰が軽減されるというわけでもないが」

ラザールとモゼルマンの話を聞くにつれ、ドイツ人がサボタージュと呼ぶものが何であるか、また麦の穂を噛むことも、懲罰班による五十回の鞭打ちの対象となることがわかったのだ。

懲罰班と聞くたびに、わたしは拷問の試験台に選ばれるのではないかと震え上がった。

ある日、懲罰班に属しているカポがわたしを呼んだ。

「おい、ユダヤ人、ここへ来い！　班のなかでいちばん健康そうだから、作業場のチーフにしてやる。どうして仲間を殴らないんだ。あいつらは働こうとしてないじゃないか。俺を見ていろ、どうやるか教えてやる」

彼はわたしの尻を鞭で五回打ち、幸いにも拷問台は使わずに、呻いても怒らなかった。

「叫んでもいいぞ、そのかわりおまえの仲間たちに報復の付けがまわるぞ、わかったか」

彼はふざけているだけで、わたしが作業場のチーフになることなど問題外だった。

カポは、同僚の手前、わたしを殴るための格好の言い訳を見つけたように笑いとばしていた。彼の同僚は一度たりともわたしたちを殴ったことはなかった。

棍棒で打ちのめされたため、わたしは強烈な下痢に襲われた。腹痛のあまり便所まで駆けつけるのに間に合わなかったので、パンツのなかに垂れ流してしまった。そのたびに棍棒が打ち下ろされた。便所係のロシア人カポたちは、わたしの顔を見知っていたので、なおさらわたしを虐待するのを楽しんでいたようだった。

不運はひとりではやってこないものだ。ライビッヒがロシア人カポのあとを継いでわたしのしごきにかかったのだ。

「おまえは生き延びすぎたと思わないかい。こんどは俺が面倒をみてやるからな」

彼の手帳のリストにわたしの番号が記されていたのは確かだった。それは当然で、わたしは悪臭を放ち、カポも監視員補佐たちも下痢症状をきたしている収容者にはがまんできなかった。わたしは今晩のうちに死ぬだろう。〈俺は父の顔を見たこともないし、息子も父親とは会わずじまいになるのだろう〉と心のなかで呟いていた。

衣類選別班

ライビッヒは手帳にわたしの番号を記していた。すべて終わったのだとわたしには覚悟ができていた。鉄条網まで駆けていけば銃殺され簡単に死ねるし、もし命中しなければ数時間の苦しみを味わうだけだ。カポの一発が命中すれば豚のように頓死できる……。豚というものはまったく運がいい。

朝、点呼のあと作業場に出発しようとしたとき、ふと足を止めて、そこに立ったまま不動の姿勢で虚脱状態に陥った。わたしの所属する作業班のほか、他の作業班もバラックから出ていったあとで、わたしは門から五メートルのところで釘づけになり、自分がどこにいるのかも分からなくなっていた。ひとつだけ分かっていることは、恐怖をすこしも感じず、ただ死にたいと思っていることだけだった。しかし棍棒で打ちのめされるのなら、頭部に一発くらって即死したかった。

「おい、臭せえイヌ、ブタ公、汚ねえフレンチ野郎、何やってんだ」

次にフランス語で小声で言っているのが聞こえた。

「そこから動かないように、迎えにいくから」

この最後の言葉を聞くなり全身が震えだし、誰がフランス語で話したのかと振り向いたのだが、そう言った男はすでに背を向けて去っていた。バラックの最年長者なのかカポのチーフだったのか、いまでも、このときわたしの命を救ってくれた男が誰だったのか知りえないままなのである。

二人のドイツ人は知っていた。二人とも元共産党議員で、ヒトラーが政権を掌握したあとフランスに亡命したのだ。そのひとりはわたしの叔父の家に厄介になり、もうひとりは技師ロートシュタインの友人にちがいなかった。わたしを救ったのは彼らのうちのどちらかだったのかもしれない。またはわたしを誰かと勘違いしたのかもしれない。もしかしたらわたしのような状況にある者を何人も救っていたのではなかろうか。

そのあと二人のカポがわたしを探しに来た。さっきの「チーフ」がよりによって悪臭を放つユダヤ人、それもパリくんだりから来た汚らわしいユダヤ人をどうして助けるのか理解できなかったようだ。彼らがポーランド語で話しかけてきたので、ジェスチャーで分からないと答えてやった。

最初にここに着いて一、二カ月して初めてシャワーというものを浴びた。そして来たときに身に着けていたパンツとシャツ、ランニングシャツを返してくれた。上着とズボンは腐敗物のようにずたずたになっていた。新しい作業班のところに行く前に他の服と替えてくれた。

この作業班はわたしにとって助け舟のようだった。えんえんと歩く必要もなくなり、仕事場となる建物も収容所の中央にあった。もとはポーランドの兵舎だった建物でトイレもあり、いつでも用足しに行けたし、顔を洗うことも飲料水を飲むこともできた。これ以上デラックスなものはなかった。色つきの水に近いコーヒーの代用品とはいえ自由に飲めた。この飲み物のおかげで元気を取り戻せたのだった。

以前の作業班にいたときよりもずっと多くの食糧が与えられ、残飯にもあやかれたので、薪を燃やしてできた炭と余った食糧を交換したものだ。炭をかじることは腹痛の治療にもなった。二日目、六リットルものコーヒーを呑み、腹が風船のように面白いほど膨らんでいき、しまいには破裂するのではないかと思ったその瞬間に、ちょうど脇にあったトイレに駆け込んだ。噴出したのは小便ではなくて、尻の穴から水分が全部噴き出したのだ。そのあとは腹痛などは感じなくなり下痢も完全になくなっていた。これで糞尿の臭いも消え去り、服も真新しいものに替えられた。生き返るとはこういうことなのだろう。

仕事は荷物の選別だった。貨車で移送されてきた収容者が持ってきた荷物や、着いてすぐにガス室に追いやられた者たちの身の回り品を選り分けることだった。まずトランクから衣類を取り出し、それらに縫い付けられている黄色い星をはぎ取り、ズボンやシャツ、すべてを分類し十枚ずつ束にする。とくに気を付けねばならなかったのは、裏地のなかに貴重品が隠されていないか確かめることだった。

荷物のひとつひとつに、わたしの左腕に入れ墨されているナンバー四八九五〇を記さなければならない。

「時計や貴金属など何でもいいから、あとで見つかったらおまえが死ぬんだからな」とカポが警告する。

盗みたい者には盗ませ、何度も確かめながら、ゆっくり時間をとりながら作業をつづけた。わたしはただ生きていたいだけだった。

作業場から出るたびに、わたしたちは全裸になって親衛隊員の前を通り、何も身に着けていないことを確かめさせなければならない。もし指輪や小さな物を呑み込んだりしてごまかそうとしても、そのあとそれを自分のものにするまでがまたたいへんだった。わたしがこの作業班に加わる前に誰かがそれをやろうとしたため作業班の半数が殺されたのだった。そんなことをしようとするのは気違い沙汰だった。この恵まれた作業班に居残るために、誰もが互いに監視し合っていた。

しかしカポも親衛隊員らもわれがちに闇取引をし合っていた。

ライビッヒがわたしの仕事場を誰から聞いたのかわからないが、以前は翌日にでもわたしを殺しかねなかった彼が昔からの顔見知りのように、急にわたしへの態度を変えたのだ。わたしは殺されるくらいなら、彼のために貴金属を手に入れてやる輩と思ったのだろうか、それとも収容所のある上官が、わたしを保護しているのではないかと早合点していたのだろうか。

その晩から彼は、わたしに寝場所を見つけてくれて、わら布団とノミのいない毛布を分け与えてくれた。板の上や、地べたでもない寝床で、それもたったひとりの相手と分ち合えばよかった。

毎晩六時間は寝られ、悪夢を見ることも減り、眼が覚めるやライビッヒに殺されるのではないかという怖れもなくなっていた。朝方、殴られることもなくなった。彼はまるでわたしに対し知人のように気をくばっているようだった。ほとんど友人のようになり、「売女のガキ」と罵倒することもなくなり、名前を呼ぶようになっていた。

下痢も止まり、食欲も出てきていた。が、数日は残飯は避けて内臓に負担がかからないようにし、病臥者にはならないようにしていた。

その二日前までわたしは痴呆状態に近く、自分の名前も忘れ、どこに身を置くべきかもわからないでいた。わたしと顔を合わせるたびにポーランド人カポが「くそったれ！」と怒鳴りちらし、ドイツ人カポも「糞の塊！」と罵倒してはわたしを殴っていた。痛さのあまりときには叫び声を上げ、ときにはまるでそれが当然のように声も出さなくなっていた。

それから二十四時間後、意識を取りもどし、人間に生まれ返ったかのように話すこともできるようになった。カポの名前も思い出し、考えることもできるようになり、わたしがいまいる場所が異常な世界であることも理解できた。わたし自身の思考能力が舞い戻ったのだった。

改めて収容所のなかの生活を見つめた。ほかの者たちの苦しみが眼に入るのだが、それを感じなくなっていて、七号棟からもれてくる呻き声も耳に入らない。わたしは肉体的に完全に回復し、まだ生きていることに幸福感さえ覚える。もちろん眼をつぶっているかぎりにおいてだが。

夜にはコーヒーの入った水筒を持ち、皆に配って歩いた。マレクもライビッヒもわたしには声をかけようとはせず、おとなしくしていた。日中は喉の渇きも自由に癒すこともでき、バラックに戻ると、パリ以来知っている仲間にコーヒーを配ってやった。わたしのあまりの回復ぶりに仲間たちは驚嘆し、彼らも元気になれるように手を貸してくれと頼んでくるのだが、飲み物を配ること以上の力はわたしにはなかった。

しかし、考えられるということは逆に意識に毒を盛ることでもあった。〈妻は、子どもはどこにいるのか、ほかの家族は？　母は？　おそらく全員がガス室に追いやられたのでは……〉。苦悶がわたしを蝕みはじめていた。

夜は仲間同士で話し合うこともできた。最後はわたしたちも抹殺されることになるだろうと誰もがあきらめている。衣類の選別中に、自分の家族の服を手にするのではないかと怖れながら、実際に仲間がその一枚に出会ったとき、彼は家族がガス室で死んだのではないかと気が狂うほど知りたがっていた。

なかでも宝石細工師だったS・Zのことを覚えている。ビルケナウ収容所で彼は、ガス室に追いやられたユダヤ人の指輪やブレスレット、イヤリング、金歯などすべての貴金属を溶かしていた。親衛隊員らにも重宝がられ、料理もおいしいものが与えられていた。ところがある日、溶かそうとしていた指輪のなかから妻の結婚指輪を見つけたのだ。彼自身が作った指輪で、裏側には結婚式の日付と、新郎新婦のイニシャルが彫り込まれている。その瞬間から彼はすべてを投げだし、一カ月後に彼もガス室で死んでいった。妻と二人の子どもが死んでいったように。

わたしより三週間先にピティヴィエ収容所から移送されてきた兄ジャックのことが気がかりでしようがなかった。アウシュヴィッツから来た仲間たちに訊いてみたが、誰も彼の消息は知らなかった。そこで計画を練ることにした。〈もし彼がまだ生きているならぼくが助けに行く。二リットルのコーヒーがあれば金持ちと同じで、それを配って歩き、うまくいけば兄をここまで連れてきて衣類選別班に入れられるのだ〉と自分に言い聞かせた。

そのあと出会ったジャックの仲間によると、彼らはフランス軍に志願し、ナチス軍に敗れたあとピティヴィエ収容所に送られたという。

「きみの兄さんは死んだよ。俺は死体を見ているし、収容所に着いてから十二日後に死んだ」

兄の死を知り、わたしは打ちのめされ、心のなかで呟くのだった。〈苦しむより死んでしまったほうがいい。最期まで耐えられるはずがない。彼はむしろインテリタイプであり、ぼくのように体が鍛えられていなかったし、ボクシングなどもやったことなかった。おまえだって無理しちゃいけない。他の者よりずっと食欲はあるが、以前のような作業班にまた送られたら二週間ももたないだろう〉

兄のジャックはほんとうに模範的な息子であり兄だった。父のいない孤児たちの長兄として家族を助けたのだった。教養もあり三カ国語を話せ、読み書きもできた。革職人の立派な技術をものにし、実用的でオリジナルな財布を発案したこともある。

兄の死の証人に「兄はひどく苦しんだのか」と訊いてみた。

「いや、まったく苦しまなかったと思うよ。彼の代わりに死にたかったほど、苦しむ時間もなかったんだ」

兄の死についてそれ以上知ろうとは思わなかった。この兄の知人をわたしの作業班に入れてやろうと思ったが、うまくいかなかった。それから十日後、彼は造成地の作業場から死体となって運んでこられた。わたしが親衛隊員に袋叩きにされた作業班だった。

以来二十年間、わたしは兄の死について知ることを拒んできたと言える。が、勇気を出して、生存していたただひとりの証人を見つけだし、兄の最期について尋ねたのである。

証人ブラフマンは語ってくれた。

「きみの兄さんが俺に『きょうは何日?』と訊いたのだ。この日が何日か彼はよく知っていたはずなのだが、彼の最期の絶望の淵に俺を立ち合わせたかったのだろう。そして『きょうは可愛いい娘ロゼットの誕生日なのさ。きっとガス室で死んだんだろうね……妻といっしょに』と言ったんだ」

「そのあとすぐに彼は三階の窓から頭を下にして飛び降りたんだ」


収容所にいるあいだ、パリで起きていた出来事はいっさい知ることができなかった。ほとんど毎日ユダヤ人を乗せた貨物列車が到着した。ポーランドでは三百万人いたユダヤ人がほとんどいなくなっていた。次はフランスのユダヤ人狩りの番だった。まず子ども連れの女たちがパリから運ばれてきた。最初に着いたのは外国人のユダヤ人女性で、次がフランス国籍のユダヤ人女性たちだった。わたしの気力はさらに深く沈んでいった。


わたしたちの作業班には、ピティヴィエ収容所でいっしょに働いたことのある数人のインテリがいた。そのなかで「教授」というあだ名で呼ばれていたひとりが自分のシャツを、誰かのそれより清潔なシャツと交換した日、親衛隊員が出口でそれを目撃し、その場で尻に「二十五回の鞭打ち」の折檻を与えた。親衛隊員が、ズボンを脱いだ収容者の尻に鞭を振るのを見たのはそれが初めてだった。

「教授」は完全にまいっていなかったので、助けようと思えば助けられたのだが、親衛隊員は彼を物置に放り込んだ。翌日、親衛隊員はさらに激しい折檻を加えつづけた。「教授」は横たわったままだったので、親衛隊員はサッカーを楽しんでいるかのように腹と顔面を軍靴で蹴りつづけた。

瀕死の「教授」の眼を開けさせるためにカポが五回バケツで水をぶちまけたあと、親衛隊員の折檻をバトンタッチしようと提案したが、「今回は俺が最後までやる。このくそったれ、シャツを盗んだのか」。親衛隊員が猛々しく叫んだ。「教授」は惨たらしい姿で瀕死状態どころかすでに死んでいるのに、親衛隊員は軍靴で蹴るのを止めなかった。

監視員らはユダヤ人の持ち物をすべて没収しては自分のものにしていたのに、「教授」は自分のシャツを交換しただけで拷問のはて、死の折檻を受けたのだった。

殺戮のシステム

わたしたちはまだ若かったし、知り合い同士だった。ピティヴィエ収容所にいたときにともに生き、行動することを学んだのだった。しかしナチスによってわたしたちは分断され、互いのつながりも意味をなさなくなっていた。最初の日、それでもわたしたちは一夜明ければ、また抵抗力が生まれるだろうと楽観的に思っていたのだが、なかでも狡賢い者がまず先に監視員に密告しては、自分が殴られる回数を少なくし、いつもより多くスープをもらおうとした。他の者は自分を守る力もなかった。一週間もしないうちに、生き残っている誰ひとりとして、この囚人以下の生活に対して何らかの行動を起こそうとする者もいなかった。

ナチス首脳部が構想し実現した強制収容体制は非の打ちどころのない完璧なものだった。まず服役中の元強盗犯などを収容所に配属させ、充分に食糧と女をあてがい、女に興味を示さない者には若いユダヤ人青年を差し向けた。彼らを配属するにあたっての第一条件は、何よりも収容者を怖がらせるということだった。非ドイツ系の男性のなかには、上官の個室に送られる者もいた。命令を拒めば、奇跡が起らないかぎり「天国移送班」に直送された。カポやその部下たちは、収容者を殴り殺してもたいした罪にならず、最後まで生き延びることだけを望んでいた。

大量殺戮のシステムも軌道に乗りはじめていた。それに携わるドイツ人カポは最小人数でよかった。彼らは殺戮量と速度を加速化させる役を果たしていたわけではない。しかし収容者の殺戮率が一パーセントでは、全体の数からすると少なすぎた。毎日全収容者の十パーセントを抹殺しなければならなかったから、カポに課された任務とは、まず虚弱な者からガス室に送り込み、残りは当てずっぽうに選ぶことだった。このノルマを果たさなければ親衛隊員の監視のもとでただではすまなかった。

絶えず貨車で運ばれてくるユダヤ人たちが、そのままガス室に送り込まれていることは誰もが知っていた。選別する衣類と積み上げられた衣類の量からして、この収容所での殺戮量とその速度が測れたのだ。

そして奴隷扱いされている収容者がどれほどサディスティックに惨殺されていくかが目前でくり広げられていた。わたしたちを極限まで酷使したあと、快感をもって最後の止めを刺すのだ。それだけでなく、死骸から抜き取った脂肪分と骨から石鹸が作られ、衣類はドイツ国民に配給するため本国に送られたのだった。ナチス親衛隊員らは効率百パーセントのこのリサイクル作業を誇っていた。

収容所のなかにいるわたしたちは、これらすべてを知っていたのだが、外部の人たちは知らないのだ、と思うほかなかった。

腕に番号が入れ墨されたわたしたちも、じきに殺されるのだろうと信じて疑わなかった。したがって誰もが死の瞬間を引き延ばすことだけを考えていた。この地獄から生きて出られるとは思いおよばなかった。

だがたまに死から逃れられる者もいた。兄と同様に四二〇〇〇台（原注）の番号を入れ墨されたゼレコフスキ。彼はセメントに入れる砂利を運ぶ作業班にいた。彼はひとりの親衛隊員の近くで働いていたとき、退屈していたこの親衛隊員に彼がどこの出身なのか訊かれ、二人とも同じ町の出身だが、一方はユダヤ人で、片方はドイツ国外で生まれたのでドイツ国籍をもたないドイツ人だった。二人は立ち話をしていた。夕方カポが近づいて来てゼレコフスキに怒鳴った。

「バカ野郎！　おまえは働かないのだから殴り殺してやる！」

そのとき先の親衛隊員がカポの腕を押さえつけたので、彼はあやうく命拾いしたが、翌日、他の作業班に移された。彼を殺そうとしたカポの殺意からは絶対に逃れられなかった。

戦前パリで親しかったグベレクにも出会った。彼も四二〇〇〇台の番号を付けられていた。彼に訊いてみた。

「元気かい？　きみの作業班はどうだい」

「前の作業班は良かった。班長ともうまが合い、俺を殴るなどということは絶対なかった。だがある日

原注　一九四二年六月、アウシュヴィッツに着いた男たちは「四二〇〇〇台」の入れ墨が腕に刺されていたが、実際には三八〇〇〇台から四四〇〇〇台まで含まれていた。わたしが運ばれてきた貨車で移送されてきた者と、一九四二年七月に到着した男たちは「四八〇〇〇台」に含まれていた。

の昼ごろ、いつものように二列に並んで食事の配給を待っていた。ルタガバ（スウェーデンカブ）のスープをカポと班長が配っていた。カポは非ユダヤ人には、杓子で樽の底からすくい上げて野菜を多く入れ、ユダヤ人には表面の透きとおった水分しかくれないが、班長は毎回よくかき混ぜて配給していた。俺はカポの前に並んでいたのだが、班長のほうの列に移ったのだ」

「カポがそれを目撃し、スープを配るのを止めて俺をバラックに連れ込み、殴りまくったのだ。彼の殴打で息が止まらなかっただけでも不思議なくらいさ」

「こんなことが起きたあとは、同じ作業班にはいられなくなるんだ。次に加わった作業班はもっと酷かった。作業場に行く道中、犬をつれた親衛隊員に挟まれて歩いていくのだが、列の末尾についたり、端にいようものなら犬に噛まれるので、誰もが列の中央に入り込もうとする」

「作業班のメンバーのひとり、クレミュは弁護士だったがオルレアン市で捕まった。昨日、彼は身体が弱りきっていたので後ろのほうについていたところ、犬たちに噛みつかれ、体がぼろ切れのようにずたずたになってしまった。カポはフランスに住んでいたことのあるポーランド人で、俺とは気が合うんだ。彼がクレミュを助けようとしたのだが噛まれた傷口があまりにも深くて、消毒薬もなく、汚れとノミの襲来でどうしようもなかった」

「わかるだろう？　この作業班は安全な班ではない。ここにいたら、いつかは俺も犬たちに噛み殺されてしまうだろうな」

アフロム・ゴゴリンスキは四二〇〇〇台の番号で、かなり前からの収容者だが体もがっしりしていた。

パリでいっしょに働いたことがあるのでよく知っている仲間だった。

彼は、カポがポーランド人らに残飯を配っていたので、彼も飯ごうを差し出した。そしたらカポは彼に五回シャベルで打ちのめす折檻を与えた。それもシャベルの背で尻を叩くのではなく、薪を割るときのように刃を背中に打ち込んだ。

「まるで体が二つにぶった切られると思ったよ。ひとつ後悔しているのは、あのときシャベルをふんだくって仕返しをすべきだったんだ。もうだめさ、呼吸することも苦しいし、まるで犬のように死んでいくんだ。もし生きていられたら、真っ先にあのポーランド人を殺すけどね」

ゴゴリンスキは誰にでも手を貸し、怖いものはなかった。このシャベルによる蛮行を受けていなかったなら、いまではひとかどの人物となって、死ぬときも羊のように黙ってはいずに、果敢な死を遂げたことだろう。仲間のなかには彼のような男がかなりいたのだが、永く待ちすぎたために自分の死に方を選ぶこともできなかったのだ。


わたしたちのいるバラックで一大事が起きた。責任者マレクが病気になった。ユダヤ人を支配する「王様」がチフスに罹ったのだ。当時多くの仲間がチフスで死んでいた。元医学生だったマレクはもちろん予防注射を受けていたはずだが、そうではなかった。彼はひとりの親衛隊員と裏取引をやっていたのだが、親衛隊員が仲介人を他の者に替えるために彼を抹殺しようとした。上司の心変わりに気づいたマレクは、高熱が出たと言ってチフスに罹ったふりをしたのだ。感染するのを恐れて親衛隊員が彼に近づこうとしなかったので殺されずにすんだのだった。

しかし、そのあとでマレクは銃弾が命中していとも簡単に死んでしまった。残念！　彼の個室から（各棟のなかで責任者はカーテンが張られた固有のスペースをもっていた）、親衛隊員らが貴金属の入ったカバンと何種類ものアルコール飲料を見つけだし、この一件落着を酒盛りして祝ったのだった。

じきにマレクの後継者が見つかった。後任は元強盗犯で、ライバルのマフィアの親分を殺害したことがある元服役者だ。マフィア歴のある彼は、このポストに打ってつけだった。

マレクとライビッヒは、毎朝バラックの前に三十体ほどの死骸を並べさせていたので、ライビッヒはさっそく後任者に殺し方のノウハウを説明してみせた。最初指導を受けても後任者はなかなか殺戮の速度に追いつけなかった。親衛隊員らは新任者に気合いを入れるため、三十分間踵だけでひざまずかせた。この新任の儀式は普通なら三十分ではなく三十五分なのだが、新任者はユダヤ人殺戮システムに難なく順応したので、それ以上仕込む必要もなかった。

親衛隊員の眼についたのは、ニュルンベルグ出身の青年だった。一・五メートルあるかないかの背丈だが強い元ボクサーだ。彼は、ピティヴィエ収容所で調理人シェフだったモーリス・ナショナルとボクシングの模擬試合をしたこともある。同時に監視塔から親衛隊員は、収容所内の作業班のなかに一・八メートルはある、骨と皮だけの骸骨同然の収容者を見つけた。彼は骨だらけの操り人形のように歩いていた。名前は思い出せないがインテリのようだった。親衛隊員が彼に命令した。

「あそこにいるチビとボクシングをやってみろ」

「わかってます。死ねということですね」。男はドイツ語で答えた。

小男は十八歳で、彼にとってボクシングをするということは打ちまくることだった。体育の選手のように青年は見事なフットワークでパンチを加えていった。骸骨同然の相手は反撃しようともしなかった。反撃し防御したとしても何も変わらなかっただろう。

周りにいたカポたちも駆けつけてきて、わめき立てた。

「やれ！　もっと強く！　打ちのめせ！」

半時間ほどして背の高い男は地べたに這いつくばり、ほとんど息もせず死んでいるようだった。すぐに七号棟に運ばれていった。十二号棟に運ばれればまだ助かったのだが。そこには軍医もいて、回復すればそこから出ることもできたのだが、それも叶わなかった。なぜならその棟はアーリア人だけを受け入れ、ユダヤ人は入れなかったからだ。

だがニュルンベルグから来た青年は何も考えていなかった。この醜悪場面の前でわたしたちは無力以外の何者でもなかった。彼を励ますような眼差しでも送ろうものなら「鞭打ち二十五回」か、あるいは死につながる「スポーツ」をやらされただろう。それでも青年は満足げだった。ほんとうにボクシングをして勝ったと思っているのか、わたしには分からない。ひとつ言えることは、彼がリング以外のどこででも人を殺せる味を覚えたことは確かだった。

そのあと彼は監視員補佐の助手になり、勤勉に殺しのノルマを果たしていたので、最後には監視員補佐に昇進したのだった。

わたしはこの種の「試合」にたびたび立ち合ったことがある。何人かは殴る真似をするのだが、最後には強い者が「尻に五回の棒打ち」を受けることになり、造成地作業場で親衛隊員がわたしにしてみせたような醜悪な「ゲーム」にまで発展していった。

シャワー

日曜日は働かなくてよかったのだが、休養することは禁じられていた。この日にドイツ人らはさらにわたしたちを痛めつけようとしていた。そのための「ゲーム」を考えだしては、わたしのような体格の良い者でも疲労困憊させるのだった。

そのなかでいちばん残酷なゲームは「シャワー」と呼ばれていた。朝三時半にわたしたちは叩き起こされ、バラックから追い出される。出口のところで誰もが背中に棍棒の一撃を受けてから、外で五人横隊で並ばせられる。そこには収容所のほとんどのカポが集合する。ポーランド人カポも、ドイツ人カポも、彼らはユダヤ人を憎悪し、彼らにとっては戦争も、強制収容所もユダヤ人のせいであり、責任はすべてユダヤ人にあるという。

並びながらわたしは内心呟いていた。〈きょう一日は厳しい日となるな。もしかしたら、明日、月曜日に到着する新しい収容者を入れるためにバラックを空ける必要があるのかもしれない〉

ライビッヒが話しはじめた。

「いいか、売女のガキども、この一カ月間おまえたちは一度も体を洗ったこともないな。皆ひどい悪臭を放ってるから体を洗うことにする」

スポーツとは、走って体を温めたあと、冷水のシャワーを浴びることだった。九百人から千人の男たちが走りだすと、体力のない者はだらだらと後を追っていくほかない。三十人ほどのカポが見張っていて、遅れがちな者は棍棒で殴りつけ、走る一群にくり込ませようとする。先頭を走っているわたしたちにも棍棒が振りかかり、速度を上げさせられた。

半時間ほど走ったあと停止させられた。そこで新たに点呼がはじまり、五人欠けていた。そこに立っていることができず座り込んでいる者には死が宣告された。

カポのひとりが命令する。

「ユダヤ人野郎ども、脱いだ服は足もとに置いてシャワーを浴びに行くのだ。戻ったときに隣の者の服を間違えて着たりしたら、どういうことになるか分かってるな」

衣類の上に番号の付いた上着をかぶせ、服のある場所を覚えていなければならない。朝五時の酷寒のなかで裸のままで点呼がなされ、五、六百メートル先にあるシャワー室まで寒風を切って走っていかなければならない。ぐずぐずしていると裸の皮膚の上に棍棒が打ち下ろされる。

シャワーは凍りつく冷たさで、その冷たさに耐えられない者がぶるぶる震えたりしていると、元犯罪人のカポたちが捕まえて、数分間氷水のシャワーの下に押さえつける。気を失いかけると棍棒で叩きつけて気をとり戻させる。この氷水に耐えられる者はすばやく体を濡らすだけでごまかした。ここでもぐずぐずしていると殴殺されかねなかった。監視員らはこれを沐浴と呼ぶのだが、実際には親衛隊員がカポたちの手でわたしたちを殺させるための余興でしかなかった。

雫が垂れ落ちるままシャワー室の横に五人横隊で並び、最後の者が出てくるまで待つ。もう一度点呼がなされたあと、服が置いてあるバラックにまっしぐらに走っていく。が、それですべてが終ったわけではない。バラックに着くや、裸体に棍棒の雨が降りそそぐ。動転しきったわたしたちは自分の衣類をどこに置いたのかも思い出せない。無頼漢のカポたちは、全員の服が見つかるまで叩きつづけるので、もうどうしようもない気持で誰もが手あたり次第に置いてあるものを拾い上げる。

このシャワーとやらが初めてだったわたしには走る気力もなかった。カポがそれを見ていたのか、走っているあいだ、わたしの体を棍棒で打ちまくった。そしてバラックに戻ったとき、自分の衣類は全部そろっていなかった。探すこともあきらめて、足がなかで泳ぐばかでかいぼろ靴に足を突っ込んだ。

しかしごまかすことは難しく、わたしのほかに二十人ほどが当てずっぽうに拾ったサイズの合わないぼろ靴を履いているのが分かり、またこっぴどく打ちのめされた。二度目からはすこしはましだったが。

バラックに戻ったあと、スピード組はのろま組に対して怒りを爆発させた。ライビッヒはこの内部紛争を面白がりながら警告する。

「売女のガキども、体がきれいになって気持がいいだろう。いまから十分のあいだに自分のどた靴とぼろ着を探し出せ。それができない者は分かってるな」

彼が殺すと言ったら絶対に殺すのだ。

この警告のあった翌朝、バラックの前にいつもより多く死体が横たわっていた。そのうえバラックにいる収容者の半数以上が咳をしている。夕方作業場から戻ってくると三十体ほどの死骸を仲間たちが運んでいた。倒れた者たちはあまりにも打ちのめされたために瀕死状態の「ムスリム」と化し、作業にもつけず死んでいった。

火曜日の朝、新しい収容者たちが到着した。どうやって収容するというのだろう。わたしのいたバラックの収容者の半数は死を待つだけの七号棟に移されていた。すでにそこは超満員だった。そこに入れない者は病臥者でも凍てつく地べたに寝るほかなかった。バラック内にすこしでもスペースを見つけられた生存者のなかには、ガス室まで這って行かせられる者もいた。それもできない者はガス室までトラックで運ばれていった。

数時間前までは強靭な抵抗力をもっていたわたしでさえ、一挙に仲間たちを失ってしまい、生きる気力もなくなっていた。

しかし、これらすべての証言者になるためにも生きていなければ、と自分を勇気づけた。収容所外部の人びとは、ここで起きていることを知らずにいるのだ。知っていたならば爆弾を撃ち込むなり、攻撃隊を送り込むなり、どんなことでもしていたはずなのに……。

衣類選別作業のあとは、いつも親衛隊員の前を全裸で通らなければならなかった。彼らは、わたしの全身をおおいつくす青あざと頭に隆起する大小無数の瘤を眺めては嘲笑する。他の者たちの体も同じだった。親衛隊員は何も質問しなかった。日曜日に汚いユダヤ人たちが体を洗ったことは知っていたので、「カポたちはなかなか腕がいい」と感心しているようだった。

衣類班に突然、シャツの山が届いたのだ。スタッフ全員でその選別にあたったのだが、どのシャツも新品同様の良質のものばかりだった。五枚ずつ右側に男子もの、左側に婦人ものをまとめて束にしていった。どれも新品に近く、商店からごっそり持ち出してきたようだった。いつもはスーツケースが運ばれてくるのだが、いまはシャツがぎっしり詰まっている荷物が到着するのだった。

収容者二人不足

作業が終ると、いつも二時間のあいだ、五人横隊に並んで待っていなければならない。ある日、六時間経っても立ったまま、帽子の脱・着帽の動作がくり返され、何度も点呼がなされたが、やはり二人欠けていた。

朝から晩まで座ったまま作業をするわたしにも何時間も立っていることは辛かった。かなりの仲間たちが疲れきっていて、お互いに支え合わなければならなかった。監視員でさえ「脱帽、着帽」を叫びつづけるのにうんざりしているのだ。動くことも禁じられ、小便の欲求が高まればズボンのなかで放尿するほかなかった。

わたしたちは力いっぱい、肩と肩で支え合ったのだがそれでも足りず、すでに九人が地べたに崩れ落ちた。作業場から死体となって運ばれてきた仲間の横に彼らを座らせるしかなかった。監視員がこの九人のナンバーを記し、四捨五入し十人になるようにもうひとりを座らせた。親衛隊員が五人または十人単位で数えるからだ。

座らせられた十人は、ライビッヒに殺されることを覚悟していた。が、すぐに殺されることはなかった。親衛隊員がわたしたちを点呼しているあいだ、殺したりしては生存者の数が変わってしまうからだ。〈横たわっている死骸のほうが、死を待ちながら座っている者よりずっと楽だ。ライビッヒは時間に余裕があるときはサディスト的な欲求を抑えながらに生存者と死者を弄ぶのが好きなのだ。時間がないときは点呼のあと即刻殺す。瀕死者を入れる七号棟に送り込む人数のノルマが果たされていないときなどは、まだ働ける者でも送り込んでしまう。死に追い立てられるこれらの収容者たちが、もはや妻子のことを思いやる力も失っているほうが楽なのではないだろうか。こうした状況のなかではすぐに死んでしまえたらどんなにかましだろう〉と、わたしは何度思ったことか……。

六時間後に欠けていた者が見つかり、バラックに入っていくことができた。ライビッヒが訓示をたれるかのように話しはじめた。

「売女のガキども、聞け。おまえたちはじつに恵まれている。以前と比べたらまるでサナトリウムで休養しているかのようだ。さっきのようなことが起きれば、おまえらがここに来る以前だったら、雪の降るなかで帽子も被らずに十八時間立っていなきゃならなかったのだ。それを監視するのはもちろん親衛隊員と監視員たちだ。隠れていたのがばれたりすれば頭に一発だ。それに比べれば俺はなんて優しいんだろう」

〈ぼくはピストルのほうがいい。一発ガンと鳴れば終わりだ。時間のかかる死に方よりどんなにかいいだろう〉。わたしは心のなかで独りごちていた。

彼はさらにつづけ、マレクがいつもしていたようにひとつの結論でむすんだ。

「俺も売女の息子だ。はたしてここから生きて出られるか分からないが、このなかで死ぬとすれば最後の最後だ」

いつも演説をしたあと彼は満足し、気がすっきりするようだった。

朝は、いつも彼は疲れた顔をしていた。夜遅くまで殺しの作業で忙殺されていたからだろう。ほとんど全員が元犯罪人である部下たちが彼に手を貸していた。彼らは三人一組になって、殺しのリストにのった収容者をバラックから引きずり出していた。その効果的なやり方は、ひとりが布切れを口に詰め込み、残りの二人が寝床から手足をもって引きずり出すのだ。収容者はあまりにも弱っているので逆らうこともできなかったが、たまに叫んだりすると、まわりで寝ている者の悪夢がさらに恐ろしいものになるのだった。

ライビッヒはマレクと同様に、収容所で「王様」のように振るまっていた。彼に対して気をつけねばならなかったことは、けっして要求しないこと、絶対に質問しないこと、彼のそばを通らないことだった。ありとあらゆる理由をつけて彼は収容者を殺していた。シラミが多くいすぎると言っては殺し、少なすぎると言っては殺した。

ある晩、二十五回の鞭打ちの折檻をすると約束していた者がまだ二人残っていたのでうんざりしたのか、彼の代役を引き受ける部下を募った。それに応えたのは一人か二人ではなく、なんと十人もが申し出たのだ。喜んだライビッヒは、そのひとりひとりに五回ずつ鞭を振らせることにしたのだ。

最初見ていたところでは、鞭打ちの回数が多いだけに拷問者らは力の入れ方を加減するのではないかと思っていたが、全員が力を振りしぼって鞭を打ち下ろす。手加減しているのが発覚すれば、鞭を振る者が殺されるに決まっているからだ。そのなかのひとりは他の者より抜きん出ようとしたのか、両手で柄を握ればそれだけ力が込められると思ったのだろう。ライビッヒがすぐに彼から鞭をふんだくり、片手で打ち下ろしたほうが弾みがつくのだ、と腕の動きまでやって見せた。

これらのボランティアたちが、スプーン一杯のスープを余分にもらったとしても到底ここから生きては出られないのを知っていながら、スープを多くもらうために人間としてここまで落ちていたのだ！ライビッヒもこうしたテクニックを親衛隊員から学んだのだろう。

収容所内の作業班

わたしにとって休養にひとしい衣類の選別作業は、新しく着いた女性収容者が受け持つことになり、わたしはその作業を止めさせられたのだが、最終的にわたしを含む六人の男はこの作業班に居残ることが許された。仕事としては、女性たちにスープとコーヒーを配って歩くことだけで、一日二時間ほどの作業ですんだ。そのうちにカポの命令で廃墟同然の、使用されていないバラックのなかに身を潜めるようにと言われた。

「スープやコーヒーなどをこぼさないで運ぶには、がっしりした肉体を必要とするのだ」と言われ、一滴もこぼさず運ぶ訓練を受けた。

しかし、ある日、意外なことに気がついた。食後、樽が空のはずなのにまだ何かが入っているではないか。スープの代わりに入っているものが何なのか分からなかった。カポは警告するようにわたしたちにささやいた。

「倉庫にある衣類で俺が闇取引しているのは、もう知っているだろうが誰にも口外するな。口が軽い者はどうなるか分かってるな。おまらを選んだのは、口が堅いうえに頭がいいからだ。分かったな」

わたしは心のなかで呟いた。〈あんたはいつもある親衛隊員と組んでいて鼻持ちならない。他の親衛隊員にこのような樽を運び出しているのが感づかれたら、懲罰を受けるのはもちろんわたしたちなのだ。元詐欺師だったことを示すグリーンの布符を付けているあんたを密告したところで、わたしたちの告げ口は何の役にも立たず、その場で殺されるか、懲罰班に送られるのが関の山さ〉

こうしてわたしたちはたいした労力も使わずに、他の者よりうまい物を多く食べていられた。そのうえカポは一度も殴るなどということはしなかったので理想的な作業班だった。ひとつだけ気をつけなければならなかったのは、いつも隠れていなければならないことだった。

このころは考える時間の余裕もかなりあった。しかし、カポがもっと効果的な方法を考えついたなら、もちろんわたしたちは止めさせられただろう。そうした場合にそなえて、安全な作業班についての情報を仲間たちからもらうように努めた。

数日後には樽運びの人員が六人から、わたしとドイツ人教師の二人だけになった。他の者たちはバラックのなかで殺されたか、日曜日の「ゲーム」中に死にはてたにちがいなかった。

ドイツ系ユダヤ人教師にとって、運ぶには樽は重すぎた。わずかでも重量を軽くするために、わたしが左手を、彼が右手を使って運ぶようにしたのだが、それでもわたしのほうが途中で何度も立ち止まらざるをえなかった。

それからすこしして隠れ場所を替えることにし、女性収容者たちが働いていた小屋のすぐ脇のバラックに移った。収容棟の責任者はわたしたちを見て見ぬふりをしていたようで、もし見つかったなら、わたしたちがそこにいたのを初めて気づいたと報告するのだろう。わたしたちの隠れ場からは、収容所のなかでくり広げられている幾つかの作業を観察することもできた。

わたしがビルケナウ収容所に着いたとき眼にした場面が脳裏にこびりついている。それは死人とも思える瀕死状態の二人の収容者が、もうひとりの死人を板にのせて運んでいる姿だ。あまりにも弱った収容者に課せられた労務だった。彼らは一カ所に集められ、二人一組になってバラックから死骸を運び出さなければならなかった。

「ドクター」と呼ばれていた仲間のひとりが言ったことがある。

「作業班が出ていくときは何人いて、帰ってくるときは何人になっているか見ておくことだ」

各作業班の人数が急激に減少することがあった。彼らが「死の部屋」で殺されていることは、わたしも知っていた。死が近いと感じる収容者は、自らこの部屋に向かわせられた。そうすれば他の者が自分の死骸を運ぶ必要もなくなるわけだ。大量殺戮計画のなかでこれ以上に効率的な方法はなかった。

収容所のなかで作業を行なった者たちも皆殺されていた。各グループが交替で拷問の「スポーツ」をさせられ、半数は瀕死状態の「ムスリム」になり、四分の一はその場で殺されたのだった。

死骸があまりにも多いときは、収容者が鉄条網に向かって走っていくのを防ぐための特別班がつくられ、死骸を拾い集める作業も受けもった。収容者が外部に作業に出ているあいだ、この特別班は時間つぶしに他の収容者を相手に拷問の「スポーツ」をさせたりしていた。

驚くことに、特別班にはひとりとして疲労を覚える者はいなかった。彼らは栄養のある物を十分食べているから、種々の作業で疲れるどころか、鉄条網で自殺しようとして走っていく者を捕まえるための集中的な訓練も受けていた。

作業をしている女性たちを眼にすることもあるが、ほとんどが骸骨に近く女性らしさはすこしも感じられなかった。運のいい女性はコート、あるいはロシア人捕虜のズボンをはいていたが、ぼろぼろになったスカートをはいている女性たちの酸鼻の姿は悪夢を見せられているようだった。彼女らの腿には生理の血の跡や、わたしたちと同様に下痢した跡が洗われることも拭かれることもなくこびりついていた。

このような情景にもかかわらず、彼女たちもわたしたちが受けたのと同じような悲惨な扱いを受けているのかと想像する気にもならなかった。しかしいまになってみると、考えが甘かったことを認めざるをえないのだ。

視察と児童たちの死

ある日、予告なしに視察団が訪れ、収容所司令官が迎えることになった。

その直後にカポが知らせに来た。

「ここから絶対に出てはならない。見つかったら射殺だ」

わたしたち二人しかいなかったので、薄暗いバラックのなかに潜んでいるのは問題なかったし、もし彼らが入ってきたら、室内に積まれている残骸のあいだに隠れさえすればよかった。わたしは好奇心を抑えられず、板張りの隙間から覗いて見ていた。五人の視察官は、ナチス親衛隊員の赤いシルクの裏地の付いた粋なコートを着ている。わたしたちのぼろ着からすれば、雲泥の差がある上等なものだ。

ドイツ軍将校の軍帽とよく磨かれた軍靴、上級親衛隊将校の位を表す腕章……これらのイメージは生涯忘れることはないだろう。収容所のなかで最小限の親衛隊員の手で最大限の人間を殺戮する新技術を開発したのは彼らにちがいなかった。

彼らが巡察している場所から一キロほど離れた場所に、収容者全員が不動の姿勢で五人横隊で並んでいた。一匹のハエの羽音でさえ聞こえる静けさ。ポーランド人カポや部下たちも息もつかずに一分間気をつけの姿勢で立っている。子どもたちがトンカチで石を砕いている音が聞こえるだけだった。

子どもたちはあまりにも痩せほそり、皮膚に浮き出る骨の数が数えられるほどだった。体が縮んでいるためか頭が異様にでかく見え、狂人の落ち窪んだ眼よりも輪郭が大きかった。彼らは六歳から九歳までくらいに見えたが、実際にはもっと年上なのだろう。親衛隊員が近づく前に気をつけの姿勢をし帽子を取らなければならない。子どもたちはあまりにも弱りきっていて、とっさに起き上がって敬礼することもできなかった。

収容所司令官が頭を上下に動かして、そばにいる三角形の緑色の布符を付けている三人のドイツ人カポに、子どもたちに「不敬罪」の処分を科すようにと命令した。

子どもたちをやはり五人横隊に並ばせ、休息を与えるという理由で、ひとつのバラックのなかにひとりずつゆっくりと導いていった。このバラックの薄暗い隅に縮こまって隠れていたわたしたちは、いままでに味わったことのない怖さに体の震えが止まらなかった。カポたちは彼らがいる場所から二メートル離れたところにいるわたしたちには気づかずに、バラックの奥の壁で仕切られているところに子どもたちを連れていった。最初はひとつの叫び声も聞かれなかった。十五分間つづいたこの沈黙を理解するのにかなりの時間を要した。つまり子どもたちは声を上げる力もなく、殺される瞬間に最期の呻き声を上げたにすぎなかった。そのあとまた沈黙が支配し、無頼漢のカポたちは、児童の死体をそこに残したまま、わたしたちのすぐそばを通り抜けていった。

最後まで恐れていたことは、収容所司令官または親衛隊員が、視察の眼が完全に行きとどいたかもう一度確かめに来て、わたしたちを発見するのではないかという恐怖だった。いや、司令官は彼の殺し屋たちを信頼していたのだ。翌日、十六人いたユダヤ人児童担当の作業班は全員抹殺され、彼らのチーフも数日後に死んでいる。拷問者から何回も「二十五回の鞭打ち」を受けていながらまだ弱りきっていないわたしのような者は、作業班のチーフにもなれただろう。が、図体も顔も猛獣のような、この三人のカポの姿を眼にするだけでわたしは震え上がる。彼らの体格は異様なまでに幅広く、普通の男を二人隣り合わせたほどだった。

ここにいる児童たちは、死んだほうが良かったのだ。彼らが殺される前に、わたしはバラックの壁の羽目板の隙間からよく見つめていた。誰もが腹を風船のように膨らませて、手足を動かす力もなく、動作も緩慢だった。

ポーランド人カポのほとんどは子どもたちから顔をそむけ、見ないふりをしていた。彼らはユダヤ人に対して強い反感を抱いていたが、収容所のなかで見る子どもたちの姿には耐えられなかったのだろう。冷酷なカポが子どもたちを殴ろうと身構えても、彼らは自分の身を守ろうともせず、殴打が振り落ちても声も上げず、なされるままでいた。

あるとき、わたしたちの隠れ場から遠くない床の上に、パンの一切れをころがしておいたことがある。これに対して監視員は、「ばかなことをするな」と、わたしを叱りつけた。

「子どもの食べ物は、炊事係が面倒をみるのだ」

彼らを助けることは誰にもできないのは分かっていたのだが、どうしてそれができなかったのか、いまもって理解できないのだ。

炊事場

年取ったサロモン・ニュレンベルグに会ったのだ。ここでは三十五歳以上の者は「老人」と呼ばれていた。ピティヴィエ収容所で彼は炊事係だったが、ここでも炊事場で雇われていた。残念なことに、料理長もアシスタントも全員がポーランド人だった。三週間後に彼は瀕死者同然の「ムスリム」と化し、生きる屍になっていた。

「なんだって！　炊事場で残飯ももらえなかったのか？」

「もっとひどいのは、食べさせてもくれないのだ。最初の日、食べようとするたびに足払いをくらい、食べ物を俺の体の上にぶんまけるのさ。またもらいに行くと、料理を無駄にしたといって折檻のスポーツをさせられたんだ。翌日の昼は、木片がちょうど皿のなかに落ちるように、上から吊るしてあるのだ。このときばかりは、料理をふたたびもらいに行くことはせず、一週間もすれば落ち着くだろうと思っていたのだが、そんなのは甘い考えで、あべこべに二人分働かなければならなくなったのだ」

「それから八日後にこの罠から抜け出そうとしたがチーフが許さないのだ。俺は徐々にムスリムと化していき、最後は下痢症状がひどくなったんだ。もうパンツのなかでしてしまうことにし、そのままチーフのそばを通ったら、『ブタ以上にひどいこの臭いは何だ！』と、素っ頓狂な叫び声を上げ、俺を台所から出させてくれたのさ」

「看護室のある十二号棟に入るのが許可された。台所から送られてきたのだと言ったら、三日後に軍医は俺がユダヤ人であることを知り、七号棟に移されたのだ。が、どうにか八号棟に入れて、仲間たちが衣類なども見つけてくれたのさ」

「もうひとつ、モーリス・ナショナル（このあだ名がどこからきているのか分からない）を知っているかい？　ピティヴィエ収容所で炊事係をしていたが、もとは引越業をやっていた奴さ。すごい力持ちで、サムソン(訳注)のようにどんな重いものでも簡単に持ち上げてしまうんだ。彼もユダヤ人収容者なので、彼が七十五リットルのスープの入った樽を運んで行ったときに彼の腕を砕いてしまおうと、カポのひとりが背後から鉄棒で叩きつけたのだ。彼に樽を下ろす間もあたえずに、カポは消え失せてしまった」

「親衛隊員らは巨像のような体格で料理もできるモーリスを必要としていたので、特別に彼が回復するのを許したのだ。彼を鉄棒で殴った奴が誰だか分かったのだが、仕返しをするには遅すぎた。その相手とはポーランド人で、『四百人のユダヤ人を任されたなら、毎日最低五十人は処分できる』と、いつもわめき散らしている輩だった」

電気工作業班

わたしは作業班を替えなければならなかった。少なくても一週間は耐えられる班を見つけたかった。一週間は長い。しかし一週間もてば奇跡的とも言える。そして二つ目の奇蹟が起きるかもしれなかった。

このころわたしは仲間たちと同様に、ふたたび意気消沈の底にあった。

幸いなことに、カポが「各自作業班につけ！」と叫んだときに、電気工だったパリの友人が眼に入ったのだ。彼は電気工作業班の責任者だった。

「あんたの班に入れてくれるかい？」。彼に訊いてみたら、

「早く！　列のなかに入って」と彼に急かせられた。

これで助かる。電気について何も知らないわたしが電気工になれるのだ。

幸いにしてわたしはまだ「ムスリム」にはなっていなかった。電気工作業班でも体の弱い者は疲労困憊しきって死んでいった。作業場までわたしたちは、鉄線を巻いたロールや絶縁体、道具など、かなりの重量を運ばなければならなかった。

いつもチーフは作業の遅い収容者を殴りつけていた。が、わたしたちのチーフはそれとは反対の指示を与えていた。ドイツ人カポの同意を得たうえで、作業は急いでするにはおよばないと言うのだ。作業とは、家族とともに移送されてきたジプシーたちを収容するためのバラックを有刺鉄線で包囲する仕事だった。有刺鉄線が引かれると、わたしたちは陶製の絶縁体をネジで取り付けては、またネジを緩めたりして時間を稼いでいた。監視塔から見つめている親衛隊員は、わたしたちの仕事ぶりを監視していたろうし、もちろん監視塔の近くで作業する者はごまかせなかった。

最初に作業班チーフが注意してくれた。

訳注　サムソンは、イスラエルの伝説的英雄で怪力の持ち主。

「監視塔にいる親衛隊員には気をつけたほうがいい。彼はとくに新入りを狙ってはふざけるから。たとえば、わざと有刺鉄線の向こう側にタバコを投げ入れては、『取っていいぞ、おまえのだから』とすすめるんだ。有刺鉄線のあいだから頭をとおして、それを拾おうとすると、頭に一発撃ち込むのだ。〈逃亡未遂〉というわけさ。が、どこから逃げ出せるというのか。鉄条網は、いまきみたちが張りめぐらせている最中でまだ存在していないのだからバカげた話さ。だが親衛隊員らはどんな理由ででも我われを抹殺しようとし、頭を狙うのを面白がっているんだ」

親衛隊員らが気分転換のために行なっていたこのゲームについては、わたしもよく知っていた。わたしは、この収容所内では古株になっていた。ここで二カ月以上生きていられれば、死の危険から逃れられたと言っていいだろう。わたしと同時期にここに運ばれてきた四八〇〇〇台の番号をもつ仲間たちは、わたしがまだ生きていることに驚くのだった。

「きみはひんぱんに作業班を替えてきたから、まだ生きていられるんだ」

すこしのあいだ衣類選別班で働いていたと説明したら、皆がわたしの長生きの理由がわかったようだった。確かに最初の時期に偶然に「良い作業班」に入り込めた者だけが生き延びていた。わたしは半ば例外に近かった。

電気工作業班のなかで毎日何人かは姿を見せなくなっていた。夜間バラックのなかで監視員か部下たちに惨殺されていたのだった。欠けた人員がすぐに補充されると、監視塔の親衛隊員は嬉々として新入りの収容者を標的に狙いを定めた。強制収容所に着いたばかりの収容者たちは、苦しまずに即死するように頭上から銃殺されることを望む者が多かったからだ。

親衛隊員は必ずと言っていいほど頭に焦点を合わせて射ち、射殺死体のそばにはわたしたちを近寄らせなかった。標的に命中したか自分で確かめたかったからだ。そして獰猛な動物を撃ち殺したときの満足げな脂ぎった笑いで顔をほころばせる。わたしがここに着いて以来、何度かこのようなシーンに立ち合わさせられ、そのたびに運ばなければならない死骸がずっしりと肩にくい込むのだった。その晩は食事も喉を通らなかった。

親衛隊員はこの射殺ゲームに飽きると、新しい余興を思いついた。

「おまえらのなかで誰かボクシングをやったことがある者はいないか」

ボランティアにはタバコを六本までくれてやり、応募者がいないとなると、二人の仲間を選び出して闘わせた。しかしそれはわたしたちに仕掛けた罠だった。実際にはわたしたちフランス人選手らは、誰もがボクシングの打ち方が甘く緩慢だったから、試合する者を撃とうと思えば簡単に射殺できたはずだ。が、銃弾を節約するために、逃亡者以外は銃殺することを禁じられていたのだろう。そこで有刺鉄線のあいだから収容者に頭か手を突き出させ、逃亡に見せかけて頭に撃ち込む茶番を考え出したのだ。

交代制の監視が終って監視塔から下りたあとでも、親衛隊員は誰でも撃ち殺すことができた。わたしがこの作業班に入る前に、ひとりの収容者が看守たちのリンチを受けて惨殺されたこともあった。わたしたちのカポは、親衛隊員が銃殺した収容者は最良の労働者だったのに、と批難したことがある。それ以来、この親衛隊員は、鉄条網から逃亡を試みる者だけを狙い撃ちすることでがまんするようになった。

ある朝、わたしたちの作業班に新しい作業員が加わった。

「ボクシングをやりたい者にはタバコを三本やるぞ！」。親衛隊員が突然叫んだ。

ナイーブな二人の収容者がそれに応えたら、鉄条網の向こう側のかなり離れたところにタバコが放り投げられた。数時間後には二人のうちのどちらかが必ず殺されることは誰の眼にも明らかだった。タバコをやるくらいだから、選手のどちらかが無惨な姿でぶっ倒れるまでは、親衛隊員はどんなことがあっても試合を止めさせることなどはしないだろう。

試合が夕方までつづけられたあと、負けた者は地べたにうつ伏したままだった。わたしたちは彼を引き上げて収容所まで運んでいった。驚いたことに、運ばれていった者が二百メートル離れたところで立ち上がり、何もなかったかのようにすたすたと歩きだしたのだ。この試合に誰もがだまされたのだ。作業班長はただちにボクシング試合に参加したこの二人の収容者を班から追放した。試合中に死ぬはずだった者が生きていて親衛隊員もだまされたと気づいたら、その腹いせに作業班長を殺しかねなかったからだ。

作業を終え、収容所に戻ってくると、ひとりの親衛隊員が門のそばに立って、監視の眼を光らせている。負傷者と死者の人数があまりにも少ないのに驚きながら、人数を数えてはまた数えなおしている。作業班を監視するカポが元犯罪者であることを示す緑色の布符を付けていたので親衛隊員も、残忍さにおいて彼を信用していたようだ。作業班長によれば、彼は元共産党員だったので、ほんとうは元政治犯を意味する赤い布符を付けているべきだったのだ。

収容所内のスポーツ

一週間の作業も終わり、明日は一週間のうちでいちばん辛い日曜日がひかえている。シャワー室には行かず、この日は「死」につながる「スポーツ」に当てられていたからだ。

あるとき、新しくパリから着いたばかりの二人のユダヤ人と話したことがある。初日から彼らにとって収容所の生活はたいへんだったようだ。彼らはフランス語しかわからず、命令はすべてポーランド語かイディッシュ語、またはドイツ語で下されていた。

「気はしっかりしているか?」。彼らに訊いてみた。

「大丈夫だ、ありがとう!」

わたしのような収容所の古参が彼らに関心を寄せたことを喜んでいるようだった。彼らはフランス軍の元士官だという。残念なことに彼らの氏名は忘れてしまったが、勇気旺盛で、収容所内でフランス語を話せることを嬉しがっていた。

「ご存じのようにわたしたちは第一次世界大戦にも参加し、いまもこうして無事でいられるわけです。今度の戦争も生き残れないはずはないですよ」

わたしも彼らと同じ考えだった。しかしながら現実的に考えると疑問を抱かずにはいられなかった。四十五歳の彼らがはたしてここで生き延びられるだろうか。この厳しい気候のなかで、いままで一度も飢えることを体験したこともなく、フランス語しか話せず、ドイツ人が必要としている技術も持ち合わせていない。洋裁師にも理髪師にも冶金工にもなれないのだ。

「収容所のなかでどのようにして人間を大量に殺戮しているか、フランスの人びとは知っているのかい?」

「話題にしていることは確かだが、ドイツ人がここまでやるということを信じたがらないのさ」

「フランスの空軍がいくつか爆弾を落とせば、収容者たちはこれほどまで苦しまないのではと思わないかい」

「ずいぶん悲観的なんだな」。二人は声をそろえて言う。

土曜日に、この二人のフランス人と出会ったが、二人ともまるで別人のようだった。しかしまだ生きているということは、何らかの驚異的な力に支えられているのだろうと思わずにはいられなかった。顔はいびつに歪み、熱をもってむくれ上がっていて見分けもつかず、小さな点となった眼だけが見えるのだ。疲労困憊し、彼らの姿態や態度も変容しており、気力はゼロで極度に意気消沈している。他の収容者らと同じ口ぶりになっている。あと八日間生きられればいいと言う。ひとりはすぐにでも死にたいと言うが、どのようにして死ねるかはっきりしていない。

「あなたはよくがんばっているから生き残れるさ」と彼らはわたしを褒める。

彼らが収容所に来るまでの経緯を語ってくれた。ゲシュタポに捕まるまで、自分たちがほんとうにユダヤ人であるとは思ってもいなかったのだ。両親がユダヤ教の信仰を実践しているのを見たこともない。レジスタンス活動のために捕まるのではないかと恐れてはいたが、「黄色の星印を胸に付けることを拒否したから」逮捕されるとは想像もしていなかったのだ。

「『間違いだ。ぼくはユダヤ人ではない』と言って抗議したら、ドイツ人のゲシュタポは、それを証明できる書類を出せと要求した。そのときに初めてぼくがユダヤ人であることを実感したのさ。それでわかったことは、隣人の、いわゆるほんとうのフランス人がぼくらを告発する手紙を警察に送ったということだ。隣人のほうがぼくたちの出自をよく知っていたと分かっていたなら、すでに引越していたと思うよ」

わたしは、そう語る仲間を勇気づけてやろうと思った。

「俺も来たばかりのときは、頭までふくれ上がってどうなるかと思っていたけれど、このとおり二カ月経ってもちゃんと生きてるんだ」

〈明日は日曜日だし、彼らが生きていられるはずはない〉と、わたしは内心呟かざるをえなかった。わたしが考えていることを察したのか、そのひとりが言う。

「うん、明日は日曜日だ。それが何を意味するのかぼくもよく知ってるさ。だから死ぬ前に何かやってみようと思っているんだ」

そう言いながら放つ彼の眼差しのなかに、彼は絶対にその計画を口には出さないだろうと、わたしは読みとっていた。

日曜日の夜明け前の四時ごろ、いつものように規定どおりに起床した。すでにバラックの前にカポが全員集合していた。彼らは、わたしたちの監視員助手たちがまだ殺しの専門家ではないので手助けするために来ていたようだ。きょうはバラックからわたしたちを出させるために、左腕に入れ墨してあるナンバーをカポのひとりががなり立てている。自分のナンバーが呼ばれたときに一秒も遅れずに「はい」と答えられなければ、尻に五回鞭が振り下ろされる。わたしのように即座に返答した者には、出口で背中に「親しみ」を込めた強烈な拳固が打ち込まれた。

わたしは他の者よりはずっと体力があると思っていたのだが、ライビッヒと彼の部下たちが、遅れて返事をした者たちへの五回の鞭打ちの折檻が終わるまで立ったままでいるのががまんできなくなっていた。新しく到着する収容者のために場所を空けるために、古い収容者を抹殺するための前段階ではないかと想像せざるをえなかった。

やっと七時になって、コーヒーと呼ばれている黒い液体が配られた。いつもだと隣の者のほうが自分より多くもらったとか小声で不満をもらすのだが、ライビッヒの耳に入ったりしたら必ず殺されるので、この日はささやき声も聞かれなかった。全員が恐怖のあまり震え上がっていた。

ライビッヒの眼には、わたしは衣類選別班をやめて以来、他の収容者と同格になり、二人で横になれる寝床も取り上げられ、六、七人が一組になって横たわる寝床に戻された。場所がないので仰向けにもなれず、一晩中横になって寝るほかなかった。わたしは以前のように、寝ているあいだに靴が盗まれるのを恐れ、履いたまま寝ることにした。幸いに、古くて重いが歩くのに重宝していたどた靴は、履いたまま寝ても痛くはなかった。

ある日、コーヒーを飲もうとしたとき、二人のフランス人と隣り合わせになった。彼らは五回の鞭打ちを免れたのでついているほうだった。が、生きていくことをすでにあきらめているように見えた。わたしには、彼らを保護してやることも援助してやる力もなかった。二人とも配られたコーヒーを飲もうともしなかったのですすめてみた。

「温かいうちに飲んだほうがいいですよ。身体が温まるから」

「あなたたちは他の者より機転がきくし、バラックから出ていくときも一回しか殴られなかったではないですか」。わたしは彼らを勇気づけてやった。

そのとき数人のカポが近づいてきた。

「きょうは、おまえらは収容所のなかで作業するのだ」。そのひとりが叫んだ。

いつもはカポが、これから何をさせるとか予告しなかったので、それが良い知らせなのか、その逆なのか勘ぐってみたものの分かるはずはなかったが、わたしは二人のフランス人の仲間にささやいた。

「どうですか、どうにかやっていけることが分かったでしょう」

収容所内でのスポーツとは、五人横隊になって駆けることだった。端の者には棍棒が容赦なく振り落とされるので誰もが内側に入り込もうとするのだが、カポがわたしたちを止まらせて盲滅法に殴りつける。

「なんだそれは、めちゃくちゃではないか。五人横隊を組めないなら今度は二人一組になって走れ！」

そのあとわたしたちは収容所の一角に連れていかれ、三つのグループに分けられた。すでにひとつのグループが待っていた。そのメンバーたちは、ライビッヒと仲のいい、殺し役の部下たちだった。彼らの役目は、わたしたちの上着に泥と塵を詰め込むことだった。

わたしたちは走らされたあと、上着を脱がされ、ボタンが背中にいくように後ろ前を逆にして腕をとおし、前掛けのように裾を両手で引き上げているところに彼らが泥を投げ入れる。

そこから二百メートル離れている反対側のところにライビッヒの同僚たちがなす三番目の一群が待ち構えていて、そこにわたしたちは上着に入れられたシャベル二杯分の泥土をぶちまける。

泥の詰め込みとぶちまけ作業のあいだ、カポたちが総動員で棍棒を振りかざしながら向かい合って立ち並ぶトンネルのなかを、前掛け代わりにした上着のなかに詰め込んだ泥がこぼれ落ちないように抱えながら走るのだ。泥のひと欠片でも落したら、背中に五回の鞭打ちがひかえている。この折檻を免れるためには、泥をぜったいにこぼさずに突風のごとく走らなければならない。しかし、うまくいったとしても棍棒から逃れることは難しかった。なぜならば泥を詰め込む者はカポたちの仲間であり、わざと上着から溢れるほど泥をシャベルで盛るからだ。

幸いにわたしは部下のひとりを知っていたので、彼の前で泥をぶちまけるようにした。そして他の者よりも運ぶ量も少なくしてもらえたので、鞭打ちを受けなくてすんだのだ。しかし、カポたちが作ったトンネルを往復している最中に棍棒が振り落ちないということはまれだった。が、棍棒の打撃はさほど強烈ではなく、彼らの体面を保つ程度の打ち方で、棍棒を振る姿勢などもさほど身構えているようでもなかった。だが彼らが「五回打ち」を実施するときは、全身のエネルギーと技をもって上官の前でこれ見よがしの拷問を披露するのだった。

一時間の「スポーツ」のあと、元犯罪者であるカポたちは疲れはてていた。誰かが早く走っていなくても、もう打たなかった。しかし、打たれなくても速度を維持しつづけることは難しかった。そのうえほとんどの者は木の下敷きが詰められたどた靴を履いていたので、無事に走り終えたとしても、多くの者の両足が生傷でいっぱいだった。彼らは傷が治る間もなく、死が間近の者が入る七号棟に送られたのだった。

このようにしてよく走っても走らなくても、仲間の四分の三がその場で、または一週間あるいは二週間後に死んでいった。

こうした泥運びゲームが何の役にも立たないことは知っていた。カポたちにとってはたんなる遊戯でしかなく、新しく到着する収容者を受け入れるためのスペースをつくるためだった。その一週間後には、生死が決まるもうひとつの試練がひかえていた。

二人のフランス人の仲間は最初の半時間はうまくやってのけたのだが、そのうちにそのひとりの速度が落ちたことにカポが気づいたのだ。カポは彼に摑みかかり、頭に棍棒の雨を浴びせた。相手は即死。そのとき彼の友人がカポの手から棍棒を奪い取ったのだが、そのフランス人はあまりにも力が弱く、奪った武器を摑みきれなかった。ポーランド人カポは武器を奪い返し、彼の頭蓋骨に打ち込み、そのあとも死骸となった二人の骨という骨を打ち砕いていった。

いまでも田舎で空き地に囲いを作るために杭を金槌で打ち込んでいるのを耳にするたびに、わたしの脳裏に二人のフランス人の頭蓋骨をポーランド人が棍棒で打ち砕いている姿が浮かび上がり、耳が破裂するような乾いた炸裂音がわたしの体内でこだまし鳴り響くのだ。

こうしたレジャーを楽しむカポのなかでも、あるドイツ人カポが抜きん出ていた。彼は高度な技で収容所のなかでも有名になっていたほどだ。死なずに彼の前を通るには二つの方法しかなかった。彼が誰かの頭に棍棒を打ち込んでいる最中か、または大股で彼のいる手前まで来たら、そこから猛スピードで走り抜けることだった。

彼の殺し方とは、あらかじめ筋肉を隆起させておいて、棍棒で頭蓋骨の頂点を狙い打ちすることだった。一撃で相手が感電死したかのように崩れ落ちれば、嬉々として自分の手柄にはしゃいだものだ。

彼は元服役者で、拘置所のなかで過ごした期間のほうが長かった。だがここでは王様の待遇を与えられていた。バラックのなかに個室をもち、いつもうまい物にありつけ、そしてカポとアーリア系上官たちのためにつくられた売春宿に出入りすることもできた。だが彼が情熱を傾けたのは収容者を殺すことだった。だから同僚たちが彼らを抹殺するために、なぜいろいろな手法を考えださなければならないのか彼には理解できなかった。

「収容者たちは殺されるためにここにいるのであって、七面倒臭い方法で当てずっぽうに殺すのではなく、ぼくのように頭だけを狙えば、疲れも知らずに大量に殺すことができるのだ」

彼の手中に落ちると、いとも簡単に死ねた。ひとりを呼び出して気をつけの姿勢をとらせ、質問する。

「兵隊だったことがあるか？」

「ない」と答えたとしても同じだった。後ろを向かせるや力いっぱい棍棒で打ちのめした。

「どこまでも高い効率でいくのだ！」と叫び、いつもの怒鳴り声で演説する。

「このブタはあまりにも汚くて痩せすぎだ。あのブタは太りすぎだ。おそらく他人の食べ物を盗んで食べてるのだろう」

殺すための理由にはこと欠かなかった。

彼が収容所のカポのチーフに昇進したとき彼の部下は全員、元獄中仲間で占められていた。プロの殺し屋たちと言っていいだろう。したがって他のカポや部下たちも彼を恐れていた。

収容棟にいた千人余りの収容者のうち、初日にすでに五十人が殺され、生存者たちは重傷を負い、数えきれない傷痕に苦しんでいた。電気工の作業班で働いていなかったなら、わたしもすでに死んでいるか負傷者のひとりになっていただろう。

「スポーツ」のあとはいつも沈黙が支配した。

「来週の日曜日も同じゲームをさせられたなら生きてはいられないだろう」

誰もがあきらめ、死を覚悟していた。

疲労困憊しているうえに、打撲による斑状出血と塞がらない傷口に呻いていた。わたしにはまだ考える力があったのだが、ほとんどの者はショック状態にあり、眼も虚ろだった。

「何を考えている？」と隣の者に訊いてみたが、彼は何も答えず、おち窪んだ眼をわたしのほうに向けるだけで、耳も眼も働かなくなっているようだった。それでもわたしは話しかけようとした。

「よく見ろよ。こんどは九号棟の番だ。さっきと逆のことをさせようとしている。ぼくらが運んでいった泥をもとあった場所に戻させるんだ。彼らのほうが運がいいよ、カポたちも疲れているので殴るにもそんなに力は入らないだろうから」

隣の友人は口も開かず、動こうともしなかった。

そこにライビッヒが入ってきた。

「売女のガキども、意外に生き残った奴が多いな。来週の月曜日には新しく到着する者がいるのだが、どこに収容すればいいんだろう」

つまり、まだ生きていること自体が死刑に値する犯罪なのだ。彼はつづける。

「他の者たちはちゃんと任務を果たしているのだ。残念だが、今晩俺が片付けよう」

彼はすぐに実行に移り、わたしたちを五人横隊に並べさせて、各々の健康状態を調べ上げナンバーをメモしていく。彼のやり方はすでに分かっていた。死者が多くなると予想されるときは、死骸を運ぶ時間と労力を節約するため、これから殺す者を入口の近くに並ばせるのだ。

翌朝、わたしたちが眼を覚ましたとき、すでに五十人の死体が外に並んでいた。こうして日曜日から月曜日までの二十四時間のあいだに、わたしたちのバラックにいた収容者の十パーセントにあたる百人が殺されたことになる。

わたしたちは皆服を着たまま寝ていたので、ごわごわと肌に擦れ寝心地が悪かった。そしてシラミ以上に不快だったのは、泥が耳や眼のなかにまでこびりついていることだった。仲間の何人かは、眼に入った泥で痛みが止まらず、泣きはらしながら顔中に泥をなすりつけていた。

次の日曜日には別の殺戮が計画されていた。隣のバラックの収容者たちは、その前の週にわたしたちが受けたのと同じ蛮行の犠牲者となり、わたしたちは彼らの死骸を運び出さなければならなかった。この日曜日は、殺害するための特別班だけでは足りず、ポーランド人とドイツ人のカポたちのほかにその部下たちも駆り出されていた。彼らが向かい合って並んでつくる長いトンネルのなかを、両側から降りそそぐ棍棒の雨のなかを収容者は通り抜けなければならない。用具としては棍棒だけを使って、彼らがこれほどまで人間を叩き殺すことに熱中できるのか、わたしには理解できなかった。

死骸を担ぐことには慣れていたものの、言葉では言い表せない惨殺死体はまだ運んだことはなかった。死骸を背中に担いで運ぶのだが、わたしのズボンも上着も識別できない色に染まってしまい、そのうえ担いで運んでいる死体がまだ温かいのだ。

作業が終わりバラックに戻ってくると、ライビッヒが笑いながら話しかけてきた。

「何をしてきたんだ？　ブタどもを屠殺してきたんだろう？」

彼はスピーチをつづけ、さらにわたしたちは労務の代償として残飯にありつけるという。残飯とは死んでいった者たちの分である。わたしは食べる気もしなかった。吐き気を覚えたが吐くものも出てこなかった。

ライビッヒは嘲りながらつづける。

「売女のガキども、すこしでも多く食べさせてやろうとしているのに、わけもなく食べたくないというのか」

彼は、見るに耐えられない屍体の姿に快感を覚えているようだった。そのとき、ひとりの仲間が顔を洗いに行っていいかと許可を求めた。

「何だと！　もう一度言ってみろ」

ライビッヒは彼に駆け寄って打ちのめした。わたしはいまになっても、彼が怒った理由が理解できないのだ。この破廉恥な監視員はさらに演説をつづけた。

「働くこともできないろくでなしたちを抹殺したのだから誇りに思っていい。殺したのはおまえらではないが、その始末に手を貸してくれたのだ。ひとりの男を殺すのは簡単だが、死骸を運ぶほうが面倒なのだ」

翌日、新しく到着した者たちが空いた場所についたのだった。貨物列車が新しい収容者らを運んでくるたびに驚くのだ。わたしは一般の男性に接する習慣を失ってかなりの時間が経っているが、彼らのほとんどが脂肪体質の肥満体で奇妙な目つきをしている。収容所にやっとたどり着いたという表情をしているのだ。

彼らの清潔さにも当惑せざるをえなかった。わたしはここで二カ月過ごしたあと、清潔であることと不潔であることの相違や、普通の状態が何であるのかも忘れてしまっていた。どのくらいの時間が経てば、彼らがわたしたちと同類の人間になるのだろうかと自問していた。

彼らは外部の世界を思い出させるのだが、妻や母親、自分の子どものことを考えることは奇妙に思えた。最初の一カ月で精神的にも衰退し、全身を棍棒で袋叩きにされたからなのか、この地獄のなかで猛獣のような男たちに犬のように打ち殺されることへの怖れを抱きはじめていた。無頼漢のカポたちは殺すだけでは満足せず、何時間も何日も苦しみ喘ぐ被害者の姿を眺めるのを楽しんでいるのだ。

ある日、パリで知り合った仲間に出会ったのだ。すでに彼には食べる力もなく、翌日楽になったときに食べようとパンの一切れをとっておいたのだ。バラックの王様であるひとりの監視員がそれを目撃して、このときとばかり跳び上がり、殺すための理由を見つけたと言わんばかりに、殺す前のいつものスピーチをはじめた。

「売女のガキども、幸いに俺はそこで現場を目撃したから犯人を罰することができるのだ。パン一切れであろうとも俺は泥棒が大嫌いなのだ。百万個を盗んだのなら生かしておいてやるが、黒パン一切れでは……。よく聞け、俺は規則を守るほうだから棍棒打ちは五回にしてやる。しかし、すこしでも動いたり呻いたりしたら二十五回だぞ、分かったか！」

打たれている男は相当鍛えられているのか、四回目の打撃でも動くことも叫ぶこともしなかった。監視員は最後の言葉を放つのをひかえ、五回目に打ち込むのを待っていた。打たれるほうは、前屈みになっているので手を支えるものは何もない。連続的に打たれるときは、声も出さずに耐えていられるのだが、打つ合間に三十秒ほどの間隔があくと、打撲の衝撃はその分強烈に体に浸透する。ところが無頼漢は三分ものあいだ休止していたので、仲間は叫ばなかったがすこし体を動かしてしまった。ライビッヒは嬉しさを隠せずに、それでいて優しさをこめて言った。

「盗人の卑怯者め、きょうのところはこれで終わりにしておくが、明日は約束したとおり二十五回打ってやる。まず十回打って、そのあいだすこしも動かなかったなら残りはないことにしてやる」

このようにして、彼は毎日気晴らしのための遊びを考え出していた。


ある日曜日、例外的にシャワーもスポーツもなかったがシラミ退治の日となった。晴れた日、地面に座って、わたしたちの血を吸っては肥大していたシラミを爪のあいだで潰すのは、なかなか気持のいい作業だった。

物持ちは膝の上に布切れを置いて、潰したシラミの血を拭いていたが、わたしたちは直接ズボンで血を拭きとるほかなかった。シラミを潰したあとの血の跡は泥でごまかした。収容所のなかでは血の色は拷問者らを興奮させ、惨殺されかねなかったからだ。

しかしシラミ潰しのあと、退治がうまくいったかと思いきや一時間後には元の木阿弥で、前以上の痒みに悩まされるのだった。

そこでも監視員の部下たちは、わたしたちがシラミ退治を完全にしていないという理由で棍棒で打ちまくる。爪が十分に赤く染まっていないと言って、十人を選び出し五回の棒打ちを科した。いつもいちばん弱い者が選ばれるのは偶然とは言えなかった。

特別班

朝、電気工作業班の仕事が中断された。査察が行なわれるからだ。いつものように五人横隊ではなく一列に並ばせられた。ひとりのナチス親衛隊員がわたしたちの前を歩きながら五人の収容者を選んだ。そのなかにわたしとグラスタイン（のちにヤヴィショヴィッツ収容所の電気工主任となる）も含まれていた。わたしたち七人はどのような作業が待ちかまえているのかわからなかった。電気関係であることは確かだが、わたしには恐怖感が募っていた。〈わたしが本職の電気工ではなく、日曜大工程度でしかないことがばれてしまうだろう〉

幸いに親衛隊員は、わたしたちが専門の電気工なのか尋ねなかった。不思議に思ったのは、それが少人数の作業班で七人しか必要としていなかったことだ。それも指名するのはカポではなく、親衛隊員のかなり上部の上官で、軍隊でなら伍長くらいだったろう。「伍長」は、電気についての知識は選考の目安とはしておらず、外見でわたしたちを選んだようだった。したがってアウシュヴィッツ・ビルケナウ収容所で二カ月過ごしていたにもかかわらず、わたしはまだ丈夫な体つきだったわけである。このときわたしが着ていたものといえば、ピティヴィエ収容所を出たときに着ていたパンツとシャツだけだった。

〈冬ももうじきだから、ぼろでも持っていれば役に立つかもしれない。また洗う機会もあるだろうし〉と自分を慰めた。

それらはぼろ切れのようになっている。これでは冬まで身体がもたないだろうと危ぶみながら他の仲間と同じように、下着も着ず上着一枚で厳しい冬を過ごさなければならないのかと思うと不安でならなかった。

どんなにぼろでもシャツを着ているのと着ていないのとでは寒さ加減が異なる。ときどきシラミ退治をしてすこしは楽になれたものの、それは一時凌ぎにすぎない。すぐにシラミの大群に襲われるからだ。

おそらく着ているものもすごい悪臭を放っていたはずだがどうしようもなかった。最後に浴びたシャワーは体を洗うためではなく、棍棒の雨と氷水を浴びるためだった。そのときにわたしが大事にしていたシャツが盗まれたのだ。

わたしは新設の作業班に加わった。それを監視する親衛隊員は収容者に襲われるのを恐れてか、またはわたしたちの放つ悪臭に辟易していたためか、列から三メートルほど離れたところを歩いている。そしていつもとは異なり、彼らは黙ったまま、わたしたちの歩き方が遅すぎるとか、ちゃんとした歩き方でないとか注意することもしなかった。このころわたしはまだ充分にナチス親衛隊員というものを知っていなかったためか、この親衛隊員も一般の男性と同じであって、殺しや拷問の専門家ではないと思っていた。歩いている途中、一度だけ彼がわたしに挨拶した。じつに感じのいい、まるで父親が子どもに話して聞かせる優しい声と口調で、これからはわたしたちがどんなにか恵まれた待遇を受けられるかを説明した。そして各自にタバコを三本ずつと、瓶詰めのビールまたは好きな飲み物を配った（収容所の水は悪臭を放っていた）。食事も腹いっぱい食べられ、よく働けば一週間以内に新品の服をもらえて、ちゃんと湯を浴びることもでき、これ以上の待遇はないという。

わたしたち七人は作業場に到着したとき、言葉も交わさずに、親衛隊員がどうしてあれほど優しい態度を示していたのかがすぐにわかった。わたしはその場で腹に痛みが刺し込んだ。地面には巨大な二つの長方形が白線で記されている。どちらも幅が二、三十メートル、長さは五、六十メートルはある。そのひとつの地面にはすでに濃い赤い色が染み出ている。この二つの長方形の中央に三本の電柱が等間隔に立っていて、頂点には反射鏡が取り付けられている。もうひとつの長方形は地面に白線が引かれているだけだが、電柱が立っている場所に三つの穴が掘られている。

親衛隊員が、最初の長方形のなかに立っている電柱を指差しながら説明する。

「見ればわかるだろうが、ここと同じように向こうの長方形にも電柱を設置してほしいのだ。あんた方は電気工なのだから、やれるだろう」

そう言ってから、彼は三、四十メートルほど遠くに退いた。わたしたちの前の作業班が反抗したためなのか、どうしてそんなに遠くから監視するのか理解できなかった。

作業をはじめたが、七人のなかでプロの電気工は二人しかいなかった。ひとりがフックで電柱の頂点によじ登っていき、電源を切って電線と反射鏡を取り外した。そのあと、わたしたちは電柱を土から引き抜く作業に移った。土が掘り返されたと思ったら、わたしたちは赤土、いや血が染み込んでいる朱泥のなかに足を踏み込んだのだ。最初の感触を味わったとき全身が戦慄し、口もきけなかった。わたしたちは知ってはいたのだが、知っていることと、それを体で感じるということは言葉では比較することのできない相違だった。わたしたちの足の下に、わたしたちと同じ人間が横たわっている……。わたしたちの前にこの作業をした七人の男たちも、足の下に横たわっているのではなかろうか。

昨日、電柱を地中に打ち込んだのは彼らなのだ。わたしたちは彼らの血が染み込んだ土を踏んでおり、そしてわたしたちのあとに来る者たちは、わたしたちの血に染まった土の上を踏み歩くのだろうか。わたしたちは朝、電柱を立てたあと、午後にはガス室に送られ、電柱の下に死骸となって投げ込まれるのだ。いまやっている作業が、自らの墓堀り作業であることは明らかだった。

〈充分に食べ物にありつけたとしても、飲んだりタバコを吸えたりしても、わたしたちの前に死んでいった七人のように死にたくはない〉。わたしは何度となく呟いていた。

〈どんなことでもいい、チャンスがあったら命がけで逃げだすのだ、死ぬかもしれないが。ここでは三カ月も生きてはいられないのだから〉

ビルケナウ収容所では、当時わたしたち特別班がやっていたことを知らない者はいなかった。ひとつの特別班のメンバーが三カ月ごとに抹殺され、また新しいメンバーからなる特別班が組まれたのだ。

わたしたちは三本の電柱を運んでいき、すでに掘ってある穴にすえつけてから、てっぺんに反射鏡を取り付けた。第一日目は三時間も働かなかった。そのあとバラックのなかに閉じ込められ、昼食を与えられた。外で起こっていることを見ることは禁じられていた。

二日目、前日よりすこし早めに作業場に着いていた。が、遠くのほうにいる特別班が作業を終えるまで待っていなければならなかった。

日が経つにつれて、わたしたちの「伍長」は監視の眼を緩めていた。しかし逃げることは意味がなかった。不可能だった。こうしてわたしたちは見ようともしないのに全部を見てしまったのだ。

新たに収容者を乗せた貨車が到着した。男たちと少年らが一組になり、女性たちと少女たち、乳児らが別のところにまとまっていた。彼らは全裸になり二十人ずつのグループとなって、古い家屋のほうに向かっていく。遠くから見ているわたしたちの眼にも、彼らは何も恐れていない様子なのだ。四人の白衣を着た男と二人の親衛隊員からなる特別班が彼らを誘導していく。人びとが小さな家のなかに入り終ったあと、特別班は扉を固く閉めた。

扉に鍵をかけたあと、ひとりの親衛隊員がペンキの缶に似た容器をもって小屋の後ろのほうへ消えていった。そのとき、窓よりも戸のような板がバシッという音を立てて開くのが聞こえたのだ。その音が二度ほど聞こえたあと、「聞け、イスラエルよ、我らが神、主は唯一の主である」という祈りが響いてきた。そのあと、叫びともとれる弱い呻き声がわたしたちのところまで響いてきたのである。

人びとは戸の後ろで自分たちが死んでいくその瞬間を悟るのだ。男たちの一団が暴れることもあった。それに備えてか、入口の横に四、五人の監視員が待機しており、刃向かう者を強引に小屋のなかに押し込み、ひとりの親衛隊員がピストルで彼らの頭を狙い撃ちしていく。

しかし、外見からは一見、普通の小屋でしかないこの家屋の前ではこのような騒然としたシーンにはほとんど出会わず、七日間のあいだに一度しか目撃しなかった。が、至近距離から射殺するピストルの発砲音が遠くから聞こえてきていたのだから、他の場所でも同じことが起こっていたのだろう。

話が前後するが、二日目の朝のことだった。前日にわたしたちが電柱をすえつけた長方形の地面が掘り返されていて、深さが一メートルはあるプールのように壁面までよく削られていた。土は崩れ落ちないように電柱のまわりに盛り上げられている。

小屋から一メートル離れたところまで線路が敷かれている。ユダヤ人収容者たちがガス室で死ぬや、別の作業班が死骸をプールのような長方形の溝まで運んでいく。この作業班は収容所では特別班に属していた。彼らは好きなだけ食べられ、服装もいいものを身につけていた。寝るところも別で、夜は収容所外の宿舎に戻っていった。親衛隊員が言うには、一週間後にはわたしたちも彼らと同じ班に入れられるという。したがって逃亡するには一週間しかなかった。

作業班が線路に無蓋貨車をすえた。そしてガス室から引き出した男や女たち、子どもたちの死骸を貨車にのせて運んでいく。途中で落とさないように死体を五体ずつ縦横に粉袋を積み上げるように積んでいく。

死骸の積み上げと運搬作業は辛い仕事だった。ドイツ人カポは一秒の遅れも許さず、「もっと早く！　もっと急げ！　遅い奴は殺す！　すぐにガス室に入れる！」と怒鳴りながら軍靴で蹴りちらす。

ガス室から運ばれてきた男女、児童の死骸が滝壺に投げ込まれるかのように溝のなかに投げ入れられ、その上に土が盛られていく。

そのあとはわたしたちの番だ。電柱を回収するために、人間の血で染まっているぬかるみに足をとられながら作業をつづける。どうして死体から血が出ているのか理解できなかった。死骸が幾重にも投げ込まれるときに圧縮されるためなのか、それともガスによる窒息死によるものなのか。作業を終えたあと、六人の仲間はほとんど新品の靴をもらったが、わたしは履いていた登山靴がまだしっかりしていたのでもらえなかった。

夜のあいだ、もうひとつの作業班がやって来て、わたしたちが立てた電柱の灯の下で別の溝を掘っていた。朝、そこに行ったらすでにプール状の長方形の溝が掘られていた。この作業班は見たことがなかったのだが、ひとりの仲間によると、おそらくバラックにいた二百人にのぼる収容者とともに現場に連れていかれ、一晩中、土を掘り返す作業をさせられたが、それが何に使われるためなのか誰も想像だにしていないという。

四日目、わたしたちはガス室の入口のそばにひかえている特別班まで近づいていけた。ガス室のなかに見えたのは、家族同士がブドウの房のように手をつなぎながら重なり合っている数えきれない屍体だった。子どもたちは母親の体にしがみつき、母子を引き離すのも難しかった。全員の眼球が飛び出し、顔が極度に歪んでいる。地獄絵と言おうか。この日、女たちと子どもたちの死体を運び出しながら気がついたのは、ほとんどの母親が自分の子どもの首を絞めていたことだった。子どもが苦しむのを見るのが耐えられず、自分の手で彼らの死を早めてやったことが分かるのだ。

特別班の仕事は、それに携わる男たちにとって耐えがたい作業だったにちがいない。屍体を運び出しながら、偶然に彼らの母または妹、父、妻、家族のひとりと分かったとき、彼に何ができただろうか。無。

一度、電気工のグラスタインが電線の修理で小屋のひとつに入ったときのことを語ってくれた。

「小屋のなかには何もなく、窓はひとつもなくて真っ暗だ。あまりにも怖くてそれ以外は見られなかった」

わたしたちのいるところからは、いちばん近いガス室にこれから死んでいく人たちが近づいていく裸体の列しか見えなかった。仲間の何人かは、これらの人びとは納屋で衣類を脱いだのだろうと思っていた。わたしはそうは思わなかった。死んでいく女や子どもたちは、納屋のなかには折り畳まれた衣類や、眼鏡、少女らが抱いていた人形、刈り取られた毛髪などが色別に整理整頓されて積み上げられていることも知らずに、ひとつの大きな罠が仕掛けられていることを予感しながらも、すこし離れたところにある脱衣室で裸になりガス室に向かわせられたのではないだろうか。

わたしたちはこの殺戮の罠から逃げ出す方法を見つけるために考えをめぐらせていた。わたしたち七人のうち二人は収容所に留まるという。

「ここで死ぬか別なところで死ぬか、どちらにしても同じなんだ。少なくともここでは精神的には苦しむが、充分に食べられ、殴られることもなく、もうじきひとりで寝られるようになるし、体も洗えるようになる……、死にたければ自殺してもいいのだから」

短時間の作業が終ったあと、わたしたちはバラックのなかでのんびりしていられた。ビルケナウ収容所に来て以来初めてわたしたちは仲間と話し合ったり、考えたりすることができるようになったのだ。収容所について、ガス室について、死について……わたしたち自身の生命について……。

〈親衛隊は、わたしたちを鉄条網で感電死させてくれるだろうか、でなければガス室で息絶えなければならないのだろうか〉


今日、ガス室についての断片的な思い出をつなぎ合わせては全体像を思い起こそうとするとき、すべてのシーンが凝結した白と黒の一連のネガフィルムとなって脳裡に浮かび上がってくるのである。その一枚一枚を直視するものの、論理だてて並べなおすことができないのだ。

掘られた溝はあまりにも大きく、ひとつの溝に数千人のユダヤ人の死骸を埋められるように計算された容積をもっていた。もし数体の死骸しか埋められていなかったとしたら、血が土ににじみ出ることはなかっただろう。ひとつの小屋に二十人ずつとしても、四軒分八十体の屍体くらいではこの溝を満杯にするには少なすぎた。

穴掘りの特別班は夜のあいだも働いていた。わたしたちが見たのは最後の犠牲者たちで、その前の者たちはすでに溝のなかに埋められていた。しかしこの説明では、わたしの記憶に残っている場面とかみ合わないのだ。なぜならば、ある朝、その溝の淵まで近寄っていったとき、その深さが見えた。そこにはまだ死骸が投げ捨てられていなかった。その晩はガス室からの死体運搬人は特別に休んでいたから代わりの者たちがその溝に、収容所内で惨殺された仲間たちの死骸を投げ捨てることになっていた。当時はまだ焼却炉が完全にでき上がっていなかったので、どちらにしても死骸はどこかに埋めなければならなかった。

これらの小さなガス小屋は、ビルケナウ収容所に最初に設置されたタイプのものだった。そのあとじきに、これらの小屋は産業レベルで開発されたガス室によって替えられ、一度に千人近い人間を殺戮したあと、屍体は溝には埋めずに即時焼却炉に詰め込まれたのだった。この点については、わたしが目撃したわけではないが間接的に聞き知ったのだ。

だが仲間だったエルコ・ハイブルム（番号は四九二六九で、フランスのピティヴィエからではなく、その近くにあったボーヌ・ラ・ロランド収容所から来た）の口から、死骸を投げ込んだプール型の溝について聞くことができた。

「最初の焼却炉が稼動しはじめたとき、被害者たちの死骸を焼却するために溝から掘り出したのだ。俺は、数千体の屍体を掘り出す作業班に属していた」

「俺たちは、腐敗しかかった死骸と血が混じる朱泥が足にからまるなかで、ガスマスクをつけて作業をつづけた。不思議なことに、土が吸収するのを拒否するかのように屍体が表面に浮かび上がっているんだ。この光景は、きみが体験したこととは比べものにならない。一週間後には自分が気違いになるようで、殺されたほうがましだと思ったくらいだ。俺の周りの多くの仲間がそうしたように」

「俺が命拾いしたのは、ビルケナウ収容所にある大規模な遺品選別班〈カナダ〉(原注)で働いていた友人のおかげだった。ガス室で死んでいったユダヤ人の衣類や所持品が山と積まれていくのを見るのが耐えられなくなり、彼が石工作業班に指導員として移ることができたので、俺が彼の代わりに遺品選別班に入れたのさ」

「二カ月後もまだ遺体の掘り出し作業にあたっていた収容者によると、溝のなかの土が凍りはじめたとき、ツルハシで死骸をおおう凍った土とともに死骸を叩き壊さなければならなかったそうだ」

話を聞いていた仲間の全員が食欲をなくしてしまった。わたしはひんぱんに悪夢を見はじめた。自分が家族全員だけでなく、誰をもガス室で殺戮している場面でとび起きるのだ。その次に見た悪夢には、わたし自身がガスを浴びているシーンだった。恐怖の戦慄が腹の底に刻み込まれたかのようだった。

ライビッヒは、すでにわたしが特別班で働いていることと、もうすぐ彼が担当しているバラックから出ていくことも知っていた。このころから彼のわたしに対する態度が変わっていった。まるでわたしが彼の友人かのように話しかけてくるようになっていた。

「きみの名前は?」

「モーリス(イディッシュ語名モシェのフランス語名)だ」

「何だと? きみの名はマイエスキ(ポーランド語名)またはモイツェクというんじゃなかったのか?」

「モイシェだ」

原注 大量殺戮により犠牲者の衣類・所持品を貯える部署が多くなり、それら全体を隠語で〈カナダ〉と呼んでいた。

「モイシェ、聞いてくれ。ある日、もし俺もガス室に入れられることがあったら、棍棒を探し出して、どんなに痛くてもかまわないから遠慮せずに俺の頭蓋骨をぶち砕いてほしいんだ」

「どうしてわたしにそんなことをしてほしいのか分からないでもないが」

「俺をチュトワイエ（君呼ばわり）していいよ、きみが賢いのは知っているから」

〈卑怯者、そんなときが来たら、一発で殺すなんてことはせずに、弱火ですこしずつくたばらせてやる〉と、わたしは心の奥で呟いていた。

「俺が望むことは、ここで死ぬことになったら最後の最後に死ぬことだ。誰ひとりとしてここから生きては出られないのだから。ばか者ばかりさ。俺が収容者を殺すのは、彼らが苦しむ時間をできるだけ縮めてやるためなのだ」

ライビッヒは自分がなした蛮行を正当化するためにいつもこう言っていた。

第2章
地底の炭坑夫

七日目、わたしは逃亡できるかもしれないという最後の望みも失った。わたしはこの罠から抜け出すこともできなくなったのだ。夕方、わたしたちは理由もわからずに、いつもより早めに収容所に戻ってきた。もしかしたら、ほかの仕事がひかえていたため、親衛隊員らはわたしたちを作業現場に留めておきたくなかったのだろう。入口の鉄格子を越えるやスピーカーが収容者らに呼びかけていた。

「炭坑行きのボランティアを探している。が、七人の電気工は残るべし」

わたしたちはひとりの親衛隊軍医の前に並ばせられた。軍医は、わたしたちが死が間近な「ムスリム」でないか、つまり尻にわずかでも肉が付いているかを調べていく。そのあと、幅が五、六十センチある溝を跳び越えさせた。わたしにとってはまるで学童レベルの跳躍だったが、それも不可能な収容者がかなりいた。幸いに親衛隊員がいなかったので、わたしはマークされずにすんだのだった。

わたしのグループは収容所から近い作業場に行くときは、いつも数人のカポと犬を連れる親衛隊員に囲まれながら歩いていく。それは一九四二年九月の上旬だったと思う。わたしたちはどこに行くのかもわからずに進んでいく、罠に導かれていくのではないかと怖れ戦きながら。これに似た光景は何度かくり返された。ある日、ひとりの親衛隊員が躍り出て、声を張り上げて言った。

「洋裁師と靴職人は列から出てこい！」

いちばん体つきががっしりしている者のなかから四十人ほどが選ばれた。それから一週間後に、この男たちが特別班で働いていることが分かった。

夜の色が濃くなりはじめていたが、わたしたちの不安はすこしも解けなかった。

五人横隊で歩きながらいつわたしの番号が呼ばれ、

「おまえは収容所から出てはならない」と言われるのを怖れていた。

一度収容所の外に出れば、朱泥のなかで足を泳がせなくてもよく、ユダヤ人の屍体処理の光景にも立ち合わなくてよかった。どちらの方向に向かって行くのか気にもせず、あるいはガス室に誘導されたとしても、わたしはそのほうが良かった。歩いているうちに、ガス室とは反対の方向に進んでいるのが分かり、心が落ち着いた。助かったのだ。

監視員は、わたしが生きていても、あるいはバラックのなかで撲殺されていても何ら感知しようとはしない。もうわたしを監視しなくなっていたからだ。グラスタインもわたしと同じく炭坑班に入れたので同じ状況にあった。親衛隊員は、スピーカーが流した命令に当然わたしたちが従うと思っている。炭坑班に加われば充分に食べられるようになり、独り寝のベッドがあてがわれ、シャワーも浴びられるようになる。このような待遇を与えれば、わたしたちの喉もとにつかえている吐き気のような警戒心も解消するだろうと過信していたようだ。

アウシュヴィッツに戻ったときにはすでに日が暮れていた。手足を休め、服を脱ぎ、もしかしたらシャワーも浴びられるだろうというかすかな希望で気を静めていた。が、わたしの祖国の諺にもあるように、悪があるからこそ善があるのだ。パンツを脱ぎながら、もう一度足をとおすことが困難なことに気がついた。パンツの赤黒い布がずたずたに破れだし、その小片は、垢がでんぷんのようになってこり固まりごわごわしているのだ。

パリを発ったときから着ていた服を、壁に穿たれた窓口に投げ入れてから、わたしたちは外に並ばせられ、頭から足まで全身の体毛が剃り上げられた。そのとき空襲警報が鳴ったと同時に「封鎖せよ！」と叫ぶ声が聞こえた。すべてのバラックに鍵がかけられた。ポーランドの九月の夜、零下の気温のなかで全裸で屋外に立っていることを想像できるだろうか。わたしは走り回り、どこでもいいから入れるバラックを探したがどれも鍵がかかっていた……。

ロシア軍の爆撃機が小弾を撃ち落としはじめたのと同時に、収容所全体が白色のサーチライトで照らされた。日中の陽光に照らされているようだった。

わたしたち百人は罠に嵌《はま》ったのだ。誰もが寒さから逃れるために右往左往しながら数人の固まりをつくりはじめていた。互いに体を寄せ合い、押し合い、ブドウの房のようにはならずに、誰もが争ってなかにわり込もうとし、肘を突っぱり合う。わたしはこの人間のひと固まりの端から中心に向かって突入してみたのだが、無惨にも弾きとばされてしまった。

体を温めるために、わたしは仲間の体に自分の体を擦りつけ、ときには運動選手のように、そして激しくボクサーのようにぶつかっていった。それも無駄だった。体温は下がるいっぽうだ。〈もうこれでおしまいだ〉と自分に言い聞かせるほかなかった。こうした運動にも疲れはて、ふたたび人間の固まりのなかに入り込もうとする。わたしの皮膚に触れた誰もが叫び声を上げた、「きみの体は凍りついてるじゃないか」。彼らの言葉も耳に入らず、わたしは誰でもかまわず体を擦りつける。すこしでも体温を高めるにはどうすればいいのか。ふたたび人体の群れのなかに突き進むのだが、震えが止まらない。触れ合うどの体も屍以上に冷たく凍りついている。

それから一、二時間してこの地獄の時間も終わり、「やっとシャワーを浴びられるのだ！」と喜び勇んだ。だがそんなことではなかった。シャワーを浴びるのではなく、黒く濁っている液体の入った大きな桶の前に連れていかれたのである。やや黄色がかった小さな無数の粒が浮いている。シラミだった。そこにいたカポはさほど意地悪でもなさそうだが、「桶のなかに入って、腰をおろし、眼をつぶるんだ」と言ってから、重油のような黒い液体のなかにわたしの頭を押し込んだ。

北極の寒さのなかで数時間を過ごしたためにわたしは高熱に見舞われた。しかしながらついていたほうだった。重油は、体が凍っていたのでかえってぬるま湯のように感じられた。だが一度桶から出るや、全身に焼けつくような激痛が襲った。とくに性器に突き刺さる痛さは発狂するほどだった。その一時間前に剃刀が体毛を剃り上げたとき、とくに股のあいだの皮膚が削りとられていたからだ。

そのあと、わたしたちは小さな部屋に導かれた。皮膚は焼けただれ、眼は刺し込む痛さで開けていられず、換気も悪く窒息しそうだった。瞼を閉じていれば、すこしは傷みが軽くなったのだが眠ることもできない。そこには横たわるだけの場所がなかったので、皆地べたに座り込んだ。その姿勢でいるほうがかえって体が温まり、そのあと椅子に座ることもできた。座ったままの姿勢で眠るのはこれが初めてだった。が、ほとんど二分ごとにわき上がる喧噪で眼が覚める。そこには監視員も部下もカポもいないので、思いきり声を張り上げて叫び合うことができた。誰もがいつもの緊張感や欲求不満からも解き放たれ、完全な自由を味わっていた。

その状態で二時間ほど経ってからついにシャワーにありつけた。あまりにも長く待ったあげくのほんとうのシャワーだった。石鹸もタオルもなかったが初めて体を洗うことができたのである。ビルケナウ収容所では、外気のなかで体を乾かさなければならなかったが、ここでは温かいバラックのなかで、一切れのパンとコーヒーにもありつけた。高熱で体が弱っていたにもかかわらずわたしはそれらをむさぼった。

パリを出て以来、履いていた靴以外はシラミとともに処分された。代わりに縞柄の囚人服と帽子とシャツが配られたがブリーフはなかった。わたしたちはある収容棟に連れていかれた。そこはサウナのような発汗室だった。わたしは息がきれ、頭が回りだし、全身が沸騰するようだった。チフスにでも罹ったのだろうか。

横になっていいという声が聞こえるやわたしは崩れ落ちた。それからは震えが止まらなかったが、極度の疲れに押しつぶされ、一分後には昏睡状態に陥っていた。

朝になって、右側に寝ていた仲間がわたしの横腹を肘で強く突いて起こそうとした。眼の前がぼんやりとして、最初は誰だかよく分からなかった。

「おい！　モイシェ、眠っているときじゃないだろう、きみが病気だとわかったら命がなくなるよ。がんばれよ、診断のために軍医に会いに行くんだ。軍医も収容者のひとりだ。起きろったら！　力を出して」

彼が起こしてくれたあと、わたしも数珠つなぎの列のあとについた。全身の力を振りしぼって真っすぐに歩こうと努力し、やっとの思いで軍医の前にたどりつく。ここで白衣を着た軍医に会うのは初めてだった。白衣の胸に縫い付けてある布符を見分けようとしたが、頭がくらくらし眼をすえることもできなかった。

軍医はわたしの病状に気がつき質問した。

「病院に入りたいですか、それとも炭坑に行きたいと思いますか」

どう答えてよいのかわからず、とっさに答えてしまった。

「病人たちといっしょにいられるところに行きたいです」

「えっ！　体操選手のようなきみが働きたくない？」

軍医は表情を一変して語気を強めて言った。そのとき、そばにいた親衛隊員が口をはさんだ。

「彼を病人たちといっしょに行かせろ」

親衛隊員が言い終わる前に、軍医はわたしの胸もとにストレートのパンチをくらわせた。この一発はそれほど強烈ではなかったのだが、わたしは自分がどこにいるのか、何をしているのかも分からなくなり、大の字にぶっ倒れてしまった。バネ仕掛けのようにすぐに立ち上がると、もう一発が打ち込まれた。

軍医はそれ以上は殴らずに親衛隊員に言った。

「彼はとてもタフですから炭坑夫として充分働けます」

収容所での鉄則のひとつとして、「殴られて倒れたら、それを跳ね返すように立ち上がり、もう一発くらうこと」と、誰もが頭に叩き込まれていた。わたしが即座に立ち上がれたのは、自分の意志でではなく反射神経がそうさせたためだった。殴られることが習慣になり反射神経だけが錬磨されるかわりに他の動作は入り込めなくなっていた。すでに頭脳が機能しなくなっていたので体だけが反射的に反応していたのだった。

〈すぐに立ち上がれなければ、カポたち無頼漢らはサッカーボールの代わりに頭や腹部、どこでも足蹴にして球が破裂するまで楽しむんだ〉と身体がわたしに伝えていた。

そのとき軍医のやったことは酷いと思ったのだが、ずっとあとになって考えると、あの場で彼がやったことは、わたしを救うためだったのだと分かったのだ。わたしの腕に刻まれた番号から収容者の古株であることがわかり、わたしが生きながらえることが分かっていたのだ。このときアウシュヴィッツにいた病臥者で生き残った者はひとりもいないのである。

ヤヴィショヴィッツ炭坑作業地

ふたたび五人横隊で並ばせられた。ビルケナウ収容所を出てからどのくらいの人間が虐殺されたか分からない。生き残った者は約三百十人。わたしたちはカポではなく親衛隊員らに監視されながら別の作業地に向かう。ヤヴィショヴィッツ（訳注）の指揮官はコヴァル司令官だった。

五百メートルばかり進んで行ったところで、あまりにも土埃が舞い上がるので親衛隊員は行進を停止させて、わたしたち全員に靴を脱ぐように命令した。道路は舗装されておらず尖った小石が敷かれていた。わたしたちを痛めつけるためにわざと研いだ小石ではないかと勘ぐりたくなるほどだった。十歳くらいまで靴も買ってもらえず、いつも裸足で歩いていたので慣れていたわたしでさえ、これは拷問にひとしかった。足の踏み場を探すなどということは不可能で、そのうえ歩く速度を早めなければならず、それと同時に大声で唄わなければならなかった。歩き方が下手だ、唄い方が下手だと言っては棍棒が見境なく振り下ろされた。歩く速度を保つのに夢中で、血で濡れる足にはかまっていられない。真っ赤になった足を見下ろしながら、わたしは涙がこぼれてしようがなかった。隣にいた仲間はその訳が分からず、「泣いてるのか?」と不思議そうに訊く。彼はわたしが泣くのを一度も見たことがなかったのだ。

「心配するな、痛くて泣いているのではなく嬉しくて泣いてるんだ。向こうに着いたら話してやるよ。一週間前にぼくが体験したことがどんなであったかを」

彼は怯えるような眼で見返した。彼にとっては過ぎ去ったことだろうが、わたしにとっては気が狂うほどの現実なのだ。

幸いなことにヤヴィショヴィッツの炭坑作業地はさほど遠くではなかったので、わたしは高熱に見舞われていたがたどりつくことができた。バラックに着くなり眼についたのは、ふんだんに水が流れ出る二つの蛇口だった。それも、ビルケナウ収容所の黄色っぽい濁った水ではなく透明の水が流れ出るのだ。誰もがそれに跳びついた。即座にカポが棍棒を振り回して、勢いづく群れを落ち着かせた。このときひとつ不思議だったのは、わたしたちのひとりも殴られなかったことだ。

そこにいた古参の収容者は当惑げに見つめている。無数の生傷で血がにじみ出ている足にはおかまいなく、わたしたちはわれ勝ちに水を飲もうと駆けつけた。行進のあいだ中、砂塵は眼だけでなく顔面を被いつくし、乾ききった口は張り裂けるようだった。古株の収容者が、向こうの収容所では「コーヒー」と呼んでいた黒っぽい温かい液体の入った樽をもっていけと命令する。もうひとつ異例なことだったのは、いままでは五人にひとつの水差し一杯だったのが、ここでは各自が半リットルの水をもらえるというこ

訳注　ヤヴィショヴィッツは、アウシュヴィッツ強制収容所に属していた炭坑作業地。

とだった。

もうひとつ驚かずにはいられなかったことは、わたしたちのグループのなかの二人がコーヒーを配るのだが、そのたびにカポがわたしたちを順ぐりに殴りつけるのだ。まるで自分が殺し屋になったかのように。古参の収容者がそれに気づき、強いほうを長老アロンと名づけ、もうひとりを助手ヤンケルと呼ぶようにした。しかし、二人とも読み書きもできないので、じきに配給係のポストから外された。そのあと、ひとりはチフスに罹って死に、もうひとりは炭坑の仕事に耐えられずに死んでいった。グループのなかで彼らの死を悼む者はひとりもいなかった。

シラミ退治が行なわれた。重油でではなく粉末の消毒剤でだった。そのあと石鹸もタオルもなかったが温かいシャワーを浴びることができたので、とくに足の裏をよく洗った。シャワーを浴びたあとシャツで全身を拭うほかなかった。

そのあと隔離期間が設けられ、そのあいだは炭坑に入っていくことも禁じられていた。だからといって何もしないでいるわけではなかった。最初の日に作業班がつくられた。ビルケナウ収容所よりも組織だっており、選ばれた収容者のナンバーは口述ではなく記入された。

運悪く、わたしは土地の造成作業班に入れられた。そこは広大な造成地で作業現場も広かった。収容者たちは、チェッカーボードでのように等間隔に配置され、自分の場所を掘らなければならない。十人ずつのグループがひとりの班長に監視され、さらに班長たち十人がひとりのカポに監視されている。

「急げ！　急げ！」と叫びながら、彼らはわたしたちを棍棒で叩きつける。

現場に行くまでの行進も楽ではなかった。高熱のまま三キロの距離を四回、競歩の早さで総距離十二キロをこなすのは辛かった。わたしたちは五人横隊で歩いていくのだが、わたしは列のいちばん端を歩いていた。熱のために身体が火照り真っすぐに歩くのも難しかった。十センチでも足並みが遅れると、カポの棍棒が振り下ろされる。隣の仲間がわたしを列の内側に入れてくれて、両側の仲間に支えられてその場をきり抜けることができたのだった。

何日か経ち熱も下がったのだが、それにかわって極度の疲労が襲ってきた。それでも状況を分析できるだけの意識はとり戻していた。この作業場のカポはビルケナウ収容所のカポのように激しく打たないということに気がついたのだ。収容者たちは各々が長さ二メートル、幅一メートルの穴を掘ればよかった。カポも作業班長も穴の深さまでは監視していなかったから、わたしは長方形の枠が記された地面をある程度掘るだけでよかったから、わたしのほうが監視員らを観察することができ、労力もいくらかは節約することができた。

隣で働いていた仲間は、棍棒でいつ打たれるかわからず怯えきって発狂したかのように暴れだした。彼は新入りで体格は良かったが、ビルケナウ収容所を体験せずに直接この収容所に来たのだった。わたしが作業よりもカポの様子ばかりを気にしていることに対して彼が苛立っていたので、わたしは言ってやった。

「大きなお世話だ。棍棒で打ちのめされるのはあんたじゃなくてぼくなんだ。言っておくが、その早さで掘っていたら二週間ももたないよ。俺みたいにやっていれば、三カ月半経ってもこのとおり足もしっかりしてるんだ。カポを見ていればわかるだろうに。彼らは土がどれほど掘られたかには全然関心ないんだ。収容者が何もしないでぽかんとしているのだけが耐えられないのさ。わかったろう。だからあんたが右のほうを、俺が左のほうを見張っているから、監視員が近づいてきたらすぐに知らせるんだ」

それでも彼はあくせく働きつづけたので、わたしのほうが腹を立てたのだ。

「そんなに働いても、もらえるものは褒美ではなく死しか待ってないんだ。毎日食べている食べ物も、一日中何もしないで生きているだけでも充分とは言えないんだ」

偶然とはいえ、彼はここに来る前はユダヤ人にはめずらしく土方をしていたのだが、一週間後には他の収容者と同様に疲労困憊し衰弱しきっていた。作業はさらに過酷さを増していた。喉の渇きは消えたのだが飢餓感がますますつのり、わたしたちのなかには失神する者もいた。ここではカポたちが食糧を盗んだりしてなかったのだがますます不足していた。

そして飢餓状態の体にほとんど二日に一度予防注射が射たれた。チフスのほかに、説明なしに何種類かの予防注射がなされていた。ピティヴィエ収容所でも三回にわたってチフスと他の予防注射が射たれたことがある。それ以上の頻度で予防注射をするということは、理由もなしにわたしたちの体に針刺しをするのと同じだった。が、それは良い前兆でもあった。なぜならば炭坑の仕事は本格的になり、生産性を上げなければならないということと、炭坑夫のなかにはシラミにも病気にも罹っていない一般人も混じっていたから、わたしたちにくり返し予防注射をしていたのだろう。

予防注射の針がよく消毒されていなかったために何人かの収容者が死亡した。予防注射のたびにわたしは憔悴した。そのため作業速度が遅すぎると言っては収容所長が責め立てた。かといってわたしたちの食糧の割当も睡眠時間も増やすことはせずに、作業場を監督するカポの人数ばかり増やしていた。おまけに三日間、朝から晩まで一日中雨降りなのだ。雨で土はますます重量を増していき、手の皮膚もまるで一日中洗濯をしていたかのようにざらざらにふやけ、シャベルの柄さえ握りにくくなっている。そしてドブから這い上がってきたネズミのように全身ずぶ濡れになり、靴のなかで足が泳ぎまわり、進もうとしてもがぼがぼ音を立てて泥水が靴に絡みついた。この光景のなかで仲間たちが服から湯気を立ちのぼらせているのがむしろ滑稽でさえあった。

それでもいちばんうれしかったのはスープを呑むときだった。作業場にはまだバラックが建っていなかったので、大急ぎでスープをもらいに行って、大粒の雨でスープが冷めて薄まらないうちにがぶ呑みしなければならなかった。バラックまで往復六キロを駆けていくよりは、土砂降りのなかでスープをかき込んでしまったほうが良かった。この点は意見が分かれていて、がっしりしている男たちは六キロ走ってでも屋内でスープを呑みたがっていた。

ビルケナウ収容所に比べれば、ここはまるでサナトリウムにいるようだった。毎晩バラックに戻ればシャワーを浴びられ石鹸もあった。もちろんここでも殴打は絶えなかった。殴る理由は、ビルケナウとはまったく異なっていて、シャワー室から出るときに汚れが残っていると言っては殴られたので、仲間同士二人一組になって、体に泥や垢がついていないかチェックし合ったものだ。

何人かは体を洗う力もなかった。すこしのあいだ横になって休んでから、シャワーを浴びるためにはスポーツ選手並みの体力を発揮しなければならない。元気な仲間たちが、弱い者を助けながらのシャワーだった。

温かい湯を味わう時間はなかった。ひとりのカポが監視していて、三分以上シャワーの下にいるものなら、走り寄ってきて拳固を浴びせる。そのあとバラックのなかで部下がわたしたちの耳と足がきれいになっているかチェックした。わたしたちは優先的にその部分をごしごし洗いぬき、汚れがなければ拳固を免れたのだった。

シャワーを浴びるたびにわたしは生き返るようだった。そしてビルケナウにいる仲間たちのことを思うのだった。しかし石鹸はすこしも泡立たなかった。それはユダヤ人同胞たちの脂肪を使って製造されたものだった。それを知っていたから、お互いに冗談を言い合うこともあった。

「この石鹸のように、ぼくたちは死んだあとも石鹸になって心地よいシャワーを浴びられるのさ」

雨は四日間止むことなく降りつづけ、服は毎日濡れたままだった。毎晩その雨のなかで五人横隊になって親衛隊員が点呼し終わるまで立っていた。それが二時間以上つづくこともあった。そのあいだ不動の姿勢で立ったまま眼に流れ込む雫を拭うこともできなかった。頭から足まで水滴が奔流のように流れ落ちていた。

そしてここでも脱帽と同時に帽子を腿に叩きつけ、また着帽するという一連の動作を瞬時に自動人形のようにくり返さなければならなかった。半秒でも遅れると、ここでは殺しはしないが「五回の尻打ち」を受ける者のリストにナンバーが記された。この「五回打ち」のとき、水ぶくれしてスポンジ状になった服が打たれるたびにしぶきをあげる。そのとき突如、雷の轟音が鳴り響き、土砂降りが地面から逆さまに吹き上がるのだった。

帽子を頭にのせるときの奇妙な感触は忘れられない。まるで水の入った風船が頭の上からばさっと落ちるのを何回もくり返した。わたしはこの動作を真剣にくり返しては寒さを忘れようとした。

点呼が終ったあとの「メカイェ」(イディッシュ語で最大の喜びの意)は、床につけることだった。熱のある者には毛布が配られたが、他の者はずぶ濡れの服を着たまま寝なければならなかったので、びしょ濡れの服を絞り上げてから、それを着て寝込んだ。それでも屋外よりもバラック内のほうがましだったが、百パーセントの湿気のある冷めたサウナのなかにいるようだった。蒸気で一メートル先は霞んでいて、衣服も湿りきっている。わたしは体操をして体を温めようとしたが無駄だった。

寝床は、ビルケナウ収容所とは異なり、板が何段か置かれていたのでひとつの寝床にひとりで寝ることができたが、独り寝するのが急に悔やまれた。以前は六、七人がまとまって寝たのでお互いの体温で温められたからだ。それからすこしして寝床が足りなくなり、幅七十センチの板に二人が互い違いに寝るようになった。

湿気と冷気が浸み込み、わら布団もない寝床でも過労のため寝入ることができた。新しく着いたばかりの収容者のなかには、寝床がどうして板敷きなのか不思議に思う者もいた。そうした疑問がわくのは、彼らがビルケナウ収容所を体験していないからだろう。わたしたち古参の収容者はそれには慣れていた。わたしのナンバーは四八九五〇なので、収容所にすでに三カ月半いる古い収容者のひとりなのだ。わたしがヤヴィショヴィッツの炭坑作業地に着いたときに出会った、ユダヤ人収容者のなかでいちばん古かった男、ビュトナーの腕には二八〇〇〇台の番号が入れ墨されていた。彼は鋼鉄のような気質の持ち主で、彼がどうやって生きながらえてきたのか不思議に思いながらも、尊敬せずにはいられなかった。

四日間土砂降りの日がつづき、わたしも風邪をひいてしまった。高熱と咳と下痢をともなう風邪だった。この一週間、朱泥で埋まったプールのような溝で働いていたときの情景が思い出され、夢にも出てきたのだった。ガス室で死んでいった男や女、子どもたちの群れが夢のなかでもつきまとい、気力まで蝕んでいた。

もうひとつの妄想にも取り憑かれていた。わたしは、多くの仲間たちのように自分で決断する能力まで失い、悶々とし何もせず、他人のなすがままに生命を終えることだけは拒否したかった。これ以上生きていることに吐き気を覚えながらも、そう決心したのだ。今晩、仲間たちが寝ているあいだに有刺鉄線まで駆けていくのだ。電流の流れる鉄条網に向かって駆けていく自殺者を監視する特別班はまだ設置されていないから、見つからずに決行できそうだった。

作業場から戻って来たとき、わたしの古い友人ミシェル・グベレクにこの計画を話してみたら、話し終らないうちに彼はすべてを予想したかのように賛成した。

「そうだよ、そのとおりだ。もしきみの奥さんに会うことがあったら、そうする以外なかったのだと説明してやるよ。その勇気があるならやれよ」

それは、ほんとうの兄弟が言う言葉だった。

消灯後、すこし待ったあと起き上がり、バラックの入口のほうに向かった。それと同時に脳天にガンと強烈な一撃をくらい、気を失い転倒してしまった。誰かがわたしの足をとって寝床まで引きずっていくのが感じられた。

数時間して気をとり戻し、ふたたび寝床から離れようとした。そのとき、グベレクがわたしの袖を摑んで叱った。

「ばかなことをするんじゃない！」

「小便をしたかったんだ」

「言いわけはよせ。そのやり方はもう知ってる。いままで見てなかったというのか？　きょうはいつものようにしていろよ」

彼が言おうとしていることは分かっていた。ビルケナウでも小便することがいかに危険だったかということも。だから日中はできるだけ抑制していたのだが、ややもすると夜中の三時ごろどうしようもなく尿が溜まりに溜まり、しようがなく尿ビンの代わりにどた靴のなかに放尿していたものだ。しかし、この収容所の便所にはロシア人カポは監視していない。

グベレクが通路をふさいで便所に行かせようとしなかったので、ビルケナウでしたように靴のなかに放尿するほかなかった。

翌朝、靴から尿を流し出しているのを見て、友人は申しわけなさそうに言う。

「ほんとに小便がしたかったのかい。俺は、またきみが自殺しようとしてるのかと思ったんだ」

頭に一撃をくらって以来、わたしには自殺する気持もなくなっていた。

〈ここはビルケナウよりもずっとましなんだから、勇気を出すんだ！〉と自分に言い聞かせた。

グベレクは収容所の石工にさせられた。わたしが電気工にされたときのように、彼が任された仕事は、どんな日曜大工でもできる簡単な作業が多かった。セメントを準備するのに助っ人が必要だと言って、二日間ほどわたしが手伝わさせられた。保存食品の置き場として使っていた地下室で二人だけで働き、いろいろな野菜、たとえば何種類かのルタバガ（スウェーデンカブ）などを保存するための低い石塀を作る仕事だった。ジャガイモはほとんどなかった。

のんびりやっている作業中にカポかその部下が降りて来たときに見つからないように見張っているの

がわたしの役目だった。グベレクはできるだけゆっくりと動作をくり返しながら、「俺は仕事のプラニングは知らないけれど、このあとこのような仕事はなくなるのかな。こうしてわざと休みながら作業しなければならないなんて耐えられないね。こんな楽な仕事はないんだから、できるだけゆっくりやって引きのばそう」と提案する。わたしは体調が悪く食欲がなかった。パン一切れと交換した薪の燃えかすをかじることにした。それは前にも試したことがあり、熱や下痢によく効く良薬だった。こうしてわたしの体は鋼鉄のように頑丈であることが分かったのだ。

グベレクは「このあとどんな仕事が待っているのか」と絶えず心配していた。この地下室のなかでの閑職をできるだけ長くつづけるには、彼がひとりになったほうが良いのははっきりしていた。そこでわたしは土地の造成作業班にふたたび加わることにした。体は回復していたのだが仕事はきつく、とくに雨降りのなかでの作業は苛酷だった。

今回は掘る作業ではなく、作業場の端からもう一方の端まで土を運ぶ仕事だった。幅の狭い線路上を運搬車を転がしていくのだが、それ自体はさほどきつい作業ではなかったのだが、カポのひとりが殺人鬼のゲームに興じるのだった。

彼は、土がほとんど入っていない運搬車を転がす男たちに「早く！　もっと早く！」と叫びながら棍棒で打ちつづける。前方を無視し、この運搬車の速度をますます早めさせ前車に激突させるのだ。前を転がしている男たちが、それに気づかずとっさに避けられないと、二車のバンパーが衝突し、そのあいだにいる男の踵が押しつぶされるのだ。それがこのゲームの目的だった。

この残酷なドイツ人カポが考え出したこのゲームの「事故」の負傷者たちが、そのあとどれほど苦しんだことか。このような事故をくり返さないように、わたしは棍棒で叩かれても、仲間や自分の踵だけは砕かれないように万全の注意を払うようになった。

あるとき、わたしの転がす運搬車のあとに仲間の運搬車があまりにも接近するのにカッとなって、彼らの運搬車が一メートルまで接近したときに、わたしは運搬車から手を離し線路わきに跳び退いた。この早業で踵が砕かれずにすんだのだが、カポは怒り狂い、わたしと二人の仲間のほかに事故に遭わなかった者にも「五回の尻打ち」か棒打ち刑を科したのだった。それからはわたしたちは運搬車間に四メートルの間隔を保つことにした。カポが企んだこの罠が見破られてからは、わたしたちを打つこともなくなった。

しかしカポは欲求不満に陥っているようだった。なぜならばビルケナウではカポは思う存分、収容者を殺害していいことになっていたのだが、ここではそれが許されていなかった。そしてここでは毎朝、バラックの前に二、三十人の屍体が並ぶこともなかった。さらに驚くべきことは、ここには医務室があったことだった。

しかし大量殺戮はつづいており、ますます組織化されていた。ヤヴィショヴィッツ炭坑作業地に到着して一週間後には、わたしを含めた三百十人のうちの半数がムスリム（瀕死状態の収容者）と化していた。彼らは一連の拷問に耐えられなかった。凍てつく夜も外に裸で立たされ、四日間降りつづいた大雨でずぶ濡れになった服のまま毛布も被らずに寝入り、チフス以上に憔悴させる一連の予防接種を受けたうえに、奴隷の作業をさせられ、食糧も食事とは呼べない微々たる量だった。親衛隊員フィシェール軍医がムスリムたちを迎えにきては連れていった。それきり彼らは戻ってはこなかった。たぶんガス室に追いやられたのだろう。

この収容所で三週間経ったあと、大規模な点呼が行なわれた。炭坑内に降りていく奴隷を選出するためだった。わたしは屋外で働くのはもうがまんならなかった。雨の冷たさが加わり気温はさらに下がっていた。

わたしたちはミミズのようにやせ細った裸体をひっさげて二人の軍医の前に行く。ひとりは親衛隊員で、もうひとりはポーランド人収容者でステファンという名前だった。仲間たちと比べると、確かにわたしの体はがっしりしていた。が、親衛隊員軍医はそうは思っていないらしく、わたしの下腹部の脈を測り、ポーランド人の同僚を呼ぶ。後者は、わたしのヘルニアは生まれつきのものなので障害にはならないと言う。それを聞くやわたしは嬉しさのあまりとび上がり、もうすこしでポーランド人軍医に抱きつくところだった。

それから、彼はわたしの腕に触って筋肉の張り具合を調べ、肩幅の広さを親衛隊員に指摘し、歯から足、その他の部分まで二人がかりで調べ上げていった。結論として、わたしは頑健で理想的な奴隷であり、すぐにでも坑内で働ける状態にあった。わたしの気持を聞くなどということはなく即断で決まってしまった。彼らにとってはわたしが考えていることなどは笑止千万、わたしはひとつのナンバーにすぎない。あと一カ月余分に生きていられることに感謝すべきなのだ。

すぐに坑内に下りていくのではなく、あと一週間待たなければならなかった。しかし運が悪く、そのあいだに土は凍りつきそれだけ固さを増していたので、シャベルで掘り起こすためには何回もツルハシで打ち砕かなければならなかった。辛くてもつづけることが唯一、体温を保っていられる方法だった。

わたしたちは炭坑夫として選ばれたのだから、すこしは思いやりのあるカポにあたることを願っていた。そんな願いとは反対に、担当のカポは、あまりにも多い脱落者への腹いせか復讐心に燃えているようだった。苛酷さがさらに増していくなかで何人かの友人はムスリムとなっていった。

日に日に気温が下がっていき、零下三度にまで達し労働条件も過酷さを増していた。着ているものといえば、あの縞模様の薄地の囚人服だけだった。監視員補佐によれば、あと一、二週間すればもうすこし厚い服が与えられるはずだというが。

あまりにも外気が冷たいので、地上より仕事がきつくても坑内で働きたかった。だが実際に坑内の奥底で何が行なわれているのか想像することもできなかった。

「つらいけど、生きていられるよ」。すでに坑内で働いたことのある仲間は言う。

「最後まで無事でいられるかどうか分からないけど、一カ月もてば万々歳だ」と他の仲間も言ってくれた。

彼らが言うことが本当かどうか信じられなかったが、自分が坑内に下りる番になったときに分かったのだが、彼らが言っていたとおりだったのだ。

初めての炭坑体験

坑内に下りていく前に、責任者フロツキが愛想のいい、皮肉っぽい口調でスピーチをはじめた。彼はレベレ(訳注)というあだ名をもち、背丈よりも横幅のほうが広い肥満体だった。

訳注　レベレとは、シナゴーグのちび祭司。

「おまえらはきょう一日中、坑内で働くわけだが、生きて這い上がってこれるように、これから神さまに祈ってあげよう」

炭坑は収容所から約一キロ半のところにあり、ヤヴィショヴィッツと同じ地名だった。いつもの作業班とは異なり、カポはいなくて親衛隊員だけが監視している。坑内に導いていったのはひとりのカポなのだろうが、何の布符も付けていなかった。彼は立坑のいちばん奥までわたしたちを連れていき、わたしたちが仕事を終えるまで待機していて、終了後は全員がそろってから坑外までいっしょに上っていき、親衛隊員にわたしたちを引き渡すまでが彼の役目だった。親衛隊員はけっして坑内には入ってはいかなかった。

坑内に下りるには三つのエレベーターがあり、そのひとつにそれぞれ二十人入れた。三十秒後には、約五十人の坑夫が地下三百メートルの坑内に着く。この急降下のおかげで最初の日はパンツのなかで放尿してしまった。それは怖さのためではなく加速効果のためだった。エレベーターが急降下するとき、下腹部が締め付けられるような奇妙な感覚に襲われた。それから六カ月後、膀胱のコントロールが効かなくなっていた。ほかの仲間たちも同じ苦痛を味わっていた。

坑内に下りていく前にわたしたちは、重さが五キロもある安全灯を渡される。それをもっていれば坑道の複雑な迷路のなかでも迷わずにいられた。当初は班長がわたしたちを誘導していったが、三日目からはわたしたちだけで進んでいけるようになっていた。

坑道のなかでポーランド人坑夫のグループに出会った。彼らは口をそろえてお経を詠唱するように、

「ユダヤ人野郎のお出ましだー、ユダヤ人野郎のお出ましだー、ニワトリもガチョウの脂も彼らにはも

うないよー、アイアイアイ……」

ある者はわたしたちに足蹴をくらわせ、ある者は卑劣にもわたしたちに向かって唾を吐きかけた。わたしがポーランドを去ってからも、ポーランド人はすこしも変わっていなかった。

わたしが属していたグループは三人のユダヤ人からなっていた。ロターとルブロとわたしだった。わたしたちのそばで二人のポーランド人が働いていて、ひとりは六十代のベテランで、彼の助手は三十五歳くらいだった。二人とも最初に見た感じでは、なんとなく気の良さそうな男に見えた。が、彼らはわたしたちの体格を見るなり、がっかりしたようだった。若いほうは、わたしたち三人を合わせたような体格で、腕と腿の筋肉たるや樽のように盛り上がっていた。中年の坑夫もまるで石像のごとき体格をしていた。当時のわたしの眼には、四十キロ以上の男は運動選手に見えたのだ。

年寄りのほうが嘲笑うように言う。

「なんじゃ、こりゃ、三人とも生きた屍じゃねえか。三人合わせて百十二ポンドにも達しねぇじゃねぇか」

このポーランド人の言うことはさほど間違ってはいなかった。部下はそのとおりだと、帽子を持ち上げてうなずいた。あとでわかったのだが、彼の体重は百キロ以上あり、身長も一・八メートル以上あったのだ。

ポーランド語は話せるか、と年取ったほうがわたしに訊くので、躊躇せずに「はい」と答えた。いつもはポーランド人カポの前では、フランス人であるふりをし、ポーランド語は分からないと言うのだが。

「そりゃよかった！　おまえらが来る前はポーランド語が全然分からない収容者を働かせていたのだが、やりにくくてしょうがなかった」

「彼らもおまえらと同じユダヤ人だったが、ポーランド語を話せない奴は怖くもなんとも思わないのだが、俺たちにはスパイにとれるんだ」

ロターはさっそく打ち明けごっこをはじめた。わたしは警戒心を解かずに、彼らの信用を得るために、自分はポーランドのプラガに生まれ、パリで他のユダヤ人とともに捕まり、ここに連れてこられたことまでを語り、ビルケナウ収容所で三カ月過ごしたことには触れなかった。

年寄りの坑夫は時計を見て、「さあ、仕事だ」と言って、わたしたちを部署につかせた。

わたしたちは石炭を運び出すための坑道をつくるために掘り進んでいく。わたしはもう新米ではなく、シャベルの扱い方にも慣れ、左、右へと自由に振り回すことができた。が、若いほうのポーランド人部下は、わたしのやり方が気に入らず、自分でやって見せたのだ。シャベルに四十キロはある砂利を山盛りに盛って、一挙にトロッコに放り込む。

「あんたの番だ、やってみな」と言って、シャベルをわたしに返した。わたしは同じことをやってみたのだが、もちろん彼のようにはいかない。年寄りのポーランド人が口をはさむ。

「石炭掘りのシャベルと砂利掘りのシャベルを混同しちゃいかん」

確かにそのとおりなのだが、坑道を掘り進むためにシャベルを岩に打ち下ろし、石炭の地層を衝き砕くのにも同じシャベルを使っていたのだ。

最初のころ、若いほうは非常に優しくしてくれて、以前の生活を話してくれたり、フランス語もいくつかの単語を知っていて、嬉しそうに発音してみせたりした。が、夕方ごろになると、ぐちをこぼしはじめたのだった。フランスの大きな鉱山で働いていたころ、大規模なストライキに参加したため、仲間のうち二十人ほどが国外追放になったという。

彼の話を聞きながら、わたしは疲労困憊し細かなことまで聞く気にもなれなかった。

わたしは一日中、てきぱきと作業をした。あの年寄りが大盛りのシャベルで何杯くらいトロッコのなかに投げ入れるか数えては、わたしのほうが回数も量も勝っていることが分かった。作業を監視するカポがいないので、この仕事は気に入っていた。ヘッドライトなしでは身動きもできない坑道のなかでは、どんな闖入者でもすぐに分かってしまう。中休みするときは、二人のポーランド人がわざと安全灯を遠ざけておいて、坑道の暗闇を見張る。

突然、年寄りの班長が「そら、来たぞ」と部下に知らせた。

監督が来るのだと分かり、わたしはすぐに仲間に知らせた。

「気をつけろ！　誰かが来るぞ！」

わたしたち三人とも作業に拍車をかけて気違いのように働いていたので、現場監督が眼の前に現れたときは、全身から汗がふき出していた。

監督が年寄りのポーランド人に、わたしたちの働きぶりを訊き出すと、「ユダヤ人ですから」という即答が返った。と同時に監督は鉄製の杖でわたしを叩きのめし、殺しかねない蛮行を開始した。彼は五十センチほど離れた位置に立ちはだかり、懐中電灯をわたしの眼の真上にかざしているので眼がくらみ、彼が振り下ろす鉄の杖も見えない。わたしは体をよじらせ、なるたけ杖の殴打を肩の上にくらおうとした。

この暴行シーンはゆうに十分はつづいた。ロターの番になったとき、監督は疲れを見せていた。三番目のルブロの番になったとき、

「三番目の奴は待とう。明日、彼を炭坑に直行させるから。坑道を掘るのに三人は多すぎる。だから仕事がはかどらないのだ」。監督は判定を下した。

「また数日後に監視に来るからな、注意しろよ。とくにおまえだ、ユダヤ人野郎、おまえはいちばん頑丈で、強そうだからな」と言い、監督はわたしのほうに杖の先を突きつけた。そして二人の坑夫を見やりながら、

「そう思わないか、間違ってないだろう?」と言い残して坑道から去っていった。

彼の姿が見えなくなったあと、わたしはとめどもなく溢れ出る涙を抑えきれなかった。叫ぶかわりに、溜っていた涙が堰を切ってほとばしるままにさせておきたかった。泣くことで痛みが和らげられるようだった。

鉄棒による連打を受けたあとも、わたしの気持はしっかりしていた。が、体の各所の青あざが腫れていくのはどうしようもなかった。骨ばかりの体に鉄棒が力いっぱい打ちのめす打撃は打撲以上のもので、激痛は強まるばかりだった。体中に隆起している瘤だけでなく、激痛が大腿骨の芯にまで貫き浸透していった。歩くこともできず、苦痛は激しくなるばかりだった。が、ポーランド人にはわたしの苦しみを見せたくなかった。年寄りの炭坑夫は黙って見ていたが、若いほうは上っ面の誉め言葉をくり返していた。

「おい、ユダヤ人野郎、あんたみたいな筋金入りのユダヤ人はいままで一度も見たことないよ。杖で打たれながらよく声も出さずにいられたな、同じ仕打ちを受けたユダヤ人を多く見てきたけれど、みんな痛くて泣き叫ぶんだ。あんたも泣けばそれだけ叩く力が弱まったかもしれないのに」

この種の仕置きを受けたのはわたしが初めてではなかったが、わたしはあまり口をきかず、考えこむ

ようになっていた。体じゅうに膨れ上がっている無数の瘤を年寄りの坑夫に見せながら訊いてみた。

「そんなにユダヤ人が嫌いなのか。はっきり言ってくれよ。俺がよく働かないというのか。あんたの助手よりもよく働いていると思わないのか。彼は一時間ごとに休み時間をとっているが、俺は一度たりとも休んでないじゃないか。監督が来るその前に、あんたは俺の働きぶりを誉めていたじゃないか」

そう言いながら、わたしは彼を見つめていた。彼は困ったような表情でつくろうのだった。

「あんたがよく働いてないなどと監督には言ってないよ。何と答えたか知ってるだろうに」

「『ユダヤ人ですから』と言えば、あんた方には誉め言葉の逆を意味し、俺たちユダヤ人は皆怠け者だということになるんだ」

「叫べばいいんだよ！　あっ、そう言えば、いまは俺たちはポーランド人じゃなくてドイツ人（原注）だっけ」

彼の口から無意識に放たれた最後の言葉で、彼らの心境がわかったのだ。つまり彼は純粋のドイツ人を嫌っている。わたしがどんなにか激痛に苦しんでいるかを分からせるよりも彼に質問してみた。

「明日、監督が来たら何と言うんだ？　どうなるんだろうな」

わたしは彼に考えるひまも与えずに矢継ぎ早に尋ねた。

彼がほんとうにひどい奴とは思えなかった。若いほうは気まずそうだった。わたしは自分の労働の効率と彼の効率とを比較してやろうと思っていたのだが、年寄りの坑夫が割り込んできてわたしに言う。

原注　ナチスに占領されたポーランドに住み、ドイツ語を話せるポーランド人はドイツ国籍は得られないがドイツ人とみなされ、ナチス親衛隊員になることもできた。

「あんたは口からも頭からも出血してるんだ」

言われなくてもそれは分かっていたが、わたしは最後までここでヒーローを演じてやりたかった。彼は自分の紅茶をもってきて、わたしに口をうがいし、顔を洗うようにとすすめる。それはぜいたくなすすめだった。ここではカポや監視員に血のついた顔や服を見せたりすればたいへんなことになるからだ。炭坑には水道が設置されていたが、エレベーターの足下にしかなかった。

残酷な監督がいなくなったあと、わたしたちは道具をおいて、年寄りが貸してくれた汚いハンカチを濡らして腿のいちばん大きな瘤の上を拭った。幸いにカポにもその部下にも赤く膨れ上がった瘤は眼につかなかった。そのあとシャワーを浴びるのもつらく、ロターとルブロが体を洗うのを手伝ってくれた。さらに運が良かったのは、シャワーのあと誰も監視する者がいなかったことだ。

毎日仕事が終わったあとに浴びるシャワーは全身の筋肉をほぐしてくれるばかりか、天に昇るほどの心地良さで生き返らせてくれた。最初の日、シャワー室の出口で寝るときに着るパジャマが渡された。これには驚くばかりで、それからは日中着ている囚人服ではなく、寝るためのほんとうのパジャマが着られるのだ。コットン地の厚めの布でできた暖かそうなパジャマではないか。各自が一着ずつもらった。パジャマの胸に付いている黄色い星印の布符の下にはそれぞれのナンバーが記されてある。寝る前に囚人服を丸く畳みこみ、自分の脇に隠すことにした。

寝る前に、初めてその日の食事にありつけたのだった。六、七段上がったところに食堂があった。ここには食堂というものがあったのだ。わたしたちが座ると人数が数えられ、そのあと炊事場の窓口の前に向かい、食事をのせた盆をもらうことができた。その上には何片かのスウェーデンカブ（ルタバガ）が浮いている一リットルほどのスープと、二百グラムのパンと五ミリほどの厚さのソーセージの一切れ、あるときは小匙一杯のジャムか一片のマーガリンがのっていた。テーブルに戻ると、十人中九人の収容者はパンの一粒も残さず無我夢中で呑み込んだ。ほんの一部の者がパンの切れ端を翌日のためにとっておいた。このわずかな量の食事だけで、炭坑外の凍てつく気候に耐えながら二人一組になって一日八時間のあいだ、合計二十トンにのぼる石炭を運び出さなくてはならなかった。この重労働をつづけるためには、相当のカロリーを必要とした。生きるためにはその足りない分をどうにかして手に入れるか、さもなければ死ぬほかなかった。

最初の晩、寝る前にがまんできないほど、数えきれない瘤の痛みが増していたので、うつ伏せになって横たわるほかなかった。わら布団の上に寝ていたが、寝返りを打つたびに傷口と瘤に触れ眼が覚める。それでもわたしの体はきれいだし、頭の傷も乾きはじめていたのでずいぶん楽にはなっていた。

一瞬の猶予

この卑怯な監督に痛めつけられたのはわたしだけではなかった。他の数人の仲間も医務室に送られたのだ。ここではユダヤ人も治療を受けることができ、その隣の治療室には五百人ほどのアーリア系ドイツ人負傷者が静養しており、わたしたちの入った治療室には約二千人のユダヤ人傷病者がいた。

わたしはできるだけ早く炭坑に戻り、坑内でツルハシもシャベルも握れることを二人のポーランド人に見せつけてやりたかった。わたしは医務室を警戒していた。いつなんどき一斉にガス室に連れていかれるか分からないからだ。したがってベッドに横たわっているよりも坑内で働いていたほうが安全だった。

　地下三百メートルまで降下しているあいだも、瘤のひとつひとつの傷みが肉に突き刺さる。坑内に降りてから仕事をはじめる前に半時間ほど休んでいられた。坑内にいるときは気が休まり、ある種の自由を満喫できた。そばに誰もおらず、親衛隊員もカポにも挟まれずに歩け、何よりも彼らの喉にからみつくような声を聞かないでいられた。

　最初、灯の点いている坑道を進んでいき、それから自分のヘッドライトを点けて細い坂道を登っていくとホールみたいな場所にぶつかり、そこから何本かの通路がのびている。そこに雇われている数人のポーランド人が集まって、作業をはじめる前に立ち話をしながら陰口を言い合っているのが聞こえた。

　わたしが彼らの近くに来たときに、「おお、神さま！」と誰かが叫び、全員がサーカスの出しものを眺めるかのようにわたしを凝視する。彼らの驚きようにびっくりするまでもなかった。その朝、眼が覚めたときに上唇に傷みを感じただけでなく、左目が開かなくなっていた。ここには鏡はないが、ビルケナウ収容所とは異なり、このバラックにはほんとうのガラスをはめ込んだ窓ガラスが付いていた。ガラスの後ろ側に黒い布を押しあてれば、ぼんやりとだが自分の顔が写るので、明け方にはこうしていつも自分の顔を見ていた。まるで『ノートルダムのせむし男』カジモドの顔だった。なぜポーランド人らが恐ろしげにわたしを見つめていたのか、その理由は分かっていた。

　わたしがシャベルを握ったとき、年寄りの坑夫がわたしにささやいた。

「監督の猛打を受けた翌日は、普通は坑道には降りてこなくていいんだよ」

　二人のポーランド人は、わたしが元ボクサーだったことは知らない。試合でいま以上に顔がいびつになったこともあるのだが。しかし、眼に見える瘤よりも内部の傷の傷みのほうが深くまで刺し込むのだ。それに彼らはビルケナウの殺し屋たちの凶暴さを知らない。屠殺人それぞれが独自の方法を考えだし、殴りつづけられる者の悲鳴と呻き声が大きければ大きいほど彼らはさらに強い快感を覚えるということを、言葉で説明するのは難しかった。わたしたちより以前に坑夫となった収容者らは、ビルケナウには送られなかった。わたしたちはそこで苦しむことと耐えることを学んだのだった。

仲間たちをさらに印象づけるために、わたしの腕を見せてやった。

「俺の番号だ。古株に属しているのでそう容易には殺されないはずだ」

さらに強制収容所内で生き延びるためのノウハウも話してやった。

「収容所内では助け合うことが肝心だ。それと医務室に行くのは避けたほうがいい。なぜなら親衛隊員が医務室にいる収容者を迎えに来たら、それはガス室に連れていくためなのだから」

彼らの驚きようから、収容所の慣習について彼らがほとんど無知だったことが分かる。

〈おまえは話しすぎる、黙っているほうがいい〉。年寄りのポーランド人の口調を真似て自分に言い聞かせ、口をつぐむことにした。が、青年とロターはおしゃべりを止めなかった。ルブロは別の作業班に替えられ、石炭掘りのグループに入れられた。常にひざまずいて作業をしなければならないことと、採掘量にノルマが課せられていたので、さらにつらい仕事だった。

年取ったポーランド人は、前日監督に言ったことを後悔しているようだったが、潜在意識と口からとっさに吐かれたユダヤ人排斥の言葉はもう取り消せなかった。一般的にポーランド人はユダヤ人を毛嫌いしていたから、彼のようにユダヤ人であるわたしに親密感を抱くポーランド人はめずらしかった。

彼は、わたしは少なくとも一日は休養すべきだと言い張ってくれた。

「ここに座れよ。ランプをすこし離れたところに置けば向こうからは見えないから。遠くに明かりが見えたらすぐに知らせろよ」と言って、座る場所まで指差してくれた。

かなりの時間休むことができ、小休止することによってどんなにか気が楽になったことか。しかし、日常的に解消することのできない睡眠不足のために大きくなっていた空隙は埋まるどころか、悪夢となって襲ってくるのだった。坑内で眠るのはあまりにも危険だったし、ポーランド人らを信用することもできなかった。もし彼らに密告されれば殺されるのが関の山だったので、わたしは掘る量を少なくして作業速度を緩めるほかなかった。

しかし若いほうは不満たらたらで、愚痴ばかりこぼしていた。

「明日じゃなければ明後日でもいいから、あんたが仕事量を上げてくれれば俺が休めるんだ」と、わたしに言いよってはくり返していた。

坑内でさぼるには、年寄りが言った助言を実行すればよかった。収容者には許されなかったがポーランド人ならできたのだ。いつ落石が頭に降りかかるか分からないので、監督が灯なしで手探りで坑道の壁をつたわりながら歩いてくるのは不可能だったから、近づいてくる灯に注意を払っていれば良かった。わたしたちのように坑道を掘り進んでいくチームには、作業中に小休止が許された。岩壁を砕きながらの作業は、効率を測るのは難しかった。いっぽう石炭掘りは採掘量のノルマがあったので、息ぬきというものは考えられなかった。小休止のほかに、年寄りのポーランド人は、バターを塗って豚の脂身を挟んだ一切れのパンをわたしにくれると言ったが断った。そのため腸がよじれるほどの空腹に苛まれた。

強制収容所内で腹の空いていない者がいただろうか。飢餓感がわたしたちの属性になっていた。空腹からくる胃痙攣がいつ止まるのか……、食堂から出てくるや新たに飢餓状態の空腹感に襲われた。

それなのにわたしが「いらない」と答えたものだから二人のポーランド人は、パンの一切れに手も出そうとしないユダヤ人が収容所にいたことに仰天する。年寄りは、ユダヤ教徒が豚肉を食べないことを知っていたためか、わたしが食べようとしないのは豚肉の脂身が入っているからかと訊きただす。その質問に対して、わたしは「神を信じていないから」と答えてやった。

わたしの日常の態度からして、年寄りのポーランド人の眼には、わたしはきっと弁護士か医師か技師に見えたのだろう。じつは革職人でしかないのだと説明したが、彼は信じようとしなかった。

「そのサンドイッチをロターにやれば喜ぶよ。もうすこししてあんたがいい奴だと分かってから、バター付きのパンをもらってやるよ」とわたしはつけ加えた。

しかしこの日は一時間も働けなかった。どういうわけか分からないが、カポに打ちのめされるたびにひどい下痢に襲われた。こんどもそのためだったがいつもの症状より軽かった。

寝床のなかで、この一切れのパンをちょびりちょびり味わいながら過ごす。もちろんそれは夢であり、悪夢のなかによく出てくるバターと脂身だった。

それから八日間、監督は現れなかったが、九日目に坑内に降りて来て、「仕事ぶりはどうかな?」と訊くだけだった。それに対してポーランド人は「すごくよく働きますよ」と答えた。

「わかっただろう。このユダヤ人どもは何もしないだろう。分からせるためには叩きのめさなきゃならん。それしか方法はないのだ」

監督は立ち去る前に、わたしには杖で一撃を、ロターには三打撃をくらわせた。どうしてわたしには一打撃で、彼には三打撃なのか、よく考えてみて分かったのだが、わたしが着ていた囚人服のせいだった。休みなしの労働であまりにも服に汗がしみ込んでいて、凍てつく外気にふれると風邪をひくので坑内で着たまま乾かしていたのだ。どれほど汗を流して働いているか、その違いのせいだったのだろう。

二人のポーランド人の態度からして、彼らが監督をひどく嫌っているのが見てとれた。監督はドイツ国籍を得たポーランド人であり、彼らにとっては裏切り者なのだ。ポーランド人はユダヤ人とドイツ人を嫌っていたが、国がナチスに占領されたあとはドイツ人となったポーランド人も嫌悪した。

年寄りのポーランド人はわたしの態度や働き方を見てか、わたしに一目置くようになっていた。ロターとわたしにとって坑内は避難所ともなっていたので、そこでの小休止は心身ともに生き返らせてくれた。少なくともここでの九時間のあいだは怖れることは何もなかった。

年寄りのベテランとわたしは気が合うようになり、彼は周りを警戒し、話す前に自分の言葉のひとつひとつを秤にかけるのだが、この戦争がどのようなかたちで終るのか、わたしの意見を聞くにつれて親しくなっていた。わたしは深く考えることもせずとっさに答えてやった。

「ドイツ人は敗北する運命にあるのさ」

毎日毎日、明日はドイツ軍が敗戦に追い込まれるようにと願ってきた者に対して、その他の言葉を思い浮かべられただろうか。年寄りはにっこり笑って、「俺もそう願うさ」と、うなずいた。

「俺は願うのではなくて、確信しているよ」

わたしの自信ある言葉に、年寄りの顔は喜びに輝いていた。

作業監督はだんだん坑道内には姿を見せなくなり、来ても同じ調子で、「このユダヤ人の働きはどうだ?」の質問に「よく働きます」というやりとりがくり返されるくらいだった。

このころから、ロターとわたしは坑内の気温がかなり高くなっているのに気がついていた。どうしてだかその理由は分からなかったが、わたしは上半身裸になって働くようにした。年寄りの命令に従って作業を進めていたので、奴隷的な扱いを受けていたとは思えなかった。が、若いほうの坑夫はわたしをこき使おうとしていた。わたしが来る前は、この体操選手のような筋肉隆々の青年は、栄養失調のうえ衰弱しきったユダヤ人をムスリム(瀕死状態)になるまで酷使し、そのあとはガス室送りにしていたのだ。彼が何を言っても私は無視し、年寄りのポーランド人を班長とみなし、彼の言うことにしか耳を傾けなかった。

食べ物の量があまりにも極少だったので、わたしは毎日年寄りがくれる一切れのパンを受け入れることにした。彼は勇敢な男だったが、若いころから、世界中の不幸はすべてユダヤ人がもたらしたもので、すべてユダヤ人のせいだ、というプロパガンダを頭に叩き込まれてきたのだった。

ポーランド人をごまかしたり仕事の速度を緩めたりすることは問題外だった。それにビルケナウや地上での整地作業のほうがどんなにか過酷だったことか。坑内での作業にも慣れはじめ、棍棒で打たれることもなく、ポーランド人からは毎日一切れのパンをもらっては、ロターと分かち合って食べることができたのだが、日に日に身体が衰弱していくのが感じられた。朝配られていた黒っぽいコーヒーと呼ばれる液体も廃止され、毎朝空腹を抱えて作業場に向かう。食事とも呼べない一日の食糧だけで、坑内での重労働に耐えなくてはならない。余分の食糧を手に入れるか、それとも憔悴しきって一、二カ月後に死に向かうかの二者択一に追い込まれていた。

親衛隊員らが収容所内に豚小屋を設置したのだが、じきに彼らの営舎に移された。豚のペーストなどが配られたりすると、その残りが豚たちに食べられる前にありつこうと、棍棒の雨が降ろうとも収容者たちの押し合いへし合いの小競り合いになり負傷者が出るほどだった。親衛隊員用の炊事場から吐き出され豚のエサになる残飯は、わたしたちの粗末な食べ物とは比較にならない上等なものだった。

ビルケナウに豚小屋などがあったなら、豚肉にあやかろうと収容者たちが殺到し毎日百人の死者が出たであろう。が、ここでは骨折くらいですんだ。しかし大量虐殺の効率を上げるためには、殺す前に収容者たちを生きる屍、ムスリムにしてしまうことだった。

食糧と衣類の交換

ある日、若いポーランド人が話しかけてきた。

「シャツか靴下でも何でもいいから、俺にもってきてくれれば食糧と交換してやる」

衣類とは、つまりビルケナウ収容所のガス室で死んでいったユダヤ人の衣服のことだった。ユダヤ人を強制収容所送りにしたときにゲシュタポは、

「あなた方はドイツに働きに行くのだから、何でも必要なものを持っていっていい」と言っていた。したがってアウシュヴィッツ・ビルケナウの強制収容所に着いたとき、ユダヤ人たちは皆二、三個の

スーツケースや手荷物を持参していた。

彼らが持ち込めないもの、たとえば卵やアルコール飲料などが収容所内での貴重な流通品となっていた。とくにビタミンを含むタマネギなどは重宝がられた。

古い番号をもつ古参の収容者のほとんどは、これらの闇取引をしていた。わたしはそれを行なう前に自分流の理屈を立ててみた。〈皆ハエのように打ち殺されている。おまえももうじき衰弱しきって死ぬだろう。どちらにしてもここにいる収容者はあまりにも内部のことを知りすぎているのだから、ひとりとして生きては出られないのだ。わずかなチャンスでも見つけようとするなら、危険を冒さなければならない。見つかればその場で殺されるだけであり、何もしないでいても一、二カ月後には死が待っているのだ〉。それからは収容所のなかでどのように衣類が手に入るのか探しはじめた。じきに一切れのソーセージと交換に一足の靴下が手に入った。この靴下を坑内に持っていけば、ポーランド人はきっと四、五切れのソーセージと交換してくれるだろう。

すでにロターが一枚のシャツを坑内に持ってきていた。わたしは恐怖心を抱きながら降りていった。仲間のなかでほんとうの靴下を持っている者は少なく、ほんの一部の者でも「ロシア人の靴下」と呼んでいた、足に巻きつけるだけのぼろ切れですませていた。わたしはこの靴下の欠乏状態を利用し、見つからないように靴下をはいて坑内に降りていき、それを食べ物と交換したあとは素足のまま地上に上がることにした。

それからは自信がつき闇取引も大胆になっていき、シャツのほかにさまざまな必需品を手に入れるようになった。わたしのやせ細った体は骨だけが角張っていたので、腰のまわりに毛布を巻きつけることができた。こうして三カ月のあいだに五、六枚の毛布を持ち運ぶことができた。仲間たちは、それほど大きなものを持ち歩くことを非常に恐れていたが、一枚の毛布と交換すれば食糧とパンを好きなだけ手に入れることができた。それにしても若いポーランド人がどうやってそれほどのパンを手に入れていたのか不思議だった。最初は衣類と交換する食糧の相場がまるで分からなかったが、彼がかなりの衣類をだまし取っていたのが分かったのだ。

収容所から出ていくときはほとんどボディーチェックなどはなかったのだが、戻ってくるときは厳しいチェックがなされた。坑内で何かを交換したときは、その日には持ち込まずに、検査の行なわれた翌日に持ち込むことにした。それがうまくいかないときは、危険度の高い日を予測するための他の方法を考えだすほかなかった。それはルーレットに賭けるのと似ていた。

闇取引がますます広まっていくので、背後に親衛隊員が絡んでいるのではないかと思われた。彼らは交換物を衣類にだけしぼることには満足せず、他の分野にも広げていた。収容所の電気工になったグラスタインの証言によると、コヴァル司令官は収容所の必需品として、電球や電線、ケーブル、その他の電気製品はすべて他所より四倍の量を要求するようにと命令していたという。当時の物資欠乏状態のなかでうまい汁を吸っていたのは親衛隊員たちだった。わたしたちを監督する親衛隊員も、軍部の倉庫に積んであるこれらの必需品を持ち出しては民間に高価な値段で転売していた。殺されたユダヤ人たちの歯や貴金属などの闇取引も盛んになっていた。この闇取引を直接に行なうのはカポやその部下たちだった。ボディーチェックのときは自分の下で働いている収容者を自ら検査した。効率の低い者はお払い箱にした。

わたしは食糧を手に入れるために自分だけの闇取引をした。もちろんそれには大きな危険がともなった。ある晩、周到な計画にもかかわらず、危うく罠にかかるところだった。六個の卵を隠し持っていたのだ。何かを持ち込むときの作戦として、いつものように列の後部についた。収容所の近くに来たときに、列の進み方が緩慢になったのに気がついた。ボディーチェックがなされていたのだった。

わたしは慌てて、とっさに六個の卵を殻ごと呑み込むことにした。それ以外の方法はなかった。地べたに捨てていたとしたら、仲間全員が懲罰を受けなければならなかった。坑夫にもらったのだと弁解しても何の意味もなさなかった。くれた者がいたとしても、数人の同僚を証人に立てたとしても、彼らはそんなことはない、と否定しただろう。「彼はよく働くのでやった」とはけっして言わないだろうし、どんなものでも収容者にやることは、いっさい禁じられていた。

入口で、最後の卵を殻ごと呑み込んだわたしは、卵の丸呑み競争の最高記録を生み、みごとに難を逃れることができた。が、司令官がボディーチェックを監視している。鉄格子の内側でカポと部下の一団が検査にあたり、ポケットを裏返し、手を上げて指のあいだを開かせてチェックする。闇取引に組する者は庇護されているので問題なかったが、他の者たちはとばっちりをくらうことが多かった。

一切れのパンを隠し持っていることが発覚すると、「腹が空いてないなら仲間にやれ」と怒鳴られ、「五回の尻打ち」の折檻を受けることになる。ごろつきどもは殴りつけるためにそばにひかえており、坑夫からパンをもらったりすると、「二十五回の尻打ち」を科していた。

クゲルと呼ばれる仲間は毎日のようにウオッカの瓶を監視員ビルに手渡していた。見つかってもなんら問題なく、逆に親衛隊員に重宝がられていた。彼らはウオッカが手に入ると、きまってカポや部下たちと酒盛りをくり広げた。

ひとりの若いオランダ人で、名前はファン・デ・ハイだったと思うが、彼はすごくがっしりした体格をしていた。ボディーチェックをされて彼のポケットから何が出てきたのか分からないが、公けには三十五回の尻打ちを科されたとされていたが、実際にはそれ以上の殴打を受けていた。この折檻を受けたあと、彼は一週間後に息を引きとった。

収容所の雑役

次の日曜日はいつものように坑内が閉まり、収容所内で働いた。仕事と呼ばれるものではなく、ビルケナウでも行なわれていた「スポーツ」を滑稽化したものだった。上着の前の部分を片手でエプロンのように引き上げて、もう一方の手で土をかき込んで運搬するゲームだった。

大急ぎで土を盛って競走するのだが、速度を緩めたりすることはできない。ビルケナウでの「スポーツ」と異なる点は、参加者を殺さないことだったが、ひとりの死人が出た。彼は打たれることを恐れるあまり早く走りすぎたために心臓麻痺で死んだのだった。

しかし、ここでは寝る前にシャワーを浴びることができた。温水のシャワーは、体にこびりついた泥までも流してくれた。

だが死はゆっくりと近づいてくる。このゲームのあと、収容所の食糧だけで満足していた者は、普通以上に早くムスリムとなり、作業能力のない部類に入れられた。週末に行なわれるこの競走は、カポと部下たちの余興のひとつにすぎないのだと思っていた。だが衰弱しきって生きる屍となっていく者と入れ替わるように、二週間ごとに新しい収容者が次つぎに到着していたことで、これは大量殺戮計画の一環であることに気がついた。こうしてドイツ人はゲームによってユダヤ人を疲労困憊させていくと同時に、経済に不可欠な石炭産業を担わせるという一石二鳥の利益を得ていた。

コヴァル司令官が、わたしたちを疲労させるための雑役につかせる前に吐く台詞はいつも同じだった。

「おまえらみたいな役立たずのくそったれが、二週間以内にまた十二人来るのだ」

仲間の誰もが坑内の作業班以外の仕事を探していた。だが誰の下で働けばいいのか。炊事場担当のカポやその部下たち、個別の部屋をもつ三人の調理人のもとで働けるなら、上司の部屋掃除からベッドの作りかえ、ときにはシャツの洗濯まで身の回りの雑用なら何でもやりたがっていた。そうすれば「スポーツ」や殴打が振りかかってきそうな日曜日や作業日の翌日などは、バラックのなかに隠れていられたからだ。

チーフたちの下で働けるのは、すでに四カ月から六カ月くらい生き延びてきた古参の収容者だけだった。報酬としては一切れのパンと、チーフが機嫌が良ければソーセージの一切れとマーガリンの一片をもらえた。この気前の良さにあやかるには、最良の家政夫とならなければならない。もちろん何ら保証も社会保障もなく、どんな理由でもクビにできた。カポや部下たちが若者らを大事にしていたのは、彼らと寝られるからだった。

専門の靴職人はけっして坑内には降りて来なかった。そのほかの十人の靴職人も地上に上がるとすぐに彼らの助手となり、すこしのスープか一切れのパンをもらえ、しごきの「スポーツ」や殴打からも免れることができた。靴職人の主な仕事は、親衛隊員の靴を作ることと修繕することだった。親衛隊員ができ具合に不満だったりすると、靴職人を棍棒で打ちのめし、ふたたび坑内に送りこむのだった。　理髪師のシエラツキも坑内の仕事を免れていた。

彼はコヴァル司令官ほか五十人の上官たちの理髪を受け持っていた。わたしたちのひげ剃りと髪を切るときは二十人ほどの理髪師がやってきた。彼らは靴職人と同じ待遇を受けているので、一般の収容者のように飢えることはなかった。彼らが病気にもならなかったのは、かなり長いあいだ収容所生活に耐えられたからであろう。

仲間のシエラツキ（ナンバー四九〇八一）が語ってくれた。

「全警備隊員の散髪をしたよ。彼らのなかにはドイツ人親衛隊員のほか、ハンガリー人、ポーランド人、イタリア人の親衛隊員も含まれていて、ドイツ国防軍のドイツ人兵士もいたよ」

「食糧を積んだトラックが到着するや、彼らは臆面もなく収容者用の食糧をかっさらってしまうのだ。なかでも物々交換にいちばん便利なソーセージを狙う」

「警備隊員用の炊事場には彼らだけの料理を担当する調理人がいて、給仕係のかわいいポーランド人女性もいる。彼女はドイツ語をよく話せ、司令官のベッドにせっせと毎晩通ってるよ。彼女のサービス代は、もっぱらぼくらの食糧でまかなわれ、彼女は家族や友人にそれらをまわしているんだ」

「コヴァル司令官の召使いのなかには、ドイツ系ユダヤ人の雑用係として従卒兼従僕もいた。彼の役目は、司令官のために闇取引の交換物として大量の食糧を横領することと、司令官が着られる服を見つけ出すことだった。ビルケナウ収容所のガス室で死んでいったユダヤ人たちの衣服のなかから最良のものを選び出すには、アウシュヴィッツ・ビルケナウ強制収容所の支部である衣類倉庫に行けばよかったのさ」

炊事場の仕事

この収容所でもわたしは運が良かったと言える。衣類と食糧を交換しながら生きながらえたのだが、それもますます危険がともなうようになり、長くつづけられなかった。

かなり考えたあげく、ひとつのアイデアが浮かんだのだ。ある日、炭坑から戻ってきたときに食堂に入っていき、テーブルなどをそろえ、床を掃きはじめた。調理助手のスタツェックが食事の差し出し窓から顔をのぞかせ、「そこで何をやってるんだ」と訊くので、「掃いてるんだ」と答えたら、「あ、そうか」と言って、その小窓を閉めたのだ。

それからはわたしは定期的に食堂に行くようになり、誰の眼にもそれが当然と思われるようになっていた。そのうちにわたしの掃き掃除に対し少量のスープをくれるようになった。そして彼らのために闇取引の手伝いをするように頼まれるようになった。坑内にある卵やタマネギ、ウオッカなどを持ち出すことだった。アルコール類は危険をともなうので断ったが、他の物を持ち出して来ては彼に渡した。その代わりに呑みたいだけスープをもらえたのだが、ほとんど水を飲んでいるのと同じだった。

それからすこしして、わたしは洗い場に移ることが許された。この望外の幸運を分かち合うために、仲間のロタートとルブロをわたしの助手につけてもらったのだ。飯ごうを洗うのに労力はいらなかった。すこしも脂っ気がないうえに、誰もが飯ごうの隅から隅まで舐めまわすので、ほとんど洗う必要もなかったくらいだ。

巨体のオランダ人元ボクサー、アリ・パッハは地下室からスウェーデンカブの入った百キロはある袋を運び上げていた。ときどきわたしは彼のあとについて行き、手を貸してやろうと思ったが、彼は手助けを断り難なくひとりでやりとげたのだった。

わたしがスープを運んでいった樽は、洗濯釜の形をしており、二重の金属壁で覆われていた。昼になるとこの樽に五十キロから七十五キロはあるスープを入れて、造成作業現場に運んでいく。そこはヤヴィショヴィッツ作業地での最初の三週間、わたしも造成作業をしたところだった。

「よく気をつけろよ、蓋をよく閉めて。現場に着いたときにすこしでもスープがこぼれたり減ってたりしたら、二十五回の尻打ちは確実だからな」。炊事係のスタツェックが注意する。

樽をよくチェックし、蓋がよく閉まるか確かめてから言ってやった。

「それは無理だ。ゴムのパッキングが疲れきっているから、そのあいだからスープがこぼれ出すのは避けられないな」

「どうにでもしてくれよ。俺は知りたくないね」

「俺は手品師じゃないんだ。仲間の誰もこの蓋は閉めようにも閉められないんだ。それ以上のことはできそうもない。樽と蓋のあいだの隙間を見ればわかるだろう！」

そこでひとつのアイデアを思いつき、スタツェックに訊いてみた。

「マーガリンを包んである紙はあるかい？」

「炊事場に行って取ってくればいいよ。しかしそれで何ができるのかさっぱり分からないよ。マーガリンの残りを舐めたいわけじゃないだろう」

彼はわたしがしようとしていることが分からず、アリ・パッハも黙って聞いているだけで途方にくれている。それに彼はポーランド語のポの字も知らなかった。

マーガリンが包んであった四角のセロハン紙を手にとり、その一枚一枚を巻いてから、痛んでいるゴムのパッキングの代わりに詰め込んだ。アリ・パッハが蓋の上に座り、わたしが両脇にあるバネ仕掛けの弁を閉める。完全に密閉してから、樽を四方八方に揺り動かしたがスープは一滴もこぼれ出なかった。そのあとはいとも簡単な作業となったが、辛かったのは、数個の樽を荷台に載せてから馬に牽かせて、造成地まで運んでいくときだった。が、アリ・パッハはこの作業ではチャンピオンだった。わたしが五リットルの水の入っている飯ごうを持ち上げるように軽々と樽を持ち上げた。

このころから、わたしは坑内の作業のほかに正式に炊事場で働けるようになっていたので、衣類交換の闇取引からは手を引いていた。最後に樽の底に残っている濃厚なスープを好きなだけ食べられ、そのうえソーセージの一切れをもらえるようになった。それにもかかわらずわたしの腹はいつも飢餓状態にあった。ときには炊事係がすすめてくれた。

「腹が空いてるんだろう? すこしジャムを取れよ。ナイフがそこにあるからソーセージを一切れ切ればいいよ。おれは知らないことにしているから、自分で取れよ」

このとき誰かに見られれば、もちろん彼はわたしが盗んだと言うだろう。そうなれば死刑は確実だった。彼は現行犯を怖れ、わたしにその場で食べさせようとはしなかった。

ときには長さ十五センチはあるソーセージを袖かズボンのなかに隠して持ち出したこともある。それを三人でベッドの下に横になってむさぼりついたものだ。このごちそうを食べるのに二分もかからなかった。そのあいだ仲間のひとりがバラックの入口で見張っている。仲間たちはわたしが食べ物を持って出てくる日をあらかじめ知っていて、不慮の事故が起ってもばれないように最大の注意を払っていた。炊事係は食糧の割当から外されていたので、自分たちのために小鍋やフライパンで少量の料理を作っていた。ゴミ箱には大量の残飯や生ゴミが捨てられていたのでそれらを拾い出せば、十人の収容者たちにとっては饗宴になった。

炊事場で一カ月ほど働いたあと、わたしは坑内の作業をつづけながらも体力に自信がもてるようになっていた。尻の肉付きもよく、この調子なら二週間ごとにガス室に送られるグループには入れられないだろう、という自信があった。そして収容所生活を分析するだけの精神力も取り戻していたのだった。わたしの体格は、収容所の仕立師や靴職人、理髪師、電気工にも劣らなかった。彼らも余分の食糧をもらっていた。もちろん監視員やカポ、その部下、彼らごろつきどもは飢えを知らず、隠れてつまみ食いするときも怖れ戦く必要もなかったのだ。

炊事場で働きながら、何人かの収容者を助けることもあった。たとえば仲間のひとりが食堂に逃げ込んできたとき、マテスという生まれながら悪党のポーランド系ユダヤ人カポが追いかけてきたときだった。わたしは二人のあいだに割り込んで、

「俺の前で彼を殴ったりしたら承知しないぞ」と叫んでやった。

が、この無頼漢は臆せずにわたしたち二人を袋叩きにした。それでもわたしのはったりが効いたのか、あるいはわたしの度胸からしてカポか監視員の後ろ盾があると思ったのだろう、彼は引き下がりながら

怒鳴った。

「てめえが俺の棟に来たら、ただではおかないからな、覚えてろ！」

わたしのほうが優位にあることがわかっていたので言い返してやった。

「あんたも俺もユダヤ人なんだ。俺が死ねば、次に死ぬのはあんたなんだ」

彼は何も言わずに去っていった。

わたしの言ったことは否定できない事実なのだ。どんなことがあっても収容所からユダヤ人は誰ひとりとして抜け出られない。このような確信に満ちた言葉を吐けることで、わたしが上官の誰かに庇護されているにちがいない、と彼は思い込んでいたのだろう。

この場面を目撃したロターとルブロは、わたしのことを心配しはじめ忠告するのだった。

「きみは危険を冒しすぎるよ。彼は自尊心が傷つけられたと思っているのだから、もう相手にしないほうがいい。気をつけたほうがいいよ」

ほんとうのスープ

「きょうはうまいスープを作ったからな」

炊事係のスタツェックが言った。彼とは気が合っていた。

「みんな、いつもより四倍はある三リットルのスープを配給するから」

「どうして？」と驚いて訊くと、

「かなり上位のナチス親衛隊員のひとりが、明日ここを訪問するそうなんだ」

スタツェックは、サラダボウルのように大きな飯ごうに溢れんばかりの三リットルのスープを注いだ。

味見してみると、いつも呑んでいる二個のスウェーデンカブが浮いている生ぬるい液体とは異なるシチューだった。口に含むと、少々甘みのあるセモリナのような粒が舌に残る。ポタージュと液体の中間の濃さだ。

「好きなだけ呑んでいい」とスタツェックに言われ、炊事場にじっとしたまま、飯ごう三杯分のスープをたいらげてしまった。あまり呑みすぎて、立ち上がることもできなかった。

そのとき、スタツェックがいきなり頼み込んできた。

「金歯が手に入る奴を知らないか」

彼とは仲が良かったので、はっきり言ってやった。

「それはあんたなんかじゃなくて、料理にも金を出し惜しみする親衛隊軍曹が欲しがっているものなんだ。しかし、あんたがそんなものを必要としているとはね。収容者が金歯を手に入れるなんてたいへんなことなんだ」

「そうだよな。ずいぶん前に金歯の闇取引をしたことがあるが、いまはにっちもさっちもいかない状態なんだ。それにここはビルケナウじゃないしな。俺の考えでは、ここでは仲介人は殺さないっていうじゃないか」

「いま俺が置かれている状況では、この種の闇取引には関係したくないね」

彼はそれ以上は頼もうとはしなかった。

それからまたスープを呑みに戻り、スープで酔いつぶれるほど呑みつづけた。しかし、食堂から出たあと階段を六段下りるときに踏みはずし転倒してしまい、うつ伏せになったまま全部吐いてしまったのだ。空になった腹を抱えてもう一杯の飯ごうでスープをもらいに行こうとまではしなかったが、自分に対して腹が立ってしかたがなかった。〈大量の分け前をもらい、腹いっぱいうまい物を呑み込んでおきながら、全部吐き出すとは……〉

二日後もその憤りを反すうしては悔んだ。〈どうして階段の上で転倒したんだ？　転ぶときに腕を前方に突き出していれば、うつ伏せに倒れなかったのに〉

ビルケナウでもたまに濃いスープを配給することがあったが、糞尿とナフタリン、タバコの臭い、または腐臭の混じったシチューだった。そのなかにはボタンや安全ピン、靴紐までさまざまな物が入っていた。それらは、わたしたちにとっては貴重品で、パンの一切れと交換できる物品だった。わたしたちはこのスープを「マホルカ」（ロシアの質の悪いタバコの意）と呼んでいた。

スープのレシピなどというものはなかった。ガス室に送られたユダヤ人のスーツケースのなかには食品も入っていたので、それらを炊事場にもっていくと、中身も調べずに釜のなかにぶちまけていた。

画家・彫刻家マルキエル

階段から落ちた晩は、運がいいことに暗闇だったのと、監視員補佐もカポもそこにはいなかった。吐いたもので地面が汚れているのが知られたなら、二十回の鞭打ちは避けられなかった。ビルケナウのぬかるみと不潔さは、ヤヴィショヴィッツの清潔さと赤い砂利とは対照的だった。収容所内の花であふれる花壇は、庭師である収容者によって管理されていた。毎年クリスマスには、入口の鉄格子の両脇に二本の大きなツリーが立ち、イリュミネーションが光り輝いた。その前を通る通行人でさえ立ち止まり、その美しさに見惚れていた。

コヴァル司令官が、画家のマルキエルが収容所にいることを知ったのはそのころだった。人間の屠殺場である強制収容所を快適なサナトリウムのようなイメージに変容させるにはまたとない機会だった。司令官は彫刻家に二体の立像を注文した。ひとつは炭坑夫の立像で、もうひとつは縦坑を掘る土方の彫像だった。

だがマルキエルは骸骨同然の収容者の像を創り上げるのではなく、健全で筋肉隆々たるスポーツマンの肉体を考え出さなければならなかった。さもなければ自分の死を覚悟しなければならなかった（原注）。コヴァル司令官は彫像のでき上がりを急いでいたのか、マルキエルの制作は時間がかかりすぎると責め立てては、そのたびに彫刻家に二十回の棒打ちを科している。二体の彫像ができ上がったとき、マルキエルは署名を入れることも許されなかった。

それからは、親衛隊員らが妻や恋人、フィアンセの写真をもって来ては、彼女らの肖像画を描くようにと頼んでいった。彼は、縦坑内の作業を終えてから肖像画を描くほかなかった。その代わりに少量の食べ物をもらい、仲間と分け合っていた。仲間同士の連帯に反発した親衛隊員たちは彼を殴りながら怒鳴るのだった。

「このインテリ芸術家め、ひとりで食べたくないのか？」

彼は仕事があまりにも多くて、作品の納期に応えることができなかった。そのためにしばしば殴られていた。とくにカポのフリッツは殴りに殴り彼の耳を痛めつけ、現在も彼はまだ全治していないのである。

さらにひどいことが起こったのは、コヴァル司令官と残酷な監視員ビルが同時に彼に注文したときだった。司令官はスタンドのシェードを注文し、ビルは一九三九年十一月七日（この日はわたしにとっても大切な日だったのでよく覚えている）生まれの自分の娘の誕生日祝いのために人形の制作を注文した。人形は予定していた日にでき上がらなかったために、彫刻家は半殺しの目に合ったのだった。（原注）

炭坑指揮官の演説

炭坑指揮官ハイナーが収容所に来たとき、ちょうどかの特製のスープが配られている最中だった。彼はスピーチのほかにデモンストレーションをして見せたのである。わたしたち収容者はそれらの証人になるということまでは考えおよばなかった。自分が存在するという意識も失っていたからだ。

原注　終戦後、この二体の彫像は収容所から小さな町ブジェシュチェに移され、現在も存在する。エセ歴史家のなかには、強制収容所はバカンス地の静養所だったのであり、ガス室はシラミ退治のために作られたとし、この体格の良い彫像二体は、収容者らには食糧が充分にありすぎた「証拠」だと主張する者もいるのである。

原注　誕生日祝いのこの人形を受けとった女性は、彫刻家がそれを作ったときに、彼女の父親に殺されるところだったことを知っているのだろうか。もし知っていたのなら、イスラエルのホロコースト記念館ヤド・ヴァシェムにそっとその人形を寄贈してくれることを願ってやまない。

彼は私服を着ていた。そばにいたコヴァル司令官は、優等生のように直立不動の姿勢で耳を傾けている。見るからに炭坑指揮官のほうが司令官より位が上だったことがわかる。指揮官は、司令官にスープの入った樽をもってくるようにと命令した。彼はわたしたちの前でそのスープを味見してから、

「あなた方が食べているスープは一般が食べているスープよりずっとうまい」

「あなた方が食べているパンも他の食糧もドイツ兵士が食しているものと同じなのだ。住居もちゃんとしているし、ひとりひとりが毛布付きのベッドで寝ているだろう？　ドイツ兵士でもたまに毛布もないときがあるのだ。下着は清潔だし、外部から収容所に戻るとシャワーも浴びられるし、腹が空いているとしたら、いまは戦争中なのだからそれは当然なのだ」

「満足に働かない者がいたら、それはサボタージュなのだから死刑を受けるのは当然だ。ここでは、自由な身でいるときよりもずっと良い待遇を受けているのだから、労働に専念し周到な作業を遂行するように」

そして最後に脅迫的な警告をつけ加えた。

「いい加減な仕事をする者があなた方のなかにいないともかぎらない。すでに二人見つかっている。彼らは百回の鞭打ち刑を受け、それでも怠慢な態度を見せるようだったら死刑だ」

なんと不吉なスピーチなのだろう！　司令官による百回の鞭打ち＝死。命拾いする者はいない。しかし、カポが絶えず放つ殴打や日曜日の「スポーツ」については一言も触れなかった。指揮官がそれについて知っていないはずはない。仲間と話してみたが、誰も指揮官が披露する茶番を真面目にとってはいなかった。

指揮官ハイナーは、炭坑で働いている民間のポーランド人にも同じ念仏をたれていた。彼らの大半がそれを鵜呑みにした。いっしょに働いている若いポーランド人ときたら、わたしたちが坑内でぐずぐずしていると上官に言いつけては意地の悪い態度を示していた。そのうえ彼は仲間のロターを殴りつけ、わたしを脅しつづけた。年寄りのポーランド人は口をつぐみ、関係ないふりをしていた。彼には何もできなかったことだし、状況も緊迫しはじめていたのだった。

若いポーランド人に挑戦

若いポーランド人はますますアグレッシブになっていた。唯一の対抗手段としては、わたしが彼をすこしも怖れていないことを示すほかなかった。わたしがツルハシをもって、彼がシャベルをもって隣同士で働いているときだった。突然わたしが獣のような唸り声を上げた。

「そこを動くな！　見ろ！　俺のツルハシがおまえの頭に突き刺さるんだ。おまえを殺そうと思えば、すぐに殺せる」

「奇蹟が起こらないかぎり、どうせ俺はここから生きては出られないんだ。だが誰もが奇蹟が起きると思っているのだから、俺もそう信じざるをえない。俺に乱暴をはたらくようなことはさせないからな。運悪くおまえが俺を殺すようなことになったら、こんどはおまえが収容所に入る番だ。もし俺を負傷させようものなら、生かしてはおかないからな。おまえら一味が俺を始末するようなことがあったら、俺の代わりの者がおまえを抹殺するか、収容所に押し込むからな」

そう脅かしたあと、「起きるんだ！」とどやし、わたしはツルハシを彼に手渡した。

「こんどはおまえの番だ。よーく狙って俺をぶった切るんだ。一生に一度だと思って思いっきり打ち込め。そのほうがきれいさっぱりして俺のためにもなるんだ」

彼は真っ青になり、どもりながら言いわけを言う。

「いままで一度たりともあんたに手を出そうなんて思ったこともないのに、どうしてそんなに怒るんだ？」

「六カ月前に沼地の干拓作業に加わったことがあるが、湿地帯を進んでいくときに気をつけなければならないのは、その先に流砂地帯があるんだ。そこに足を引き込まれても誰も助けに来ないからな。親衛隊員と、ドイツ人、ポーランド人の二人のカポがよくふざけ合ったものさ。新米のなかからおまえみたいながっしりした男を選び出して、胴体にロープを巻きつけてから、『もっと先に進め。危なくなったらロープを引張って助けてやるから』と言っては、先へ先へと進ませる」

「ある日、その男は何をされるのか予想していたのか、命令に従わなかった。そしたら彼らは男を長い竿で打ちながら無理やりに流砂地帯に押しやった」

「犠牲者が死ぬと、流砂から引き上げて死体を洗ってから収容所内に引きずり込んだ。羽毛の体重しかない俺たちにとって、流砂のなかから死体を引きずり出すのはしんどかったな。一度でもロープの結び目が解けたりしたら、そのまま死体を放棄せざるをえないのだ」

「おまえは、ユダヤ人だからそんな仕打ちを受けるのは当然だと反論するかもしれないが、実際そうなのだ。おまえみたいにがっしりした、ある若いポーランド人も同じことをされた。つまり彼らはこの青年のツラが気に入らなかったのさ。この作業班で俺が八日間死なずに働けたのも記録的だ。もうひとつの例として、ある男はロープでつながれるのを拒否し、ドイツ人カポの手から棍棒を奪い取って逃げ出そうとしたときに、他のカポたちが介入してきたが冷静さを失わずに、反対に親衛隊員のほうにくってかかっていった。もちろん瞬時に撃ち殺されたがね。わかるだろう？　ここでは丈夫な体をしていてもたいした意味もなく、肝心なのはいかに短時間に収容者を疲労させられるかなのさ」

「そのあと、どうなったかって？　親衛隊員が棍棒を奪い取られたカポに五回の鞭打ち刑を科した。どうしてかかって？　カポが収容者に棍棒を奪い取られたうえ、その収容者の前で親衛隊員が数歩退かなければならなかったからだ」

「おれも同じような話を聞いたことがあるよ」。年寄りのポーランド人がうなずきながら言った。

このエピソード以来、ロターとわたしは静かに働くことができるようになった。翌日、この二人のポーランド人は、わたしにパンとウオッカをもって来てくれたのだった。

「これは光栄だな。何のお祝いだい？」。わたしは驚いて訊いてみた。

「分かってるだろう。あんたと俺たちは気が合うし、お互いに静かに働けるように祈るためさ」

最初は断ろうとしたのだが、考えてみれば彼らの言うとおりで、わたしたちはいい友だち同士になっていた。彼らはユダヤ人を嫌っているのだが、ポーランドでよく言うように、わたしは傷つけてはならない「彼らのユダヤ人」となっていたのだった。

「俺のユダヤ人を殴ったら、あんたのユダヤ人に仕返しをするからな」

彼らは、わたし以外のユダヤ人にはどんなことでもしかねなかった。

しかし、わたしとこのポーランド人の関係はそれほど例外的なものではなかった。ビルケナウの生存者であるヴュルタト（ナンバー五一三九一）が語ってくれたところによると、ドイツに帰化したポーランド人のチーフが最初のころは坑内でよく殴っていたが、落ちついてからは「彼のユダヤ人」を保護するようになっていたという。見回りにくるたびに彼は自慢そうに声を張り上げて言っていたという。

「棍棒の一振りで、俺のユダヤ人がよく働くように仕込んだのさ。彼は俺の熟練炭坑夫であり、誰も彼を排除することはできないのだ」

「こうしてかなり長いあいだ、このポーランド人班長のもとで働いていたので能率も上がった。最初のころは体力も弱かったので殴られてもどうしようもなかったのだが、シャワー室や便所などの掃除もやることでスープとパンの割当も増えたんだ。この乱暴者のポーランド人もあてが外れた感じだったたな」

ヤヴィショヴィッツでの恐怖

この炭坑作業地にも慣れはじめ、しばらくのあいだ何ら危険なことも起こらずに時間が過ぎていたのだが、ある晩のこと、深夜一時か二時ごろだったたろうか、自分がどこにいるのか分からないほどの熟睡の最中だった。そのときのショックたるや……。

酒盛りのあとなのだろう、アルコールの臭いをぷんぷんさせながらコヴァル司令官がピストルを手にして、カポと部下全員のベッドから毛布を剥がしながらがなり立てた。

「全棟から収容者をひとり残らず外に出せ！　このげす野郎ども全員にスポーツをさせる。彼らを打って打って打ちまくれ。それができない奴は誰でも撃ち殺すからな」

この怒鳴り声で眼が覚めたのだ。カポら、ならず者たちの一群が各棟に突進し収容者全員をバラックから追い出した。司令官の怒号に怯えあがり、身の危険を感じていたカポたちは、わたしたちを力いっぱい殴りつづけた。

ビルケナウとは比べられないくらい静かなこの収容所では不安も感じずに、寝るときも靴を脱いで寝られた。このとき最初に殴りつけてきた乱暴者が肺活量いっぱいのがなり声で「早くしろ！　急ぐんだ！」と叫びながら棍棒を振り回すのだが、蚕棚のような寝床がじゃまをして思うように強く殴れなかった。わたしは登山靴に靴紐をかけるのに時間がかかり、棍棒に見舞われること三回。が、幸いにも棍棒の狙いがはずれていた。

しかしバラックの外に出てからが悪夢のはじまりだった。司令官はピストルの銃口をカポとその部下たちに向けたまま、訳のわからない命令をがなり立てている。そのあいだもわたしたちの体には棍棒の雨が降りそそぐ。

コヴァル司令官はピストルを射ちつづけ、一発放つたびに喉仏をとび出させて笑いとばす。カポと収容棟の責任者たちはそれに合わせて、「汚ねえユダヤ人め！　フランス人野郎！　ブタども！　くそったれ！」と、おきまりの罵倒語を吐きちらし、最後に「この場で殺す！」と、わめきちらした。

わたしは素早く服を着終っていたのだが、靴を履くひまもなかった。囚人服のズボンもはかずにそのまま外に出てきた者は、暗闇のなかでよけいに目立ったために二倍の棍棒の殴打に見舞われた。わたしたちは蜂の巣から飛び散るように四方八方に逃げまわるのだが、自分勝手にわめくこの乱暴者たちが何を意図しているのかも分からなかった。泥酔したこの軍人は盲滅法にピストルを撃ちつづける。誰を狙うわけでもなく空中に向けて発砲しつづける。地べたで呻く仲間たちは、根つきる者や深い傷を負っている者が多かった。銃弾に撃たれたためではなく棍棒の殴打によるものだった。この修羅場のなかでまだ立っていられる者は、半死体や散らばった靴や散乱する服などにつまづき、よろめきながら右往左往していた。

そのなかでひとりでも倒れれば、カポは待ってましたとばかりに彼を打ちのめす。そこですぐに立てなければさらに殴りつづけ、翌日は医務室に運び込んだ。そのあと二人のうちひとりはアウシュヴィッツのガス室に送られた。

このスポーツが終わると、明け方前の薄暗いなかで営庭を掃除し、散らばっている服や靴を手探りで探さなければならなかった。そのなかからパンの欠片《かけら》が見つかることもあった。仲間の何人かは、パン一切れでも服のなかに隠しておいて食事時間外に噛みつづけることによって飢餓状態の腹の虫をなぐさめていた。なかには小さな固まりを呑み込まずにガムのように口のなかに留めておく者もいた。あまり噛みつづけていたので、夜になるとあごが痛くなる者もいた。それに腹を立てるカポもいて、それに対しても棍棒が振り下ろされた。

翌朝はきまって医務室が満員になり、負傷者はどこでもかまわず詰め込まれた。が、すぐに彼らは治療もほどこされずに作業場に送り出された。

これと同類のシーンは何回かくり返されたのだが、驚きも鈍くなり危険度もある程度分かるようになっていたためか恐怖心も弱まっていた。

コヴァル司令官は真夜中の「スポーツ」のほかに、日中のゲームも楽しんでいた。泥酔状態で深紅色にむくれた顔をして彼の「王国」の中央に鎮座し、そばにはよく仕込まれたシェパード犬を侍らせる。この犬はけっしてカポや上官に噛みつくようなことはしないが、収容者が営庭を横切ったりしようものなら猛犬ぶりを発揮した。

その災難にあったのが友人のシエラツキだった。彼がコヴァル司令官の近くを歩いていたときだった。司令官は西洋人の慣用句にあるように「ポーランド人のように酔っぱらっていた」。実際にコヴァル（原注）という名前が示すように、彼は最近ドイツ人となったポーランド人であるため、ドイツ人とポーランド人を見分けるのは困難だった。彼はシエラツキに向かって猛犬を跳びつかせた。ところが跳びついたシェパード

原注　コヴァルはポーランド人の典型的な苗字であり、コヴァル司令官はシエラツキがドイツ語とフランス語しか理解しないと思って、彼の前ではアクセントのないポーランド語で話していた。

コヴァルの従兄弟も収容所に入れられていて、司令官と従兄弟の出身地は同じだった。彼はヤヴィショヴィッツの親衛隊員になったときにポーランド人からドイツ人になったのだった。

戦後、アウシュヴィッツの遺跡を訪問したポーランド使節団が生存者に、「彼の名前は確かにコヴァルであってコヴォルではなかったのですね」と質問したというが、その点については疑いなくコヴァルだった。

戦後ポーランド当局が発行した『アウシュヴィッツ記録』のなかでヤヴィショヴィッツ作業地に関する記録には「コヴォル」と記されている。つまりポーランド名が故意にドイツ名に変えられているのである。したがってこの大量殺戮者の国籍（ポーランド人はドイツ人になれてもドイツ国籍は取得できなかった）はどこにも明記されていないことになる。

細かな点ともとれるが、『アウシュヴィッツ記録』のなかでヤヴィショヴィッツについての記録は偽造とまではいかなくても狡猾な方法でごまかしの部分が多い。そのようにして、炭坑で働いていたポーランド人坑夫や当局はユダヤ人に対して好意的だったと見せようとしたようだ。実際に、このようにしてわたしが証言できるのは、坑内でも非常に運が良かったからと言えよう。そのときの仲間たちはひとりも生きておらず証言することもできないのである。

犬は、噛みつかずに尻尾を振ってシエラツキに頭を撫でさせたのだった。犬は酔っぱらっていないので、毎朝、主人の髭を剃っている床屋の顔を覚えていたのだ。しかし、シエラツキがバラックに戻ってきたときの顔は蒼白どころか死相をおびていた。

コヴァル司令官は収容所の監督だけでなく、愛犬を連れて炭坑の出口で待ちかまえていることもあった。いつものように、わたしたちの歩き方がなってないと言ってはわめき立てていた。かといってちゃんとした歩き方など誰にもできるはずがなかった。

司令官の愛犬はよく訓練されていた。歩行中に列からはみ出したりすると、噛みつくことはしないがズボンを噛みちぎる。収容所内ではどんなことをしても許されていたから、腿肉や喉もとを目がけて噛みついた。

収容所に着くやコヴァル司令官が部下たちにがなり立てた。

「ここに集まれ！　このバカ者どもを再教育するのだ」

「くそったれ！　ガス室に行くほかない状態になるまで身体をくたばらせてやるのだ。十人が死んでくれれば、新たに百人を受け入れることができるのだ」

わたしたちは「スポーツ」をそのままつづけ、最後には二十人の仲間がダウンした。意識を失った彼らをわたしたちは医務室に運んでいった。

一九四三年末ごろには、司令官の気晴らしもそれほど頻繁には行なわれなくなっていた。ポーランド人坑夫はノルマを果たさなければならず、収容者の一人か二人が負傷したりすると、そのノルマも果たせなくなるのだった。

新米たちは坑内の仕事に慣れていなかった。ポーランド人らは、使いものにならない新米のユダヤ人を容赦しなかった。オランダ系ユダヤ人、のちにハンガリー系ユダヤ人もポーランド語を話せなかったために、殺害の対象となったのだった。

ポーランド人らは、できるだけポーランド系ユダヤ人だけを配下におこうとしていた。

「なんだって？　俺があんなによく仕込んで仕事も慣れている俺のユダヤ人ジデクの代わりに新米を送り込むなんて！」

ここではすでにわたしたちは外国人ではなくなっていた。ポーランド人たちはわたしたちと話し合ったりしており、彼らは配下のユダヤ人に親しみをもちはじめていたのだ。ポーランド人上司の意向もあったためか、彼らは古参のわたしたちに気を配るようになっていた。しかし古株の収容者たちの数も底をつきはじめていたので、わたしたちのグループどころか残っている収容者全員を抹殺しようと思えば簡単にできたのだ。

わたしたちのなかで生き残った者、とくにビルケナウ収容所の古参たちは、ポーランド人よりも多くの作業量をこなしていた。しかしそうしたことが、わたしたちに対するポーランド人の態度を左右した唯一の理由とは思えなかった。たとえば友人のロターはシャベルの扱い方がなってなかったので、

「あんたがオランダ系ユダヤ人だったら、とっくの昔にこのグループから消えていたはずだよ」と、年寄りのポーランド人が言ったことがある。が、現場監督が回ってくるたびに、

「このユダヤ人はじつによく働きます」と、つけ加えていた。

監督は、二週間に一度くらいずつ回って来ては、年寄りの労働者への誉め言葉に耳を傾けながら、わた

したちに杖の一振りをくらわせていくのだが、なかば親しみのこもるものだった。

それからはカポにも収容棟の責任者にも「スポーツ」の回数を減らすようにと指示が下されていたようだった。したがって彼らは個人的な恨みを晴らそうとするようになっていた。最初の犠牲者はアヴレメルというあだ名で呼ばれていたパン職人だった。彼はパンの一切れを盗んだと責められた。真実かどうか分からないが、収容棟の監視員たちはこのときとばかりに彼の腰のあたりを思いきり殴りつづけた。それから数日後、彼はビルケナウに連れていかれ、それきり姿を見せることはなかった。

一九四四年の中頃にコヴァル司令官の後任に、レメレ（原注）と呼ばれる司令官が就任した。彼は高徳者といわれ、ポーランド人同僚たちと贅沢な生活を送るのではなく、家族とともに収容所内に居を構えたのである。

彼は潔白な公務員として、民間人とも闇取引などはいっさいやらなかった。そのうえ前任者が各所に取り付けさせた電線網は浪費であり、それらはナチス軍にとって大切な素材だ、と怒鳴りながら電線を取り外させたのだった。

しかしながら彼が酔いを覚ますということはなかった。そのうえ大規模なファンテジックな「スポーツ」のほかに、わめきちらしながらの棒打ち、ピストル射撃……と、さまざまな余興でわたしたちがガス室送りになるように疲労困憊させることを止めなかった。

家庭の良きパパとして、六歳か八歳のブロンドの孫娘に「スポーツ」のこのスペクタクルを見せるために、左手で彼女の手を引き、同時に右手に握ったピストルの銃口を、カポの殴打から逃れるために最後の力を振りしぼって逃げまわる、恐怖に怯える骸骨同然の収容者たちに向けていた。

モドの話

坑内では三交代で作業が行なわれた。最初の班は朝六時から午後二時まで働き、次の班が午後二時から十時まで、三番目の班が夜十時から朝まで働くので、時間帯によってバラックからの入れ替わりが激しかった。

わたしは十五号棟に入ることになった。責任者はドイツ人で、彼の部下は、いつかわたしを処分すると約束したマテスだ。彼はわたしを見るなり、にっと笑ったので、それには応えず、わたしは彼の眼を直視した。わたしが虚勢を張っているのかどうかも、彼は感知しようともしない。しかし、わたしは彼の上司モドをよく知っているので、彼を手玉にとることもできたのである。

モドの話とは、それより三カ月前のこと、アリ・パッハとわたしが樽の蓋を閉め終ったときに遡る。炊事場にひとりのドイツ人収容者が入ってきたのだ。彼はアウシュヴィッツから回されてきたばかりで、長身で骸骨同然だった。スープをすこし手に入れるにはどうすればよいかとわたしに訊くので、誰にでも言うように答えてやった。

原注　レメレは一九三四年からドイツのダッハウ強制収容所でポーランド系ドイツ人として働きはじめた。そのとき同じ部署で働いていたルドルフ・ヘスが、以後アウシュヴィッツ強制収容所所長となった。

「これらの樽をトラックまで運んでいくだけの力があれば一リットルのスープをもらえるけれど、甘く考えちゃだめだよ。あんたには運べそうもないから」

「ほんとか？　俺をかつぐ気か？」

「いままで仲間をだますようなことは一度もしていない。俺が言うことには間違いないさ」

この男は確かに痩せすぎていたが、ヘラクレス級の腕力をもっていたのだった。彼は羽毛をもち上げるかのように軽々と樽を持ち上げたのだ。

「なんという力だろう！　外見からはそんな力があるとはすこしも見えないないのに」と感嘆せずにはいられなかった。

わたしはスタツェックに説明してやった。

「一リットルのスープでは充分でないから、好きなだけやったらいい、腹が減ってるんだから。彼の体重からすれば、他の者よりも食べる量は少ないはずだ」

それから一週間のあいだ、彼は樽の持ち運びをすることで、充分に空腹を満たせたようだった。それからぷっつりと姿が見えなくなった。すこしして、こぎれいな軍服姿の彼を眼にしたのだ。彼は収容棟の監視員補佐に任命され、同僚に負けずに棍棒を振り回しはじめていた。

彼に手助けしてやったことを悔いないわけにはいかなかった。収容所にいるドイツ人のなかには尋常な者もいるので、最初彼をそのひとりとみなしたのがいけなかった。アリ・パッハが彼と樽を運んだときも、彼にはスープのほかにパンとソーセージの一切れをやったのだ。あとになってアリ・パッハが彼とわたしを批難したものだ。

「あんたは彼に同情しすぎたんだ。結果を見たろう？　奴らはみんな同じなんだ」

それから三カ月後、監視員補佐マテスがふんぞり返り、皮肉な笑いを浮かべながらわたしに話しかけてきた。

「どこを寝床にしたいかね。自分の好きな場所を選んでいい」

わたしは勇気を出して、窓側で一番下の寝床を指差した。

「残念だがあそこは俺が寝る場所だ。ここでは俺がチーフなんだ。ここからおまえは生きて出られないことは知ってるな。自分を何だと思ってるんだ、王様とでも思ってるのか」

わたしに向かって空言を浴びせてきたので、彼の奴隷に対するような口調に合わせて答えてやった。

「聞けよ、マテス、俺のナンバーを見てみろ。あんたは俺より十五日遅れてここに来たんだろう？　俺のほうが数日だが先輩なんだから、俺の言うことをよく聞けよ。俺を絶対に殴らないということだけでなく、他の者にも手を出さないということを約束しろ」

「あんたはここから生きて出られると確信あるのか？　ウイかノンか」。わたしは矢継ぎ早に質問を浴びせた。

わたしの言ったことがあまりにも確信をおびていたので、相手は返事に窮しているようだったが、決断したかのように答えた。

「おまえだけは助けてやるが、監視員補佐には、秩序を保つために棍棒が必要なんだ。それもできなかったら、監視員補佐としての資格を失ってしまうのだ」

ちょうどこのとき、責任者モドの姿が見えた。彼は虚ろな眼で、わたしの顔を覚えていないかのようにしげしげと見つめる。とっさに背筋が寒くなる。さっきマテスと交わした言葉も全部空言になるのだ。

困惑したマテスは、それでもわたしにかなりよい場所にある寝床をくれた。が、どこまでもなんくせをつけようとする。わたしは虚勢を張りすぎていたのだろうか。彼が飢餓状態のとき、わたしのおかげで食糧にありつけたのを忘れてしまっているのだろうか。

それから数日後、モドは十五号棟の収容者たちに「スポーツ」をさせるため全員外に出させた。こういうときはいつもわたしは炊事場に避難するのだが、そうしたほうがいいのか計りにかけてみたのだ。〈なぜ隠れる必要があるのか？　試してみて、あとで疲れきって寝床に横たわるのもいいのではないか〉。

モドはナチス親衛隊員らによって選ばれた収容棟の責任者だ。そして彼の部下としてマテスを監視員補佐に任命したのだった。二人とも坑内に降りることはなく、彼らの役目はもっぱら収容者を殴ることと恐怖感を煽ることだった。だが二人だけでは間に合わず、さらに二人の補佐を選び、彼らを坑内でより多く働かせては飯ごう一杯分のスープをやり、収容者への暴行にも参加させていた。

そこでわたしは危険を承知のうえで実行してみることにした。寝床から出ないままでいたら、モドがはたしてわたしを罰するかどうか賭けてみたかったのだ。確信はなかったがほんとうの殺し屋は、正直で勤勉な者は迫害しないのではないかと勘ぐってみたのだ。

二人の十九歳か二十歳の部下が近づいてきた。

「おい、他の者といっしょにスポーツをやりに出ていけ。起きるんだ、さもなければぶっ殺すぞ」

緊張しきっていたわたしは、彼の口調を真似て言い返してやった。

「売女のガキ、いま言ったことをもう一度言ってみろ。俺のほうがおまえの息の根を止めてやる！」

「わかった、マテスを呼んでくるから」

「マテスよりもモドを連れてこい」

マテスがやって来て、脅しの文句を連ねた。

「つっぱるんじゃねえ、モドが来たら殺されるぞ」

「おおきなお世話だ、売女のガキ！」

モドが入ってきたが、口も開けずに出ていってしまった。わたしが勝ったのだ。それ以来、わたしは十五号棟のなかでいままでにない存在となり、誰も殴られるようなことはなくなったのだ。この新しい状況に唖然としたのはマテスだった。彼は相変わらず上司に殴られていたからだ。わたしはもはや警戒する必要もなくなっていた。

窓からは外部の様子が見てとれた。仲間たちのやっていることといったら、寝床についたと思ったら起こされ、ひざまずいたまま歩かされたあとは猛スピードで走らせられ、アヒルのようにがに股で歩かせられる奇妙なスポーツが、一日中石炭を掘り出す過酷な労働のあとに課せられた。スポーツは少なくとも一時間はつづき、モドは真剣さが足りない者のナンバーをひかえておき、スポーツが終わったあと、尻への鞭打ち五回の折檻を与えた。彼の鞭は強烈なうえ、しばしば顔面を直撃するので、ある収容者は奥歯が砕かれたこともあった。

マテスが近づいて来てわたしに訊いたことがある。

「いままでおまえは虚勢を張っているのかと思っていたが、誰か上官に保護されているんじゃないのか？」

「マテス、あんたを殴りたいところだが、そのかわりに二つのアドバイスを言わせてもらおう。まず俺に質問することは止めるんだ。もう一つは、俺がいる前では絶対に収容者を殴らないこと。意味もなく殴る快感のためだけだったらなおさらだ」

こう言い放ってわたしはその場を去っていった。

マテスとのもめごと

マテスはどんなことをしても、わたしを痛めつけようとその機会を狙っていた。それは真冬のことだった。各棟のなかには、高さが一メートル半もある二つのストーブが置かれていた。余分のスープがあったので、わたしは仲間たちのために持っていった。彼らは飯ごうにスープを入れて、ストーブの上に置いて温めはじめた。そのとき若い部下が通りかかって、マテスに言われたのだと言って、飯ごうを地面に叩きつけた。そのうえ、スープにありつけない仲間たちに、地べたを掃除するようにと言いつけた。そのときわたしは炊事場に戻っていたときだったので、その場には立ち合えなかった。

翌日、スープを余分にもらっているウルバッハとわたしは、あの若いならず者がもう一度同じことをくり返すのにそなえて作戦を考えだした。はたして同じことが起きたので、仲間たちは彼を説得しようとした。

「どうしてスープをひっくり返すのだ？」と質問するや、彼の棍棒が打ち下ろされた。

この若造より打たれた仲間のほうが腕力があるのだが、彼の後ろにはマテスがおり、さらにマテスの上にはモドがひかえているので、その上のヒエラルキーまで敵にまわす勇気はなかった。仲間たちを弁護するためには、反乱者らのリーダーとみなされないためにも、個人的に意見を言える機会を見つける必要があった。

ウルバッハはわたしたちが用意していたシナリオどおりの意見を述べた。

「あんたもわかっているだろうが、このスープはじつは炊事係のものなんだ」

スープの問題は自分たちとは関係ないのだ、と説明しようとした。が、青二才は彼に殴りかかり、

「炊事場の奴は袋叩きにしてやる、地べたも掃除させるからな」と、わめきちらした。

わたしたちが張った罠が効きはじめていた。与太者あがりの小僧がわたしに挑んできたのだ。背丈はわたしよりずっと高いが、まだ見習いの若造にすぎない。彼に近づいていくと、

「ここで掟を敷こうとするのはあんたか?」と、彼が吠えるようにがなりたてた。

「飯ごうをひっくり返していいと言ったのは誰だ?」。わたしは静かに訊き返した。

「命令など必要ない。ここでは俺がチーフなんだ」

「おい、若造、あんたはめった打ちにされたことがあるのか?」

彼が拳骨を振り上げたので、わたしはとっさに身を交わし、

「やめろ!　打ちのめすぞ」と叫んだ。

そのときマテスの姿が眼に入った。拳を上げようともせずじっとしているマテスの沈黙が何を意味しているのか彼には理解できないようだった。わたしが身を交わしただけで反撃を加えようともしないので、怖じけづいていると思ったのだろう。彼は相当バカなのだ。しかしここでは選択の余地はなかった。

マテスを脅すためには彼を殴りつけるほかなかった。思いきって彼の顔を目がけて打ち込んだ拳骨が口に命中し、前歯二本を打ち砕いたのと同時に血が噴き出した。それに対して反撃もせず、若造はマテスに言いつけに駆けていった。が、マテスも怖じ気づいたのか、二人そろって責任者モドのところまで行き、わたしが彼の部下を殴り、彼の権威まで傷つけたと報告しに行った。

わたしは脈拍が何倍も早くなっているのを感じないではいられなかった。モドがどんな態度に出るか戦々恐々だった。確かにわたしは彼が定めた掟に挑戦している。彼が収容棟の責任者になって以来、お互いに言葉も交わしたこともなかった。

そのころわたしは寝床の下で食べなくてもよくなり、一切れのソーセージももらえて、自分用の小椅子と小皿も与えられていた。その日、隣のバラックに寝泊まりしている仲間のひとりが訪ねてくるはずだった。彼に約束しておいた一切れのソーセージとパンを分け与えてやることになっていた。寝床の周りを整理して、横たわって待っていた。

そこにモドの喉にからみつく怒声が近づいてきた。彼は牛の後肢の腱で作られた鞭よりも頑丈な、鉄線を編みゴムで覆った鞭を握っている。それで数回打たれれば医務室行きは確実だった。モドの右側にマテスが立ち、左手に恐怖の鞭が握られている。

マテスはニッと復讐の笑いを顔に浮かべている。今度こそは彼の勝ちになるのは一目瞭然だった。モドは怒鳴りつづける。

「マテスを殴ったブタどもはどこにいるのだ？　もう金輪際、彼が殴られることがないようにしてやる」

彼の怒号で背筋に悪寒が走る。彼がわたしの寝床の前に来たとき、わたしは横になっていた。彼はドスのきいた声で面白半分に尋問する。

「こいつか?」

「そうです。上官」。若造が答えた。

モドは、寝床のそばにあった大事なソーセージの切れ端と四センチほどのパン切れを奪い取って、「炊事係(彼にとってわたしは相変わらず炊事係だった)、この一切れをもらっていいかな?」と訊く。拒否するなんてことはできない。彼はナイフをポケットから出してパンを二等分に切ったので、「全部どうぞ」と言ってやった。すると彼は、バラックの全員に聞こえるような大声で言い返した。

「いや、おまえのより大きい。このソーセージはぜひともおまえと半分ずついっしょに食べたいのだ」

そして突如、向きを変えて手の裏を返したように、哀れな若造に強烈な拳骨の一撃をくらわせ、寝床の向こう側まで跳ねとばした。この一撃に比べたら、わたしの殴り方などはおさわり程度でしかなかった。わたしのおかげで命拾いしたことをこの青二才は、はたして覚えていたかどうか。殺し屋の見習いとして雇われたこの若造が、仲間とともに殺戮の坂道を急降下しつづけ、最後には生き残った収容者たちの復讐を受けるのも間近なのだ。

モドはソーセージを口いっぱいにしてしゃべるので何を言っているのかよく分からなかったが、三回同じことをくり返した。わたしを彼の部下の助手にしようかとプロポーズするのだ。わたしははっきりと断った。そしたら、そばにいる青二才を指差しながら、

「このばか者の代わりを見つけ出せ」と、わたしに命じた。

そのあとモドは、バラックの隅にある彼の個室にわたしを招いたので（収容棟の責任者は合同寝室では寝なかった）、シュナップスとみなされる、ひどい味のソフトドリンクを彼といっしょに飲まざるをえなかった。揮発油のような味で熔岩のように喉もとをとおり抜けていった。そのおかげで一日中気分が悪くてしかたがなかった。

「あんたのソーセージをもらったから、シュナップスはあんたにやるよ」と言って、わたしはその場をごまかした。

その部屋を出るときに、蒼白な顔をしているマテスに出会った。そこでモドが大きな声で叫んだ。

「そうだ、おまえのすばらしい強烈なパンチのお祝いを言うのを忘れるところだった。ボクサーの才能があるとは知らなかったよ」

わたしはマテスに近づいて言ってやった。

「安心しな。あの手口を誰が考えついたかなどと彼には言わなかったからな。俺をやっつけたかったんだろう？」

「そんなことはない。信じろよ」。まだ真っ青な彼が慌てて言い返した。

「よく聞けよ、監視員補佐であるあんたに忠告しておくが、これからはモドの命令がないかぎり誰も殴ったりしてはいかん。命令されてもできるだけ強く殴らないようにするんだ。それが守れなかったら容赦しないからな」

「いいか、他の者を恐怖に陥れなくても生き延びることはできるのだ。いまのように収容者たちを痛めつづければ、最後に死ぬのはあんたなんだ。生き残った誰かがあんたの蛮行を忘れずに復讐するだろうからな」

「収容所から出られると思うか」

「もちろんさ」

わたしはそう言いながらも、それが実現することは不可能に近いことを顔に隠しきれなかった。

このできごと以来、マテスは乱暴をはたらくことを止めたのだった。が、ときどきドラッグがきれたときのように暴力が再発することがあった。

ある日、彼に提案してみたのだ。

「バラックの仲間を痛めつけるのは止めたらどうだ。彼らは反撃することもできないのだから意味がないだろう？　あんたは体力を発散する必要があるようなので、どうだ、二人でボクシングをやらないか？　真剣勝負だ。収容所司令官がアリ・パッハのためにグローブを二組購入したんだ」

「いやだ、ボクシングなんかやったことないし、俺があんたからしごきの一発をくらったりしたら、モドに対し俺の面子が台なしになるんだ」

「怖がっちゃいけないよ。あんたは俺に貸しがあるんだ。いつも俺を痛めつけようとしてたじゃないか」

彼は、わたしよりも背が高く、体格も良かったが、わたしがボクシングで彼をくたばらせることはいとも簡単だった。が、彼はそれほどウブではなく、何に気をつけなければいけないのか心得ていた。

彼はもう一度約束し、わたしがいる前では仲間を殴るときも手加減するようになった。自制できなくなると仲間たちが、「マテス、気をつけろ、おまえは男だろ」と注意すると、おとなしくなるのだった。

叫ぶことはあるが、モドが命令しないかぎりめったに殴らなくなったのだ。殴るときもほとんど力を入れなくなっていた。収容者らはマテスのこの豹変ぶりをありがたがっていた。

ウルバッハは終戦直前に死んだようだ。収容者のなかで彼のことを覚えている者がいるだろうか。一九四二年七月十七日、わたしたちはフランスの最初の収容所ピティヴィエから貨車の同じ車両に詰め込まれてこの収容所に着いた。そのときいっしょにいた約千人のうち十八人が生き残った。が、そのうちの幾人かは生命の限界を越えていたため、終戦後間もなく亡くなった。

収容所に到着したときに全員に四八〇〇〇台の番号が付けられ、いっしょにビルケナウでマレクが担当していた八号棟に収容された。バラックの監視員やカポのなかでもマレクはもっとも凶暴だった。

そのあと、わたしたちはヤヴィショヴィッツ炭坑作業地に移された。わたしと三百十人の収容者は三週間後には炭坑にまわされたのだが、そのあとも一カ月間、ウルバッハは残酷なドイツ人カポの下で造成地作業班で働かされた。厳しい極寒のなかでの労働を耐えるのにも限界にきていた。

彼が坑内に下りるのが許されるようになる一週間前に卑劣な事件が起きた。ウルバッハが語ってくれたことをまとめてみよう。

「十月中旬だったたか、俺たち三人は、機関車がタンクに水を補給する停車場付近で地面を掘っていたんだ」

「ひとりの親衛隊員が俺たちを呼び、太い水道管の下に並ばせてから水門を開けたものだから、凍りついた水が竜巻のように全身に襲いかかった。周りにいた親衛隊員たちは彼らにとっておなじみのハプニングに笑い転げる。俺たちの靴の穴から水鉄砲のように水が噴き出し、凍りついた水を浴びて歯がガチガチ音を立てているのを見ながら、親衛隊員たちは爆笑しつづけた」

「幸いなことに一日が終ったあとだったので、作業場から三キロの帰路を口と鼻で激しく息をしながら、くたばるまいと耐えたのだ」

三人の仲間が収容所に着いたときは疲労困憊していた。わたしたちは乾いた服を見つけてやり、そのあいだ、ずぶ濡れの囚人服を翌日までに乾かしてやることに全力を尽くしたのだった。

そのなかでただひとり生き延びたのがウルバッハだった。だが二人の仲間は看護婦の手厚い看護にもかかわらず立ち直れず、一週間後にはフィシャー軍医に他の病臥者らといっしょに連れていかれた。それ以後彼らの姿をふたたび見ることはなかった。

坑内の作業を許されたときのウルバッハの喜びようといったらなかった。坑内なら少なくても寒さで死ぬことはないからだ。

ある日、モドが酔いつぶれたあげく、自分のいままでの生活を語りはじめた。両親の顔も見たこともなく、少年のときから盗みや、ナイフなどの凶器をもっての喧嘩……と、少年院から別の少年院へと送致をくり返したがスポーツには自信があった。最後にはひとりの男を刺し殺している。が、収容所では個室まで与えられ、王様のように暮らしている。ここでは食事も何も不自由しなかった。アルコール類も簡単に手に入り、セックスの解消には若い青年を呼び寄せればよかった。ここでのパシャ（トルコの将軍）の生活か、それとも傷害罪や未成年者強姦罪で十五年から十八年の懲役刑に服するか、どちらがいいかは言うまでもなかった。

彼が残念に思っていたことは、規律でナイフを持てなくなったことだった。その代わりに鞭があった。打ち殺すこともできる鞭は立派な凶器だった。

一九四三年初頭、収容所司令官は、とくにドイツ人親衛隊員たちのために売春宿を作ることを考えついた。しかし、それを利用する者の数があまりにも少なかったので計画は立ち消えになってしまった。だがカポと監視員はアウシュヴィッツ市にある売春宿に定期的に行くことができた。ホモセクシャルだったモドは、それを隠すためにいっしょに行かざるをえなかった。戻ってくるときは、いつも泥酔状態になって、「誰があんな汚ねえ女たちを抱くんだ」と怒鳴りちらしていた。

新聞を読む

作業の時間帯を変えることで寝起きする収容棟も替わった。わたしとロターがよく知っていたポーランド人たちはすでに死んでいた。新しく班長となった巨体のコペクは、強情で喧嘩早く、ユダヤ人排斥感情は誰よりも強く、ユダヤ人絶滅もいとわない男だった。同邦人でさえ、彼には近づかないようにしていた。

近在に住む坑夫たちもユダヤ人に愛想がいいとは言えなかったが、わたしとは良い関係にあり、わたしを尊敬するまでになっていた。わたしは彼らと同じくらい、いや彼ら以上にツルハシとシャベルの使い方がうまかったから、ユダヤ人としては扱われなかったのだ。いわゆるユダヤ人野郎どもは手作業ができないと思われていたからだ。彼らは、わたしが他の者よりも長持ちしていることの理由を理解できなかった。その理由は、腹が空いたままにしておかなかったということだけなのだが。ポーランド人は頭のなかでユダヤ人は全員商人だと思っている。だがわたしの活力の根源は、誰にも殴らせないということと、死を怖れていないことにあったのだ。

　彼らは、わたしを医師か弁護士のように扱っていた。わたしが革職人にすぎないのだと言っても信じなかった。仕事をはじめる前に、ロターとわたしと五、六人くらいのポーランド人とで座って十五分ほど話し合うことにしている。そこの地面には大きな亜鉛板が敷いてあり、石炭運搬車の終着点となっていた。コンベアベルトから石炭が雨のように降り落ちて、並んでいるトロッコがいっぱいになると、坑夫が一台ずつ押していく。三十か四十個のつり桶がいっぱいになると蒸気機関車がエレベーターのところまで引張っていく。

　ポーランド人たちはわたしを信頼し、ドイツ語の新聞をもってきてくれるので前線のニュースをポーランド語に訳してやった。最初のころは訳すのもたいへんだったが、そのうちに軍当局が次つぎに発表する報告でしかないことがわかったのだ。

　それでも聴衆は喜んで聞いていたので、ひとつの記事を訳すたびに彼らの期待に応えるため解説を加えてやった。もちろんドイツ軍の「大本営」が発表することとは反対のことを言ったりしたが、奇跡的にその二週間後に、わたしが予想していたことが現実になったのだ。

　わたしは話すだけでは満足せず、仲間にチョークをもってこさせ、亜鉛板の上に欧州の地図を描いてみせた。ロシアの都市の位置も知っていたので、ニュースで知ったことをもとにしてだいたいの前線も描くことができた。

「この辺にロシア軍の前線があり、この辺にドイツ軍がいるんだ」

　しかしこのような活動をしていると、誰かに密告されるかもしれないので非常に危険だった。ある仲間は「共産主義のプロパガンダ」を広めたという理由で百回の棒打ちの折檻をくらったのだ。打ち殺すには五十回で充分なのに。

わたしはニュースの行間を読むことにし、現状を読みとることに努めた。たとえば、ドイツ軍はどんなことがあってもレニングラードには侵攻できないだろうと予測すると、ポーランド人たちは歓喜にあふれるのだった。わたしが予想したように事実、レニングラードは陥落しなかったのである。

ドイツ軍部がスターリングラードの戦況についてあまりにもひねくりまわしたあげく混乱したニュースを報道していたので、ポーランド人たちもわたしも何が何だか把握できなくなっていた。それでもわたしは解説することに努めた。

「卑怯なロシア軍は、敵の背後から攻めてきているのだから、その卑劣な行為は高くつくはずだ」

新しいニュースを追いながら、わたしは背筋がピクピクするような戦慄を覚えた。わたしは立ってポーランド人らにはっきり言ってやった。

「もうお仕舞いだ、ロシア軍のほうがはるかに強い。ドイツ軍は包囲されてしまっている。この辺からドイツ軍は駆け足で後方に退いていくだろう」

わたしの予想に誤りがあったとしたら、ドイツ軍の敗北の日を早めすぎたことくらいだろう。

詐欺師クゲル

新しい班長コペクのもとでわたしの前に誰が働いていたのか知りたかった。周りの者に訊いたところ、詐欺師クゲルだという。彼は一日中、一切れのソーセージと一リットルのスープを交換するといった闇取引に明け暮れている輩だった。すでにカポのビルに買収されていたから、ビルの命令なら収容者を痛めつけることには躊躇しなかった。スープを配るのにも、収容者らにはいつも最後に配るのでほとんど残っていなかった。そのうえ毎食、ソーセージだけでも彼は六人分たいらげていた。仲間をだましながら食いつないでいたと言える。

彼は坑夫に対しても詐欺をはたらいていた。ある日、わたしが通りがかったときに彼が坑夫と何やら交換していた。ときどきビルはユダヤ人の遺品である時計を彼に託しては、彼がそれらをウオッカと換えていた。が、その日、クゲルはウオッカと交換するための時計を持っていなかった。しかしポーランド人とは約束してあったので、かなり大きな包みをポーランド人に渡すのと交換に相手からウオッカの瓶を受け取った。そのとき、すこし離れていたところで見張っていたクゲルの仲間が懐中電灯を振っていた。

「気をつけろ、誰かが来るぞ。包みを隠すんだ」

こうしてクゲルはウオッカの瓶を手に入れたのである。収容所の入口でチェックがあったら、ビルが彼を守ってくれるはずだった。

包みを受け取ったポーランド人が中を開けてみたが何も入っていなかった。初めて卑劣なユダヤ人にだまされたことに気がついたのだが、それをばらす勇気はなかった。民間のポーランド人と収容者が闇取引することは禁じられていたからだ。そのうえクゲルは絶えず坑夫たちを脅しつづけていた。

「俺に手を出そうものなら、収容所にぶち込むからな」と威張りちらし、誰からも殴られるなどということはなかった。

予備知識を得ていたおかげで、コペクがわたしやロターに暴力を振ってきたらどう対処すべきかあらかじめ心得ていたのだ。

ユダヤ人殺し屋坑夫コペク

わたしたちは坑内の台座の上で、収容者たちのあいだで有名なユダヤ人殺し屋を待っていた。わたしは坑夫仲間らの言うことが心配になっていた。コペクは、彼らの前でいままでどうやってユダヤ人たちを痛めつけてきたかを自慢しながら語るという。

この日、コペクはわたしに小休止もさせずに、

「俺についてこい、卑しいユダヤ人め！」と命令した。

わたしは口先だけの強がりは卑怯の裏返しであるとわかっていた。

「卑しいユダヤ人」という言葉は、許しがたい言質への枕詞でもあるのだ。

「自分の拳と口に気をつけろ。俺に『卑しいユダヤ人』というレッテルをはると許さないぞ。誰を相手にものを言っているのか気をつけろ！」と言い返してやった。

彼が殴りかかろうとしたので、彼の眼を直視して叫んだ。

「俺を殴るんなら、最後の最後にしろ。そのときあんたは仲間から百雷の殴打を受けることになるんだぜ」

わたしは怒りが爆発しそうだった。大切なのは、ここではわたしが坑夫らと同じ立場にあり、同じ感情

をもっていることを示すことだった。そばにいた幾人かのポーランド人が口をはさんだ。

「コペク、忠告しておくが、今後気をつけろ」

しかしコペクは他人の理屈には耳を貸そうとはしなかった。が、わたしの抵抗が意外だったのか、暴力を振るうことに躊躇している。わたしが思っていたとおり、彼は卑怯者なのだ。

「俺についてこい。いまから言っておくが、よく働かなかったら殺すからな」

じつは四人目の作業員はコペクの息子だった。

坑内で仕事をはじめる前は、ロターはいつも怖じ気づいていたが、わたしは冷静さを失わずにいたので、どんなことが起きても対処できると思っていた。

「何か言いたいことがあるのか」。コペルが訊いてきた。

「うん、これからはあんたらは俺たちを殴ることはできないということを知っておいてほしいだけだ」

「なぜだ?」と言いながらコペルが拳を宙に上げた。

「落ちつけ！　収容所に戻ってから痛めつけられたいのか？　あんたはすでに眼をつけられているのだから、俺に仕返しをしようとしても何もできないんだ。俺が眼で合図するだけで、仲間たちがあんたを袋叩きにすることもできるんだ」

「あんたはクゲルと闇取引をやりすぎるんだ」。一語一語切り離しながらわたしは止めを刺した。

彼はこの言葉に蒼白になり、「おまえはみんな知ってたのか」と怖気づき、作業に戻らずに自分の過去を一部始終語りはじめたのだ。母親が死んだときに何がしかの資産を相続するはずだったが、父親が再婚したあと、相続問題で父親と争ったが、ユダヤ人の弁護士のおかげで父親が勝訴した。彼はユダヤ人弁護

士のために家裁で負けたのだと信じこみ、

「それ以来、ひとりでも多くのユダヤ人を抹殺することに決めたんだ。あんたも弁護士じゃないのか？」

「俺は弁護士じゃないけれど、約束したら絶対に守るほうだ」

理髪師のチーフ、シエラツキが知らせてくれた情報によると、ナチス親衛隊の兵舎に隣り合わせて、セメントでできたトーチカ風の牢獄が建っていて、そこに二週間閉じ込められたポーランド人が何人かいるという。重大な過失を犯した者は直接アウシュヴィッツに送られた。コペクと彼の同僚はこのことを知っていたので、少なからず怯えていたようだった。

しかしコペクの同僚たちは、そんなことが現実にあっても、喧嘩早い彼を押えるのは難しいだろうと、わたしに忠告するのだった。しかし、わたしはクゲルの態度を観察し真似ることによってコペクの盲点をつくことができたのだ。作業中、彼はひっきりなしに自分の息子を怒鳴りちらしている。最初はわたしに対して挑発的だったが、そのうちに手柔らかになっていた。ロターに対しても、

「すこしは作業の能率を上げろよな」と、温和に言うようになっていた。

一日が終ったあと、それでも彼はわたしに指摘するのだった。

「あんたは確かに他の者とはちがう。もしかしたらクゲルなんかよりずっと恐るべき存在なのかもしれんな。たとえば、俺があんたに何かひどいことをしようものなら、俺が懲罰を受けることになるのかもしれん……。だが、俺がクゲルと闇取引をしていることはどこで知ったんだ？」

「訊かなくてもいいよ。どちらにしても答えないから」

わたしには、コペクの知能程度を容易に測ることができた。間抜けで、こちらが泣きたくなるほど阿呆

で、愚直。彼がいままで何本くらいクゲルにウオッカの瓶を渡したのかも分かっていた。だが収容者と取引し、とくにウオッカの瓶を収容者の手から受け取っていることが発覚したら、即刻収容所行きになることは彼も知っているのだ。

暴力的であるということと、彼のもうひとつの弱点は、十八歳になるかならないかの自分の息子を怖れていることだ。これはわたしにとって喜ぶべきことだった。

坑夫と収容者は坑内からいっしょに出ていくことはしなかった。現地雇いの坑夫は、現場でシャワーを浴び、わたしたちは収容所に戻ってから浴びた。翌日、ポーランド人坑夫たちがわたしたちの骸骨同然の体を観察しながら質問してきたので、コペクは、作業後も善良な班長として振るまっていると答えておいた。ひとつの欠点は、耐えがたい作業速度をわたしたちに強要していることくらいだった。監督が見回りに来たとき、コペクは「殺し屋」としての定評を保つために、わたしたちは例外的によく働く作業員だと満足顔で答えていた。

「コペクが闇取引をやっているなんて誰から聞いたのだ?」。ロターが当惑顔でわたしに訊いた。

「なんとなく分かってたんだ。誰にも言われなくても、クゲルがビルの仲介人となり、そのかわりにビルに保護されているのは分かるよ。コペルとクゲルは三カ月間坑内でいっしょに働いた。結果として、彼らは何十本ものウオッカの瓶とさまざまな物品、たとえばシャツや靴や、まだ動いている時計などを交換していた。クゲルはバカじゃないから、コペクには高級品の時計を何個も渡したはずだ」

ツルハシを岩壁に打ち込みながらコペクは、いまでも固く信じているばかげた迷信を吐き出すのだった。

「あんたはフランスに住んでいたけれど、ポーランドはフランスとは違って、復活祭のときにユダヤ人はカトリックの子どもを犠牲にして、彼らの血をアジム(訳注)に入れるんだ」

ある朝、彼が質問してきた。

「前線の状況を話してくれよ。二週間前に話してくれたことが、実際にそのとおりになっているのだが、どうやって予測が立つのだ?」

「ニュースの行間を読んでるだけさ」と、謎めいたことを言ってやったら、翌々日また訊きに来た。

「なあ、行と行のあいだを読むということは、ドイツ人が書かないことを読みとることか?」

それから数日後、作業班がふたたび替えられた。そのなかの三人目の坑夫は特殊だった。八時間のあいだに彼が言った言葉は二つくらいしかなかった。彼は警戒していたのだろう。たぶんすでにナチス親衛隊員と何かいきさつがあったのかもしれない。わたしが親衛隊員のことを話したら、彼は震え上がったのだ。坑夫のなかで全力をそそいで働いていたのは彼だけだった。彼は働きだすと、わたしたちがマイペースで作業をしているのを脇目に猛烈な勢いで働きつづけた。

しかし何かに気をもんでいるようだった。コペクがなぜわたしたちに暴力を振わないのか不思議に思っていたようだった。

「コペクはクゲルとあんた以外は誰にでも、カトリック信者にも暴力を振っている。彼は神経質なので、理由なしに誰でも殴る癖があるんだ」

収容所内にはわたしたちの掟があって、コペクはわたしたちを殴ることができないということや、

「コペクみたいな輩に対してどう振るまっていいか分からない仲間が多いのさ。収容所での経験が長い

から分かるんだが、いまも生き残っている仲間たちは皆裏の手口を知っているのさ。そういうことをコペクにも分からせたからさ」と、わたしは説明してやった。

この坑夫がまったくの例外だったのは、猛烈な働きぶりだけではなく、着ている服も異なっていた。他の仲間よりずっとこぎれいな格好で、石炭を掘っているのにほとんど汚れていない。反対にコペクはシャツもズボンもずたずたにすり切れていて、男根までのぞいていることがあった。通行人の慈悲心を煽るためにできるだけ貧相ななりをしてみせる乞食のようだった。

ここまで零落することの理由はいうまでもなく、給与も闇取引で得たものもすべてウオッカに替えられていたためだった。

雪と殴打

収容所のなかでバラックも替えられ、新しく移ってきたのは四号棟だった。収容棟のドイツ人責任者は、ヤヴィショヴィッツ作業地で凶暴さで有名だったビルだ。彼は定期的にわたしたちを殴りつけることによって筋肉を鍛えていた。

夜、わたしたちがシャワーを浴びたあと、彼はわたしたちの耳と足をチェックした。いつも何かしら責め立てる理由を見つけだしては、その者の番号を手帳に記した。番号が記された者は、尻に五回の棒打ち

訳注　アジムは無酵母パン。

が相場なのだが、きまって十回はくらった。寝床がちゃんとしてないと言っては、同じ回数の棒打ちを与えた。点呼のときバラックから最後に出てきた誰に対しても同じだった。並ばせてから、服のボタンが欠けていないか、服の前が合わさっているかもチェックしていく。ボタンが一個でも欠けていたりすると、言い訳することは不可能だった。ビルにとって、何でもいいから叩きのめすための口実が必要だった。毎朝最低十五人を叩き殺す必要があったのだ。

このようにして、彼が主役を務める日曜日のスペクタクルのために何人かのエキストラをかり集めた。四号棟の脇に、もうじき犠牲になる収容者たちが列をつくっている。ビルは脚の短いスツールをもってくる。収容者をその上に腹這いにさせると、ちょうどいい高さから彼が猛烈な勢いで棍棒を打ち下ろす。同僚たちと異なるのは、ビルがユダヤ人もポーランド人もいっしょくたにこのスツールに腹這いにさせて打ちのめしていたことだ。彼の演目のもうひとつは、毛髪すれすれに神経質そうに手をかざし、「ポーランド人野郎とユダヤ人め！　もうたくさんだ、もうこれ以上がまんできん！」と、わめき立てるシーンだった。

積雪と突風のなかを毎日通う炭坑への道のりは、ロシア戦線からナチス敗残兵が退いていく情景に似ていた。道路作業員らが雪をかき分けるや突風がまた雪を吹き返し、行く道を閉ざした。吹きつける雪をさえぎりながら眼前も見えなくなり、氷点下の純白の真綿のなかをひざまで突っ込んで進んでいく。

針金を巻きつけたので重くなった古い靴は、それでも足を守ってくれていた。仲間たちの靴底は板だったので、足首を引きつらせて歩いていた。それでも坑内で働くわたしたち坑夫は恵まれていたと言える。吹雪のなかで造成地で働いている作業員らの姿を思い浮かべずにはいられなかった。

換気のためにバラックの窓を開けるのも難しくなっていた。凍りついた窓が閉まらなくなるのだ。温度計がマイナス二十五度、三十度と下がっていた。

「ひとりひとりが石炭を一個ずつもってくれれば、バラックを温めることができるのに」。カポたちが口をそろえて言う。それからは、わたしたちは堂々とポケットに石炭を詰め込んでもって来れるようになったので、誰もが寒さから解放されたのだった。が、必要以上の石炭が蓄積されていたのをカポに発見されたとき、全員がボディーチェックされたあと、「サボタージュ！　サボタージュ！　全員ひざまずけ！」のわめき声がなり響き、酷寒の雪のなかに半時間ひざまずかせられた。倒れた者はその場で尻に鞭が五回打ち下ろされた。

作業場までの行き帰りは大きな声で唄わなければならなかった。行きは何でもなかったのだが、疲れはてたあとの帰路は辛く、息がつづかなかった。しかしながらドイツ軍がスターリングラードで包囲されたというニュースを知った日は、声高らかに唄う力がわき上がってきたのだった。このとき親衛隊員たちは気を苛立たせ、わたしたちに棒打ちの折檻を与えるようにとカポたちに命じたのだ。以前は唄わないと言っては殴られ、今度は唄うと言っては殴られる。何ということはない、黙りこくっているほうが無難だった。

選別

このころからわたしたちはドイツが負けるということを感じとっていた。しかし、収容所のなかではその確信が深まりつつあっても何ら変わることはなかった。親衛隊員らが虐殺していた収容者の代わりになる新しい奴隷たちが定期的に到着していたからだ。そして二週間おきに「選別」がなされていた。

わたしたちの誰もが互いに尻を見つめ合うのだった。わたしたちがまだ働けるか、もうじき死に追いやるべきかを決めるのに、ドイツ人は尻の肉付き具合で判定していたからだ。彼らには守るべきノルマがあった。まず医務室を空にすることからはじめ、トラックの往来回数を少なくさせてガソリンを節約するためにトラックが死体で満杯になるまで、ガス室に送るべき者を選別していた。

しかしここはビルケナウとは異なり、毎朝バラックの前に三十体の死体が並んでいるというようなことはなかった。ここでは文明の国ドイツならではの、もっと洗練された方法で殺戮への準備段階が組まれていた。「選別」だった。

選別するときはバラックが閉じられ、全員が全裸になる。ひとりずつフィシャー軍医の前に立たされ、ガス室に送るべき人数を満たすために、ひとりの親衛隊員が選別する。足がむくんでいる者や尻がぺったり削げている者が優先的に選ばれた。ここでは収容者が生きた屍、「ムスリム」になるまで酷使し、骨と皮だけになったときにガス室に送っていた。

軍医は数人の親衛隊員に囲まれてテーブルを前にして座っている。わたしたちは一列縦隊で進んでいく。テーブルの二メートル前に来たときに、一回転させられ尻を見せなくてはならない。合格者は右側に、非合格者は左側に寄せられる。しかし外見だけでは右に行くか左に行くかわからない。殺戮者は虫が好かないと、まだ働ける者でも殺してしまうからだ。

すでに述べたが、ポーランド系ユダヤ人のほうが他の国のユダヤ人よりも生き残った者が多い。後者は二、三カ月以上もつことはなかった。

作業班別にみると、造成作業者より坑内作業者のほうがはるかに長生きした。造成地では一日中、酷寒と積雪に加え、カポの残酷さをもろにかぶりながら働きつづける。そのうえ彼らはわたしたちよりも食糧も少なかった。外部との接触もなかったから闇取引もできず、自国のユダヤ人と思ってパンなどを差し入れてくれるポーランド人の知り合いもいなかった。

選別のとき、ドクター・フィシャーは、しばしばサディストまたはモンスターというあだ名が付けられたひとりの親衛隊員を連れていた。この極悪人体質の親衛隊員は一・九メートルの長身だった。ゴリラのような広い肩幅の上に小さな頭が座っている。拳はボクシングのグローブの大きさだった。毛髪は、北欧系アーリア人特有の輝くばかりのブロンド。

彼が来たときに二人の収容者が殺された。当てずっぽうに二人の収容者を選び出し、ひとりには股間を目がけて性器に強烈な足蹴をくらわせた。もうひとりには拳骨の一撃をくらわせて顎を砕いた。被害者が打撃を受けて倒れれば、ピストルや鞭ではなく軍靴で蹴り殺すのだった。

いつもの筋書きに従えば、彼らは一時間後に医務室から出され、他の者といっしょに天蓋のない小型トラックに乗せられた。荷車が処刑場に罪人を運んでいくように。

一九三二年半ば以降から、フィシャー軍医は選別の日以外の日に、わたしたちが炭坑から戻るころをみはからってバラックに来るようになった。わたしたちを裸にさせて、どれほど疲労しているかを調べることもなく、いちばん顔が削げている者を選び出した。軍医は顔面に嘲笑を浮かべながらさりげなく言う。

「あなたは非常に疲れているようだから、休養をとったほうがいいでしょう」

このようにして毎月、わたしたちの五パーセントにあたる百人余りが虐殺されていた。つまり他の多くの強制収容所での死亡率百パーセントに比べて、ここでの死亡率は六、七十パーセントどまりだった。この数字は、この強制収容所に入ることが許された「運のいい収容者」によって占められている。つまり若くて頑健な男女だけが生き残ったことになる。ほとんどの者は貨車で収容所に到着したその日に、番号ももらわずにガス室に送られたのだった。

監視員ハイナーがふたたび強制収容所に戻ってきた。毎日同じことのくり返しだった。わたしたちはよく食べ、ひとりひとりにベッドが与えられていたのでよく寝ることができた。そのうえコーヒーまたは紅茶が二リットル入る缶も配られた。大汗をかきながら渇きを癒すこともなく八時間坑内で働くことは耐えがたかったので、缶を配られたことはありがたかった。ポーランド人坑夫もときには飲み物をくれるのだが、しばしばわたしたちの喉が渇くままにしておくのだった。

しかしこの待遇は長つづきせず、二日後にはコーヒーは水に替えられ、液体を入れる缶もカポと監視員だけのものとなった。彼らにとって缶はウオッカを持ち込むのに必要だったのだ。わたしたちはまた喉の渇きに喘ぐのだった。

「働かない者はサボタージュする者で、その疑いのある者には五十回、いや百回の鞭打ち刑だ」

ハイナーは死という言葉は吐かなかった。

食べ物は以前よりましになり、スープも前よりも濃くなっていたのだが、カポと監視員らがわたしたちに「スポーツ」をさせてわざと疲労させることを止めなかった。

現地雇いのポーランド人に、「スポーツ」がどんなものか、それをやらされた翌日は一日中身動きもできないほど疲労困憊の極に達することを説明できるのは、ポーランド系ユダヤ人しかいなかった。そしてオランダ系ユダヤ人、そのあとはハンガリー系ユダヤ人がサボタージュを理由に、親衛隊員から五十回か百回の鞭打ち刑を受け、ほとんどがその数日後に死んでいる。

友人ボクサー、アリ・パッハ

オランダ人で最後まで耐えたのは二人だけだった。ひとりはわたしの友人でオランダのボクシングのチャンピオン。もうひとりは名前を忘れたが、小柄だがかなり有能なボクサーだった。二人ともそれぞれの手段で生き残ったのだった。

アリ・パッハがついていたのは、収容所司令官がボクシングの大ファンだったことだ。司令官は特殊なグローブを手に入れたので、定期的に収容者に試合を行なわせた。カフカが唄うなかで、アリがドイツ人兵を相手取ってボクシングの試合をくり広げた。試合のゴングが鳴るや、アリはディフェンスにまわり、それ以上は出なかった。が、訓練を受けてきた相手に対しては容赦しなかった。試合となると彼は立てつづけに、自称ボクサーという五人のドイツ兵と次つぎに闘わなければならなかった。試合に勝つと、彼は思う存分食べられ、同胞にも分けてやった。対抗できるドイツ人兵がいなくなると、もうひとりのオランダ人が脇役を演じてその場をごまかしたのだった。

ある日曜日、隣の収容所のカポが、ボクシングのチャンピオンだと言って近づいてきた。さっそく司令官は彼にアリと試合をさせた。だが、この飛び入りはボクシングをしようと思ってきたのではなかった。ナイーブで意地の悪いこのカポはボクシングの規則も知らないのに、この機会にアリに折檻を与えることを企んでいたのだった。アリは相手が挑発的に出てきたら、こけ脅しのパンチをくらわせればこと足りると構えていた。はたして相手に直撃が命中しノックアウトにおよんだ。この結果に腹を立てたのは、新しい責任者ビルだった。彼の同僚であるドイツ人カポの復讐をすることと、この機会にアリと彼とでどちらが強いか見せつけたかったのだろう。

ビルはわたしとロターに、食堂に並んでいるテーブルとベンチを隅のほうにかたづけるように命じた。わたしたちは当惑しながら、彼がどこまでやる気なのか不審に思った。食堂の中央部に何もないことを見とどけてから、ビルはアリ・パッハを呼び出した。ロターとわたしとポーランド人炊事係の三人が証人に立たされるのだ。ビルは、映画やサーカスでしか使わない特殊な鞭を取り出した。短い柄に途方もなく長い革ひもが付いている。

「いまから俺の得意なスポーツを見せてやるからな。おまえが俺の手から鞭を奪い取るのだ。わかったな」。ビルがアリに言った。ドイツ語がほとんど話せないアリが彼が言うことを把握する前に、最初の一振りが振り下ろされた。強打のあまりアリが均衡を失う。また鞭が襲いかかり、アリが転倒する。ビルのドスのきいた声が「起きろ！」と、がなり立て、また鞭が振りかかった。

「止めてくれ！　まだつづけるならあんたにパンチをくらわせる」。アリが叫んだ。

無頼漢ビルは、やったら最後までやっつけなければ気がすまない性格だった。アリは立ち上がろうとするたびに倒される。ビルの鞭の使い方は年季の入った名人芸に近かった。アリは一心に顔を庇うのだが、蛇のようにのたくり、打ち振られる鞭から逃れるのは難しかった。それでも一度だけ鞭を摑みとることができたとき、ビルはすぐにそれを放し、もう一本の鞭を手に取ったのだ。アリは摑んだ鞭に足をとられよろめきながら、強烈な勢いで振り下ろされるもう一本の鞭は到底手に負えなかった。

かなりの時間が経ったあともビルは自分の掟を貫きとおしたのだった。ニッと醜悪な笑いで顔を歪める。初めはそう簡単に勝利を得られるとは思っていなかったようだが、彼の顔には征服者の快感がにじみ出ていた。十分後にビルはアリに言った。

「負けたと認めろ。おとなしくすれば止めるから」

自分の抵抗力に自信があり底力のあるアリは、最初ビルの誘いを拒否したのだが、彼の言うことに従っておいたほうが賢いやり方だと思い、あきらめるほうを選んだのだった。あとでビルに復讐する方法もなくもなかったが、もちろんそれは彼の死を意味していた。相手は彼を殺害する手段にはこと欠かなかったからだ。強制収容所のなかではカポやドイツ人はどんなことにおいても正しかったのだ。

もうひとりのオランダ人ボクサーは、アリのもつ自尊心は持ち合わせていなかった。食べ物をもらうためなら試合に負けることもいとわなかった。カポと監視員らの楽しみは、彼に食べ物をあてがうかわりに、面白おかしく彼の顔面を殴ることだった。彼は常に飢餓状態にあった。が、監視員補佐たちは彼を怖れていたのか、誰も彼には手を出さなかった。それにしても、彼がくらった殴打の四分の一でもわたしが受けていたなら一週間ももたなかっただろう。

それ以上に想像しがたいシーンに出会ったこともあった。ひとりのポーランド人炊事係が空の樽をもってきて彼の仲間のひとりに渡そうとしていたときだった。それを見たオランダ人ボクサーがポーランド人からその樽をひったくり、樽のなかに残っている残飯をひっかきはじめたのだ。炊事係が彼の顔を殴ったが、ボクサーはあきらめずに頭を樽のなかにのめり込ませて、底にある残飯をむさぼりつづける。そのあいだも炊事係は彼の頭を殴りつづけるのでオランダ人は頭をのけぞらせては餓鬼の目つきで炊事係をにらみ返す。これが残飯をたいらげるときの最良の方法だったのだ。

きれいに舐めまわされた樽を回収した炊事係は、飢餓状態のオランダ人の頭をパンチングボールのように叩きつづけたあとの快感を顔に浮かべながら言いきった。

「飯ごう一杯分のスープのために、彼は二十五回の尻打ちも喜んで受け入れるだろうよ」

おまけに彼の着ているものときたら不潔そのものだった。アリ・パッハが食べ物や衣類なども彼のために探してきてやったのだが、もらえばすぐに飯ごう一杯分のスープと交換してしまうのだった。いつもパンを乞い歩き、ポーランド語は三語ぐらいしか知らないこのオランダ人を、坑夫たちは嫌っていた。が、この小柄な元ボクサーがよく働くので批難しようもなかった。あるときポーランド人が彼をまるで犬のように扱っているのを耳にしたことがある。

「作業班長にはまことに都合の良いユダヤ人だ。奴はパン一切れ、つまり餌を投げ与えさえすれば、よく働くんだから」

坑内事故

ポーランド人らがわたしたちに課す仕事のノルマを果たすためには、食糧の摂取量が不十分すぎると何度も要求したのだが彼らは耳を貸さなかった。班長のコペクは、わたしたちが早く掘り進んでいくことしか頭になかった。坑内の規定では、安全を期するために坑内にたまっているガスを排出させるための直径一メートルはある換気管を備え付けなければならないのに、コペクはそんなことも無視していた。そんなとき彼の体が突然、崩れ落ちたのだ。とっさにわたしは彼に飛びつき後ろに引き倒した。

彼は立ち上がりながら、誰が彼の体を危険区域外に引きずり出したのか訊き、わたしだとわかると、ありがとうの一言も言わずに、自分の息子に罵声を浴びせた。コペクは自尊心を傷つけられたのだ。最初に気がついたのはユダヤ人であるわたしなのに、彼は腹いせに息子とわたしに当たり散らすのだった。彼が倒れたとき、わたしは手をこまぬいたまま、息子に親を救助させるべきだったのか。コペク自身、仕事上の大きなミスを冒したことは知っていたはずだ。彼は、この出来事については口外しないようにと、わたしに忠告した。この事故以来、彼はわたしとロターを大事にするようになっていた。

もうひとつの坑内事故はもっと重大だった。このとき、わたしはセメントでできた避難所の近くで働いていたことと、古参の坑夫がいる班に戻って来ていたので二重に運が良く助かったのだった。この年老いた坑夫が口酸っぱく言っていたものだ。

「落雷に似た轟音が聞こえたら、すぐに道具を手放し、ランプを取って、セメントで覆われている狭い通路に避難するんだ」

まだ何も聞こえないうちに年寄りは頭を上げて、「早く！　俺のあとについてこい！」と叫ぶと同時に爆音が響いた。避難所にとび込んだのと同時に、天井を支えていた何本かの柱がねじ曲がり、砕け散っていくのが見えたのだ。換気管も地べたに倒れていたが切断されてはいなかった。轟音は止んでいた。

それから数分後、古参の坑夫が救助隊のチーフとなり、土砂に埋まった男たち四人にコンタクトをとることから救助作業をはじめた。埋まっているのは二人のポーランド人と二人のユダヤ人で、そのひとりは友人のルブロだった。わたしたちは暗号の代わりに換気管を叩きながら連絡をとった。何人かは負傷している。彼らが近いところにいて叫んでいるのが聞こえた。それから十分ほどして、彼らの声は聞こえなくなった。

セメントでできた通路には道具一式が備えてあったので、ただちに通路を塞いでいる瓦礫を取り除くことからはじめた。十五分後に救助班が到着し、一時間後には炭坑責任者であるポーランド人が着いた。そして古参の坑夫が、最初の救急作業を思い立ったことを褒めていた。わたしたちは木材をもってきて、四人のいるところまで掘り進んでいった。

ユダヤ人ひとりとポーランド人二人が重傷を負っていた。友人のルブロは傷を負っていなかった。大きな一枚岩が斜めに落ちてきて、一方の端が地面に突き刺さり、片方が壁に支えられていた。ルブロはその一枚岩の下に閉じ込められ、落石がその上に降りそそいだ。この岩に保護されたのだが、足がそのあいだに挟まってしまい、身動きもできなかった。

二時間の救助活動の後、ようやくルブロを引きずり出すことができたのだが、彼は眠りつづけていた。

「どこも痛くなかったので叫びつづけたんだ。それから足が痛みだしたのだが、外界から完全に断ち切られたと思って寝入ってしまったのだ」

そう説明されても彼の離れ技を理解するのは難しかった。この話だけでも、わたしたちがどれほど睡眠を必要としていたかがわかろう。

彼は軽い切り傷だけですみ一週間の病欠が許された。どこも悪くない収容者が医務室に一週間もいられるなんて、いままでにない寛大さだった。

それからも一週間か二週間ごとに事故が起きては、そのつど被害を受けるのはわたしたちだった。石が一個落ちてくるだけでも負傷は避けられなかった。わたしたち収容者はポーランド人のようにヘルメットを被らせてもらえなかったからだ。

それから二日経ったあと、腐りかけたホースを使って坑内に充満するガスを吸い込んでは、その濃度を測る役がわたしにまわってきたのである。このような非常に危険な作業はいつもユダヤ人にまわされるのだった。ロープを腹部に巻きつけて坑内を進んでいくのだが、狭い坑道では這っていくのがやっとだった。わたしが停止すると、事故があったことの知らせであり、ロープが引張られて助け出されるのだ。一メートル進むごとに換気管を足していき、二時間もすると、戻るべしという合図がくる。

出るときも腹這いになりながら後退していき、穴から頭が出ると同時に誰かがわたしのヘッドランプを外し、その灯でわたしの眼を直射するので眼がくらみ何も見えなくなる。するとドイツ語の分厚い声が「上官の前では帽子を取るんだ」と叫び、わたしの左耳に平手打ちが飛んできた。吸角のような平手打ちは鼓膜を破り、いまでもその後遺症がつきまとっているのである。

このような仕打ちを受けたのはわたしだけではなかった。それは、ドイツ人となった元ポーランド人炭坑夫長の気晴らしのための暴力でしかなかった。わざと鼓膜を破るために強烈な平手打ちを耳にくらわせたのだ。仲間のなかには両耳の鼓膜が破られた者もいるというから、わたしはむしろついていたと言える。元ポーランド人らによると、この悪たれは戦前は一介の炭坑夫にすぎなかったが、多少ドイツ語を話せるということでナチス親衛隊員となり、現場主任にまでなった。彼はよく坑道を歩き回っては、収容者を痛めつける機会を狙っていたのだった。

絵はがきと無頼漢ビル

一九四三年二月下旬、監視員ハイナーがふたたび姿を現したのだ。彼のおきまりのスピーチのあと、収容所司令官がつづけた。

「あなた方全員が家族に絵はがきを一枚送って良いことになった。いつまでこの許可がつづくか分からないが、あなた方の働きぶり次第だ。家族たちから良い返事がくることだろう」

このスピーチを聞きながら、わたしはその裏に隠されていた罠を感じとっていた。〈だが絵はがきをくれるというのだから、それを利用しないというわけはないだろう〉と自分を納得させた。もちろん妻の住所は書かずに、家主のB氏宛に送ればいいのだ。彼はカトリックだし……。決心する前に、急いで家族に絵はがきを送った仲間たちが確かに返事をもらったかどうかを確かめてからにしようと思った。

いざ絵はがきを送るといっても何を書いてよいのかわからず、ドイツ人の指示に従うほかなかった。「元気かい？　息子はどうしている？　俺は元気だ。よく食べ、坑内でもよく働いている」と書いたあとで考え込んでしまった。〈もし妻も強制移送されていたとしたら、少なくとも家主は返事をくれるだろうか……〉

家主とは良い関係を保っていたから、妻にはがきを送っても何ら問題は起きないだろう……。だがその考えは甘かった。これほどまで用心したのに、ちょっとした行き違いでそんな気遣いも何の役にも立たなくなったのだ。家主は、郵便局に留められていたわたしからの絵はがきを、時間が惜しいらしく取りに行くこともしなかった。郵便局員が置いていった郵便物の不配通知を妻に渡しただけだった。アーリア人であるBにとっては郵便局に行くのは何ら問題なかったのに、黄色い星形の布符を胸に縫い付けている妻にはあまりにも危険だった。彼女が行けば郵便局で捕まる確率は五分五分だった。それにもかかわらず彼女はわたしの消息を是が非でも得るために郵便局に出向いて行ったのだった。

この絵はがきの問題があったあと、ある晩、わたしはバラックの見張り番をさせられた。監視員補佐が毎晩、収容者のなかからひとり選んで入口の前に立たせるのだ。誰も外に出さないことと、外部の者が入って来ないようにさせるためだった。親衛隊員かカポが来ると、兵士のように直立不動の姿勢で叫ばなければならなかった。全員が眼を覚ませば問題なかったが、夜の監視員補佐のなかには、全員を寝床から跳び上がらせ外で点呼したあと、「スポーツ」までさせて楽しむ者もいた。たまたま見張り番が立ったまま居眠りでもしていようものなら、こっぴどく殴りつけられ、翌朝は医務室に送り込まれたあとアウシュヴィッツ行きとなるのだった。常時睡眠不足のわたしたちにとって見張り番ほど過酷な役はなかった。

したがってわたしが見張り番のときは、眠りこけないように座らずに絶えずバラックに沿って歩きつづけるようにした。足の痛みがあまりにも激しくなると、スツールに一分ほど腰掛けた。それ以上休んだりするとビルみたいな監視員は、真夜中でも拷問のスポーツをさせるので用心しなければならなかった。

ビルがアルコールの臭いを漂わせ、よろめきながら近づいてきた。見張り番として座っていたわたしは即座に立ち上がり、報告を述べようとしたとき、

「もういい、座れ」。彼が喉にからまるしゃがれ声で命じた。

わたしの血は凍りつき、内心〈この無頼漢はまた何を思いついたのか〉と、かまえざるをえなかった。

「おまえ、怖いんだろう。恐れることはない」

この言い方こそ、正真正銘の殺し屋のスタイルだった。

「監視員補佐を起こしてこい」

彼を起こしに行く必要はなかった。尻尾を振りながら主人の足先をなめる犬のように、すでに彼がそこに控えているではないか、わたしよりも震えながら。どうしてなのかわたしには理解できなかった。

「誰がおまえを見張り番にさせたんだ? この奴か?」。ビルがわたしに訊いた。

「はい、監視員殿、わたしです」。そばにいる補佐が答えた。

「そうか。腰をかがめろ」と言って、ビルは補佐の尻に鞭の一撃をくらわせた。

監視員補佐が鞭をくらうことは少なかったのだが、このときのビルは泥酔していたため、幸いに鞭はさほど強烈ではなかった。

「ガルバーズ殿、これからはけっして見張り番にはならないように!」

この言葉に、わたしは困惑する以上に圧倒され、監視員補佐もどうしていいのか分からず、わたし以上に困惑しているのを見て、この状況の変化に喜ぶどころか不安に襲われるのだった。警戒せざるをえなかったのだ。〈ビルは酔っぱらってわたしを別の人間と間違えているのだ。酔いが醒めたあと、彼が何をしでかすか分からない。監視員補佐も、このことでわたしに復讐するだろうし。ビルから折檻を受けるたびに、彼はバラックの全員にその仕返しをしているのだから。今度はわたしだけがやり玉にあがるだろう〉

ビルがわたしのほうをふり返って話しかけてきた。

「おまえには奥さんがいるんだろう?」

「はい、監視員チーフ殿」

「殿をつけるのは止めろよ。おまえの息子チャーリー君は俺の娘と同年なんだってな。いっしょに乾杯しようぜ」

この言葉に喜びで胸が破裂しそうだった。彼がわたしの息子の名前を当てずっぽうに言うはずはない。つまり彼のポケットか事務室に妻からの手紙が届いているはずなのだ。だがその予想とは異なり、モドと飲むときのようにウオッカを小さなグラスで飲み干さなければならなかった。すぐに内臓が焼きただれ、立っていられなかった。明日は坑内に降りていってポーランド人坑夫のもとで働かなくてはならないし、睡魔に襲われている、とビルに説明しても彼には通じなかった。

「あの卑劣なポーランド人らをここに連れてくるんだ。ポーランド人は嫌いではないが、三日以内に全員殺してやる。とにかくおまえは寝に行っていい」

この日から、無頼漢のなかでわたしに害を与えない者がひとり増えたのだ。二人目がこのビルだった。彼は自分の人生についてわたしに語りだした。

「俺はこれでもならず者じゃないんだ。妻も子どももいる。空軍で働いていたのだが、ばかなことをしてしまったんだ。部隊の会計から金を盗んでしまったのさ」

空軍に入る前に何をしていたのか訊こうとはしなかった。これ以上は知っておかないほうが無難だろうと思ったのだ。

ビルの理髪を担当していた仲間のシエラツキはもっとほかのことを知っていた。ビルが彼に語ったところによると、

「俺が軍隊にいたとき、ポーランド侵攻作戦中、小さな町で俺のいた部隊が、五十人ほどのユダヤ人を市営の屠殺場に連行した。そこに家畜の皮を煮る巨大な銅製の鍋があったので、かまどに火をつけて彼らを鍋のなかに放り込んだのだ」

毎朝、髭を剃ってもらうあいだ、ビルはこの種の手柄話を語ったという。シエラツキが「しかしそのようなことは人間にはできないはずです」とただすと、ビルは開きなおって言ったという。

「知らないのか？　ナチス親衛隊員らはもっとひどいことをしてるんだ」

「もちろん親衛隊員はいうまでもないですが、まさか監視員チーフ殿がそのようなことを？」

「もちろんさ。残忍さにおいては彼らのほうが勝っているのだ」

が、ここでは彼はボブやウィリーら同邦人に負けない残忍さを発揮していた。後者の二人は元殺人犯であり、収容所の警備員になるために刑務所から出てきた輩だった。残酷さと野蛮さにかけては、名前は忘れたが、縦坑で監視していたカポ以上だった。

このカポは、坑内でのどんな些細な落度に対しても、それを冒した収容者を医務室に連れていき、足を結わえて逆さまに天井から吊るし、「落度」の度合によって半時間から二時間、この拷問をつづけたのだった。この酷薄なカポは、こうした残虐行為に対して何ら罰せられることはなかった。ナチス軍壊滅時に、彼はベルギー出身の二人のユダヤ人を助けたということで、ユダヤ人らも彼については好意的な証言をし、他の監視員らより収容者に対して寛容だったということで戦犯容疑を免れ無罪となり、どこかで静

かな生活を送っているという。

当時ヤヴィショヴィッツでは、ユダヤ人やカポ、収容所監視員たちは皆「非人間」の子孫とみなされていたのだった。

親衛隊幹部らによって考えだされた「絵はがき」作戦には明確な目的があった。つまりアウシュヴィッツに移送されたユダヤ人の状況について外部の人間を安心させるためだった。余命三週間しかないビルケナウの収容者にも、わたしが書いたのと同じように、「収容所内ではよく食べ、大事に扱われているので元気だ」と、家族らに宛て書かせられたのだった。(原注)

小荷物を受け取る

翌日、良い知らせが押し寄せてきたようで気が遠くなるようだった。まず妻と息子が生きているということ。そして彼女の手紙のほかに小荷物が届いたのだ。もうひとつは、ドイツ人の事務員カール・グリマーと話すことができたことだった。彼は元詐欺犯として収容所に入れられたため緑色の三角形の布符

原注　あれから四十年後の一九八二年、わたしの孫娘の通っていたパリの高校の歴史教師が真面目に生徒にした説明によると、最近歴史家たちがアウシュヴィッツの収容者らが家族に送った絵はがきを発見し、それらに書かれてあった内容からすると、強制収容所のユダヤ人たちは一般に言われているような酷い扱いは受けてはいなかった、と説明したという。

を胸に付けていたが、例外的と言っていいほど誠実な人だった。彼の手には決して鞭などは握られておらず、足蹴も絶対くれなかった。いつも役に立ってくれて、司令官の前でも機転と外交手腕をもって収容者のために計らってくれていた。(原注)

彼は、わたしが過ごしたすべての強制収容所のなかで人間として振るまっていたただひとりのドイツ人だった。最近得た消息によると、彼はアルコール中毒で死んだとのことだった。

わたしが司令官のオフィスに入り込んでいったとき、秘書のグリマーはひとりだった。

「ガルバーズさん、なんとあなたは運がいいんでしょう。奥さんからの小荷物が一個届いていますよ。もうひとつ、これも良いニュースかもしれません。ご存知のように、わたしの仕事は収容者のリストを分類し整理することですが、あなたのカードには特別なことは明記されていませんので、あなたの父親はカトリックで、母親はユダヤ人だとつけ加えておきましょうか。ここではたいした役には立ちませんが、万が一というときのためにそうしておきましょう…」

このときわたしたちはフランス語で話したのだが、彼のフランス語は完璧だった。わたしの驚く顔を見て、今度はドイツ語で、彼は仕事のために必要だったので学校でフランス語を学んだと話してくれた。

妻は友人のグベレクにも幾つかの小包を送ったが、彼の手もとには一個しか届かなかった。小包はアウシュヴィッツの事務所を経てきていた。そこではポーランド人が働いていたのだが、名前からして彼らはわたしを純然たるポーランド人ととっていたのだが、グベレクという名前は歴然としたユダヤ人名だ。

収容所から帰還したとき、わたしは小包をどうやって収容所まで送れたのか妻に訊いてみた。わたしが送った絵はがきに対して、彼女はすこしずつだが返事を送るために厄介な経路を経ていたのだった。まずユダヤ人関係の組織をとおして、そのあとはフランスにあるドイツ軍参謀部を経なければならなかった。妻の考えついたことは、これらの組織を通さずに直接郵便局から送ることだった。そのためには郵便局で働いている友人に小包を渡して送り出してもらえばよかった。郵便局にユダヤ人が出向くことほど危険なことはなかったからだ。妻が送ってくれた小包のなかで三個だけがわたしの手もとに届いたが、そのなかにはほとんど何も入っていなかった。親衛隊員とカポたちが途中で中身をくすねていたからだ。

蜂巣炎

坑内で膝当ても付けずにひざまずいて働いていたため、わたしは蜂巣炎《ほうそうえん》に罹ってしまった。ポーランド人らは膝当てを付けていたが、わたしたちには与えられなかった。上着を地べたに敷いてみたが役に立たなかった。腕や尻の蜂巣炎ならまだがまんできるのだが、ひざの蜂巣炎は拷問にひとしかった。右側の膝が膨らみはじめたときはどうしてよいか分からなかった。こういうときはタマネギを食べるといいと言われたが、手に入れるだけの余裕もなかった。闇取引されるタマネギだけが唯一のビタミン源となっていただけに値が張りすぎていた。その代用として仲間がすすめてくれたのは、内部が緑がかった腐りかけた古いパンの身だった。

原注　一九五六年に彼がパリに来たとき、わたしたち生存者が集まり彼の歓迎会を開いた。共産主義者たちも彼に対しては責めようがなく、盛大な晩餐会を開催したのである。彼は帰る際、二個のスーツケースがいっぱいになるほどの、元収容者たちからのプレゼントを持ち帰ったのだった。

収容者のなかで蜂巣炎に罹らない者はいなかった。誰もが罹っていたので慣れきっていたため、それが普通と考えるようになっていたが、膝となると坑内でどうやって働けるのか、それに耐えるのは辛かった。班長は、ポーランド人のなかでいちばんわたしたちに好意的だったが、彼が作業速度を緩めることと、態度を完全に変えないかぎり、この状況は変わらなかった。

　わたしは医務室に行くほかなかった。ポーランド人軍医ステファンは病臥者や負傷者とはほとんど話さないほうだが、幸いにわたしに気がついてくれた。親衛隊員軍医が検査に来たとき、わたしのヘルニアは生まれつきのものであり、炭坑の仕事には合格としてくれたのは彼だった。

「二日後、明日か明後日にもう一度医務室に来るように。ここにいる全員が出ていくからベッドが空く」

　医務室にいる者はビルケナウに移され、奇蹟が起こらないかぎり彼らはガス室送りとなったのだ。(原注)

　作業で負傷した者だけがたまに救われたのだった。そうして助かった二人の元収容者と解放後に再会できたのだ。ひとりはブトナーという名前で、彼のナンバーは二八〇〇〇台で、フランスから最初に移送されてきたグループのひとりだった。坑内のガス爆発で石炭の塊が落石し骨盤が砕かれたが、収容者のなかでも古株だったことから軍医が治療に当たったという。彼は敬意を表したくなる古株のなかの古株だった。わたしより四カ月前に収容所に来ている二八〇〇〇台の収容者がどうやって生きながらえたのか不思議だった。

　もうひとりの生存者は仕立屋だった。幸いなことに、彼はアウシュヴィッツの縫製作業班に入れられたのだった。

　わたしを悩ませていた蜂巣炎に話を戻そう。医務室で軍医ステファンに話したのだ。

「絶対に医務室なんかにはいたくないから、すぐに膝を開けてみてくれ」

「それじゃ、ただちに手術しようか」

それ以来、彼は蜂巣炎除去手術の専門家になったのだった。

まず助手がスツールをもってきて、その上に蜂巣炎に罹った膝をのせると、まるでコミック映画に出てくるプロレス並みの技でわたしの胴体を固定し、もうひとりが足をしっかりと押さえる。準備が整うと軍医がおもむろに言う。

「手術中に泣き叫んでもいい、そうしたほうが気が楽になるかもしれないが口は開けないほうがいいね」

軍医は十字形に切り込んで切開したあと、炎症している部分を絞り出した。わたしは泣き叫ぶどころか気を失っていた。軍医の往復ビンタで眼を開けたとき、膝は包帯で巻かれていた。

「明日包帯を替えるときに、腕のほうにある蜂巣炎も切開しよう」

翌日ポーランド人たちがわたしを凝視していた。そばにいた年寄りの坑夫が怪訝な顔をして、言った。

「昨日の膝の状態からして、こんなに早く起きてこれるなんて思ってもいなかったよ」

「あれ、何もされてないじゃないか」。彼はわたしの膝を見ながら素っ頓狂な声を上げた。

「いや、ちゃんと蜂巣炎を取り除いたんだ。もうほとんど傷みも感じないよ」

原注　医務室にいたユダヤ人は自動的にガス室に送られていた。医務室ではアーリア人だけが治療を受ける権利をもっていた。

「とにかくそこに座れよ。ランプをすこし離れたところに置いて誰も来ないか見張っていろよ」

作業をしなくてよくなりずっと気が楽になり、わたしはどうしてこうもついているのだろうと不思議に思うのだった。

翌夜、腕のほうを診てもらうために医務室に戻っていった。膝の腫れがひどかったので軍医ステファンは前よりも深く切開してみた。もちろん部分麻酔などはせずに。前日のようにわたしは気を失ったが、医師は静かに手術できるのでそのほうが良かった。手術後、二日間は医務室にいるようにと軍医がすすめてくれたが、医務室に留まることはかえって危険なのでわたしは断った。

二日後には膝と腕の腫れがおさまったので、休んだ分だけ作業速度を速め、二人のポーランド人に休息するようにとすすめた。年寄りはそれを断ったが、巨体の若者はこれを幸いとばかり休む側にまわったのだった。

鉱脈

一九四二年末から一九四四年初頭までの一年以上のあいだ、わたしは三つの作業班とともに坑内で働いたことになる。坑道での作業を終えたあと、与太者あがりの炭坑夫長がわたしを指差して言った。

「あんたは頑丈そうだから、石炭の採掘にまわるんだ」

次にロターに向かって言う。

「あんたにはもっと簡単な作業をやってもらう」

高さ七十センチはある岩壁の採掘は坑内でもいちばん苛酷な作業だった。主要な坑道を掘り進んでいくときは多少ごまかすことも、中途で休憩することもできたのだが、ここでは二人で一日二十トンというとてつもないノルマを果たさなければならない。すこしでも遅れると、八時間の残業を課せられた。幸いに親衛隊員らは収容者の監視を一日に三回しかしなかった。いっしょに働いているポーランド人は作業が一時間延びると、さっさと帰宅するが、わたしにはそれが許されなかったので仕事の速度を上げるほかなかった。

二班が先に坑内に入り、わたしたちが作業できる場所を準備する。彼らは坑内を支えている鉄柱を木材の柱に置き換える。次にトロッコまで石炭を運んでいくベルトコンベアの位置を変える。そして鉱脈の岩石に切り目を入れて、石割りの矢と石のあいだに鉄片を差し込むのだ。

そのあとひとりの坑夫が非常に長い導火線を使って、壁面の中ごろを穿孔する。鉄片がうまく嵌《はま》ってなかったりすると壁面が崩れ落ちるので、非常に危険な作業だった。そのあとに火薬師がつづき、穿《うが》たれた穴に何本かのダイナマイトを差し込んでいく。数分後の爆破とともに石炭が粉々になって崩れ落ちてくる。

そのあとがわたしたちの出番だ。最初は場所がなくひざまずくことも不可能なので、横になって、散らばっている無煙炭の破片を手でかき集めるほかない。塊が大きすぎるときはツルハシで砕く。そのまま腹這いの姿勢で粉々になった石炭をベルトコンベアに乗せていく。

石炭が除去されてひざまずくスペースができると初めてシャベルを使うようになる。五十センチ進むごとに石炭をかき集める作業を停止し、「天井」を補強しなければならない。作業を急ぐあまり、幾人かの坑夫がすでに落石で死んでいる。

もうひとつの危険が待ちかまえていた。狭い坑道のなかでベルトコンベアに足をとられないようにして進んでいくには、相当の危険を覚悟しなければならなかった。何人もの坑夫が手か足を骨折している。

わたしはノルマを果たすために過剰労働をつづけていた。石炭の破片で手が擦りむけ、どこも血だらけになっていようが、痛さを感じるひまもなかった。ぬり薬をもらいに医務室に行くのはあまりにも危険だったので、残された最良の消毒手段として……自分の尿を利用するほかなかった。

新しいポーランド人の仲間とわたしは休むことなく毎日二十トンの石炭を採掘するという過酷な作業をつづけた。だが彼は炭坑の近くに住んでいたので、たいして問題はなかったが、わたしは収容所から現場に着くまでかなりの時間がかかり、そのため半時間でも作業が遅れれば、食事ぬきで十六時間坑内の奥で働かなければならなかった。

作業をはじめた最初の月は、坑内の最終通路百メートルを這いつくばるか、膝当てなしでひざまずきながら、重量が五キロもあるランプと、ポーランド人民間坑夫が使っていた二本のシャベルとツルハシ一本などもすべてわたしが運び出さなければならなかった。

ある日、わたしはそれに対して抗議したのである。

「朝食のとき、あんたがパン一切れをくれると言ってももらわないからな。俺はあんたと同じくらい働いているし、収容所のなかでは誰もが俺の仕事ぶりを知っているのだから、あんたは何ら俺を責めることはできないんだ。きょうからは、あんたたちの道具を持ち運ぶのは止めるからな」

相棒のポーランド人はさほど腹を立てるでもなく、お互いに知り合い同士のように、わたしに感慨深そうにもらした。

「いままでかなりの収容者と働いてきたが、そのなかでいちばん頑丈な奴でも三カ月もてばいいほうだ。それなのにあんたはもう六カ月俺と働いてるんだ。たいしたもんだ。きっと無事にここから出られるよ。いままで俺といっしょに働いた者たちは皆死んでるだろうよ」

それ以来、彼とは親しい間柄になったのだった。彼はここではただひとり、反ユダヤ主義者でなかったと思う。

「俺が課すノルマを果たしながら、その元気を保つとはまったく驚異的だ」

そう言われては説明するほかなかった。

「まず妻から小包が二個届いたんだ。それと坑内での作業のあとは炊事場で雇われているから、他の者より二倍の量を食べられるんだ。これが生き延びていられる理由さ」

「しかし坑内での苛酷な作業のあとで、どうやって炊事場で働けるんだ?」

彼は、炊事場の雑用が坑内の作業と同じくらい重労働だと思っているのだろう。わたしにとって炊事場は静かに過ごせる場所であると同時に、拷問の「スポーツ」も課せられることなく、いつも腹いっぱいの状態でいられたのだった。

「収容所のなかでは休息というものを与えずに絶えず重労働をさせることで、収容者をできるだけ早く消耗させるためにすべてが計画されているのさ。ドイツ人はタダの労力を必要以上に蓄えており、それがあり余っているから、こうして二週間ごとにその一部を抹殺する必要があるんだ」

「そういう話をしたのはあんたが初めてではないよ」

彼は、わたしが言ったことを理解していたことは確かだった。

わたしたちは、しばしば二十トンの採掘を予定時間より早くすますことがあった。すると隣で働いている狭いポーランド人らの班が、わたしに彼らと交替して作業を引き継げと迫り、同意しなければサボタージュで告発すると脅すのだ。結局わたしの相棒が、わたしへの好意からなのか、わたしを過労死させないためなのか、またはユダヤ人の協力者を替えるのを避けるためだったのか、遠回しにわたしを守ってくれたのだった。

それからは、いつも一時間前に仕事が終わってしまうので、わたしたちはわざと作業速度を落とすようにしていた。

彼の名前にドイツ語的な響きがあったためか、彼は収容所のなかである種の特権を享受していた。こうして彼は、一九四五年一月末に収容所が修羅場と化すまでの八カ月間、わたしを彼のそばで働かせてくれたのだった。

タオル泥棒

炭坑から戻りシャワーを浴びたあとだった。二人の収容者のタオルが見つからないという理由で、この二人が打ちのめされるシーンに出会ってしまったのだ。わたしたちはタオルを一枚ずつ与えられているが、どれも同じ色だったのでタオルは、卑劣な奴や卑怯者にはまたとない儲け品だった。わたしのも盗られかねなかったので、自分のタオルにははっきりした印を付けることにした。

坑内でタオルと同じ色の、ダイナマイトの導線に付いていた赤い糸を見つけたので、それをタオルの隅に縫い込んだ。

それから数カ月後、シャワー室から着替え室に戻ったとき、わたしのタオルが姿を消していた。シャワー室担当のドイツ系ユダヤ人カポ、レオンは背丈のそれほど高くないチンピラにすぎなかったが、殴るときは容赦ない強烈なパンチをくらわせた。わたしは彼に、タオルが見つかるまではひとりも外部に出さないようにと頼んだのだ。

「みんな自分のタオルを衣類の上にのせて、気をつけの姿勢」と彼が命令し、わたしに向かって警告する。

「おまえのタオルが見つからないと司令官に報告すれば、いつもの二倍の鞭打ち刑を受けるからな」

〈五十回の鞭打ちをもらうなら、彼のではなく司令官の鞭打ちのほうがましだ。彼の鞭打ちを受けたら、じきにムスリムにされてしまう。モイシェ、タオルか命を亡くすかどちらかだぞ〉と自分に言い聞かせなければならなかった。

タオルを盗むには、いちばん最初にシャワーを浴びるグループに入り、いちばん先に出ることだ。さもなければすぐに見つかってしまう。着替え室はどのへんから探すべきか心得ていたので、まず十五本ほどのタオルをかたっぱしから調べていった。そのなかにわたしの付けた印が付いているタオルが見つかったのだ。レオンがそのタオルの持ち主に訊く。

「どうしてこれがおまえのタオルなのか実証できるのか」

「タオルは一本しかもっていません、カポ殿」

次にレオンがわたしに訊く。

「どうしてこれがあんたのタオルだと言えるのか」

「タオルの角に赤い糸が縫い付けられているはずです」

レオンはざっとタオルを調べるが、それらしき糸は見つからない。わたしはタオルを手に取って、どこに赤い糸が縫い付けてあるのか見せてやった。

こうしてわたしは鞭打ちを免れたのだった。この事件以来、ふんだんにシャワーを浴びられるようになり、タオル泥棒にも遭わなくなったのだった。

ヤヴィショヴィッツのロシア人収容棟

強制収容所のなかには五十人ほどのロシア人捕虜を収容するバラックがあった。炊事場のカポ、クリスチャンは元ドイツ共産党員だった。毎日彼はスープが三十五リットルか四十リットル入っている鍋と、パン、あわよくばマーガリンも炊事場から運び出し、同胞らにいつもより多く配給してまわる。ロシア軍がスターリングラード前線で戦勝する前は、隠れてこの種の依怙《えこ》ひいきをしていたのだが、戦況が反転してからは堂々とするようになっていた。いちばん古い古参のカポ、フロドスキもロシア人のいるバラックには配慮を配りはじめていた。

ロシア人のなかにボリスという名の、まだ三十歳になっていない男がいた。いつも顔をこわばらせ、身なりもちゃんとしていて、誰にも殴るなどということはさせなかった。自称ロシア赤軍の上官だと言っていたが、収容所では単なる収容者であり、カポでも監視員でもなかった。だがバラックを牛耳り、黙認の権力をもって支配していたので誰もが彼には気を遣っていた。

だが、ロシア人収容棟のドイツ人監視員は彼らに対しても相変わらず厳しかった。ある日、いつもより異常なまでに厳しい命令を下したのだ。バラックに入ってきて、埃の一粒も容赦せず、寝床の上の整頓ぶりをチェックしてまわり、収容者の無気力な態度も許さなかった。

「無為に時間をつぶすのは体に良くない。さあ、仕事だ！　作業が終ったって？　くそったれ！　外に出てスポーツをやるんだ！」

ロシア人らを静かにさせておくなんて問題外なのだ。スポーツがはじまると同時に棍棒が四方八方に打ち下ろされた。

それから二日後、このドイツ人監視員は便所のなかで頭を毛布で包まれ、尻には鮮やかな赤色のシマウマ模様の跡が残っている姿で見つかった。そのあと彼は一カ月間、医務室で過ごしたのだった。

それを知った司令官の怒りはたいへんなものだった。彼は収容棟の全員をひざまずかせて、片方の腕を前方に伸ばさせ、全身を消耗させるこの姿勢を何十分も保たたせた。ちょっとでも均衡を崩そうものなら、五回の尻打ちをくらわせた。この折檻は他のスポーツと組み合わせて四時間つづいた。

そのあと、ロシア人収容棟にアウシュヴィッツから新しく殺し屋が配属された。背はむしろ小さいほうだが、肉付きがよく肩幅が広く、かなりのO脚だった。彼は騎手が履くような長靴をはき、そのなかにズボンを差し込んでいる。

彼は着任時の誓いのスピーチのなかで明言した。

「俺は怖さを覚えたことは一度もない。誰も怖いと思ったことはなく、とくにロシア人を恐れたことなど一度もない。それでなくても命令に従わないロシア人とユダヤ人にはうんざりしているのだ。おまえたちがどう思っているか知らないが、ここの主人は俺だ」

この新入りの監視員はビルケナウのライビッヒとマレクに似ていた。スピーチの仕方だけでなく、ビルケナウでのように理由もなく盲滅法に獰猛な力で棍棒を打ちまくる。

彼がひとりでロシア人収容者たちを点呼してから数日後のこと、何者かに打ちのめされ、赤いシマウマとなった前任者よりもひどい状態で便所のなかで見つかった。ロシア人捕虜たちは、理由もなく迫害を受けたことに対して復讐を謀ったのだ。事件後、彼らは知らぬ存ぜぬでとおしたのだった。

司令官は、この累犯者たちを懲らしめるにはガス室に送り込むほかない、と思っていた。が、事務室の機転のきく秘書カール・グリマーが他の方法を提案した。監視員としてアリ・パッハを任命すれば、彼はユダヤ人なのだから、ロシア人らにいじめられたりしたら、彼に責任をとらせればいいのだという。カールはアリをよく知っていた。アリがカポだったころ、彼の作業班では誰も殴られたりしたことがなかったし、ボクシングの試合以外は人を殴ることもしなかった。親衛隊員と闘ったときも、「グローブなしでほんとうに殴ったなら、あんたを一発で殴り殺すこともできるんだ。だからパンチを入れたくないんだ」と言って、真剣勝負をしようとはしなかった。

ロシア人らは厳しい規則を課せられながらも、まとまりのとれた一群をなしていた。アリは大声で怒鳴ったが罰することはしなかった。ある日、彼が「充分にユダヤ人らを殴っていない」という理由で彼自身が懲罰を受け、一時間ひざまずいていなければならなかった。

収容者のなかでアリに勝る力量のある者はいなかった。親衛隊員のなかにも彼を殺し屋に仕立て上げられる者はいなかったのだ。収容所のなかでカポにしろ監視員にしろ、一度も拳を振り上げなかったのは彼だけだった。そのうえ彼はオランダ人収容者と食糧を分ち合うこともしたので、誰もが彼を敬い、敬服していた。

一九四四年末、ドイツ軍撤退の直前、彼はひとりのドイツ兵士といっしょに逃亡したが逮捕された。軍法によれば絞首刑になるところだが、彼は別の収容所に移されたのだった。

杖打ちと拳骨

作業は同じリズムでつづけられていたが、雰囲気は良いほうに向かっていた。わたしたちのセクションのポーランド人責任者ピトリングもユダヤ人を打たなくなっていた。彼は最初からポーランド系ドイツ人部下や仲間よりもはるかに寛大だった。前者は初日にわたしを負傷させており、後者は平手打ちでわたしの鼓膜を破った凶暴な奴だった。が、ピトリングに対して幻想を抱くのは禁物だ。なぜなら寛大そうに見えても、つまらないことで罪を着せられた収容者を弁護するなどということはしないからだ。それどころか彼は通りすがりに理由もなく誰かの体に杖を打ち下ろす癖があった。

彼のこの豹変ぶりについて坑夫たちが語ったところによると、彼の娘がレジスタンス活動家と関係をもったことでアウシュヴィッツに送られたことと、やはり収容所にいた彼の息子が逃亡したということだった。したがってドイツ人たちは父親がどんなに忠誠を誓っても信用していなかった。

ところでわたしにしては初めてのことだったが、作業が予定より二十分ほど早く終了していたため、不注意で立ったまま眠り込んでしまっていた。疲労困憊しているわたしたちは手から道具を離すや眠りこけてしまうのだ。そこにピトリングが現れて、わたしを杖で二発殴った。

新入りのポーランド人坑夫によれば、六カ月前にこのことが起きていたならば、ピトリングは司令官に報告していたはずで、わたしは五十回か百回の鞭打ち刑に処せられ、死んでいたはずだという。それを免れられたのは、彼の娘と息子のおかげだったと言えよう。

翌朝、同僚が地べたに置いてあるラードとバターが塗ってある一切れのパンを見つけた。前日わたしに処した体罰の詫びのしるしにピトリングが置いていったのは明らかだった。ポーランド人仲間は他愛ない口調で「あんたはどこにでも友人がいるんだな」と言いながらパンを差し出した。が、わたしはもとあった場所に置いてくれと頼んだ。

「そうだよな。俺たちが去ったあと、彼がそれを見つければわかるだろうよ」

わたしたちが別の班に移ったとき、ロターはトロッコを機関車まで押していく作業班に加えられた。ドイツ人監督に言わせれば、簡単な作業だというが、実際にわたしがしていた作業よりずっと辛く過酷だった。

同じ時期にアリ・パッハは炭坑の深奥に送られた。この左遷の理由は「仲間を殴ろうとしない」からだった。それはロターに科されたのと同じ左遷の配属だった。

ロターは急坂の坑道で四苦八苦しているのでアリが手を貸したら、数人のポーランド人坑夫が怒り狂った。

「そりゃ何だ？　この意気地なしのユダヤ人がひとりでできないのは自業自得だ。カトリック系の奴らのほうがよく働く」

　ある日、アリがロターを助けているところに喧嘩早いポーランド人が来て、それを邪魔しようとした。このときトロッコが勾配のある坑道の上のほうから転がってきたとき、アリはまだロターから離れていなかった。すると卑怯なポーランド人がトロッコを押し返したので、アリがこの無頼漢を押しのけるのと同時に、五人のポーランド人が駆けよって来た。それを迎え打ちするようにアリが彼らをこっぴどく殴りつけた。

　この事件でアリは収容所に送られたので、わたしは気が気でならなかった。ただごとではすまないはずだ。が、秘書のカール・グリマーが司令官に説明してくれたおかげで、この事件は波風立てずに葬られたのだった。司令官は日曜日の娯楽のためにアリのようなボクサーを必要としていたのだ。

　結局アリは坑内に戻らなくてよかった。ロターにはもうひとりの収容者をあてがわれたが、ひとりで働く能力がないということで五回の棒打ちをくらったのだった。ここでは落ち度のない者も折檻を受けるのが日常となっていた。

アリ・パッハの反撃

　一九四三年、事務所の前に、「今後は何ら理由なく収容者を殴ることを禁じる」と記された通告書が貼られていた。これまでに背中への棒打ちを避けられたのは、それに対して反撃できるだけの体力のある者だけだった。ある日、カポのチーフがアリ・パッハに向かって、牛の腱を乾燥して作った強靭な鞭を振り上げたのだ。このときアリもカポだったので部下がついていたのだが、相手はドイツ人だった。アリは通告文を指して身をかまえたが、相手は鞭打ちは禁止項目に含まれていないと主張し、アリに鞭を振り下ろした。それと同時にアリの拳が口もとに直撃し、ドイツ人の歯が二本砕かれたのだった。敵は口からほとばしる血を拭きもせず、そのまま司令官のもとに報告しに行ったので、すぐにアリが呼び出された。

「なぜそんなに強いパンチで反撃したのだ」

「何の理由もなしに彼が数回鞭打ちをくらわせたからです」

「手を見せてみろ。いや開かずに強く結んで」

アリは普通の手の二倍はあるごつい拳を司令官に見せると、司令官は苦りきった表情を見せながら、

「ウイ、ウイ、ウイ、この塊をのけろよ。こっちが怖くなる」と言ったあと、カポのチーフに向かって言った。

「とんまな奴だ。自分より強い者に対しては攻撃しないものだ。きょうからおまえはカポのチーフでもなんでもない下っぱだ。他の者と同じ作業につくのだ」

だが、ドイツ人、なかでも元軽犯罪人が付ける緑色の布符を胸に付けているドイツ人は実際に罰せられることはなく、懲罰を受けても仲間同士で庇い合っていた。彼らは地上でも坑内でも働くことはなく、腹を空かせることもなく、棒打ちも免れていた。そして一週間もすればふたたびカポか監視員になれるのが普通だった。それが一日にしてカポのチーフが地上の監視員役から坑夫に蹴り落とされたのだ。

二人目のオランダ人ボクサーも拳を司令官に見せたが大目に見られていた。こうした例外は彼らくら

いで、わたしたちに対する扱いは変わるどころか反対に残酷さを増していた。それにひかえビルやボブ、モドや他のドイツ人のごろつきどもは、収容所内での掟は誰が定めているのかを示すために、数週間のあいだに殴打の激しさと「スポーツ」の残忍さを倍加させていた。彼らはそろってアリを抹殺しようとしたのだが、幸いにアリはボクシングの技量のおかげで身を守りつづけていられた。司令官が月一回、ボクシング試合を行なっていたが、アリは興味半分の殴り合いの相手にならなくてすんだのだった。

アーリア系のロシア人やポーランド人は、位についていなくてもしばしばユダヤ人を虐待した。が、坑夫らの反発が強まっていたので用心しなければならなかった。わたしたち坑夫は他の収容者よりも多く食べられたので、腕力で身を守るだけの力を蓄えていた。たとえば友人のグベレクも、理由もなく彼をユダヤ人野郎扱いして殴ったロシア人に仕返しをしていた。

イタリア兵とハンガリー人児童

一九四三年末、イタリア人の一群が収容された。わたしが見たところでは、彼らはユダヤ人ではなくイタリア軍兵士で、ナチスに反抗したため処罰されたようだ。

いちばん印象を受けたのは彼らの上官の容姿だった。彼は職業軍人の硬直した姿勢で自信に満ちていた。ドイツ人らは、彼のよく磨かれた軍靴と片眼鏡は取り上げずに許していた。

しかしそれから一週間後、彼は涎をたらし、鼻をたれ流し、ぼろ着が肩からたれ下がっていた。軍靴は盗まれたのかガタガタの木靴を履いていた。茫然とした眼つきで鼻からずれ落ちる片眼鏡を引き上げる力もないようだった。

それから一年後、最後の貨物輸送車でハンガリーから約百人のユダヤ人児童が到着した。彼らは皆十五歳だというが、見るからにやっと十二歳になったくらいに見えた。つまり十五歳以上の者はガス室に送られなかったのだ。したがって彼らのほとんどが選別されて坑内に送り込まれた。児童らは、ベルトコンベアーの上で石炭に混ざっている小石を取り除く作業をさせられた。

彼らが地上に上がってきたときだった。生粋のドイツ人で緑色の布符を付けているが、ごろつきだったことはないというカポ、ペーターがいちばん年少の二人の少年を選んだ。モイシェレとサンダーで、十二歳にも見えなかった。ペーターが彼らの手をとって連れていき、シャワーを浴びさせて清潔な服を着させた。彼は仕立師にズボンの長さを短くするようにと頼み、まるで少年たちの父親のように世話をしていた。自由時間のあいだ、彼らに対して嫉妬する仲間たちから危害を受けさせないように、靴修理人のところに連れていき、手にトンカチと釘を握らせて、親衛隊員が来ると、靴の修理をしているふりをさせていたのだった。

オリア

パリにいたころオリアは、わたしが属していたスポーツ・クラブでボランティアとして体操を教えていた。収容所に着いたころ、わたしは彼があまりにも怖かったので彼を知らないふりをしていた。パリでは彼の評判はあまり良くなかったからだ。

収容所では、自分の生命を守るためと飢餓状態に陥らないために、彼は無頼漢たちの大将になっていた。ポーランド人やドイツ人たちのごろつきグループの比に及ばない小さなグループだったが、収容棟の責任者に任命されるや、彼は理由もなく力いっぱい殴りはじめた。けっして殴らないアリ・パッハやフランス系ユダヤ人弁護士アヤグ、または殴るふりをしていたジゲルとはまるで正反対だった。

オリアの凶暴さは見てはいるが、彼のもとで働いた者の証言を集めてみた。ボッホヘンドラーが語るところによれば、

「あの無頼漢が俺にビンタをくらわせたので、『何のために俺を殴るんだ。スペイン内戦のとき民主主義のために国際義勇軍のなかでいっしょに戦ったのを忘れたのか。俺たちが戦場で罠の溝にはまったとき、へたすればそのまま出られなかったのを覚えているだろう』と叫んでやったのだ。オリアが何と答えたと思う？『消え失せろ！　さもなければもう一度ビンタをくらわすぞ』」

当時オリアは四号棟の責任者で、収容者たちに地下道を掘らせていた。うまく掘りつづけていけば有刺鉄線の向こう側まで脱出口ができるはずだった。が、穴を掘っている途中で不都合なことが起きたのだ。オリアが交替させられ、アヤグが主任になった。

規則として、どんな逃亡の試みも最後は死刑に終る。オリアは別の収容所モノヴィッツに異動させられたのだが意外にも、数日後ふたたび主任として戻って来た。

この寛大な処置はどういうことなのか。収容所のもうひとつの隅でドイツ人カポと監視員たちが地下道を掘っていたのだ。だが最終的には密告者に暴かれたのだ。が、秘書のカール・グリマーがうまく煙に

まいたのだった。つまり地下道は二つともドイツ人ごろつきどもの仕業であると報告したのである。収容所内のごろつきたちは貴重な人材だから、けっして殺すことはしなかった。このでっち上げがみごとにことをまるく収めたのだ。が、アヤグやオリア、他の者たちも残酷な棒打ち刑を受けたのだった。

モノヴィッツ強制収容所（原注）でもオリアは収容者らを殴りつづけた。被害者の証言が絶えなかった。

「オリアの担当するバラックに入っていくなり、息つくひまも与えず彼が俺を殴りつけたんだ。息絶え絶えに、『ここの担当者に公式通知を渡すようにと命令されたのだ』と答えるのがやっとだった」

「するとオリアが『バカ野郎！　早くそれを言えばよかったんだ』と罵声を浴びせたのだ。『しかし話させようともしないじゃないか』と答えると、『黙れ！　余計なことを言うな！』と叫んだ」

一部の者はオリアが元レジスタンス活動家と思っていたが、多くの仲間たちの脳裡には、収容所のプリンス、あるいは無頼漢としてのイメージが焼き付けられていた。

解放後、スキャンダラスなことが起きたのだ。何人かの生存者がオリアとジゲルを告発し捕まえさせたのだが、そのあとすぐにオリアを保護するようにという命令が下ったのだ。誰からの命令だかわからないが簡単に推測できた。わたしは事実を報告しに行くとともに二人の仲間に事情を訊きに行った。彼らによれば、裁判はすでに終っていた。疲労困憊したうえ病弱だったわたしには、この問題を詳しく調べる体力はなかったが、あとでわかったのは、わたしたちが完全にだまされていたことだった。

三人の証言によれば、オリアの彼らに対する扱い方は良かったという。したがってオリアは無罪放免になった。彼に対して好意的証言を行なった者を探してみたのだが、ひとりも見つからなかった。

しかしながら彼は裁判では勝訴したものの隠れて暮らさなければならなかった。多くの元収容者が彼に仕返しをしようとしたが誰も見つけられなかった。数十年経った後の最近のこと、X氏がわたしに語ってくれた。

「いつかオリアに出会ったら、俺からよろしくと言っていたと伝えてくれ」

いっぽうジゲルはビンタを放つときもオリアより力を抜いているので、ほとんど痛さを感じさせなかったし、理由もなく殴るために殴るということはめったにしなかった。戦前に会ったことはなかったが、初日に会ったときも、わたしは彼を怖いとはすこしも思わなかった。そういう人物だったのだが、彼は懲役十五年の刑を受けている。

オリアは収容者たちをくだらない理由で、たとえば身なりがだらしないと言っては殴りつけていた。いつも彼の平手打ちはあまりにも強烈だったので、被害者の頬が腫れあがった。ドイツ人やポーランド人カポの鞭打ちや棒打ちに比べれば、彼の平手打ちはものの数にも入らなかったのだが、ジゲルに十五年刑を下すのなら、オリアにもそれと同じ刑罰が下されるべきだったのだ。

クゲルと手袋

ふたたびバラックを替えられ、今度はオリアが担当する四号棟に移された。

原注　モノヴィッツはアウシュヴィッツⅢに属する強制収容所で最大のゴム工場があった。収容者一万二千人の大半は女性収容者だったという。

ある日、凍てつく整地作業地で働く友人が手袋が穴だらけなので、他の手袋を探してくれないかとわたしに頼み込んできた。当時誰もが手袋をあてがわれていたが、穴の開いている手袋をもらった者は、指の何本か手まで凍傷に罹っても仕方がなかった。

わたしの横に、闇取引に長けているクゲルが眠っていた。一般のポーランド人と闇取引するにあたって手袋は格好の交換物だった。わたしは気づかれないように彼のわら布団の端をすこし持ち上げてみた。案の定、新品の手袋が数組隠されていた。その一組を抜き出して、その代わりに友人の穴だらけの手袋を差し込んだ。

こそ泥に気がついたクゲルは、こんなことをやる勇気のある者はわたししかいないと勘ぐった。即刻彼はオリアに報告しに行った。すぐにオリアが現れ、何も言わずにわたしを殴りつけるかまえをしたので一歩退いた。

「クゲルの言うとおりだ」。わたしが開きなおると、彼のほうが面食らい躊躇した。

彼の平手打ちをくらったとしても、友人の手を保護してやれるならそのほうがましだった。

「手袋なんか盗んでない！」。わたしが叫ぶと、クゲルは友人の古い手袋を眼の前につき出した。

その事実を認めようとしないわたしに対し、鬼の首を獲ったかのように収容棟の責任者に告げに行った。

「おわかりでしょう、主任殿、奴は自分が抜き取った手袋を見せようとしないのです。彼が盗んだのは明らかです！」

わたしが態度を変えずにあやふやな面持ちでいると、ついにオリアが爆発した。

「盗んだ手袋を出せ！　さもなければこの場で五回の鞭打ちだ！」

わたしはしぶしぶ手袋を出して見せた。

「この手袋はおまえのか？」。オリアがクゲルに尋ねた。

「ちがう！」

「よく確かめてからぐちを言うんだ！　探すのを手伝ってやる！」

オリアはわら布団の下から六組の新品の手袋を見つけ出し、さすがに当惑顔を隠せなかった。普通ならこのような闇商品は没収すべきものなのだ。だがクゲルが上司のビルのために闇取引をつづけているのを知っていたから、ビルと関わり合いになるのを避けるほかないのだ。

「主任殿、聞いてください。彼は新品の手袋を盗んで別の棟にいる収容者と闇取引するために、代わりにぼろ手袋をわたしのわら布団の下にすべり込ませたのです」。クゲルがくり返した。

哀しいかな、この詐欺師はそれほど貴重なものを誰かにやるということは考えられなかったのだ。

オリアは当惑しきっていた。これは一九四四年の出来事だが、このころは理由もなく収容者を殴ることは難しくなっていた。したがってわたしはこそ泥ではないと言い張りつづけることもできたのだ。思いきってこの二人を殴りつけていたら？　クゲルがそれをビルに言いつけたとしたら？　そうしたらオリアがクゲルに「収容所最高司令官に報告すべきだ」と助言するだろうが、最終的には収容所内での闇取引はつづけられ、手袋事件は表沙汰にならずにすんだのだった。

このような事件がそれより一年前に起こっていたならば、オリアがわたしを殺していただろう。

新しい手袋を手に入れた友人は手が凍傷に罹ることなく、それ以後もわたしたちとともに終戦まで生き延びたのだった。

第３章
逃避行

ヤヴィショヴィッツ炭坑作業地の最後

一九四四年末には状況はだいぶ良くなっていた。カポも収容棟の責任者たちも、規律を守らせるため以外は収容者をほとんど殴らなくなっていた。収容所の無頼漢たちも、ロシア軍が進攻してくるまでわたしたちをどう扱っていいのか迷っているようだった。ロシア軍が攻めて来る前に親衛隊員たちがわたしたち全員を銃殺してから逃亡するのではないかという噂も流れていた。

しかし、坑内のなかにいる幾人かのポーランド人はなぜか以前のようにわたしたちに対して攻撃的な態度をとるようになっていた。わたしは相棒に訊いてみた。

「きみの同胞たちはどうして収容者らにつらくあたるんだろう」

「あのごろつきらには気をつけろ」

「いまでもか?」

「じつはな先週の日曜日のミサのときも、神父が説教の大部分を俺たちへの忠告にあてたのだ。『もうじきロシア人とユダヤ人がここに攻め込んできます。その前に、ここにいるロシア人とユダヤ人に対して前もってその仕返しをしておくことです。ロシア軍が来てからでは手遅れです』と」

「とにかく彼らは神父の言うことを鵜呑みにしてしまうからな」。ポーランド人の相棒は締めくくった。

わたしたちのいた収容所で絞首刑になったのは、ユダヤ人のカツだけだった。彼は命を賭してまで食糧倉庫から食品をくすねることに熱中していた。

「どうしてパンを盗むのだ」と尋ねられると、

「貧乏なあんたらからは盗まないが、収容所のプリンスたち、親衛隊員からパンを回収しているだけさ。彼らはたらふく食べているが俺たちは飢餓状態なんだ」と言い返していた。

彼は最後には捕まって、カポたちに袋叩きにされ医務室に送られた。ロシア空軍の爆撃機が上空を通りすぎていったが、収容所は爆撃されずに警報が発せられただけだった。電流が切られたため、暗闇のなかでカツは医務室から脱出し、有刺鉄線の張られた囲いにベンチを立てかけて脱出したのだった。

しかし三日後に彼は捕まり収容所に連れ戻された。司令官が下した宣告によると、盗みや逃亡のためではなく、軍法に従い、「警報中に盗みをはたらいた」という罪科で絞首刑にするということだった。収容所から逃亡したとき、まず彼がやったことは最初に見つけた民家に入っていって衣類と食糧を奪うことだったという。

彼を絞首刑にするボランティアの執行者はなかなか見つからなかった。結局ドイツ人カポが指名された。ロープがすでに彼の首に巻かれ、足もとに穿たれた穴に胴体がつき落とされる直前に、カツは頭をまっすぐにし、「頭を上げろ！」と叫んだ。わたしたちはそれを「勇気をもてー、最後はこのごろつきどもに仕返しをするのだ」と解したのだった。

ヤヴィショヴィッツのほとんどの生存者は彼を英雄とみなし、敬意をはらった。監視員補佐となり、腹いっぱい食糧にありつくために収容者を殴りつづけていたほうがどんなにか容易だっただろうに。

ビルケナウ収容所から送られてきた最後のグループのなかのひとりが、わたしが以前いた八号棟の状況を語ってくれた。そこで最初に出会った監視員補佐ライビッヒは、彼が積み重ねた残虐行為に見合った死に方をしたという。彼のいた棟のなかにワルシャワの貧民窟出身のごろつきのグループがいたのだが、そのなかの誰が策謀したのかわからないが、彼が寝ている最中に毛布で頭を包み声が出ないようにし、そのあいだに仲間たちが彼の体をずたずたになるまでナイフで切り刻んだという。終戦直前のこの時期にポーランド人同士のあいだで復讐がくり返されていたが、そのなかでもライビッヒは特別だった。彼にこのような残酷な仕返しをやった者たちは猛獣以上の残忍さを込めたのだった。収容所のなかでそれ以上の無惨な殺し方はなかったという。

この話をマテスも聞いていたので、ついでに彼に言ってやった。

「あんたみたいな輩は皆そうやって殺されるのさ」

ライビッヒに比べれば、マテスなどはものの数にも入らなかったのだが、ビルケナウの殺気立った空気のなかにいたとしたら、彼がここでしている以上の残酷な殺し屋になっていたかもしれないのだ。

ある日、わたしたちは予告もせずに坑内に下りていくことを拒否した。ナチス親衛隊員らによる監視が強化されるとともに、彼らのほか、カポや棟の責任者たちもわたしたち同様に震えあがっていた。なぜなら、ロシア軍が収容所に侵攻してくれれば、容赦ない攻撃がくり広げられることを知っていたからだ。

それより一カ月前に、緑色の三角形の布符を付けた元軽犯罪人たちのほとんどがドイツ国防軍に志願していた。彼らが軍隊に加えられるのを見ながら、わたしたちは呟き合ったものだ。

「ヒトラーも元犯罪人を雇うようでは、ナチス軍も絶望状態なんだろうが、彼らならいまからでも優秀な親衛隊員になれるだろうな」

当初はわたしたちが収容所から避難させられるとは想像もしていなかった。強制収容所がロシア軍の手に落ちたら、わたしたち全員が銃殺されると思っていたからだ。それぞれがいろいろなことを想像していた。わたしが考えついたことのなかで最初にやるべきことは、わたしにとって個人的な敵である監視員フリッツの顔を殴りつけてやることだった。

彼は収容棟の責任者だが、異常なまでにねじくれた性格の持ち主だった。わたしに対して何で反感をもつのだか分からなかったが、彼とは顔を合わすのも避けていた。なのにわたしの姿を眼にすると必ずわたしを呼び止めては、月に一回の割合で二、三人の仲間といっしょにしごきの「スポーツ」を半時間ほど強制していた。おそらく彼は、わたしが収容者にはありえない丈夫な体を保ちつづけていたことに腹を立てていたのだろう。しかし、そのような虐待を受けていたのはわたしだけではなかった。司令官が監視に来ると、フリッツは自分がいかに残忍さにおいて際立っているかを示すためなのか、ちょっと前に親しく話しかけていた理髪師でも誰でもかまわず殴りちらして見せるのだった。

彼の喉にからまるような声と、正真正銘ごろつきの歪んだいかつい顔がいつもわたしを苛立たせていた。が、彼のこうした特徴はなぜか体格とはそぐわなかった。痩せた小男なのだ。ある日、「スポーツ」の最中に、わたしが真剣に体を動かしていないと言って素手で殴りだした。わたしは殴打がふり落ちるたびに叫び声を上げたのだが、実際のところほとんど痛さを感じなかった。

彼についてひとりの仲間が教えてくれた。

「彼はまったく他の者と正反対なんだ。つまり彼が殴るたびに泣き叫べば離してくれるんだ。殴られて声も出さないでいると、彼はばかにされていると思うのさ」

ある意味でフリッツのやることには筋がとおっていた。彼の仲間たちは皆体操選手のような体格をしており、彼らと並ぶとフリッツは痩せっぽちの小人にもとれた。それでいて半時間の「スポーツ」を課すときの彼の指導ぶりはみごとだった。そして自分の才能を誇示するために、わたしのようにまだ体力のある収容者を定期的に罠にかけていた。解放後ごろつきのなかで消息の分かったのは彼だけだったが、戦後正式に軍隊に入り、最後は片脚を失ったということだった。

このころには他のカポや収容棟の責任者たちもわたしたちを怖がらせることは止め、各自が戦後のことに気をまわしはじめていた。彼らの階級を示す布符をはずし、できるだけましな靴を探しまわっていた。幸いに頑丈な靴を履いていたわたしは、それを彼らのひとりに譲るほかなかった。それと交換してくれた一足は、靴底が木でできていて、他の部分が布で被われているみすぼらしい靴だった。

強制収容所の最後

強制収容所のなかに混乱状態が支配しはじめていた。毛布のほかに、マーガリンの小片がのったパンと小さなソーセージ一本が配給されたが、ユダヤ人は無視された。親衛隊員らが自分たちの分として掠《かす》め取ってしまっていたので、他の者たちにはわずかな固いパンか、もしくは何もまわってこなかった。

カポと収容棟の責任者たちがいちばん前に陣どり、他の者は自分の好きな場所にいられたので、ある意味ではデモクラシーが支配しはじめていたと言える。どこに身を置いていいかわからないメテスがわたしのところに来てささやいた。

「おまえの隣に並んでもいいかな?」

「いやだよ。あんたは親衛隊員たちといっしょに歩けばいいんだ」

「彼らがだめだと言ったんだ」

「俺もいやだね」

わたしはウルバッハやロターやルブロなど、長いあいだ親しかった友人たちとグループをなし、誰も怖れることなくささやき合えたのだ。わたしたちのなかで脱出を考えていない者はいなかった。病弱な者でさえ、それぞれ脱出計画を練っていた。

ひとりの親衛隊員が医務室に入って来て、つっけんどんに「歩ける病人たちは俺についてこい」と言った。坑道のベルトコンベアーに足をとられて骨折した仲間のグルフィンケルが、懸命に立ち上がろうとするのだが無駄だった。彼は病臥者らと収容所に残るほかなかった。立っていられる負傷者と病人だけがわたしたち元気な収容者といっしょに歩きだしたが、途中でほとんどが倒れて死んでいった。病弱者のなかで目的地までたどりつけた者はひとりもいなかったと思う。

後年パリで再会したグルフィンケルが語ってくれた。

「解放軍が着いた最初の十五日間は非常に怖かった。ロシア兵のひとりに初めて会ったのだ。足の傷も回復していたので、ドイツ人らに協力した炭坑技師や現場監督らを収容所から炭坑に連行していくことを自ら引き受けたんだ。つまり彼らが坑夫になり、俺たちの代わりに働くことになったのさ。しかし、俺たちと彼らの扱い方には雲泥の差があり、彼らは戦犯扱いされることもなく、食糧は食べきれないほど配給されていたんだ」

わたしたちは五人横隊の列をつくって一時間以上歩きつづけた。誰もが神経を尖らせている。わたしたちのいた収容所はヤヴィショヴィッツでも町からかなり離れているので、このまま森のなかに連れていかれ、機関銃で銃殺されるのではないかと怖れていた。

そのとき突然、アウシュヴィッツ方面から収容者の最初の群れがとび出してきた。そのなかにはわたしたちの知っている者もいた。

骸骨同然の収容者たちが次つぎにくり出してくるのを眼のあたりにし、わたしたちは急に元気づいた。この情景がつづくなかで二時間後には、誰もがある種の陽気さに包まれたのだった。まさに蟻のようなこの大群に向かってロシア赤軍が銃撃するなどありえるだろうか。

堰を切って出てくる骨と皮だけの人間の群れのなかで、前方部にいる者と末尾についてくる者の容姿の違いは天と地だった。先頭を切って大股で出てきたのは、収容所でよく食べ、よく肥え、ほとんど運動選手の体格をもつ男どもだった。彼らは収容者を殴りつづけてきた者や、小荷物や食糧を掠《かす》め取り、収容された女たちをタバコと交換か、または暴力によって強姦してきた事務職員たちだった。

大群の後尾には衰弱しきった者と、頭や手足が包帯で巻かれた負傷者たちがぞろぞろとついてくる。最後の最後には四十人ほどの男たちがおぼつかない足取りで一歩一歩と進んでくる。わたしが彼らより一時間遅れて出発してもじきに追いつける遅々たる歩みだった。

退去から脱出へ

四、五時間後にわたしたちが収容所から出る段になって、まず最初に出て行ったのはボスたちで、元カポや収容棟の元責任者たちだった。ここで「元」と書くのは、それぞれの階級を示す布符を胸から引きちぎっていたからだ。彼らは、理由はわからないが猛スピードで脱出していった。前々から計画されていたようで、いくつかのソリが準備されていて、数人の頑健な収容者たちにそれを引かせていた。ソリの上には山のように食糧が積み上げられていた。

十五分ほどして行進を緩めるようにと命令された。皆が一息つくためではなく、前方部と後方部のあいだにあまりにも開きができてしまっていたからだ。

銃撃音が聞こえるたびに、ポーランドのレジスタンス活動家たちかロシア赤軍がわたしたちを解放しに来たのではないかと思っていたのだが、そうした想像は事実とはほど遠かった。銃声は、進むのに時間のかかる病弱の収容者たちを射つ射殺音だった。そして進行速度を緩めなければならなかったのは、親衛隊員らが、疲労しきって歩くこともできない収容者を銃殺しては、死体を道路脇に寄せるのに時間がかかったためだった。

一時間半の行進は、何人かの収容者にとっては死に向かう行程だった。

このときにわたしたちは驚愕させられる場面を目撃したのである。爆撃機が上空を旋回し、ドイツ軍のトラックや自動車を狙い撃ちするたびに、車の爆発と同時に閃光とともに炎が立ちのぼった。

それはちょうど、強制収容所の近くでドイツ人たちが狙撃し墜落させた最初の連合軍爆撃機を思い出させたのだ。爆撃機からパラシュートで落下した英国兵とアメリカ兵を捕えた親衛隊員らは狂喜し、この二人を袋叩きにしたのだった。

「英国人もアメリカ人もろくでなしばかりだ。われわれの空軍力は世界一なのだ」

しかしこのころにはドイツ空軍は壊滅し、収容所の上空はロシア軍の領域に移っていた。

道路から外れ、小さな森のなかに入ったところで休息が与えられた。このときかなりの人数が減っていたことに気がついたのである。トラックが脱落者や歩けない者を拾い集めてはどこかに連れていったようだ。一時間してもこのトラックは戻ってこなかった。

もうひとつの出来事とは、悪者同士の小グループができ、誰かがポケットからパンの一切れでも出そうものなら、彼らが寄ってたかってそのパンをひったくるのだ。グループのボスはロシア人捕虜だった。ここには炊事場にいたクリスチャンみたいな男がいないので、残飯ももらえず依怙《えこ》ひいきなどというものもなかった。卑劣な奴らは自分の分け前を食べ終わると、孤立した者を狙っていた。

そこで自衛団をつくる必要が出てきたので、十人ほどの仲間が集まり、食べている最中の者の周りに二重の輪をつくって守ることにした。わたしはいつも食べ物を一口で呑み込んでしまうので問題はなかった。収容所のなかで覚えたのは、食べ物をとっておくということはたいへん危険であるということだった。

食糧の盗難が増えていくにつれて周りの空気が険悪になりはじめていた。親衛隊員は規律を敷くためには手加減しなかったし、わたしたちに近づいてきて警告するでもなく、集まった収容者に向けて盲滅法に銃を射ち込んだ。弾が当たったロシア人三人とユダヤ人七人、合わせて十人が撃ち殺されたのだった。ここでもわたしは命拾いしたのである。

一時間半ほど休憩してから、また早足の行進がはじまる。仲間のために自分の生命を犠牲にすることも辞さないウルバッハは、後方部の者たちに問題がないか確かめに行っては一時間くらいして戻り、わたしたちに知らせるのだった。足を運ぶのが辛い者たちは自然に後方に留まってしまうからだ。

「あとについてくる力もない者はその場で射殺される。いま聞こえただろう？　小銃かピストルのあの音は誰かを射殺した銃声だ。列の後尾にいる者は気がついていながら、前方にいる者たちに追いつくということは非常に困難なのだ。俺でさえ、靴はそんなにぼろでもないのに、後方から前方まで進んでくるのはひと苦労だった。できるだけ早く進んだほうがいい……。サイドカーに乗っていた二人の親衛隊員のひとりが新任のレメレ司令官だ。彼は全体を監視し、行進の前方にいたかと思うと後方もチェックしているようなんだ。進むのに時間のかかる者を抹殺しているのは彼なんだ。みんな、辛抱するんだ、でないと縦隊の末尾にはまってしまう」

この行進は、遠出には慣れていたわたしにも耐えがたかった。戦前、リュックサックの上に予備の飲料水の瓶をのせてキャンプ場まで二十キロの遠出をしたことのあるわたしにもしんどかった。一九三七年にコルシカにバカンスを過ごしに行ったときも、山羊の通る嶮しい十五キロの行程を二十五キロの荷物を背負って踏破したものだ。

しかしここでの行進はそれ以上に厳しかった。木製の靴底に雪がくっつき、足首がよじれるので、靴をぶつけ合わせながらまっすぐ歩こうとするのだが、なかなかうまくいかない。そこで一歩を内側に向けて、もう一歩は外側に向けて踏み出すのだが結果は同じだった。ほとんどの収容者たちがわたしと同様に苦労しつつ進んでいた。前列にいる無頼漢たちは遠出用の靴を履いているので何ら問題なく進んでいた。

縦隊の十メートルか十五メートルごとに守衛がついているほか、五十、六十代の数人の予備役軍人が巨大なチロリアンサックを担いで立っている。彼らもわたしたちと同じように歩き進んでいくなかを、オートバイに乗った二人の親衛隊員に監視されている。

中年の予備役軍人たちは、自分たちだけが疲れるのがばからしくなったのか、奴隷を人足代わりに使うことを思いついたのだ。が、そのために選ばれた者が最後までチロリアンサックを担いでいくのは不可能だった。その役に選ばれるかは、まさにロシアンルーレット(訳注)と同じ賭に似ていた。それを担がせられたわたしは、巨大なサックの下にうずもれてしまった。そのうえ雪が遠慮なく靴にはりつくのだ。足首のよじれるのを危うく避けられても、スケート靴のようになった木製の靴底をそっと地面からはがそうとするたびにバランスを失い、転倒してしまう。

初老の予備役軍人は、わたしの手をとって引き上げることもせず、手を貸してくれたのは仲間のひとりだった。彼は、縞模様の囚人服を着せられた収容者のなかでわたしを識別できなかったのだろう。

最初に供給された毛布がわたしの生命を救ってくれたことになる。この毛布を絶対に到着地まで持って帰ることを心に誓っていた。ドイツ兵士のひとりが背嚢をわたしの背中にのせようとしたとき、すでにわたしは毛布で、老女たちが肩にかけるショールのように全身を被い、眼だけを覗かせていた。兵士は、わたしの顔を確かめるために毛布を上げるように命じた。彼の背嚢を背負ったあと、毛布を頭から被ってもいいか許可を求めると、兵士はそれに同意してくれた。

最初のころは調子が良かったのだが、徐々に体力が衰退していくのが感じられた。仲間たちが皆凍えていたのとは逆にわたしは熱をおびていたうえに、足にも力が入らなくなっていた。周囲は闇が濃くなっていた。わたしはリュックサックのほかに何個かのサックを引きずって歩いていた。このとき救いのアイデアが閃いたのだ。リュックサックを全部空にして捨ててしまえばいいのだ。

わたしの背後についてくる仲間たちが拾い集めた物のなかにはいくつかのソーセージやゆで卵、パン、イワシの缶詰もあった。缶詰は開ける時間も労力もなかったのであきらめるほかなかった。わたしはすべての操作をてきぱきと進めていった。空になったリュックサックは平らにし、そっと地面に敷いた。後方部を監視している親衛隊員にはほとんど眼につかなかったはずだ。ほかの収容者たちも、間歇的に降る雪で湿り重くなった毛布を道路脇に捨てていた。

わたしは毛布を巻いて、兵隊のように肩に巻きつけていたので、外見も収容者には見えなかったのだろう。ただ耳当てをなくしてしまったので、二分ごとに耳を擦っていなければならなかった。身軽になり、食べ物も腹いっぱいたいらげたにもかかわらず、歩く力が急速に減退していた。

リュックサックのなかから見つかったタバコも捨てることにした。わたしたちのグループはうまく組織されていたが、最後にはこうした行為はタダではすまないことも覚悟していた。どちらにしてもほかに方法がなかったのである。

夜になり、広大な畑のなかで休息命令が下された。それと同時にオートバイにまたがった二人の親衛

訳注　ロシアンルーレットは二発だけ込めた弾倉を回して交互に相手を撃つ決闘ゲーム。

隊員が羊飼いの番犬のように、わたしたちの群れの周りをめぐりながらすこしずつ輪を小さくしていった。

　羊飼いの命令に素早く従わない羊は番犬に噛まれるように、のろのろしている収容者は頭に弾丸を撃ち込まれる。輪の中央部に駆けよる力のない者も射殺された。親衛隊員らは、射たれた者の生死はどうでもよく見向きもしなかった。射たれた者が生きていたとしても、この酷寒のなかでは最後の止めを下さなくても死に絶えていくのは時間の問題だったからだ。

　それからすこしして、初老の兵士らもわたしたちに銃口を向けている。わたしたちが互いに体を寄せれば寄せるほど彼らはわたしたちの群れに接近してくる。そして「腰を下ろせ！　みんな座るのだ！」と叫んだ。中心部にいる者たちはあまりにも周囲から押されるので座ることもできない。わたしたちの呻き声が高くなればなるほど、老兵たちは恍惚感を味わっているようだった。このシーンが永遠の長さでつづくなかで、わたしたちは押し合いながら腰を下ろそうとする。もちろん凍りついた雪の上に座るのだ。わたしたちを従わせるために老兵らは空中に向かって銃弾を放った。ここでわたしたちに銃を向けないのは、すでに死者が多すぎるためなのか、それともここでパニック状態を生じさせないためなのか。オートバイに乗っている二人の親衛隊員のひとりが鞭を握り、左右に振り回している。全員が座ったとき、やっと周りに静けさが戻ったのだった。

　このようなシーンを撮影するとしたら、その準備には少なくても八日間は必要だろう。なぜならわたしたちがつくった巨大な人間の輪はあまりにも完璧だったからだ。

　このときほどわたしたちが神に見放されたと感じたことはなかった。雪の明るさで景色がすべて透けて見えた。廃墟となった家屋の一群や、建設中の家も間近に見える。何人かの収容者がこれらの家のなかに隠れているのだろう。人間の輪の内部で一人の仲間が立ち上がると同時に銃声が鳴り響いた。このときかなりの収容者が銃殺されたようだった。わたしたちが少人数になればなるほど、彼らが監視する量が減るのだ。親衛隊員らがこれから何をしようとしているのか分からなかった。わたしたち全員を銃殺しようとしているのか。しかしここにはカポも監視員もおらず、数人の親衛隊員しかいない。収容者を鞭打って面白おかしく痛めつけるそんな時間ももはやない。彼らはピストルではなく小銃で、射的ゲームのようにわたしたちを撃ち殺すこともできるのだ。一日のあいだに隊列をつくっていた仲間たちの半分がいなくなっていた。彼らの死体はどうしたのだろう。いまになってもわたしには知る術もない。わたしたちがアウシュヴィッツ強制収容所の前を通ったときも、そこにあるはずの屍体も片付けられていた。

寒さも、居心地の悪さも、響きわたる銃声も、疲労困憊した身体には逆らえなかった。わたしは毛布を八つ折りにし、その上に寝込んでしまった。毛布はスポンジのように水分を含んでいたが、それも感じなかった。

誰かが機関銃の銃声を放ったので眼が覚めた。銃弾がわたしの頭をかすめたのだ。発砲した親衛隊員が「五列縦隊！」と叫んだ。わたしたちのグループのひとりが欠けていた。わたしはこのときまで彼が殺されていたとは知らなかった。多くの仲間がすでに殺されているか、立ち上がることもできず衰弱しきっていた。親衛隊員らはこれら瀕死状態の者には眼も向けず、「トラックが迎えにくるから」と言うだけだった。わたしたちのように年を取った収容者には、それが何を意味しているのかよく分かっていた。これほどの殺戮と残虐行為がくり返されてきたあとで「トラックがくる」という言葉は誰も信じなかった。

親衛隊員らのあとから軍隊の大物たちが姿を見せた。収容所の責任者たちはもちろん雪の上に座るなどということはせず、わらが積み上げられた納屋のなかに陣取り、上等な毛布に包まれ、ソリのなかに詰め込んであった食糧とウオッカで饗宴を開いた。運搬係とソリの人足らと、あわくって逃げ出した部下たちにはその残飯がまわされた。

再出発し歩きだしたとき、わたしたちが座っていたところに大きな円形の黒い跡が白銀のなかに残っていた。

そのとき親衛隊員がまたがったオートバイが一群の民家のほうに向かって進んでいった。そのあとすぐに数人の男たちがわたしたちのほうに向かって駆けてくるのと同時に機銃掃射音が鳴り響いた。ここでも数人が銃殺されたのだった。

それは前日の夕暮れに起きたことだった。数人の親衛隊員が野営地を設けたとき、周囲が混乱状態になり、その隙間をねらって何人かの収容者が近在に群がっている民家のほうに駆けだしていった。そして翌朝、ドイツ人たちが納屋のなかを捜索し、積み上げられたわらに向かって銃剣で突撃し、そのなかに隠れていた何人かを刺し殺したのだ。他の者たちは銃弾の降りしきるなかを逃れてわたしたちの縦隊に駆け込んできたのだった。

戦後、わたしはパリで、このときの射撃から逃れられた仲間に再会できたのだ。彼が語ってくれたところによると、あのときひとりの死体につまずくと同時に、三人の負傷者が自分の上におおいかぶさり、彼も弾が当たったのかと思い、動くのが怖くてそのまま伏せているあいだ、彼の体の上に重なっている三人が次つぎに息絶えていった。そのままどのくらいの時間そうしていたか覚えていないという。親衛隊員らが田舎家を捜索しつづけているあいだ、一分ごとに銃声が発せられていた。静寂が戻ったとき、堆積する屍体の下から這い出て納屋まで地面を這っていった。一日中そこで身動きせずに隠れつづけているうちに、他の生存者を見つけることができたのだという。

わたしは収容所を出たときから逃亡することをあきらめてはいなかったのだが、逃亡しても生き残れるチャンスはほとんど皆無であることを自覚せざるをえなかった。木靴と靴の中間のようなぼろ靴では、雪が降り積もった道を歩くのはひと苦労であるばかりか、足首がよじれるような苦痛には耐えられなかった。三十センチほど積った粉状の積雪の上を進んでいくには体がいうことをきかなくなっていた。わたしたちユダヤ人は周辺に住むポーランド人農民たちに助けを求めることもできず、ドイツ人住民となると、わたしたちの着ている縞柄の囚人服を見ただけでナチス親衛隊に引き渡すのが普通だった。樹木のある区域を出てからは、田園地帯を逃走するのはあまりにも危険だった。

逃亡ではカミカゼ式に自殺同然の脱走を試みるロシア兵捕虜たちでさえ、逃げようとはしなかった。それでもユダヤ人のなかには逃亡に成功した者もいるが、生き残ったのは二人しかいない。電気工のグラスタインと彼の相棒だった。あとになって分かったのだが、一度は捕まったが二度目の逃亡に成功し、途中で三人のドイツ人農婦の家に匿われて助かったという。そのとき農婦たちは是が非でも彼らを留めておこうとした。連合軍が来たときに、彼女らがユダヤ人に対して善行をなしたことの証拠として利用しようとしたようだ。

さらにわたしたちの逃避行はつづいた。半時間もしないうちにふたたび休止命令が下った。わたしは仲間たちに注意するようにと警告した。

「これは普通じゃない。兵士らのリュックサックから回収した食糧のツケがまわってくるかもしれない」

誰もが、ポケットにも口のまわりにもパン屑が一粒も残っていないように互いにチェックし合った。ゆっくりと進んでいくと親衛隊員らの前に並べさせられた。わたしたちは次つぎに口を開けさせられ、衣類の隅ずみまでチェックされる。砂糖の小さい塊や一本のタバコ、パン屑、ナイフやスプーンでも見つかった者は左側に、他の者は右側に行かせられた。これにはちゃんとした理由があった。疲労困憊していた者も左側に行かせられた。左側に寄せられた男たちの姿を見たのはこれが最後だった。わたしたちの三分の二はこのようにして銃殺された。そのあとで分かったのだが、この地域にあった強制収容所の生存者全員を西側に移送するには輸送車両が不足していたのだった。

翌日も一日中、何も食べずに歩きつづけた。前日までは食べすぎていたので、食べる必要もなかったのだが。しかしいちばん頑健な者でさえ足を引きずりながら、生きる屍のようにうろたえながら歩いていた。小さな村を通りすぎていくのだが、ときどき小さな窓からわたしたちを凝視する視線がうかがわれた。幾人かの顔には哀れみの表情が浮かんでいたが。

ポーランドのレジスタンス活動家たちはついにわたしたちを助けに来なかった。たぶん彼らにはそれほどの戦闘力はなかったのかもしれない。なかには、ドイツ軍と戦うのと同時にユダヤ人に対しても戦い、ユダヤ人を殺戮したグループもあったようだ。わたしはこの事実(原注)をあとで知ったのだ。

どちらにしてもわたしたちの隊列はほとんどがユダヤ人で占められていた。ドイツ人は警戒し、すこし前からポーランド人たちを別の強制収容所に移らせていた。そのほかにポーランド系ドイツ人コヴァル司令官は、生粋のドイツ人でいつもサイドカーに乗っている冷酷な殺し屋レメレと交替させられた。

そのうちにわたしは、水分を含み重くなった毛布を捨てざるをえなかった。日が暮れたころにひとつの駅にたどり着いた。そこにひとりのドイツ兵が立っていた。見つめる力も考える能力も失っていたわたしには、その男の名前も思い出せない（彼の名前がヴォツィスラフ・スラツキであることがあとで分かったのだが）。

そこでわたしたちは一列に並んで狭い門をくぐらせられる前に、四方八方から全身に鞭が振り下ろされた。そして門をくぐるや、そこで待っていたドイツ兵や親衛隊員らの獰猛な暴行が加えられた。何も識別できない暗闇のなかで、闇雲に襲ってくる無数の殴打の隙間をねらって、わたしは駆け抜けることができた。他の仲間たちに比べると、わたしは運が良かったのだろう。地面に伏したままでいたので、サッカーボールのように全身に容赦ない足蹴をくらっていたが、均衡を失わずにある方向に向かって疾走することができたのだ。

閉じた眼が塞がりほとんど見えなかったが、すこし隔たったところにわたしたちを封じ込めるいくつかの車両が停車しているのが見えた。わたしたちの群れは押し合いながら車両に向かって押し寄せよう

原注　一例として、逃亡しようとしていた電気工のグラスタインは、門の合鍵を工作することに成功した。元ドイツ共産党員で、炊事場のカポだったクリスチャンに逃亡計画を知らせたとき、クリスチャンは次のように警告したという。「ここから出るな！　収容所内にいるほうが安全なんだ。ユダヤ人はポーランド人のレジスタンス活動家には助けてもらえないのだ。収容所の外でユダヤ人に出会えば彼らはすぐに殺してしまうからだ」

とする。が、そこには数えきれないほどのドイツ兵と親衛隊員が待機している。やっとプラットホームに着いたときに一時的にも救われたと思ったのだ。

しかし仲間たちの姿はほとんど見られなかった。隣にいた者たちの顔は眼も当てられなかった。瘤や青あざは影をひそめていたが、幾人かは鼻や口から血が流れ出し、阿修羅の姿だった。誰ひとりとして親衛隊員らが浴びせる殴打からは逃れられなかった。打たれて倒れる者には殴打の激しさが倍加し、幾人かは重傷を負い立ち上がれなかった。

わたしたちはあまりにも疲れはて、プラットホームに積った雪を除去する力もなかった。そのうえ兵士らが、新たな口実をもうけて残虐性を発揮するのではないかと怯えきっていた。これほど衰弱した状態でふたたび殴られることは死を意味していた。すこしして雪をいくらか除けてみると、その下に石炭が横たわっていたのだ。

わたしたちはプラットホームで休めることになり、横たわりたかったがそのスペースもなく、一メートルの高さの車両の壁面に背をもたれさせた。そのときわたしのすぐそばで聞いたことのある声がしたので、じっと注意して見つめた。車両の上に積っている雪が反射し、眼の前にぬっと現れたのは、拳骨で殴られたのか真っ黒いあざがふくれ上がり眼は閉じられ、顔全体が大福餅のように膨張した顔だった。その顔はわたしをすぐに見分けて、驚き声を上げた。

「ガルバーズ、どうしてあんたはそんなに真っ黒な顔をしているんだ」

「ああ、あんたか、アルベール。どうして君もそんなにまで殴られたのだ」

「彼らの仕業さ。あの狭い門をくぐったとき、周りがひどく暗かったためにどこからか強烈な力で棍棒が打ち下ろされて地面に倒れてしまったのだ。倒れるとどうなるか、収容所の掟は知ってるだろう？ ぼくの周りに拷問者が何人いたか知らないが、鞭打ちに加えて軍靴の足蹴がくり返された。幸いに立ち上がることができたので、こうしていまでも生きているのさ」

アルベールはポーランドで肉屋を営んでいたが、ヤヴィショヴィッツ市では運動選手として知られていた。性格が穏やかな、感じのいい男だった。戦前の彼を思い出させるのは、いまでは骸骨のようだが角張った骨格と、怖いもの知らずの雷鳴のように響く声だけだった。ポーランドの肉屋は一般的にがっしりしていて、喧嘩早く、大声でしゃべりまくるタイプが多かった。

「それにしてもどうしてそんなに汚い顔をしているのだ？」。アルベールがふたたびわたしに尋ねた。

「簡単さ。兵士のリュックサックを背負っていたとき、俺の顔をカムフラージュするために泥を塗ったのさ。そしていまさっき、眼の上に拳固をくらったので、癇癪を起こすところだったが、悔しくて涙がこぼれ落ちちゃったのさ。すこしは気が落ちついたが」

何はともあれ、こうしていっしょになれたことだけでわたしたちは幸せだった。彼は何にでも気のまわるタイプで、よくアドバイスをしてくれたものだ。

「モーリス、いいか、まず靴を脱ぐのを手伝ってくれ。きみも脱ぐんだ。そして足と足を互いに擦りつけ合うのだ。寝るときも交替で眠ったほうがいい。そしてしばしばつま先をマッサージすることだ」

ひとりの仲間が毛布をもっていたので、それに包まり数人で体を寄せ合って横になった。雪がまた降りはじめていた。アルベールは思わず、「こりゃ最高だ。ちっとも寒くない！」と歓声を上げた。

交替で寝るという約束も疲労には勝てなかった。全員が熟睡してしまい、翌朝、守衛の親衛隊員に鞭ではなく銃床で叩き起こされた。とくに重傷者は激しく叩きつけ、屍体にも同じことをしてまわっていた。

多くの者が足の凍傷に罹っており、親衛隊員による棒打ちが降りかかるなかで立ち上がることもできず、幾人かはプラットホームから身を投げたのだった。静けさが戻ったあと、ドイツのブーヘンヴァルト収容所から送られてきた屍体除去作業班は瀕死状態の者と屍体をいっしょに回収していった。二十センチも積った雪のなかに横たわる毛布は全部捨て去ることにした。このような積雪のなかでわたしたちの生命がまだ保たれていることだけでも奇蹟に近かった。

ブーヘンヴァルト収容所

わたしたちはブーヘンヴァルト収容所(原注)に到着した。ここはわたしが以前いた強制収容所とはかなり異なっていた。スープも平等に配給され、外見からは誰も特権的な扱いは受けていないようだが、幾人かの古参のカポや収容棟の責任者たちは、ヤヴィショヴィッツでのように相変わらず収容者を支配しつづけられると思っていたようだ。

そのひとり、以前カポだったボブも収容者たちの列に並ぶのを拒否し、「俺はドイツ人なんだ!」と叫びながら列の先頭に進んでいった。が、ヤヴィショヴィッツ時代の仲間(画家・彫刻家マルキエルだと思う)が、先頭の位置を彼にゆずるのを拒否した。するとボブが彼に向かって拳を上げたと同時に、チェコ人の元監視員補佐が介入し、「もう一度いま言ったことを言ってみろ！」とすごんだ。

「俺はドイツ人だ、奴はユダヤ人なんだ」

するとチェコ人が往復ビンタをボブに放った。

「ここではもはやあんたはゼロ、ダブルゼロなんだ。生涯口がきけなくなるのがいやだったら黙るんだ」

こうして以前カポだった彼は列の後尾につけさせられた。

「ここで命令を下すのは、もはやドイツ人ではないのだ」と誰もが納得したのだった。

そして、以前のように浮浪者や無頼漢ではなく元政治犯らが指揮をとるのだとわかったのだ。したがってこの収容所では元カポや収容棟の元責任者の地位が剥奪されたわけである。

そのあと、ボブと、ヤヴィショヴィッツの元責任者ゴンツェンハイマーも元政治犯らに殺されたことがわかったのだ。ここでゴンツェンハイマーの軍人としての数奇な運命に終止符が打たれたわけだが、語るに値する武勇談でもある。

ゴンツェンハイマーは、第一次世界大戦中、ドイツ帝国軍将校として戦った。戦傷し左腕を失ったが、祖国を敵軍から守った英雄的戦いが賞され軍功十字章が授与されている。

ナチス勢力が権力の座についた時期から、過去に得た勲章が何であっても、彼はユダヤ人であるという消せない刻印をカバーすることは不可能であることに気がついた。そこでフランスに亡命したが、ドイ

原注　ブーヘンヴァルト収容所は、一九三七年にワイマールの近くに建てられた。当初ナチスに抵抗した者を拘禁していた。ブーヘンヴァルトは単なる収容所であり、ユダヤ人絶滅計画のための収容所ではない点がビルケナウと異なるが、一九三七年から四五年までに総計二十三万人が送られ、五万五千人が死亡している。

ツ人ということでフランス警察に捕まりギュール収容所に入れられた。ヴィシー政府によるユダヤ人狩りのなかで、収容所にいた他のユダヤ人とともに彼も強制収容所に移送されたのだった。

ヤヴィショヴィッツに着いてからは、彼が第一次大戦中にたてた軍功と軍隊への忠誠心が認められて、じきに収容棟の責任者に任命された。彼はけっして収容者らを殴るということはしなかったので、わたしは彼に対して何ら責めることはなかった。最年少の収容者には父親のように振るまっていたのも彼の取柄として挙げられる。この少年は生き延びられ、現在はブラジルで暮らしているという。

ブーヘンヴァルト収容所でも、彼が第一次大戦時代の元将校の階級に復帰するための唯一の頼みの綱は、戦傷で片腕を失ったということだった。最初の点呼のとき、列からとび出して親衛隊員に明言した。

「わたしは元将校であります。先の大戦でドイツのために戦い片腕を失いました」

親衛隊員は鼻先であしらい、彼を押しやった。

「わかった。しかしユダヤ人であることには変わりないのだ」

この出来事があったあと、彼は上官を密告したという嫌疑を着せられた。ヤヴィショヴィッツで、ある上官が収容者を殴り殺したという事実を収容所の責任者に報告したのだ。はたして彼が軍則に違反したかどうかはわからないが、じきに抹殺されたのだった。

わたしたちの誰もが、他の強制収容所とはまったく異なるこのブーヘンヴァルト収容所に留まりたかった。ひとりの収容者があるバラックに忍び込み寝床の下に隠れていたが、難なく翌日見つかってしまい、他の収容所に移された。わたしなどは生きていてもいなくてもいい男にすぎず、どうしても救助しなければならない者のリストにものっていない。

その後の行程はさらに恐怖への道だった。ドイツ人たちは敗戦するのを知っていながら、わたしたちを抹殺しつづけていた。ちょうど二年前にいたビルケナウ強制収容所の地獄にふたたび落とされたようだった。足を引きずって歩く者はその場で銃殺された。銃声が聞こえるたびにひとり、またひとりと仲間が殺されていった。わたしが覚えているのは、ドイツのオルドゥルフ(原注)に到着したあと、その近くの町クレヴィンケルにたどり着いたことだけだった。

到着後、吐き気をもよおすほど汚れている飯ごうにスープが配られた。それはビルケナウを思い出させたにもかかわらず、饑餓状態のわたしたちには眼をつぶって呑み干しさえすればよかった。しかしビルケナウに来たばかりの収容者には、さびつき、泥のこびりついている吐き気をもよおさせるオマルに入れたスープを呑む輩の気が知れなかったのだ。彼らのショックをさらに逆なでするように、ポーランド人カポはオマルでの配給を面白がり、一リットルの水を入れるのではなく、不平を言う者にはこってりした二リットルのスープをそのなかに注いでやり、それを呑み込むのに時間がかかると、棍棒の雨を降らせた。普通ならこの打撲を受けて死んでいった。

最初の出来事が起こって以来、わたしたちがいかに危険な収容所にたどり着いたのか分かったのだ。あるときヤヴィショヴィッツ作業地で理髪師だった仲間、ツィルバーベルグのポケットのなかから腕時計が見つかったのだ。そのために彼は牛の尻尾でできた鞭でではなく強烈な拳固で殴られたあと、軍靴の一撃が彼の急所を襲ったものだから、激痛で全身をよじらせながら地べたを転げまわった。そのあと拷問

訳注　オルドゥルフはブーヘンヴァルト収容所に所属していた作業場。

者である部下がサッカーボールを蹴るように、彼の全身に足蹴を打ち込んだ。そばで親衛隊員は自分の部下がしていることを満足そうに眺めている。わたしたち全員が「ツィルバーベルグは死んだ」と思いこんでいた。が、彼は普通の収容者ではなく、ビルケナウを経てきた古参の収容者だ。地べたに倒れていることは死を意味し、立っていさえすればまだ生きるチャンスがあることを知っていた。そこで彼が立ち上がったので、わたしは自分の眼を信じられなかった。「彼は肉と骨からなる人間ではなく鉄人なのだ」と思うほかなかった。こうして彼は危うく死から逃れられたのだった。

ヤヴィショヴィッツ作業地の古参であるわたしたちには、オルドゥルフは中継地としての収容所でしかなかった。わたしたちにはノミがいなかったので、その翌日からクレヴィンケルに送られ、民間のドイツ人たちと働くことになった。わたしはナイーブにも自分は運がいいと思い込み、ドイツ人とポーランド人を同一視していたのだった。

クレヴィンケル

ドイツのクレヴィンケルは、ブーヘンヴァルト周辺の町だった。わたしたちは、森のなかにセメントで造られたトーチカのなかに詰め込まれた。そこに集まったのはロシア人捕虜がほとんどだった。トーチカの前には広大な駐車場が横たわっていて、その周りを木々が囲んでいる。朝晩、他のバラックから点呼の声が聞こえてきたが、トーチカのなかで窒息しそうなわたしたちは、それでも大自然の真っただ中にいるようだった。

トーチカの外に出るといい気持ちだったが内部は地獄だった。日中は鋼板のドアが開けられているが、夜間は南京錠がかけられた。換気のための細い管が付いていた。わたしは偶然にもその管の口の反対側にいた。二台分の車庫のなかに百人が詰め込められた状態を想像してみてほしい。わたしは呼吸困難になり、隣にいたグリンスパンはわたしより苦しんでいた。彼は医務室に行ったきり、そのあと彼の姿を見ることはなかった。

いまになって彼の容貌を思い出そうとするのだが思い浮かばない。髪の色がブロンドだったのか茶褐色だったのか、顔型が楕円形だったのか、角張っていたのか、丸顔だったのか……。記憶に問いかけるのだが、彼の姿は記憶から完全に消えている。どうしてだか分からないが、彼が医務室に行ったきり姿を見せなかったことについて、いまでも思い悩まずにはいられない。

こうしてわたしはロシア人に囲まれてただひとりのユダヤ人となってしまった。彼らに殴られることはなかったが、パンにしろ、スープにしろ、水にしろ配られる量は最小限だった。

密室のなかには鉄の掟が支配していた。そのうえ各々が互いに監視し合っていた。残飯の取り合いは最後の一滴、一粒までつづいたが、わたしにまわってくることはなかった。自分の取り分を要求すれば殴られるにきまっていた。このときに殴られていたら、いまこうして証言を綴ることもできなかっただろう。

わたしがいたトーチカは他のキャンプのテントとは比べられないくらいデラックスな環境だったようだ。多くの生存者たちは野外のぬかるみのなかか、その上に張ったテントのなかで寝起きしていた。

作業場はキャンプ場から近いところにあったので、睡眠時間は三、四時間しか与えられていなかった。

作業場までは、岩石を運ぶための、底が湾曲し左右に揺れ動くトロッコにわたしたちが詰め込まれて運ばれていった。ひとつのトロッコに十五人ずつ乗せられたので、その二倍の三十の足の置き場もなかった。わたしたちは交替で鶴のように片足で立っていなければならない。子どものとき、よくわたしは片足跳びで遊んだものだ。しかし、トロッコに乗って一時間のあいだ片足で立っていることはできなかった。いちばん辛かったのは、足がつって痙攣が起きることだった。そうすると仲間同士で片足でバランスを保ちながら支え合うしかなかった。

キャンプに戻ってきたとき、数人の収容者たちが爆弾を持ち運んでいた。疲労困憊していたわたしにはそんな力はなかった。体力があったとしても、ドイツ人はもはやそうした作業はユダヤ人にはさせないという話を聞いていた。

ロシア人は相変わらず食糧を掠《かす》めていたので、ユダヤ人たちはこのままでは生き残れないことを予感しはじめていた。ある日、ユダヤ人からなる作業班が爆弾を爆発させたのだ。そこにいたロシア人らは爆死し、周囲にかなりの破損をきたした。もうひとつの作業班が同じことをしたのでそれ以来、爆弾を運ぶのはロシア人捕虜にさせるようになった。

わたしたちの仕事は、岩石を掘り砕いていく作業だった。その洞窟のなかに新兵器のV1とV2を貯蔵するためと思われた。最初は民間のポーランド人と働いていたが、そのうちにドイツ人に替わった。仕事はあまりにもきつく、作業量もビルケナウで初期に課されたノルマと同じだった。このノルマで六週間もつづければ死にいたるのは確実だった。

砕ける岩石が飛ばす粉末で喉が涸れつくす。この状態を八時間ぶっとおしで飲み物も食べ物もいっさい口にせずつづけなければならなかった。ドイツ人労働者たちには休憩時間が与えられ、ミルクかお茶が配られ、大きなパンとハムやベーコンなども食べられた。そのなかでドイツ人の誰ひとりとして、わたしに飲み物を分け与える者はいなかった。この状態が一カ月つづいたが、彼らも監視されていたのでそうしたこともできなかったのだろう、とも考えられる。そうだとしてもポーランド人らがしたように、少なくともパンの一切れでも瓦礫のなかに隠すこともできたはずだ。人間同士なのだからそれくらいは、と甘く考えていたわたしは、小石のなかに何かが隠されていないか探したものだ。

彼らがわたしに話しかけることは作業に関することだけだった。わたしには作業のなかでもいちばん過酷な仕事がまわされた。坑内での作業班でしたように、岩石を砕き穴を開けていく仕事だった。肩に大きな重い道具を担ぎながら休むことなく岩石を砕いていく。トロッコのなかでは片足で立ったままだったのですでに疲れきっていたわたしは、ピックハンマーより数倍振動が激しい穿孔機を肩で支える「銃架」になったのである。長さ二メートルはあるドリルの芯が岩石の壁を突き進むにつれて穿孔の穴から粉末と石の破片が吹き飛んできては顔にふりかかる。

ドイツ人の誰ひとりとしてわたしとバトンタッチする者はいない。彼らは休憩時間ごとにずうずうしくも、わたしの前で水をがぶ飲みし、むさぼり食うのだった。飢餓状態のわたしにはせめて背を向けて飲食できたであろうに、わざとわたしに見せびらかしているようだった。彼らが余分の水筒を備えていたらわたしもそれにありつけたであろう。どちらにしても彼らはわたしを人間とはみなしていなかった。

徐々にわたしの顔に埃が体積し厚い層ができていた。その下で皮膚がひりひりしはじめていたので、穿孔機を止めてくれるように頼み、顔と眼を拭ったのだ。ドイツ人らは途中で機械を止めることに苛立っていた。彼らはまだ戦争に勝てると思い込んでおり、作業終了前にはけっして仕事を止めず、超過勤務をつづけていた。

朝、作業場に着くと「おはよう」と彼らに言い、終わると「さよなら」と言うのだが、彼らはけっしてそれには答えなかった。数日それをくり返したあと、彼らは絶対にわたしの挨拶には答えないのだとわかったのだ。それはポーランド人との違いだった。が、ひとつ不明な点が残っていた。彼らのほとんどはわたしを殴っていたのだが、同僚の何人かは、自分の部下であるユダヤ人は殴ってもわたしには手も触れなかったことだ。

彼ら同士のあいだでよく、わたしには理解できないドイツ語の方言で言い争っていた。彼らはビルケナウ強制収容所で親方と呼ばれていたドイツ人労働者に似ていた。親衛隊員以上に残酷で、仕事が不十分だという理由ではなく、ただユダヤ人であるという理由だけでユダヤ人を半殺しにしていた。職業軍人や作業班の責任者たちは毎日収容者の一割を抹殺していた。

ビルケナウのドイツ人労働者たちのなかには、けっして自分の手を汚さずに親衛隊員らを挑発しては、わたしたちを痛めつけさせる者もいた。親衛隊員たちはそれをいいことに、民間人が密告したどんなことにもかこつけてわたしたちに暴行を加えていた。

「狂人」というあだ名をつけられた親衛隊員は、笑うたびに醜悪な表情を顔に浮かべ、怒りで目玉が飛び出す仁王の顔になった。些細なことでも彼は銃を握り発砲した。が、「犯罪人」を罰するには別の方法を使った。「ここに来い、ここに来て体をかがませろ！」と怒鳴り、「犯人」の尻を棍棒で打つのではなく頭を叩きのめすのだ。そのうちの幾人かは即死する。すぐに死なれると「狂人」はぶつくさぼやき、被害者がもがき苦しみ半狂乱状態になると爆笑し、「やった！」と笑い転げるのだった。

頭蓋骨を砕かれた被害者は、生死のあいだで悶え苦しんだあと、数日後に息を引きとった。ときには外科医でもないポーランド人軍医が負傷者の手術を行なったが、苦しみを引き延ばすだけだった。

クレヴィンケル収容所にいたときだった。ある午後のこと、岩石が砕けたときにわたしの眼に粉末が飛び込んだ。ドイツ人らは全員防備がしっかりしているのだが、わたしはヘルメットもメガネも与えられていなかったので、いつかこの種の事故が起きることは覚悟していた。彼らはわたしを防波堤代わりに使っていたので、削岩機が飛ばす破片をもろにかぶったのだ。眼をつぶって盲滅法に作業をしようにもできるはずがなかった。しかし眼を開けていることはそれ以上に危険だった。

眼が痛くてしょうがないので、労働者たちに一時停止してほしいと頼んだのだが彼らは、眼が痛ければつぶればいいだろう、と邪険に答えるだけだった。労働者たちも親衛隊員の味方であることがこれでわかったのだ。

幸いにもこの事故は終了時間の二時間ほど前に起きたのだった。このときのわたしの顔は見られたものではなかった。瞼はくっつき、片方のほうは開けたくても開かなかった。顔面を覆った土埃の上を、ちょうど汚れた壁を上から洗い落すときのように、汗が線を引きながら流れ落ちていた。

作業が終了したとき、ひとりのドイツ人が軍医に眼を診てもらうようにすすめてくれた。彼がわたしに口をきいたのはこれが初めてだった。つまり彼らにはわたしが必要だったのだ。いままでにあまりにも多くのユダヤ人を殺害してきたので、奴隷が足らなくなっていたのだ。もしわたしがいなくなれば、彼らが交替で重い削岩機を担がなければならなかったからだ。

オルドゥルフ・クレヴィンケルの医務室

医務室で治療を受けるためには責任者の許可が必要だった。彼はわたしの閉じられた眼を見て許可してくれた。医務室で会ったのは、幸いにもギリシャ系ユダヤ人のガムキ軍医だった。彼はヤヴィショヴィッツ作業地にいたことのある好感のもてる医師だった。外見で眼についたのは、彼の指が一本欠けていたことだった。

「角膜にわずかなかすり傷さ。が、化膿すると失明しかねないな。包帯を巻いておくくらいでほかに何もしてあげられないんだ。見ればわかるように、ここは重傷者と瀕死の病臥者でいっぱいで、全然空きがないのだ」

医務室には入れなかった。わたしは生命の限界にきていた。このままでいれば、死ぬまでにあと十五日くらいしか残っていないことはわかっていた。多くの仲間たちが死んでいったのを自分の眼で見てきたわたしには、あとどのくらい自分が生きていられるのか、その日数を推定することは難しくなかった。

「ここに軍医としているのはまだ二週間ばかりだが、厳しく監視されているのだ。毎朝ひとりのドイツ人監視員のコントロールを受けているが、毎日死者があまりにも多く出ているので彼ももう来なくなるだろうよ。このカードをやるから、毎日医務室に来てみればいい。そのうちにベッドが空くかもしれないから」とガムキ軍医が言ってくれたので、かすかな希望が生まれてきたのだった。

医務室を去る前に「どうしてそんなに死者が多いのですか」と彼に訊いてみた。答えを聞くまでもなくわたしには分かっていた。「過労、たんなる過労による死」なのだ。

わたしは働きつづけた。夜、医務室に行くと、ガムキ軍医がガーゼを取り替えてくれた。眼はまだ非常に赤く、紙のヘッドバンドは、一日が終わると一ミリほど土埃が体積して覆っていた。

わたしは二十四時間だけでもいいから医務室で眠ることだけを切望していた。そう願っていたのはわたしだけではなかった。ある日、テネンバウムがいい考えを思いついたのだ。無鉄砲で激情家の彼は、いつも殺されかねない向こう見ずなことをしては、うまく切り抜けてきたのだった。一時的にでもわたしたちの生命を救うための策謀を説明してくれた。

「たとえば信用できる四人の友だちがいるとする。あんたはそのひとりだから、あと三人を集めるのだ。ほかの者は全員あんたを信頼しているから大丈夫だ。俺たち全員が同じトロッコに乗り込んで、俺が一方に、あんたがもう片方に乗って、トロッコに付いている鉤を外し、出発点から三百メートル離れた地点まで転がり落ちすのだ」

しかしそれがどんなに素晴らしい筋書きだとしても、わたしたちにはそれを実行に移すだけの体力もなかった。それにわたしは、蜂巣炎と毛孔皮脂腺の炎症箇所が転倒した際に露出し、その痛さに苦しんでいた。不動のまま、血が流れ出るまま体を横たえていた。こうした状態にあるのにもおかまいなく、突然親衛隊員らが駆けつけて来ては鞭を振りながら「立て！　立ち上がれ！」、とわめき立てた。わたしたちが必死の思いで立ち上がると、キャンプに戻って医務室に行くようにと命令した。

ガムキ軍医は笑顔でわたしたちを迎え入れてくれた。彼は事情に通じていたようだった。二日前にも別のグループが同じ理由で医務室に駆け込んできていたのだ。

超満員の医務室で、軍医は救急を要する重病患者を診察していた。まだ座ってもいないわたしたちは、立ったまま眠りはじめていた。雑音か叫び声によって眼を開けるくらいだった。ベッドとも呼べない、何段かある蚕棚の上に横になる。弱りきった者はいちばん下の棚に横たわり、まだしっかりしている者は上の棚に腰かけた。そのとき、思いもよらないシーンが目前でくり広げられた。いちばん上の棚に座っている、顔が真っ青な男が一言も発せずに、棚から真っ逆さまに落ちたのである。もちろん死んでいる。隣の者に訊いてみた。

「あんたの友人はどうかしたのか？」

「バラックのチーフが、危篤以外の者は医務室に行かせなかったのさ。俺たちは十人で軍医に会いに行ったのだが、そのなかの三人が医者に診てもらう前に死んだ」

わたしたちの番がきたとき、ガムキ軍医は助手たちにわたしたちの体を洗うのを手伝うようにと命じ(ヤヴィショヴィッツを出て以来、わたしは体を洗ったことがなかった)、ベッドも与えるようにと命じた。

「すこししたら戻ってくるから。他の患者らもあなたたちみたいなら、どんなに救われることか」

軍医はわたしたちが何を必要としているか心得ていた。寝ること、そしてまた寝ることだった。わたしたちは睡眠をむさぼるように眠りつづけた。二十四時間眠りつづけ、食事のときだけ眼を覚ますが、すぐに半昏睡状態に陥った。食べ物も充分もらえ、誰かに盗まれることもなかった。そのうえ点呼のときもベッドの上にいてもよかった。こうして睡眠不足から完全に回復できたのだった。極度に疲労困憊しているときは、体中をむさぼっていたノミの攻撃も感じなかった。

わたしの眼はまだ赤く、痛さが刺し込む。

「あなたの眼が良くなるまで医務室にいてもいいが、わたしが雇うかたちでだ」。四日目にガムキ軍医が言ってくれた。

医務室でわたしたちは二人で働くことにした。相棒は元プロレスラーのギリシャ人で、ユダヤ人かどうかは知らなかったが、彼自身もどちらなのか知らないようだった。背がおそらく二メートル以上もある大男だった。が、全裸になったときの彼の体を見たとき、ぞーっとするほど、それ以上は痩せられないほどの痩せ方だった。解剖学を学ぶときに使う骸骨の標本になれるほどだった。眼も眼球からとび出していた。いままで痩せ細った仲間たちと働くことが多かったが、これほど痩せている男には出会ったことがなかった。

わたしたちの役目は苛酷だった。死にかけている人間を点呼することだったからだ。そして点呼に答えない者の番号を死者のリストに加えることだった。毎日死者は二十五人か三十人にのぼった。わたし自身の体調が回復していなかった当初は、死骸を運び出す作業は重労働だった。相棒がいなかったら、わたしにはとても耐えられなかっただろう。徐々に体力が回復し、彼もすこしずつ元気が出てきているように見えたが、それは外見だけにすぎなかった。

二人ともわらの入ったでこぼこの寝床を与えられた。床板からは隔たっていたが、じかに横たわるほうがましだっただろう。二十枚ほどの毛布が備えられていたが、高熱に冒されている者だけに与えられた。が、それらはみな垢だらけでシラミが覆っていたので、わたしは触る気にもなれなかった。ヤヴィシヨヴィッツの衛生環境はここでは望めなかった。ふたたびシラミ退治が再開された。

ここでも理髪師のポストにありつけたシエラツキが語ったところによると、

「ロシア人の頭を刈るときはすごいスリルがあるんだ。なぜなら何層にもなってへばりついているシラミの層がまるでベージュ色のプディングのようなんだ。だからシラミと毛髪の区別がつかないのさ」

ロシア人の何人かは、医務室に毛布が不足しているからと言っては毛布を盗んで引き裂き、それで足先を包んでいた。

この収容所はアウシュヴィッツ・ビルケナウ強制収容所と同等のランクに属していたが（一九四二年にビルケナウにいたことのある者はそれを認めるはずだ）、本質的な面でいくつかの点が異なっていた。

ここではドイツ人らは労力を必要としていたのである。ビルケナウではいつもわたしたちは無意味な重労働を課せられていたが、ここではめったに殴られることはなかった。が、ほとんどの者が飢餓による衰弱で死んでいった。つまり最小限の食糧で体力の限界以上働かせられたのだった。

それ以外では、わたしが知るかぎりここにはガス室は作られていなかった。したがって死骸は焼却炉には運ばれず、手工業的に焼かれるか、掘られた溝に投げ入れられた。

のちに知ったのだが、ウルバッハは消耗しきってテントのなかで倒れたという。この知らせで衝撃を受けたわたしは、現在でも彼のことを思い起こさずにはいられない。エネルギッシュで勇気のあった彼は、いつも困難な状況でも即決を下すことのできる男だった。それなのに彼みたいに筋金入りでもなく頭もよくない者たちが生き延びられたのだ。それは宝くじと同じく運でしかなかった。わたしは生き残れ、彼は生き延びられなかった。どうしてそうなのか考えてみてほしい。

わたしが雑用をしていた医務室では、毛布もない病臥者たちはわら布団のなかにもぐり込んだまま死んでいった。糞尿が混じり、ぐちゃぐちゃになったわら布団のなかから死体を引きずり出すのは容易ではなかった。彼らの硬直した指が布団の布をしっかりと摑んでいるのだ。この霊安室で働きながら、わたしがどうして心身ともに冒されずに、この地獄から抜け出せたのか自分でも理解できない。いくつかの強制収容所生活を体験してきたわたしは、もしかしたらこうした地獄のような情景に対しての免疫ができていたのかもしれない。

なかでも元プロレスラーの死はいちばん悲惨だった。わら布団のなかにうずくまり、布をしっかり摑んでいる巨体を引っぱり出すことほど困難なことはなかった。四人がかりで彼の巨体を引きずり出すのだが、そのなかでいちばん力のあったわたしが主力にならなければならなかった。

軍医によると、彼はいちばん多く食べていたという。彼ほどの体格では普通の配給量の二倍は必要だった。しかし彼がここに来たときはすでに手遅れだった。

その反対にわたしは体格が小さいほうなので、ここではロシア人といっしょにトーチカにいたころよりも多く食糧が与えられ、睡眠も充分とれた。そして十五日間医務室にいられたことで体重も増えたのだった。

こうして体力もつき、自分の周りで起きていることを観察し、考える力もついていた。強制収容所のなかで出会う仲間たちや傷病者らを勇気づけるようにし、もうじき解放されるのだからあきらめてはいけないと何度もくり返していたためか、ついには自分もそれを信じ込みはじめていたようだ。ガムキ軍医がわたしに言ったことがある。

「ここで生き残った者たちを救うという使命がなかったなら、わたしはとっくの昔にだめになっていたはずだ。わかるだろう？　できるかぎりのことをしているが、ここには治療の手段は何もない。傷痕を消毒するくらいさ」

それから数日後、わたしが医務室に入るために行なった工作が親衛隊員らにばれてしまった。そのためわたしたちはお互いに用心しなければならなかった。おそらく彼らはトロッコの鈎を調べたのだろう。わたしの工作が発覚して四日後にトロッコがふたたびひっくり返ったとき、彼らが放った数匹の猛犬が、トロッコから落ちて負傷した者たちに噛みつこうとした。彼らは噛みつかれまいと猛スピードで駆けだした。しかし親衛隊員らは自分たちが暴いたことに大喜びし、犬が男たちの腿に噛みつけば噛みつくほど、獣のように大口を開けて笑い転げるのだった。それはわたしたちへの戒めでしかなかった。

十五人ほどの男たちが担架で医務室に運ばれてきた。彼らの腿から血が流れ落ち、垂れ下がる肉塊は見るに耐えられなかった。それを形容できる言葉も見つからない。被害者のなかで噛みつかれる部分が少なかった男は、腿肉を食いちぎった犬と、それを見ながら有頂天に笑い転げていた親衛隊員らの醜悪な顔は生涯忘れないだろうと、わたしにもらしていた。医務室には治療用の薬品が不足していたため十五人のうち四人が出血多量で息絶えたのだった。

死人にまた死人が加わり、死者の数が加算されていった。

そのほかにこの時期に頻繁にくり広げられたのは、絞首刑のシーンだった。毎日二人か三人のロシア人捕虜が脱走を試みたが逮捕され、即日絞首刑となった。ドイツ人らはこれらロシア人の絞首刑者のほかに、何らかの恨みを晴らすために同僚たちをも絞首台に送っていた。戦争が終局に達していたこの時期の彼らのこうした犯罪は完全に意味を失っていたのだが、つづけられていた。

四十年後の現在も、霧のなかに浮かび上がる非現実的なイメージは、木の枝からぶどうの房のように垂れ下がるいくつもの人体と、彼らの半開きになった口から垂れ下がる紫色の長い舌……、これらを思い出に残るイメージとはとりたくない。なぜなら、わたしがいまでもくり返して見る悪夢がもたらすイメージだと思うからだ。しかしその場に立ち合った昔の仲間たちもいまだに同じシーンが脳裡に浮かぶというから、悪夢だけに帰するには、あまりにも鮮明な実体験として記憶のなかに生きつづけているのだと認めざるをえないのだ。

イヴォレクの体験

イヴォレクも医務室にいられたために生き残った収容者のひとりだった。ヤヴィショヴィッツからともに退去したあと、彼はブーヘンヴァルト収容所に着いたとき、足に凍傷を負っていたので医務室に入ることができたのだが、それが治る前に別の収容所に移された。命令に背くことはできなかった。足の爪が半分はがれ、化膿している傷口を見せながら、医務室に留まることを願い出たのだが、

「むこうの収容所で面倒をみてくれるから。ここでの滞在は終わったのだ」と軍医は聞く耳をもたなかった。

イヴォレクが語ったところによると、

「非常に苦しみながら、新設のアルバーシュタット＝ランガーシュタット収容所までたどり着いたあと医務室に直行したんだ。足の痛みが歯痛以上の激痛となり立っていられなかった。国籍は覚えていないが収容者のひとりである軍医が、『どの棟から来たのか』と訊くので、『到着したばかりで、ブーヘンヴァ

ルトの軍医がここで治療を受けるようにと言った』と説明したら、『何だと？　着いたばかりで休養したい？　出ていけ！　くそったれ！』と怒鳴られたから、『俺は古くからいて、ここまで苦しんできたあげくに解放される直前に死ななければならないのか』と抗議したのだ。そしたら『さっさとここを出ていかないなら、おまえは古株なんだから何が待っているか知ってるだろう』と脅かされたので、痛む足を引きずって医務室をあとにしたんだ」

「ここが生涯最後の強制収容所になるのだと思いながら進んでいくと、遠くのほうにヤヴィショヴィッツで知り合った友人で軍医の姿が見えたんだ。彼に何が起きたのか説明したら、ぼくの足を診てから『いっしょにおいで、治療できるか診てみよう』と言ってくれたんだ」

「結局もうひとりの軍医が診てくれることになったが、彼は、このような足でどうやって立っていられるのかと唖然とするばかりさ」

「食事というものは皆無にひとしく、二十四時間のあいだ唯一の食べ物といったら、ある日はスープだけ、翌日はパン一切れだけだ」

「俺が守っていた鉄則は、けっして無為の時間を過ごさないこと。鉄線をひんまげて作ったかぎ針は身から離さずに、寝床に座って、ヤヴィショヴィッツで毛糸で編んだ手袋の穴をかがったりするのさ。軍医がそれを見て感心し、自分の手にはめたらぴったりなんだ。『わたしにゆずってくれるかな？』と訊いたので、『喜んで差し上げます』と彼にやったのさ。足の傷がひどかったし、この軍医が俺を守ってくれなかったなら、とっくに親衛隊員かカポにぶち殺されていたはずだ。化膿した傷口は悪臭を放っていたし、爪が一枚ずつはがれはじめていたんだ。俺が編んだ手袋のおかげで解放まで生き延びられたわけさ」

二度目の「死の強行軍」

犬の噛みつき事件から十二日後、点呼のため全員が集合させられた。五人横隊で並ばせられ、ブーヘンヴァルト収容所まで連れていかれた。

森のなかをかなりの時間をかけて進んでいったのだが、この地域をよく知っていた仲間によると、まっすぐに歩いていたのではなくジグザグに進んでいたのだという。

そのあいだ食糧も毛布もない。小村を通りすぎていくとき、村びとたちの眼には憎悪の眼差しが浮かんでおり、何人かはわたしたちに向かって唾を吐きかけた。わたしたちの姿に同情する視線を向ける者は少なく、よろい戸を下ろす者もいた。ヤヴィショヴィッツ周辺のポーランド人の村びとの多くは、わたしたちが通りすぎるとき、哀れみの視線をそそいでいたものだが。

歩いて、歩いて、歩きつづけ、容赦ない強行軍のはて誰もが疲労困憊し、歩けない者はそこで射殺された。親衛隊員らは急ぐあまり監視するひまもなかったため、収容者のなかには撃たれることもなく逃亡した者もいた。

わたしはどこでもいいから横になりたい一心で気が遠くなっていた。歩いていたのはわたしではなく、〈モイシェ、もうすこし辛抱すれば助かるのだ。倒れてはならん。もう一歩！　いままで耐えてこれたのだから、ここで死んだらばかげている〉と頭のなかで呟いていたもうひとりのわたしだった。腿と性器の部分が非常に膨らんでいた。膝があまりにも痛かったので、そこから軋むような音が聞こえてくる。いまこそ、わたしの死ぬ番がめぐってきたのだと思うしかなかった。

やっと鉄格子の門をくぐった。ブーヘンヴァルト収容所に着いたのと同時に地べたに倒れてしまった。足が麻痺しきっていて動くこともできなかった。空腹も感じなかった。が、わたしよりしっかりしている数人の仲間たちは配給のスープをもらいに殺到した。順番を待つ列が混雑するなかで、スープの入った樽が倒れてしまい、スープが地面にぶちまけられた。それと同時に多くの者が地面に這いつくばり、スープが浸み込んだ泥を争うように舐めるという、信じられない場面がくり広げられた。

スープの入ったもうひとつの樽が運ばれてきた。こんどは棍棒を握った五十人ほどのいかつい男たちが、飢餓状態の群れの整理にあたった。「全員腰を下ろせ！」の叫び声。立っている者は何ももらえなかった。わたしのように歩くこともできず座っているのがやっとの者にもスープが分け与えられた。

わたしはバラックのなかに運ばれて地べたに横たわったまま寝入ってしまった。予定では翌日、ブーヘンヴァルト収容所から退去するはずだった。

〈モイシェ、こんどこそ最後だ、とても歩くことなどできないのだから〉と自分に言い聞かせるほかなかった。苦悶すればするほど食欲もなくなっていた。それはわたしだけでなく他の者も同じだった。食糧は配給されていたが意気消沈したまま、わたしはそこに二日間いた。腿の膨らみも減って、膝を曲げることもできるようになっていた。

午後四時ごろ起き上がったとき、解放されるためには身を隠していなければならないということを耳にしたのだ。しかしこの収容所はまだよく知らず、二カ月前からここにいるヤヴィショヴィッツ時代の仲間たちの誰も、隠れ場がどこにあるのか教えてくれなかった。四時すこし過ぎたあと、ここから退去する前の点呼の列に加わった。

出発する前に初めて恐怖心に襲われた。ヤヴィショヴィッツを出発したときは元気があったのだ。その前の中継地ブーヘンヴァルトに留まろうとしたのだが不可能だった。そしてクレヴィンケルを去ったときは、どういうわけか満足していたのだった。しかし、ここからどうやって歩いていけるのか分からなかった。四時から立ち並び、五時、五時半になって初めて出発命令が出た。この日が四月十日。ブーヘンヴァルト収容所が米軍によって解放されたのはその翌日、一九四五年四月十一日だった。

夜八時か九時に休憩時間が与えられた。これからさらに歩かねばならないと思うと恐ろしかった。腿の膨らみはなくなってはいたが、あまりにも痛みがひどく、体を支えていることもできないだろう。が、このときに願いが叶ったのだ。わたしたちは、棍棒を振り回されずに車両のなかに押し入れられたのだ。外側に跳び乗るための踏み板がついていて、内部にベンチがめぐらされているから、たぶん兵隊護送のための車両だったのだろう。

〈ドイツ人たちは戦争に勝つために、まだわたしたちを働かせようとしているのだ〉と自分を納得させようとした。ベンチには自由に座れたのだが、中央部に横たわることは不可能だった。人数があまりにも多かったので、足を置く場も、座るスペースを見つけるのも難しかった。ユダヤ人同士では融通し合うのだが、ドイツ人やポーランド人、ときにはチェコ人らのなかにも、兵卒であってもユダヤ人を痛めつけたがる者が多かった。わたしたちは床にうずくまり、互いに体を縮めて押し合いながら座っていた。でこぼこしている車両の床に肉が削げきった骨だけの尻がぶつかっては床と擦りあい、その痛さが全身に伝わってくる。

ベンチにどうにかして座れる場所がほしかった。ついにそのスペースが見つかったときは、神さまの御慈悲を信じてもいいくらいだった。

多くの者は高熱に冒され、衰弱しきっていた。だいぶ前から親衛隊員による「収容者の選別」はなされていなかった。しかし、ここでは病臥者を看護するなどということは考えられなかった。彼らは死んでいくほかないのだ。わたしが怖れていたことが現実のものになっていた。

ロシア人捕虜たちには食糧が与えられていたが、わたしたちユダヤ人には何も配られず、プラットホームの離れた場所にいなければならなかった。護送列車は六時間走りつづけたあと、仲間の十五人が死に絶えていた。わたしたちは彼らの屍体を隅のほうに積み上げた。

列車はゆっくりと進んでいき、頻繁に停車した。

停車するたびに親衛隊員らは、車両のなかにいるわたしたちと、プラットホームに積まれている死骸と瀕死者の山に機関銃の銃口を向けている。それにどんな意味があるのかわたしには不可解だった。

わたしたちがドイツ語で車両のなかに死人がいるのだと叫ぶと、親衛隊員たちが怒鳴り返してきた。

「そのなかで皆くたばれ！」

「黙らなければ、おまえらも撃ち殺すぞ！」

翌朝、驚くべきことが起きた。ひとりの兵士が大きな袋を置いていったのだ。そのなかから出てきたものは、一切れ百グラムはある厚く切ったパンで、生存者の数だけ充分に入っているではないか。わたしたちは死人の分を公平に分け合った。このときばかりは死者を哀れむ者はひとりもいなかった。そのあとの車両にはロシア人たちが乗り込み、彼らにはパンのほかにスープも配られた。守衛が交替していたので、

わたしたちにはスープはないのかと訊いてみた。いつもの否定形の罵声が返ってくると予想していたのだが、

「もちろんあんたたちを忘れているわけじゃない。原則としてみんなの分があるはずだ」と、思いもよらない肯定形の返事が返ってきたのだ。それから二時間後に列車が発車した。わたしたちは皆喉が渇ききっていた。ふたたび守衛にスープのことについて訊いてみたら、「たぶん次の停車時間に……」という返事が返ってきただけで、ついぞスープが配られることはなかった。

それから三日間、四日間、五日間……それ以上は覚えていないが、何日か前にもらったパンが最初にして最後だった。わたしの思考は断続的にしか機能せず、ほとんど虚ろになっていた。そのときふと気がついたのは、性器からも腿からも膨らみがすっかりとれていたことだった。

最後にシャワーを浴びたのが何日前だったのか覚えていなかった。蜂の巣のように破れ穴ばかりのシャツを二枚着ていたので、一枚ずつ脱いではシラミ退治にとりかかった。一枚のシャツからおおかたのシラミを退治すると、それを身につけて、もう一枚のほうに巣食っているシラミの退治にとりかかる。こうして十分のあいだに二枚のシャツを少なくても五回は脱いでは着て、着ては脱ぐことをくり返す。まだ体を動かせる者はこの忍耐ゲームに明け暮れた。それは永遠につづけることもできただろう。シラミの一群をやっつけたと思うと、それと同じ量のシラミが復讐してくる、なんという白熱の応酬戦！　この二カ月以来、どこまでもわたしのあとをついてきては、血と肉をむさぼりつづけるこの寄生虫をいかにして退散させられるか、その方法を探し出すのに考えをめぐらせていた。シラミを捕えてはひざの上で一匹、また一匹と爪で潰していく。潰したシラミの数を数えてみようとしたが、その量を見ただけで気がそがれ

てしまった。

わたしはシラミを数えることで精いっぱいで〈何も考えずに、頭のなかをからっぽにして〉と自分に言い聞かせても思考がついていかなかった。収容所内では、すでに生ける屍か操り人形となっていたのだった。頭脳が衰退し、自分の意思すらなくなっていたわたしは、誰の命令にも盲目的に従っていただろう。たとえばピストルを渡され、「自分を撃て！」と言われれば、自分に向けて引き金を引いていたはずだ。

それにもかかわらずわたしは瞑想に耽るかのように自問しつづけた。〈はたしてわたしは息子と妻、母に再会できるのだろうか〉と問いつづける苦悶と希望と空想には際限がなかった。

わたしは座りつづけていたので、肉のない尻に痛みが広がっていた。体を動かすこともできなかった。隣にいる仲間によりかかることもできたのだが、そうして眼をつぶっていたら、このとき親衛隊員らが解放直前の恐怖で顔を引きつらせている様子は見られなかっただろう。

列車が駅のプラットホームに停車した。意外なことにわたしたちに水が配られた。ブーヘンヴァルトを出発して四十八時間後にして初めて飲む水だった。駅のなかにいるドイツ人たちには、わたしたちがピティヴィエ収容所からアウシュヴィッツに移送されたときのようにふざけ合ったり、わたしたちを嘲り笑ったり、唾をひっかけたりする者はひとりもいなかった。まるで彼らはいままでの傲慢さを呑み込んだかのように口をつぐんでいる。

プラットホームは、車両から出てきたばかりの神妙な顔つきをした、ほとんど少年に近い若年兵と老齢の予備兵で埋まっている。わたしたちを護衛する男たちも五十代をとっくに過ぎていて、そこにいる数人の親衛隊員だけが三、四十代だった。

停車時間は約四時間つづいたので、ゆっくり水を飲むことだけはできたのだが、食糧は何も与えられなかった。列車がふたたび発車して十キロのところで連合軍爆撃機による攻撃を受ける。

護衛兵と、とくに兵士らはパニック状態に陥り、プラットホームから飛び下りて列車の下に身を隠すのに必死だった。この混乱状態のなかでロシア人捕虜たちは近くの草むらのなかに散っていった。が、それは完全な失敗に終わった。彼らが軍帽と軍服を身に着けていたため、空飛ぶ戦闘機が仏軍なのか英軍なのか、または米軍なのかはっきりしないが、彼らを狙う機銃掃射による殺戮をくり広げた。

わたしたちは、戦闘機のめまぐるしい往来を観衆のように見上げていた。爆撃機から落ちてくるニッケル製の銃弾がわたしたちの頭すれすれに降ってくるのを見つめながら、彼らの戦略に批判の眼を向けざるをえなかった。

「たった一両の列車に戦闘機部隊が総動員してかかってくるとは！」

機銃掃射が銃弾を浴びせるなかで、車両のなかにいた仲間の三人も撃ち殺された。

戦闘機が去っていったあと、親衛隊のチーフが、大部分がナチス国防軍の古参兵である副官らを怒鳴りつけた。

「いくじなし！　おまえたちはドイツ人じゃない！　くそったれ！　この次の警報時にひとりでも逃亡させたら、おまえたち全員を銃殺する！　逃亡した奴らを捕まえてこい！」

古参兵たちは勇猛果敢な兵士に返って、地べたに伏している生存者たちの捜索にでかけた。逃亡者のなかには生きている者よりも死傷者のほうが多かった。わたしたちのいたプラットホームに死んでいた二十体ほどの屍体とともに、逃亡しそこなった者の死骸を荷車が回収してまわった。かき集められた死骸は、車両の最後についている家畜輸送車のなかに積み込まれた。

列車の前に敷かれている線路はひんまがっていたり、そり返っていたりしたのでその線路は使えなかった。そこで親衛隊員らは、新たな決定を下さざるをなかった。フランス人、ロシア人、チェコ人と国別に並ばせ、わたしたちユダヤ人は別の場所に集めた。つまり国別に並んでいる者たちはもうじき解放されるが、ユダヤ人はその場で銃殺されるのだと想像するほかなかった。選別の仕方があまりにもおおまかだったので、フランスからのユダヤ人たちはフランス人のなかにまぎれ込もうとする者が多かった。フランス系ユダヤ人はそれほど多くはなかったが、わたしはアーリア系フランス人のなかに混ざろうとしたが、彼らに拒否されてしまった。

「あんたはほんとのフランス人じゃない。ユダヤ人だ」。そのひとりが答えたので、わたしは彼らを説得しようとした。

ドイツ人たちはこの緊急事態のなかでわたしたちの布符を大急ぎでチェックするだろうから、彼らの列の後尾につかせてもらえるなら、待っているあいだに布符を剥ぎ取れば助かることができるのだと懇願したが、フランス人の誰ひとりとしてわたしを守ろうとはしてくれなかった。

「列のなかに入れてやれよ。俺たちに危害がおよぶわけじゃないんだから。さもなければ彼は他のユダヤ人といっしょに虐殺されるんだ」と言うだけの勇気のある者はひとりもいなかった。

なかでもポーランド人たちは同胞のユダヤ人に対してはもっと辛辣だった。

「ユダヤ人野郎はユダヤ人野郎たちといっしょに消えてしまえ！」。声をそろえてがなり立てていた。

わたしはユダヤ人のグループに加わらざるをえなかった。誰もがひとり残らず惨殺されるのだと思っていたのだ。フランス人もポーランド人もそうなることを疑わなかった。ドイツ人がわたしたちを殺さないとしても、わたしにとってはどちらでもいいことだった。死ぬのを待つだけの絶望状態にあったからだ。疲労困憊しきっている体でさらに歩きつづけることは、こんどこそ死ぬことを意味していた。しかし解放直前の最後のこの瞬間に死ぬことは何よりも辛かった。

信仰心の強いユダヤ人たちは、すでに最期に立ち向かう準備をしていた。神が彼らに天国のいちばん恵まれた場所を与えてくれるようにと祈りつづける。わたしの隣にいた者は、祈禱書を手にして祈っている。

「この最期の瞬間まで、彼はどうやって祈禱書を隠しもってこれたのだろう」。いまでも自問することがある。

それからわたしたちのグループは五人横隊になり、最初にその場を去っていった。突然、数人のユダヤ人が走りだした。どこに走っていくのか理解できなかったが、その場で全員が撃ち殺された。そのあと何もなかったかのように静けさが戻った。ここで何をしても何の意味もないということを誰もが実感したのだった。線路沿いに五百メートルほど歩いたあと、家畜輸送車に詰め込まれた。扉に差し鍵がかけられたので、わたしたちはじきに呼吸困難になった。

わたしたちはどんな手段でもいいから、すきあらば脱走することしか頭になかった。幾人かの仲間は、金属の破片で作ったナイフをもっていた。たいへん便利なもので、畑でタンポポを切り採ったりしていた。それを見たドイツ人たちは、

「汚ねえフランス人野郎、雑草までも食べやがって！」と軽蔑し、ばかにしたものだ。

亜鉛製のこのナイフを輸送車の扉の隙間に挟み込んでこじ開けようとした。ポーランド系ユダヤ人でわたしと同じくらい疲労していた元冶金工だった仲間が突然、発狂したように叫んだ。

「ぜったい殺されないぞ。逃げるんだ。俺といっしょに逃げないか?」

「この状態では無理だし、もう手遅れなんだ。俺たちの力では車両の隔壁を突き破ることなんてできないんだ」。わたしは彼を説得しようとした。

「ばかなことを言うな。俺にまかせとけ。見てみろ、全部腐ってるんだ」

車両内の空気も希薄になっていた。誰もが穴を穿ってはそこに鼻をつけて空気を吸おうとした。交替で床板に切り込みを入れ、その部分を引きはがそうとした。四時間後にはそれに成功した。ナイフでけずる音は列車の轟音でかき消されていたばかりか、ドイツ兵らの警備も薄れていた。この空隙は密室車両の換気口となったのだが、脱出するにはまだあまりにも小さかった。

ついに二枚目の幅板をはがすことができた。輸送車がカメと同じ速度で進むのを利用し、幾人かが外に抜け出した。わたしも、と思ったが飛び出す瞬間にたじろぎ、「残念だかしょうがない」とあきらめた。しかし収容所にいたときのわたしの信条は、どんなときでも危険を冒すことだった。外見では絶望状態にあるように見えても、どんな状況にあってもそれを実行してきたのだ。それなのに、ここにきて自分を見捨て、すべてがおしまいで絶体絶命とあきらめきっている。車両の床の穴から抜け出して線路のあいだに身を落とすだけの体力がないことは明らかだった。

そのとき誰かの呻き声が聞こえた。暗闇のなかでそれが誰なのか見分けがつかなかったが、近くから聞こえてくるその声はガムキ軍医であることに気がついた。手探りで彼のところまでたどりつけた。軍医は長い座席の上に横たわっている。高熱に冒されている病人にとって楽なポジションとは言えなかった。数人の仲間の手を借りて、彼を座席の下に横たえた。そこならゆったりと横になれ、息もよくつけるだろう。

わたしたちのいまいる状況のなかで軍医自身が病気になってはお手上げだった。彼が解熱剤をもっているか訊いてみた。

「もう何もない。薬箱も盗まれた。ここまで運んできてくれただけでも助かったよ。ありがとう」

軍医を床に横たえるために、二人の兄弟に場所をゆずってもらうほかなかった。この兄弟はベルギー出身のダイヤモンド商の子息で、たいへん信仰深かった。兄のほうは尻と腕が蜂巣炎に罹っていた。第一号車にいたガムキ軍医は、自分の容態も考えずに病人らの治療にあたっていた。兄弟のひとりを手術している最中もますます悪化する高熱に苦しんでいた。このような状態にあった軍医が治療した傷病者は数知れなかった。それにもかかわらずひとりとして、この軍医に手を差しのべようとする者はいなかった。幸いにこの兄弟が軍医に座席をゆずってくれた。

「医者はもう必要ないんだ。どうせわたしたちは全員撃ち殺されるのだから」

このときわたしはもう何も怖れてはいなかった。ただ心にひっかかるものがあったとしたら、息子や他の者たちに、わたしが生きた半生はとても語れないだろうということだった。人間は、罪もない人間を獣以下の惨たらしさで惨殺することもできるということを。

最後の六、七時間の移送時間のあいだ、多くの者が憔悴しきって声も出さず、呻き声も上げずに息絶えていった。わたしのそばに、彼らはあちこちで眠るように横たわっている。車両の隅に死体を引きずっていく力もわたしたちにはなかった。死者と隣り合わせで生きてきたわたしたちは、それはもうどうでもよかった。生きている者も死者同様の価値しかなかった。わたしたちは生きる力も尽きている。もうじき蝋燭が消えていくように息絶えていくか、生きていたとしても到着地に着いたら全員殺されるのだろう。

わたしは横たわっていた。列車が揺れるのにまかせて、隣にいた者がわたしの腰のあたりに軽く頭をぶつけた。何回か彼にすこし離れてくれと頼んだのだが聞こえていないようだった。ふと彼のほうにふり向いたとき、わたしが死人に話しかけていたことがわかったのだ。

テレジエンシュタット（訳注）

仲間たちが脱走して三時間ほど経ったあと、列車が停まった。数回にわたり停車しながら低速度で進んでいるあいだ、脱走者たちもあまり遠くまでは逃げておらず、せいぜい十キロ範囲にいるはずだった。連合軍の数機のヘリが上空を旋回している。輸送列車を狙撃しないのは、わたしたちが何者なのかすでに通じていたからなのだろう。

突然、輸送列車の扉が開いたと同時に、皆が「ユダヤ人ゲットーだ！」と叫び声を上げた。やっとだったがわたしも立ち上がった。なんという情景！　そこには、ナンバーではなく胸に黄色の星印を付けたユダヤ人ばかりいるではないか。

車両からわたしたちを出させるとき、そこにはカポも、監視員も、親衛隊員も、犬の姿も、鞭も、小銃も見えない。この脱出作戦は、体格もがっしりしているユダヤ人らによってなされたのだ。まず瀕死状態の者を担架で運び出しはじめた。わたしは、重病人であるガムキ軍医を優先的に運び出してくれるようにと頼みこんだ。

多くの者はナチス親衛隊員のやり方を見てきたので、罠が張られていると信じ込み、超人的な力で立ち上がろうとする。一歩一歩と足を踏み出すのにも最後のエネルギーを振りしぼりながら苦しみ喘《あえ》ぐ。わたしたちは彼らを支えながらゆっくりと進んでいく。建物に着いたとき、彼らはぼろ切れのように地べたに崩れ落ち、失神状態に陥った。

ユダヤ人ゲットーの責任者たちは、わたしたちがこんなに早くたどり着くとは予想していなかったので、受け入れ態勢はまだできていなかった。まず地下の広い部屋に連れていかれた。最初は何も見えなかったのが、眼が薄暗い空間に慣れるにしたがって十五メートルごとに灯が見えた。空気と明かりがこぼれ落ちてくる窓だった。

この地下室のなかでじきに仲間同士の固まりができた。そのなかにロターとルブロが見つかった。二人ともわたし以上に体が弱っていた。ウルバッハや他の多くの者たちはすでに強制収容所で亡くなっていた。オルドゥルフ・クレヴィンケルからテレジエンシュタットに来るまでのあいだに、わたしたちの半数が死に絶えていた。ヤヴィショヴィッツを去ってきた二千人のうちの九割が死んでいた。

負傷者や病人たちが地べたをおおいつくしていたのだが、病院も医務室も超満員でほとんどの者は野

訳注　テレジエンシュタット（ドイツ語読み）はチェコ北部の都市テレジーン。ユダヤ人ゲットーとして一九四一年十一月に開設された。ユダヤ人たちはここからアウシュビッツやトレブリンカ、マイダネスクなどの強制収容所へと移送された。一九四〇年から一九四五年までに十四万人を収容、そのうちの一万五千人は子どもたちだった。

外に放り出されていた。重病者だけが許され、あとで彼らを迎えにくるという。

治療室は最上階にあったが、わたしはそこに行くのも許されなかった。許されたとしても階段が六十段もあり、わたしにはモンブランにもひとしい高さの階段をどうやって登っていけただろうか。

二日後に無理して最上階まで上がっていった。すこしドアが開いていたので病室内のいくつかのベッドがのぞかれた。が、看護士は、わたしがチフス菌をはびこらせはしないかと立ち入りを禁止した。ガムキ軍医が回復していることだけを知らせてくれた。それ以来、病室に行ったことはなかったが、彼は生き延びられたと思っている。現在も生きておられるのだったら、再会できることを願ってやまない。

話をもとに戻そう。地下室にいるわたしたちは誰もが胃痙攣に襲われ苦しんでいた。銃殺される怖れもなくなり、守衛らに守られてここまで来れたいま、この四日間のあいだにたった百グラムのパンしか呑み込んでいなかったので、胃が空腹を通りこして刺し込む痛さだった。

一時間以上待っているが、誰も連絡さえしてこなかった。飢えと渇きが限界にきていて、体がしっかりしている者でさえ、いちばん近いところからもれてくる明かりのほうに這いずっていくことも困難だった。地べたに横たわり衰弱しきった体を動かすこともできない男たちを踏みつけないように、足を踏み出す場所をいちいち探りあてなければならなかった。

明かりといっても窓から入ってくるのではなく、小さな穴からもれてくる明かりだった。そこから周りをのぞいてみたい欲求にかられる。わたしたちは天窓の下に散らばっていた物や布切れを積み上げた。そこから体を這い出したとき、眼の前に広大な営庭が広がっているのが見えた。

このとき仲間たちが意外な場面をくり広げた。天窓の下に、地下室にあった袋やスーツケース、その他の荷物を運んできては、それらを外に投げ出しはじめたのだ。わたしたちのグループも同じことをしはじめ、そのあとどうするか話し合った。監視員がいないということも意外だったが、持っていけるものは何でもかっさらっていくことにしたのだ。

この換気口のある石造の建物の隣にバラックがあり、そのなかに荷物が山と積まれていた。ユダヤ人らが持参してきた荷物の選別所にちがいなかった。収容所に着くやユダヤ人たちの魂は天に送られ、荷物だけをドイツの地に遺していったのだった。ビルケナウ強制収容所にいたとき、わたしも彼らの衣類や貴重品などを選別したことがある。これらのスーツケースのなかには衣類が詰め込められていて、二重底には、彼らの死後もとっておきたかった貴重品が隠されていた。

親衛隊員たちはこの地を立ち去ったばかりだったが、ユダヤ人ゲットーの責任者もここに荷物置き場があったことを知らなかったし、そこには見張りも置いていなかった。

実際、親衛隊員全部がいなくなったわけではなかった。時折、収容所の外に、姿を見せては、彼らがまだ見張っていることを示そうとしていたようだった。

わたしたちは絶食状態を断ち、食糧を探し出すために荷物を開けはじめた。エレガントな手さげカバンが眼を引いたので開けてみてがっかり、なかから出てきたのは、輝くばかりのニッケル製の外科手術用具だった。が、次に見つけたのこそ宝物だった！　ジャガイモの入った袋なのだ。その一部を、他のグループが見つけたタマネギやニンジンなど、さまざまな野菜と交換できたのだった。あとはこれらの野菜を料理するだけだった。

左右を探しまわりながら分かったことは、以前そこは旧兵舎の炊事場だったことだ。大きな鍋が見つかり、水道もあり、すぐにスープを作れるのだ。長いあいだ、野菜の皮を剥くことがなかったのでジャガイモは洗っただけで皮は剥かずに、早く煮えるように小さく切ることにした。もし皮を剥いていたとしたら、その皮でさえ美味しく食べていただろう。わたしたちの周りには他の仲間たちが順番を待っていた。

グループには十五人いたので、各々が野菜を切るか、皿を並べるか、ボウルまたはスプーンを用意するかした。それは四年前に楽しんだ懐かしいキャンピングの永遠の思い出を彷彿とさせた。皆そろって料理をすること、共通の行為に勤しむことだった。

スープができたとき、新たな問題が生じた。食べ物の匂いが、屍のように横たわっている男たちの臭覚を呼び覚ましたのだ。そして地下室のなかはまるで飢餓状態の獣たちが入り交じるジャングルと化した。ひとりとして体重が四十キロ以上の者はおらず、わたし自身三十五キロくらいで以前の体重の半分しかない。あなたご自身の体重を二等分したらどんな姿となり、どんな精神状態になるか想像してみてほしい。

わたしたちは二つのグループに分かれて、ひとつのグループが見張っているあいだに、もうひとつのグループがスープをむさぼり呑んだ。巨大な鍋だったので、わたしたちが食べるには充分だったが、周りにいる数百人の飢餓状態の者までには回らなかった。

わたしたちのグループがスープを呑み終えるや、次のグループの十五人が交替でがむしゃらに呑む込むので、余った野菜は彼らにゆずることにした。

完全な自由とはこのことだった。誰ひとりとして殴る者はいない。もはや親衛隊員らが荷物置き場を監視していないことを知ったゲットーの責任者たちは見張りを配置した。やっと地下室から出されたあと、茹でただけの冷めたジャガイモが配られた。わたしたちの作ったうまいポタージュはこの冷たいジャガイモとは比べものにならなかった。

テレジエンシュタットのゲットー生活

重病患者や極度の衰弱者たちは二階の病室に運ばれ、ちゃんとしたベッドに寝ることができた。症状の軽い者はいくつかの小さな部屋に詰め込まれたが、そこには窓もなく潜水艦の寝床と同じだった。各室には簡易ベッドが三段重なっていて、三列ずつ並んでいる。いちばん上のベッドには、収容者の誰も登るだけの力がなかった。中段のベッドに登れるのは、いちばん体のしっかりしている者だけだった。したがって幾人かは、ネット式スプリングの下に体をすべり込ませて横たわるほかなかった。もちろん頭を上げることは禁物だった。

それからすこしして、ゲットーの責任者が、わたしたちフランス系ユダヤ人を五十人ずつのグループにして広い部屋に移らせたので、地べたに敷いたわらの上に横たわることができたのである。

わたしたちの誰もが病人だった。そのなかでもわたしは立っていられ、歩くこともできる軽症者のひとりだった。過半数の者は食べ物を食べるときだけ無理してでも座り、トイレに行くときだけやっと立ち上がれる状態だった。

わたしたちがいたのは旧兵舎なので便所の数は充分あったのだが、寝たきりの病臥者たちのほとんどが下痢状態にあったため、便所の数が足りないくらいだった。彼らの多くは便所に到達する前に用を足してしまうので、管理者たちは宿舎を掃除するひまもなかった。ビルケナウにいたときだったら、ことは簡単だった。たれ流した者はその場で撃ち殺してしまえばよかったからだ。

シャワーはあったが、冷水しか出ず石鹸もタオルもなかったので浴びる気にもなれなかったし、その気になっても無駄だった。わたしは何もすることなく、シャツのシラミ取りに専念した。列車のなかでしたように二枚のシャツを代わり番こにシラミ退治した。シラミたちは捜すまでもなく、手ではらいさえすれば地面に落ちたので、一度に数十匹を踏み殺すことができた。血肉をむさぼるシラミの退治は遊びではなく必要不可欠の作業だった。痒いのを掻くことはさほど労力を必要としなかったので、横たわっている仲間たちもわたしと同じ作業をはじめた。骨だけの一群が同時に、背中や胸や横腹をがむしゃらにひっ掻いては、また背中や胸や横腹をひっ掻く動作をひっきりなしにくり返している姿態は、充分に喜劇映画の一シーンになりえただろう。

立ち上がったとき、まるで新品の靴が軋むような音が聞こえた。最初は何の音だか分からなかったのだが、床やわらの編み目にもみっしり這いつくばっているシラミとノミを靴がローラーのように押し潰した音だった。

このとき、テレジエンシュタット（原注）はカポや監視員のいる強制収容所ではなくなっていた。元ユダヤ人ゲットーとして使われていたこの敷地には兵舎しかなかったがそれを管理する代表部があるはずだった。ある日、責任者がやってきて、各室ごとに二人の代表者を選ぶようにとわたしたちに命じたのだ。

いちばん軽症だったわたしが当然そのひとりに選ばれ、共同寝室にいるいちばん弱っている五十四人分の食糧の配給を受け持つことになった。各自に食券カードが配られ、朝、昼、晩と炊事場に食事をもらいに行くたびに食券の一枚を渡すのだ。食べ物といったら、皮ごと茹でた何個かのジャガイモくらいだったが、皿に盛られるときはすでに冷えきっていた。責任者たちがもうすこし考えてくれていたならば、冷たいジャガイモは避けられ、下痢になる者も少なかった。一切れのパンもついてきたが、肉というものはいっさいなかった。

一日一個の角砂糖も与えられたが、一週間分まとめて配給されたので、ほとんどの者はもらうとすぐに全部を噛み砕いて食べてしまった。それは仲間に盗られないためではなく、砂糖とシラミの混じったじゃりじゃりした塊を噛み砕きたくなかったからだ。

しかしわたしたちの飢餓状態は変わらなかった。幾人かは狡い手口を考えだし、食券をなくしたと言っては食券なしでもらいに行くのだ。わたしたちもそれを真似て、食糧事情の改善をはかることにした。わたしたちの半数が自分の分を食べたあと、食券をなくしたと言っては新たに食事をもらいに行った。こうして手に入れた残飯は仲間同士で均等に分け合ったが、それに三回ありつけたとしても、飢えきった胃を静めるにはまだ足らなかった。

それから数日後、国際赤十字からの慰問品袋が配られた。さまざまな物が五キロ分入っていたのだが、

原注　東欧諸国ではナチスに占領された後ユダヤ人たちは、まずユダヤ人だけを集めたゲットー地区に閉じ込められて苦しい生活を強いられた。その後、どのゲットーも一斉射撃によるか、ユダヤ人たちを強制収容所のガス室に送ることにより殺戮していった。そのなかでチェコのテレジエンシュタットではゲットーの一部が抹消されずに残っていた。ナチスは赤十字使節団などにそれを見学させることにより、ユダヤ人はそれほどひどい扱いは受けていないというイメージを示そうとした。このゲットーはチェコ系ユダヤ人を強制収容所に移送するための中継地でもあった。

一般人がおいしいと思う物に、飢餓状態にある者が一度にむさぼりついたらどうなるか、誰も忠告する者はいなかった。誰もが駆け足でトイレに行くのも間に合わない、ひどい下痢に襲われた。便所に行くまでの廊下は糞尿以上の悪臭が充満し、便所のドアの前には垂れ落ちた糞尿が山と積り、ドアの開閉もできなくなっていた。あまりの悪臭に耐えきれなくなり、そこを清掃する者には褒美をやったらどうかと管理局に申し出たら、それをした有志にはめずらしくコーヒーが配られた。が、それはぬるま湯の黒っぽい液体にすぎなかった。

わたしたちのなかには元監視員補佐やカポのほかに、一杯のスープのためなら元責任者の代わりになってわたしたちを叩きのめそうとうずうずしている兵卒らもいたから、殴り合いの喧嘩が絶えなかった。日中は男たちは静かにしていたが夜になると、昼間卑劣なまねをした奴には仲間たちが数回横腹を殴りつけて仕返しをした。わたしたちは体力ともに衰弱しきって塵芥同然になりながらも、腕力では兵卒たちよりも勝っていた。しかし、あの残酷だったライビッヒやマレク、マテスらの姿を見出すのは難しかった。あれ以来彼らも痩せほそって、わたしたちのなかに混じって見分けがつかなくなっているのだろう。

そのなかに監視員補佐だったひとりを誰かが見つけだし、十人ほどが彼であることを確認した。かつて彼が痛めつけた多くの被害者のひとりが、彼をめった打ちにしたあと、他の者たちもリンチを加えたのだった。

数人に告発されたあげく、元拷問者が口にする言い訳はみな同じだった。

「俺じゃない、見間違いだ。あんたのいう収容所にいたことはない」

列車から下りて三日後、列車から脱走した者たちを十台ほどの担架が運んできた。そのなかに冶金工だった友人が見つかった。彼は力を振りしぼって語ってくれた。

「最初俺たちは全員が掘建て小屋に隠れて、見つからないようにそこに一日半潜んでいた。それから四十八時間後には憔悴しきったまま身動きすることもできないでいた。そのうちに村びとが俺たちを発見したんだ。そこで理解できなかったのは、俺たちを銃殺するのではなく、担架をもって迎えにきてくれて、ユダヤ人にとってはここがいちばん安全だと言って連れてきてくれたんだ」

この生存者たちは病院の最上階に運ばれたので、ガムキ軍医のときのように、彼らの容態を見にいこうとしたがなかに入るのは禁止された。彼らは生き延びられたと思っているが……。

一九四五年五月八日、ドイツ軍の敗戦をわたしたちはラジオで知った。赤十字から届いた食べ物で腹をこわしていたにもかかわらず、わたしたち全員が部屋から飛び出して勝利の歓声を上げたのだった。が、それは瞬時の喜びでしかなかった。なぜなら親衛隊の守衛たちがまだユダヤ人ゲットーの周囲を監視していたのを忘れてしまっていたからだ。それに気がついたときにはすでに遅く、機銃掃射が壁という壁に弾丸を撃ち込み、外壁のタイルをも粉砕しつづけた。機銃掃射はゲットーの責任者がいる二階と三階に向けられていた。わたしたちのいる部屋では誰にも弾は当たらなかったが、他の部屋ではかなりの負傷者が出ていた。わたしたちはわらのマットレスを立てかけて身を守り、最後には攻め込んでくるのではないかと、翌日の夜までそこから動かずにいた。オートバイの発車音がしたので窓からのぞくと、ロシア兵なのだ！　間違いなくわたしたちは解放されたのだ。わたしたちのなかのいちばん丈夫な数人が、外に出ていって救助隊を迎えに行った。数分後に彼らは、腕いっぱいにタバコやチョコレート、ベーコンなど、夢にまで見たものを抱えて戻ってきた。しかし効果てきめん、ほとんどの者が下痢の再来に襲われたのだった。

わたしは、赤十字から寄せられた慰問品でこりごりしていたし、ふたたび便所通いをくり返したくなかったので、何個かのビスケットだけでがまんした。

そのあと数分後に騒然とした叫び声がわき上がった。

「明日からロシア人は、おれたちが皆病気に罹っているから四十日間隔離するらしい」

この噂を耳にした者たちのなかで歩ける者や這ってでも進んでいける者たちは、即刻そこから立ち去る決心をしたのだ。治療をしてもらえるとしても、ここにさらに四十日以上いることには耐えられなかったし、長いあいだ会っていない妻子の消息をつかみたい一心で、いてもたってもいられなかった。同時に、いままで収容者の拷問と殺戮をナチスの大義名分のもとに悦び勇んで行なってきた執行者、親衛隊員らの最期を見とどけたいとも思っていた。

立ち去ろうとする者は、真夜中に窓から抜け出して五人から十人のグループになって道を進んでいった。が、遠くまで行かずに三十分後には戻ってきた。彼らは途中でロシア兵に出会い、

「明日の朝まで待ったほうがいい。付近にはまだ多くのドイツ兵と親衛隊員がいるようだから、今晩はまだ危険だ。プラハはまだ解放されていないので、俺たちもここに留まっているのだ」と言われたという。

プラハに向かう

わたしたちの班ではルブロと、パリの旧知の友人でここで偶然に出会ったカナーとわたしも、下痢が

つづき体が弱っていたががまんできる容態だった。しかし、ロターや他の多くの仲間たちはマットレスの上であまりの苦痛でのたうちまわり、起き上がることもできなかった。彼らは治療を受けるためテレジエンシュタットに留まることにした。

朝になって、建物の扉は閉まっていたが窓は開けることができたので、わたしたち五人が出ていくと、そのあとから六人組がついてきた。三キロほど行ったところで最初の気勢が削がれ、ほとんどの者が引き返そうとする。

そのときに二頭の馬に牽かれた荷馬車に出会ったのだ。御者台で手綱をとる女性は、不似合いなエレガントな服装をしている。わたしたちは道をふさぎ、まずチェコ語で話しかけてみたが通じそうにないので、ありとあらゆる方言を含むスラブ語で尋ねたが返答がない。そこで仲間のひとりがドイツ語で尋ねた。

「ロシア赤軍が侵攻する前にどうしてプラハを去ったのですか?」

はっきりした答えを返すかわりに、彼女は鞭を振り上げて罵りはじめた。誰かが完璧なドイツ語でもう一度話しかけた。

「ロシア兵があなたを守ってくれるように頼みますから、御者台から降りられ、荷馬車をわたしたちにゆずってください。何もご迷惑はかけませんから」

「ロシア兵」という言葉を聞いたとたん、彼女は尻に火がついたように荷馬車から転げ落ちるように跳び下りて駆けだしていった。

こうしてわたしたちは、豪華な四輪馬車とはいかなくても、立派な荷馬車で脱出できる、この世の中でいちばん恵まれた逃亡者となれたのだった。

最初、馬はなかなか進んでくれなかった。馬は疲れすぎていたのか、仲間たちは口をそろえて「ホップ！　ホップ！」、「フエ！　フエ！」とせき立てたが一歩も進んでくれない。痩せ馬たちは、ニンジンが眼の前に吊るされていないときのロバのようにテコでも動かなかった。こんどはわたしが試してみる。わたしはワルシャワに隣接している町プラガで少年時代を送っていたころ、住居の中庭の厩舎にかなりの馬がいたので、ギャロップもできるくらい乗馬は得意だった。手綱をたるませてゆっくりと優しくさばき、「ウィイオ、ウィイオ」と声をかけた。二頭の馬はポーランド語がわかるのか歩きだした。このようにしてわたしが御者になり、テレジエンシュタットからプラハまでの八十キロを踏破したのである。御者の役目は重要であるため多くの特権を与えられたので、馬の荷を軽くするために降りて歩く必要もなかった。

最初の村を通りすぎるとき、村びとの誰ひとりとして、わたしたちは腹が空いていないか、喉は渇いていないかなどと質問する者はいなかった。奇妙なサーカス団を見送るようにわたしたちをじろじろ見つめている。それくらいわたしたちの姿は異様だったのだろう。

道中、ロシア人の浮浪者たちにあとをつけられ、時計や貴金属を出せと脅かされる。そんなものは何も持っていないと言っても信じず、わたしたちのポケットのなかまで探ろうとする。彼らのひとりがとっさのアイデアから、二頭の馬を彼らの自転車と交換しないかと言い張りはじめた。そこでロシア語を話せるカナーが言い返した。

「捕まりたいのか！　俺たちをばかにするな！　とっととここから去らなきゃ、ロシア兵に逮捕させるぞ！」

さすがにこのデマの効きめは早かった。

すこし行ったところで、わたしたちはチェコのレジスタンスの武装グループに出会った。彼らのほうからわたしたちに話しかけてきた。彼らは、わたしたちがどこの強制収容所から逃れてきたかを知っていて、逃亡の目的地がプラハであることも推測していたようだった。

「この道は行ってはいけない。かなりのナチス親衛隊員が隠れているので危険だ。俺たちは彼らを襲撃しに行くところなのだ。こちらの道から行ったほうがいい。そしてはぐれたロシア兵には気をつけるように。彼らに会っても何もしないように。喧嘩をふっかけてきたら、もっと先のところにいる上官に報告することだ。あんた方に腕章をあげるから、これを付ければプラハまで安心して行けるだろう」

安心して通行できることと、ロシア人浮浪者たちも追っ払えたことでほっとする。このあと、いよいよプラハに向かう真っすぐな道路を進んでいけばいいのだ。

途中、長蛇のドイツ兵捕虜が歩いてくるのと出会う。見た眼にはひどい扱いは受けていないようだった。彼らが背負っている、略奪品が詰まっているリュックサックを手に入れれば、食糧と馬の飼料を得るための交換物資になるのだ。ドイツ兵捕虜たちが捨てていく袋やリュックサックを拾っては、これらの宝物を荷台に積み上げた。

次の村では思いがけない村びとの歓待を受ける。わたしたちが多少のチェコ語を話せるフランス人であるうえ、ドイツ人からの略奪品を配ってまわったからだ。それらのなかには金の指輪や布の切れ端、ストッキング、収容者の囚人服、それもメルトンで裏打ちされているものまであったのだ。それらは親衛隊員だけが所有できるものばかりだった。強制収容所のなかでこのような略奪品を横領する者が、監視員やカポのほかにドイツ国防軍兵のなかにも含まれていたことをわたしたちが知っていたなら、上官に告発することもできたのに。

村びとはわたしたちを囲んで、特別に野菜のスープを用意してくれた。初めて出会ったこれらのチェコ人はわたしたちを暖かく迎えてくれた。村には馬をよく知っている者がいたので馬を診断してもらった。二頭の飢餓状態の馬がどうやってここまでわたしたちを乗せて来れたのか理解できなかったようだ。馬主の女性はよほど慌てていたのか、馬たちに十五時間以上のあいだ、飼料も水もやっていなかったのだろう。馬たちを疲労回復させるために村で一泊しなければならなかった。

その晩、わたしたちは高級ホテル並みに、木造の掘建て小屋にわらを敷きつめて、ドイツ兵らが運んでいた略奪品のシーツにくるまって寝ることができた。もちろん村びとたちには、これらのシーツは全部置いていくと約束して。

まだ夕方五時ごろだったが、食後に休養をとるため横たわるや全員が半ば昏睡状態に陥った。

真夜中に喧噪が響きわたり、とび起きた。小銃と機関銃がわたしたちに向けられているではないか。見張り番を配していたのだが、彼も驚きのあまり警報を発するひまもなかったのだ。眼に懐中電灯が突きつけられたため敵の顔も見分けがつかない。チーフがドイツ語で話していたが、わたしたちの沈黙の前で今度はロシア語で話しはじめた。カナーが、ライトで眼をくらますのは止めてくれ、彼らの顔を明るいところに出せと頼んだ。

「あんたたちはフランス人で、テレジエンシュタットから来たのだろう。俺たちが探しているのはあんたたちではない。情報が入っているのだが、それがいいかげんなものなのか信憑性のあるものなのか確かめなければならない。皆座れ、ひとりひとり顔をチェックするから」。ロシア人将校が言った。

わたしたちの骸骨のような外見では疑いをかけられることはなかった。体格のいい、怪しまれそうな男はひとりも混じっていなかった。

「この辺にはまだナチス親衛隊員がごっそりいるから気をつけるように。前線は眼と鼻の先だ。夜明けにはまだここからは出ず、日が高くなってから出たほうがいい。ここの入口の前に歩哨を立たせることにするから、もう心配することはない」

軍のたぶん行政官と思われる将校がナイフをサックから抜き出して、その先を歯と歯のあいだに差し込みながら言う。

「あんたたちはいまだにロシア人を野蛮人だと思っているようだが、俺たちはあんたたちを守ってやっているのだ。親衛隊員を捕まえたら、見せてやる。もしかしたら間違ってあんたたちの守衛を捕まえてしまうかもしれんが。じゃ、よく寝たまえ」

わたしたちが出会ったロシア兵のほとんどは背が低いかわりに肩幅が広かった。彼らのひとりとイディッシュ語で話したことがある。彼は、仲間と同様にばかでかい機関銃を片手で持ち運んでいた。三十五キロの体重しかないわたしには、全身の力を入れても持ち上げることさえできなかった。そのあとにアメリカ製の機関銃を手にしたことがあったが、なんという違いだろう。

翌朝、ふたたびプラハに向かって出発した。荷馬車は空っぽになっていた。馬の世話をしてくれた農夫に残ったものを全部やった。馬たちも体力を回復し、怒鳴ったり鞭を振ったりする必要もなくなった。

前日と同じように進んでいったが、ドイツ兵捕虜のなかにナチス親衛隊員が隠れていないかよくチェックしながら進むので速度が緩慢になり、なかなかプラハまでたどりつくことができないので、彼らを探し出すことはあきらめた。

荷馬車はふたたびドイツ兵捕虜たちが路上に捨てていく物でいっぱいになっていた。囚われの身となったドイツ兵らの顔を見るのは痛快だった。わたしたちが彼らの荷物を軽くしてやっているのだから、喜んでもらってもいいはずだった。

長いあいだ笑うことさえ忘れていたわたしたちの口もとに笑いが戻ってきたのだ。が、三十五キロか三十八キロの体で、目玉が眼球からとび出しているわたしたちの笑い顔は、奇怪な魔物の表情だったのではなかろうか。後年友人となったチェコ人がしかめっ面をしてもらしていた。

「あんたたちが笑うときの顔は見るに耐えられなかったよ。笑うと骨だけのごつごつした顔面が歪み、まるで悪魔そのものだったよ」

確かにそのとおりだった。多少でも肉がついている人間と骸骨同然の人間の相違くらいはわかっていたのだが、けらけら笑う骸骨を想像できるだろうか。

ドイツ兵捕虜たちの行列はほとんど監視人なしで進んでいく。三百人か五百人に一人の割合でロシア人兵が監視しているが、わたしたち収容者を監視していた人数の二十分の一にすぎない。この手薄さに心配したわたしたちはロシア兵に訊いてみた。

「捕虜たちのなかに脱走者は出ないのですか」

「いままでに二人逃げたが、レジスタンス活動家、民間に関係なくチェコ人が密告してくれるのだ」

ドイツ人捕虜たちは騒ぐこともなく、疲労しきっているがもくもくと行進する。かつての清潔で傲慢だったドイツ兵の面影はすでになく、すべての捕虜同様に、ずたずたに破れた汚い軍服をまとっている。彼らは怖れているのだ。

フランス軍が全滅したあと、一九四〇年から四一年にかけてわたしたちを直撃したナチスのプロパガンダを思い出さずにはいられない。それがいまや、よれよれのグリーンとグレー混じりの軍服を着た連隊が眼の前を通りすぎていく。それに比べたらフランス兵捕虜たちは勝利を勝ちとった英雄にも見えたのだ。

彼らのなかに将校を探してみたが、蒸発してしまったかのようにひとりも見つからない。よく見て分かったのは、彼らが胸に付けていた階級章をもぎとっていたことだ。ユダヤ人はもちろん、無抵抗の市民やロシア兵捕虜をも殺戮してきた彼らの残虐行為の復讐を生存者から受けるのを怖れているのだ。戦後三十年、四十年後、テレビ番組などで、軍隊の剥奪された階級を取り戻し、ヒトラーから授けられた勲章を恥ずかしげもなく見せびらかす元将校もいるが。

ドイツ兵捕虜にはドイツ語で話しかけるようにした。わたしたちが三年間、一日中浴びせられた「怠け者！　ブタ野郎！　くそったれ！」などの罵倒語を知っているかと尋ねたくなるのだ。

「あんたらは俺たちが受けたような扱いは受けないだろう。いまのあんたたちの顔と俺たちの顔を比べてみろ。俺たちが味わった苦しみだけは味わわないようにな。あんたたちのなかに親衛隊員がまぎれ込んでいたら、殺してしまえ。そのほうがあんたたちにとってもいいはずだ」

午後一時にある村で休憩する。最初、村びとたちはわたしたちを怖がっていて、骸骨たちが略奪品を配給するという噂をデマと思っていたようだ。だが幾人かが、わたしたちがテレジエンシュタットからプラハに向かっているということを聞きつけたのか、わたしたちの胃を刺激しないように脂身の入らないスープを用意してくれていたのには、驚くばかりだった。

火星人のようにでかい頭をした骸骨同然の男たちが、はたして人間なのか、話したり食べたりすることができるのか不審そうに見つめながらも、一部の者は暖かい笑みを見せはじめ、じきにほとんどの村びとが親しみをもって接してくれるようになった。

彼らへの配給品がどこからきた物なのか説明する必要もなかった。それらは、ナチスの略奪者たちがわたしたち、ユダヤ人から奪った物のほんの一部でしかない。しかしわたしの身体はもとより、仲間たち、わたしの兄、叔父、叔母たち、従姉妹たち、ポーランドの幼友だち、彼らは皆、石鹸やリン酸肥料になってしまっているのだ。村びとにナチス兵らが奪った略奪品を全部分け与えてやった。わたしたちは何もいらなかったが、防寒着とリュックサックだけは留めておいた。

プラハに近づきつつあった路上で、千人ほどのドイツ兵捕虜が地べたに座っているのに出会ったとき、仲間のひとりが狂ったように叫んだ。

「こりゃ、なんだ！　ドイツ人捕虜が休んでいられるなんて」

ドイツ敗残兵が、収容者たちが受けたのと同じ扱いを受けないでいられることが、彼には腑に落ちないのだった。ロシア兵はナチス親衛隊員とは違うのだ、と説明しても理解しなかった。彼は捕虜たちに向かって叫びちらした。

「なんだって！　疲れたって？　くそったれ！　ブタ野郎！　ボッシュ（ドイツ人野郎）は皆梅毒病み

で、女たちは皆売女なんだ。そうだろう！」

「立て！　ひざまずけ！　もっとちゃんとしなけりゃ、ぶん殴るぞ！」

彼は、強制収容所で耳にこびりついたひととおりの罵倒語を立て続けにがなりたてた。グループのなかにナチス親衛隊員がいたなら、彼が以前どんな蛮行を受けていたか分かったはずだ。彼は猛り狂い、わたしたちは抑えることもできなかった。

そこに写真機があったなら傑作場面を撮れたはずだ。身長一六二センチ、三十八キロの骸骨のような小男が、ぼろぼろの袖に腕章を巻いて、恐怖で縮こまっているドイツ兵らを前にして体操の訓練を指揮しているのである。

このとき、馬に乗ったロシア人将校が来たのでこのシーンは五分もつづかなかった。将校は彼をいさめる。

「もういい。彼らを乗せる列車がないから、これから先、長距離を歩かせるのだから」

プラハに着くすこし前に小さな森で小休止しようとしたが、なかに入るやレジスタンス活動家に止められた。残っていた親衛隊員らがチェコのレジスタンス協力者数人に手足を切断する拷問を加えていたのだ。

「まっすぐ道を進んでいくように。隠れている親衛隊員狩りをするには、あんた方は小銃を持ち上げる力もないのだから無理だ」

ついにプラハに着く。交差点では雄牛のようにがっしりしているロシア兵が交通整理をしている。

チェコ人たちが語るには、親衛隊員らは住居内で見つけ出した幼児たちを窓から投げ捨てるか、両足を摑んで逆さにふり回し、壁に頭をぶつけて殺していたという。住民を恐怖のどん底に陥れるための残虐さにおいて、彼らは誰よりも抜きん出ていた。敷石は剥がされ、レジスタンス活動家たちによって築かれたバリケードの残骸が各地に残っていた。しかしドイツ軍には叶わなかった。そしてロシア軍がプラハに侵入したときは壊滅寸前だったのだ。

ロシア軍が侵入してから二日たっても、孤立していたドイツ人残兵たちが屋根の上に隠れ、狙撃してきたので、ときどき銃撃戦がくり広げられていた。逮捕された親衛隊員のなかで生存者はいなかった。隠れていた子どもたちに対して残虐行為を行なった親衛隊員が誰なのか区別がつかなかったため、全員を銃殺したという。

レジスタンス活動家がひとりの親衛隊員を捕まえたとき、数日前にわたしたちが入ろうとした森に連れていった。ムッソリーニが処刑されたように、この親衛隊員は森のなかで絞首刑となって逆さまに吊されていた。彼らに「惨すぎるのではないか」と言うと、「ここで彼らは、俺たちの十人の同志にこれと同じことをしたのだ」という返事が返ってきたのだった。

元収容者とフランス兵捕虜が集まってきていた。炊事場付きの集合所が作られるはずで、なかでもわたしたちよりも馬が来てくれたことに小躍りしたのは炊事係だった。肉の一片もなかったからだ。

帰還

翌日、わたしたちは歩いて空港まで行かされた。収容者にとって歩くことは辛かった。捕虜たちにとって歩くことはさほど苦労ではなかったのだが。

空港の滑走路に着いたとき医師が近づいてきて、「病人が先だ」と言うので、わたしたちは前列に並んでいたのだが、彼らを先に搭乗させようとした。が、一時間後に「兵士が先だ」という取消命令が出たのである。数機くらい乗りすごしてもたいしたことはない。そのあいだに残り物をたいらげれば、と食べ物にくらいついたのはよかったのだが、眠っていた下痢症状をたたき起こすはめに。

それから三時間後、「収容者たちは列車に乗る」という取消命令が出た。取消をまた取消する再命令に腹を立てる力も権利もないわたしたちは、この種の命令にはかなりの免疫がついていた。

十五分後に豚を運ぶトラックに立ったまま乗せられ、でこぼこ道をイモを洗うように揺らされる。均衡を保つ力もない者は次つぎに転倒する。さほど長距離ではなかったので助かったが。

駅にはいつものように家畜輸送車が待っていた。

わたしの隣には二人の友人、ロターとテレンバウムがいた。後者は大きな袋を身から離さず持ち歩いていた。袋のなかには布切れが詰まっている。わたしが見たところ、体力的にはもつだろうが、頭のほうはいつまでもつか……案じるほかなかった。

わたしが持っていたのは、略奪品の残りであるリュックサックとメルトンで裏打ちしてある囚人服だけだったが、自分の物があるということだけで安心できた。しかし、家畜輸送車のなかではこれらは役に立たず、ごつごつした枕くらいにしかならなかった。列車の揺れにもかまわず床の上で眠るほかない。抜け目ないテレンバウムは、日中は布切れの詰まったリュックサックをクッション代わりにし、夜はマットレスとして使っていた。

引き戸は開いたままだったので、以前のように呼吸するために床に穴をあける必要はなかった。眼が覚めるや、わたしたちは交替でワゴンの淵に足をぶらさげて座り、流れ込む風を浴びることができた。列車は時速十キロか十五キロで走っていた。

各駅ごとに赤十字の職員が飲料水を配っていた。収容所で飲んでいた液体よりもやや色のついた、たぶんコーヒーだったのだろう。飲んでも飲んでも渇ききった喉は癒されなかった。

肉類と野菜の缶詰は欲しいだけもらえたが、わたしはまた下痢に襲われるのが怖くてビスケットだけでがまんした。一口かじっては、ゆっくりと時間をかけて噛み砕き、食べる量を抑えるようにした。

駅での停車時間のほかに野原のなかでの停車がくり返されたので、それだけわたしたちは充分休養することができた。多くの者は横たわったままだった。ある者は用便をがまんできずズボンのなかですませていた。痛みに耐えられない者は医師がモルヒネを注射していたが、もっと重症の者は医療車両で治療を受けていた。

しばしばわたしたちの列車は別の列車と平行に走っていることもあったが、フランス人捕虜たちの乗った列車のほうが追い越していった。帰還者の肩幅を見るだけで違いがわかる。彼らは収容者の悠々二倍の体重があり、わたしの眼からすればモンスターだった。反対に彼らの眼には、わたしたちは骸骨の化け物に映っていたのではなかろうか。

翌日、プラットホームの向こう側に横づけされた車両のなかに見えたのは、なんとカナーではないか！　彼のそばに駆けよって行った。

「どうしたんだ！　俺たちと同じ列車じゃなかったのか？」

「すこしは利口になってやろうと思ってさ、捕虜たちといっしょの列車に乗り込んだのさ。俺だって戦争をしたことがあり勲章までもらってるんだから。しかし俺の面《つら》では受け入れてくれないし、収容者と捕虜をいっしょにするのは拒否されたが、一刻も早く家族に会いたいために早いほうの列車に乗り込んだのさ」

それ以上聞く気にはなれなかった。誰もが同じことを考えていたからだ。しかし、一刻も早く会いたがっている家族ははたして生きているのだろうか。

カナーの脇にビルケナウとヤヴィショヴィッツで知り合った仲間が見えた。

「ここで何してるんだ? きみは戦前にフランスで暮らしたことはなかっただろうに……」

「あのな、ガルバーズ、俺の家族は全員ガス室で死んじゃったんだ。教養もあり完璧なポーランド語とイディッシュ語を話せた姉もだ。彼女は偽造の身分証をもって隠れて暮らしていたんだが、あるポーランド人女性が彼女がユダヤ人であることを見破ったのだ。ポーランド人がよくドイツ人に協力したのは知ってるだろう。このようにして姉も家族も死んでしまったポーランドには戻りたくないんだ」

「姉さんのことは誰が知らせてくれたのだ?」

「あそこに寝ている友人とは同じ町の出身なんだ。彼は姉をよく知っていて、姉が逮捕されたとき全部目撃してるんだ」

「これからフランスに行ってどうするんだ」

「俺と友人はすこしフランス語を話せるし、当たって砕けろでどうにかなると思うんだ。どちらにしてもポーランドには戻らないね、ほかの国には行くけど。彼に話すか?」

それ以上は何も聞きたくなかった。彼の家族全員が虐殺されたのだ。自分の妻と息子は生きているのか、さっきから同じ疑問がわたしの頭のなかを駆けめぐっている。

突然わたしが乗っている列車が動きだした。このまま別れてしまったらどうなるのだろう。病身で神経質のルブロはわたしの補助が必要なのだ。わたしのリュックサックと新品の囚人服は？　家族が生きていれば、それらを見せてやりたいのに、と慌てふためいていると、鉄道員がわたしを落ち着かせるように言う。

「次の駅で友人にも会えますよ。どちらにしても列車は全部パリに行くのですから」

「きみの車両には病人が床に横になっているのか」。カナーがわたしに訊く。

「かなりいるよ。もっと医者が多かったらな。傷病者らは飛行機で運ぶべきなんだ」

「俺たちが実際に生きていることを人びとが知ったなら……」

「一般は絶対に信じないと思うよ。アウシュヴィッツから脱走した収容者から話を聞いていた高官たちはだいぶ前から知っているはずだが」

「ナチス親衛隊員らに強制的に歩かせられたとき、ドイツ人住民に唾をひっかけられたのを覚えているだろう。敗戦が決まったいまでも彼らは何も見てないし、何も知らないのだ。とくに強制収容所のなかで何が起こっていたかも知らないんだ。ドイツ人の四分の三は、ユダヤ人の一斉検挙や殺戮でかなり得しているんだ。ユダヤ人の住居や衣類、家具などを横領し分配し合っていたのだから。将来の世代にはたして彼らの親や祖父たちがやったことを調査するだけの勇気があるだろうか。それがなされなければ、永遠にユダヤ人の血痕が彼らにもつきまとうと思うのだ」

カナーもわたしも、世界は変わっていくだろうと予想する。反ユダヤ主義も戦争もなくなり、ナチス親衛隊員は全員死刑になるだろう。

そのあとじきに仲間たちに再会し、わたしの持ち物も見つかった。それらはいまだにわたしの手もとにある。パリに向かう帰還列車のなかで奇妙な、どう言葉で表していいのかわからない気持がついてまわった。もしかしたら自分の家族もガス室で虐殺されたのではないだろうか……という耐えがたい苦悶が心をしめつけると同時に、自由であることの幸福感が押し寄せてくる。小鳥たちのさえずりに耳を傾けている自分にはっとさせられるのである。

やっとフランスの国境を越える。当時フランス全国の駅という駅は一般には閉鎖されていたので、駅付近に来ると駅の外で農民風の老女がやかんを手にもってわたしたちに温かい紅茶と、わたしたちのために特別に作ってくれたクッキーなどを配ってくれていた。彼女たちは、紅茶をすするわたしたちに暖かい笑みをそそいでいる。彼女らの前で、わたしたちは長いあいだ味わったことのない悦びが全身にみなぎるのを感じるのだった。

パリの東駅で下車する。駅前広場には、十三区にあるホテル・リュテシアまでわたしたちを乗せていく数台のバスが待機していた。ホテルでは、わたしたちはまるで赤ん坊のように扱われた。シャワーで全身を洗うのだが、それをひとりではできないほど体力のない者が多かった。消毒粉を撒かれ、体重計にも乗せられた。ルブロは三十六キロ、わたしは三十八キロしかなかった。最後に、各自がどの強制収容所にいたのか、ゲシュタポに逮捕された年月日などが訊かれた。

そのあと元収容者カードとフルコースの食券が渡された。食事には四分の一ボトルのワインも配られたが、わたしはヤヴィショヴィッツで飲まされたシュナップスに似たひどい飲み物を思い出し、躊躇していると給仕人が、腹をこわすなどということはないから、と安心させてくれた。

横に座っていたルブロがつぶやく。

「何も食べたくない。妻子に会いたいだけだ。四人の子どもたちは大きくなっているはずだ」

「早く食べれば、それだけ早く家族に会えるんだ」。わたしは彼を説得しようとした。

収容者の誰もが一刻も早く家族に会いたがっていて、人の言葉など耳に入らないのだ。

「俺は何もいらない、何も。ただ子どもたちの顔だけが見たいのだ」

「しかしカードをもらってないかぎり元収容者としてみなされないし、このホテルから出ていくこともできないいんだ」

このような注意も聞かずに幾人かは去っていってしまった。

食事のあと、予定されていたのとは異なり新たに質問応答がつづく。将校や将軍も含め、軍人捕虜たちはユダヤ人が扱われたのと同様、またはそれ以上の残酷な扱いを受けたかどうかも尋ねられていた。わたしは、なかでもヤヴィショヴィッツ付近で連合軍の戦闘機パイロットやイタリア兵が撃ち殺されたときのことや収容所内での状況を語った。

「収容所のなかでは全員が縞模様の囚人服を着せられるので、誰が捕虜で、誰が民間人なのか見分けるのは難しかった」

ホテルの外に出る許可が下りたのは午後もだいぶ経ってからだった。突然外部に出たわたしたちは、この四年間という時間が存在しなかったかのように歩道を踏みしめる。が、自分の存在が感じられず、つかみどころがなく、実在感というものを感じとることもできなかった。

ホテルの前には、夫や父親を探す女、子どもからなる群衆がひしめいている。男の姿はあまり見られない。ルブロとわたしは顔を見合わせた。わたしたちの身内の姿は見つからなかった。ルブロはわたしに向かって呟いた。

「わかったろ？　きみは妻子を失ったのさ。俺は妻と四人の子どもを失ったんだ」

わたしは信じたくなかった。微かな笑みを含ませながら、内臓に刺し込む苦痛を隠そうとした。

「こうやって俺たちは生きてきたじゃないか。つまりヒトラーはユダヤ人を全滅させることはできなかったのさ。きみの奥さんも四人の子どもも生きているよ。家に行くのが怖いんだろう。市場のほうを回って、まずぼくが君の家までついて行くから、そのあときみがぼくの家までついて来ればいい」

わたしのアパートの管理人のおばさんが笑顔で迎えてくれた。

「妻は生きていますか？」

「ウイ！」

半時間して義理の妹が現れ、妻はきょうまで毎日列車の到着を待っていたという。妻はブーヘンヴァルト強制収容所から解放された仲間から、わたしが一九四五年四月十日までは生きていたという消息を受け取っていたらしい。さらにブーヘンヴァルトの収容者リストの記録と、他の生存者の証言によりわたしの最後の番号が一一七四一三(原注)であることまで知っていた。ドイツ軍が降伏したあとの数日間、妻は完全に希望を失い、イヨーヌ県（ブルゴーニュ地方）のある農家に預けておいた息子を迎えに行ったあとだった。

管理人が用意してくれた食事を終えてから、ルブロを彼の家まで送りに行った。彼がドアの呼び鈴を鳴らすと、見たこともない男性がドアを開けてくれて、ルブロをじっと見つめたまま驚き、狼狽する。男は歓迎するどころか応対しようともしない。ルブロの顔が見る見るうちに蒼白になっていった。家族には他に誰かいるのかと訊くと、妹がいるという。彼女に会いに行った二日後にルブロは入院し、それから一週間後に死んだのだった。見ず知らずの男が彼の家に住んでいることと、妻子ともガス室で亡くなったことのショックに耐えられなかったのだ。医師にも彼を生かせる手立ては何もなかったという。

社会への再適応

家主は、三階のわたしたちのアパートのほかに一階に革製品のブティックを持っていた。わたしが留守のあいだ、彼はカバンやスーツケースの在庫をわたしたちのアパートに積んでおいた。それらを取り除いてくれるまでにかなりの時間がかかったが、フランス人はポーランド人みたいなことはしなかった。ポーランドでなら、ユダヤ人生存者が住居や家具などを取り戻したいなどと要求しようものなら、戦前と同じようにカトリック系の隣人に殺されてしまっただろう。(原注)

帰還後一週間は、わたしは外にも出ず家に閉じ込もっていた。毎日下着を替えるのだが、翌日にはまだシラミが見つかった。どうすればシラミが消えていってくれるか分からなかった。どうしてシラミがこれほどまでしぶとく、人間と同じように強情なのか理解できなかった。

わたしは自宅にいながら苛々していた。戦争中、息子はブルゴーニュ地方のオクセール市の知人の家に預けられていた。わたしはシラミのほかに下痢状態がつづき、一日に六回はトイレまで往復しなければならなかったので、息子に会いに行くこともできなかった。それから二週間後に息子と再会できたのだが、わたしはシラミ退治のためバリカンで刈った坊主頭で、まだ眼の窪みから目玉がとび出しているのと、普通の体重に戻っていなかったため、息子は怖がってわたしに寄りつかなかった。そんなわけで息子との再会はすぐには叶わなかった。わたしの骨と皮だけの顔も見せられる顔ではなかったのだろう。そういえばチェコ人の収容者も言っていたではないか、「きみが笑うと顔がモンスターみたいだ」と。

妻がお金を払って息子を預かってもらっていた農婦は、妻が無理してでも息子に送っていた小荷物の中身を自分の息子にまわし、わたしたちの息子には渡っていなかったようだ。こうして彼女はしこたまお金を貯めたうえ、幼い下宿人には、父親は暴力をふるう男だと言いふらしていたようだった。

里親の家にいる息子に会いに行き、昼食をいっしょに食べ、デザートのチーズの番になったときだった。みんなには順にチーズを好きなだけ取らせたあと、わたしたちの息子には「チャーリー、あんたはいらないんだよね」と言って次にまわした。息子もいつものことで慣れているのか、「ぼくはいらないよ」

原注　不思議なことに、わたしはこの番号を覚えていない。そして収容棟の番号やその責任者、その部下の名前も覚えていないのだ。それにもかかわらずオルドゥルフ・クレヴィンケル（ブーヘンヴェルト収容所所属の作業場）にいた三カ月間は点呼のたびにこの番号で答えていたのだが。ビルケナウでの三カ月間の体験があまりにも深く記憶に刻まれていたためか、ブーヘンヴァルトでの三カ月間は脳裏に入りこむ余地がなかったのだろう。

原注　終戦直後の一九四六年、ポーランドのキエルツェ市のカトリック系住民は、ホロコーストから生き残り、郷里に帰還したユダヤ人を斧やトンカチで襲いかかり数十人を殺害している。

と答えただけだった。

息子を自宅に引き取るにはわたしの体調はまだ完全に回復していなかったが、息子には充分食べさせてやりたかった。そこでわたしは里親のおばさんを真似て、「これはチャーリーの分なのだから、パパが食べてもいいんだね」と、おばさんがしていたことを真似て言ったら、息子は仰天し、チーズを欲しがったのだ。あえてそれを拒否すると、彼は泣き叫びはじめた。それ以来、夕飯のときは、彼は周りを気にせずにがむしゃらに食べるようになった。父親の教育法が成功したのだった。

そのあと、わたしはパリ南郊外ヴェジネの静養所で一カ月過ごし、マントンではグベレクと彼の妻とともにもう一カ月滞在した。

静養所から帰宅したあとも定期的に里親の家に息子に会いに行った。おばさんの態度も話し方もずいぶん変わって、下宿人には「いらないんだよね」とは訊かなくなり、「ケーキを食べる?」とか「チーズを食べる?」と聞き方も変わっていた。わたしが初めて会ったころは顔色も良くなかった息子は週ごとにふっくらとしていった。

わたしが元気になってから息子を家に引き取ったあとも、彼は父親を怖がっているようだった。やっと彼がわたしに慣れたころ語ってくれたことによると、里親だったルネ夫人は毎日のように、「家に戻ったらお父さんに打たれるよ」と言いふくめていたという。家に帰るときもわたしと二人だけで帰ることをいやがり、母親もいっしょにとせがんでいた理由がやっとわかったのだ。

妻は、どうやって自分たちが生きてこれたかを語ってくれた。一度はフランス人とドイツ人二人の警官がわたしを捕まえに来たとき、彼女は、わたしがすでに強制収容所に入れられている証明書を見せたので、ドイツ人警官がそのまま帰ろうとした。そのとき、フランス人警官が、「彼女はユダヤ人だから、息子といっしょに連れていくのだ！」と主張したが、上官であるドイツ人は「いや、彼女はリストにのっていない」と言い返したという。妻はドイツ人警官を直視し、「またここに来るのですか」と尋ねると、彼は何も答えなかったという。この日から妻は息子を里親に預けることを決めたのだった。レジスタンスのレターボックス係をしていた妻は、それからは共産党員と赤十字のボランティアをしている友人の家に匿われたのだった。

パリに戻ったロターも、アムステルダムに帰還したアリ・パッハも彼らの妻子を見つけ出すことはできなかった。二人とも再婚したが、ロターは強制収容所以来の後遺症から回復することができず死亡した。アリ・パッハはいまも生存している。

長いあいだ、わたしは自分が自由になったということを信じることができなかった。床につくことも怖かった。毎晩悪夢に襲われるのだ。尻に二十五回の鞭打ちか棒打ちをくらおうとするときに眼が覚めるのだ。毎晩毎晩、種類の異なる拷問と、どれもが打ち方の異なる鞭が振り落ちてくる。眼が覚めて現実に戻るのに半時間ほどかかり、それからふたたび眠りに戻るのだった。汗でシーツがびしょ濡れになるので、妻は毎朝シーツを替えていた。妻はわたしがどうして寝ているあいだに汗まみれになるのか訊くのだが、悪夢の内容を説明したところで何になろう。

「あなたはまだ回復してないのね」。彼女の言うままにさせておいた。

ホテル・リュテシアでもらった元収容者カードにより地下鉄もバスも無料だった。カードを持っていなくても、駅員はわたしの顔を一瞥《いちべつ》しただけでタダで通してくれた。乗客たちも座席をゆずってくれ、前に座っている人もわたしの顔を見るや立っていった。わたしは怪物のように見られている自分の容貌が気にさわるようになっていた。

気安くいられるのは生き残りの者といっしょにいるときだけだった。語り合うことは尽きなかった。解放直前に死んでいった仲の良かった仲間の話や、それよりもずっと前に死んでいった、もう名前も覚えていない他の元収容者たちのことも思い出してはよく話した。

同じ話を反すうしているだけで心が安らぐのだった。しかし家では、優しくしてくれる理解ある妻もくり返して言う。

「以前に起こったことを何度も何度もくり返して話さないでよ。いやな夢を見ないようにするには忘れることよ」

周りの人たちも、わたしが変わったという。いつも苛々し、たいしたこともないのに苛立っていた。批判めいたちょっとした言葉にも神経がそばだてられた。そして周りの者には完璧な礼儀を要求し、小さな嘘でも、口答えでも、大事件としてとらえるのだった。

息子にはいつも注意していた。

「誰も信用してはいけない。人びとの顔の裏にはナチス親衛隊員かカポと同じ残忍性が潜んでいるのだから。自分の権威を過信しているえらい人とか高名な人たちが、強制収容所みたいなところに身を置いたらどんな人間になるだろう。立派そうな顔をしているが、収容所でよだれを垂らし、無頼漢や悪たれになりはてるまでにどれほどの時間がかかると思う?」

外に出るやわたしは周囲の人びとを観察する癖がつきはじめていた。強制収容所に入ったなら、この男はどんな人間になり、この人はどんなことをするだろうか。はっきりしたイメージとしてとらえるために、彼らを見つめながら裸にさせてみて、親衛隊員かカポ、または収容棟の責任者かその部下……あるいはクゲルのように自分では手を下さずに、収容者に食べ物を盗ませておいて部下に銃殺させるようにしむけるペテン師タイプになるか分類していた。

妻によると、わたしたちのラジオを略奪していった警官は、戦後も同じ警察署で働いているという。〈彼はナチス親衛隊員になりそこなったのだ〉と、彼を見つめながら思ったりする。

アリ・パッハにも再会することができた。彼は温厚な性格で、強制収容所でも巨体をもてあましていた。カポや親衛隊員の命令であっても自分の生命を賭してでも収容者たちを殴ろうとはしなかった。

妻と息子を助けるために援助を惜しまなかったすべての友人たちのことを、わたしは想いつづける。やっとわたしの心に静けさが戻ってきたのだった。

あとがき

二〇〇四年四月、父は笑顔を絶やさずにいまも生きている。が、五年前に亡くなった妻と、ユダヤ人強制収容所で死んでいった友人のルブロと、三十五人の従兄弟姉妹、そして仲間たちのことを想い出しながら、ときどき隠れて泣いていることがある。そのいっぽうで、最近生まれたばかりの曾孫を抱きながら悦びの涙を流すこともある。

父は歩くとき二本の杖を両手に握るが、老体を支える高齢者の足つきではなく、突撃隊の歩兵だった若かりしころと同じく、安定感のある姿勢で足先に力をこめて歩む。

毎朝、父は近所にあるカフェまで往復し百メートル歩く。彼はそれを「朝のマラソン」と呼んでいる。気さくで小さなこのカフェは静かなうえに客もほんどいない。定年を過ぎている店主は、カウンターごしに眼を配りながら退屈を紛らわせている。

父はクルミ色のコーヒーを飲みながら、政治談義のできる相手がいないかと周りを見まわす。自宅に戻ってくると、父は手帳に書き込み、書き加え、また書きつづける。書いておくべき思い出は尽きることがない。書きとめることが、父を現在につなぎ留めているのだろう。

「わしが死んだら、この手帳を読んでほしい」

それでいて、ときどきある箇所を読ませてくれることもある。

たとえば、一九四〇年にフランス軍が前線で総崩れになったとき、父の兄アルベールが運転していたジープがドイツ軍の急降下爆撃機の砲火を浴び、アルベールは溝に跳び込む前に、そばで立ちすくんでいる大尉を引きずり下ろして命拾いさせたことで勲章をもらったこと。

アルベールは捕虜になってからは、強制収容所の上官たちの縫製を任され、外部に布を買いに行くための通行証が与えられたので、その機会をねらって逃亡したのだった。フランスに戻ってから、彼の名前は南仏のモントーバン在住のユダヤ人名簿に記載されていた。そのあとリヨンに移り、そこから国境を越えてスイスに移り住んだことがわかる。彼は家族とともに生き残ったのだった。

父はルーマニア人の義兄についても書きつけていた。義兄は、収容者の脱出に手をかし、脱出者を匿うことのできる民家の連絡網なども組織していた。

手帳に書き込んだあと父は休息し、日刊紙に眼を走らせる。若いころ読んでいた共産党紙『ユマニテ』はもちろんいまは読んでいない。

「昔は共産党を信じていたし、間違ってもいなかったのだ。ポーランドのすべての政党のなかで唯一、共産党だけがユダヤ人と貧乏人を人間として扱うことを公約としていた。平等と友愛は、全人類のものであることを。しかし、わたしはその結果を見せつけられたのさ。いまでも彼らは同じ口調で堂々めぐりの論議をくり返している。もう信じないね」

わたしたちは政治や地政問題などについて話し合うのだが、議論できるという場合にかぎってだ。

「いい、この辺で止めよう。お互いに同意見なんだから議論する必要はない」

あれほど残酷で劇的な体験を生きてきたのにもかかわらず、そして飢餓も味わったことのあるワルシャワ生まれの少年が、いまこうして人生を大成しようとしている。彼もそれを知っている。

「わしはクラウス・バルビー（訳注）よりも長生きしている」

父の息子と孫たちは、それぞれサンフランシスコで精神科医となり、もうひとりはパリで心臓病専門医となり、事業家となり、ポリテクニック（訳注）を出た息子は長年財政省に勤務し、孫娘はダンスの教師になっている。

父は笑顔を崩さず、九十二歳の高みからこの世を見下ろしている。そしてワルシャワ方言のイディッシュ語でつぶやく。

「ビス　ビンデット　イン　ツヴァンツィク（百二十歳まで）」

父はもはや過去の「生き残り」ではない。いま現在を生きているのである。

二〇〇六年　再版に寄せて

息子エリ・ガルバーズ

訳注　ナチス親衛隊員。リヨンのレジスタンス活動家弾圧の責任者。一九五〇年、家族とボリビアに逃亡、一九八三年フランスに引き渡され、翌年リヨン法廷で終身禁固刑に処された。一九九一年、獄中で七十八歳で病死。

訳注　グランドゼコールの一つ、理工科大学。

訳者あとがき

本書は、モシェ・ガルバーズ氏が一九四二年から四五年まで三年間、ポーランドのアウシュヴィッツをはじめ数カ所の強制収容所で生き抜いた体験を、イディッシュ語と拙いフランス語で記憶の無数の破片を書きとめつづけた証言をもとに、四十年後に息子のエリ・ガルバーズ氏が、フランス語の文章にまとめ上げた証言の書である。一九八三年フランスの出版社プロン社から初版が出版され、二〇〇六年にラムセ出版社から再版された。米国では一九九二年に英語版が出版されている。

モシェ・ガルバーズ氏は、アウシュヴィッツ強制収容所の解放から六十五周年を迎えた二〇一〇年、九七歳になろうとしている。パリの二十区ベルヴィルにあるご自宅と病院のあいだを行き来し、家族の介護を受けながら老衰と闘っている。

ナチスが一九三九年にポーランドを占領し、当時ポーランドに三百五十万人いたユダヤ人のうち三百万人が強制収容所の大部分（アウシュヴィッツやビルケナウ、ヤヴィショヴィッツ、トレブリンカなど十数カ所）が集中していたポーランドの強制収容所で虐殺された。一般に言われているユダヤ人犠牲者六百万人の半数はポーランドのユダヤ人だったのである。つまりポーランドのユダヤ人口（第二次大戦前、ワルシャワの人口の半数）が他の西洋諸国より多かっただけでなく、ナチス占領直後からユダヤ人を隔離するゲットー地区（ワルシャワだけで五十万人を隔離）が、一般ポーランド人の傍観、黙認のなかで作られていった歴史的社会的背景を顧みずにはいられないのである。

ワルシャワの郊外で生まれ育ったモシェ・ガルバーズ氏が、少年時代に道路を隔てたカトリック系地区を歩くにもカトリック児童の排撃的暴行を受けていたことや、強制収容所でもポーランド人監視員やカポがとくにポーランド出身のユダヤ人に対して示した憎しみのこもった残忍さが頻繁に証言されている。一般のポーランド人のユダヤ人に対する憎悪の根源がどこから発しているのか、本書を読み進むにつれてその疑問につきあたるのである。ポーランド系ユダヤ人の多いフランスでも「ジュイフ・ポロネ」という言葉を耳にするとき、それが単なる「ポーランド出身のユダヤ人」ということだけを意味しているのではないことが察せられるのである。そのような固有名詞が生まれた歴史的背景をわずかでも辿れればと、ポーランドのユダヤ人の歴史を追ってみる。

ポーランド初代王ボレスラフ一世（在位九九二年〜一〇二五年）がキリスト教をもって国家の統一を遂げたあと、ポーランドは西東南部のスラブ人、ゲルマン人の交易路の要でありながら、もっぱら農業が支配的で、産業技術や他の分野での開発を必要としていた。そこでボレスラフ一世が商業・金融や技術に秀でたドイツなどのユダヤ人を迎え入れたのが、ポーランドにユダヤ人が大量に住みつきはじめた発端と言われている。

同じ時期にエルサレムに向かう十字軍がフランス中部から出発している。しかし目的地に直行せずに、アルザス、ロレーヌ、ドイツ、オーストリア、ハンガリーと迂回しながら最終的にコンスタンチノープルでサラセン人を襲撃している。だがその道中の村々でユダヤ人を虐殺し、礼拝所シナゴーグを破壊し、ユダヤ関係の書籍を焚書している。十字軍による殺戮から逃れるためにアルザスやロレーヌ、他の地域からユダヤ人たちがポーランド王の呼びかけに応えたのである。

そして十四世紀半ば、西洋を襲ったペスト禍、黒死病はユダヤ人が井戸に菌を入れたからだというデマがはびこり、多くのユダヤ人たちが火炙り刑に処されている。

それから百五十年後の一四九二年、スペインのカトリック教徒イザベル女王による宗教裁判とユダヤ人国外追放により、カトリックへの改宗を拒んだユダヤ人たちは北アフリカ、バルカン半島を経由して延命の地、ポーランドに向かった。彼らはセファルディムと呼ばれ、ドイツ、ロシアから来たイディッシュ語を話すユダヤ人はアシュケナジムと呼ばれる。当時のヘブライ語で書かれた文献には、ポーランドは神が約束した地「カナン」とも記されているという。

ポーランドはリトアニア王室との政略結婚により、以後二百年にわたる黄金期ヤケヴォ王朝がつづく。十六世紀にはリトアニアもユダヤ人を呼び入れ、工芸や貴金属細工、金貸し業などを彼らに奨励している。両国合わせてロシアに次ぐ大国にのしあがる。

ポーランドでは国王は世襲制ではなく中流貴族シュラフタによって選ばれていた。シュラフタは私有地、小作人を有し、アルコール飲料他の独占製造権も有していた。そして器用さと商才に秀でたユダヤ人にそれらの販売のほかに税の徴収なども任すようになった。ユダヤ人が享受していた特権に対し農民の味方、カトリック教会が怒り、金による堕落からキリスト教徒を守るためにユダヤ人を離れた地区に移らせている（ユダヤ人ゲットーの始まり?）。

他の国から来たキリスト教徒らはじきにポーランド社会に同化していったが、ユダヤ教と文化、伝統を重んじるユダヤ人は社会の一員にはなるが同化せず、永遠に異邦人でありつづけた。ヘブライ語と中世期のドイツ語、スラブ語の訛りが混合してできた彼らの母語イディッシュ語は、彼らの身を守るためのアイデンティティをなすとともに、ポーランド人とユダヤ人のあいだの壁ともなっている。

カトリック教会がかもしだす反ユダヤ主義的環境のなかで、アルコール飲料の独占販売や隣国との貿易業を営み、王室、貴族たちに金を用立て重宝がられていたユダヤ人に対して、一般市民、農民にはライバル意識以上の嫉妬心と敵愾心、憎悪が育っていった。

一七七二年、プロイセン（ドイツ）領とロシア領、ハプスブルグ（オーストリア）領の三分割時代がはじまる。三領地に分散されたポーランド人はキリスト教を共有しながらも民族意識や価値観が三地域三様に異なっていく。が、ユダヤ人はどの領地にいてもユダヤ人として、「異邦人」とみなされた。

反ユダヤ主義が定着していくなかで、進歩派のユダヤ人のあいだで三種類の志向が芽生えつつあった。ポーランド社会への同化に努めるグループと、ユダヤ人民族意識を強めるグループはパレスチナへの帰還を目指し、もうひとつは、十九世紀ロシアでの動乱の影響を受け、プロレタリア革命に自分たちの解放を見出そうとしたグループだ。最後のグループのなかにローザ・ルクセンブルグ*がいた。

ユダヤ人の才覚と商才はポーランド経済におおいに貢献してきた。したがって社会が繁栄し安定しているあいだは同胞として扱われる。が、二十世紀初頭の経済恐慌に襲われるや排他的民族主義が強まり、ユダヤ人が経済危機をまねいた張本人とみなされ、カトリック系市民のあいだでユダヤ人経営の商店のボイコットや破壊がはじまり、大学でもユダヤ人学生の制限、閉め出しが開始された。

ドイツでのヒトラー勢力の台頭とともに、一部の保守派ポーランド人はヒトラーを支持し、自国のファシストグループに経済的援助を与えている。そして一九三四年からユダヤ人排斥運動はワルシャワのカトリック大司教区の支持さえ受けている。当時のカコフスキ大司教は、ユダヤ人を共産主義扇動者とみなしていたという。

一九四五年、連合軍によって解放されたポーランド、ドイツ、オーストリア、その他の国の強制収容所から母国ポーランドに生還したユダヤ人は三百万人のうち七万五千人、四十人に一人にすぎない。

しかし彼らを待っていたのは、民衆によるユダヤ人に対する集団殺戮、ポグロムだった。終戦直後の代表的なポグロムは一九四六年七月、キェルツェでくり広げられた。強制収容所からこの町に生還したユダヤ人約二百人は住民たちに「ユダヤ人はパレスチナに行け!」の罵声を浴びせられ、三十七人が惨殺されている。ポグロムはポーランド全国の町や村でくり広げられ、数百、数千人のホロコースト生き残りのユダヤ人が殺害された。さらに一九六八年、共産党政権がユダヤ人からポーランド国籍を剥奪したことにより、二万五千人のユダヤ人がイスラエルか米国に移住していった。一九八九年、共産主義体制の崩壊以後、ユダヤ系の若い世代の芽が再生し、今日、約三万人が、祖父母たちが絶滅していった地に新しい枝葉をのばしつつあるようだ。

『アウシュヴィッツ、ビルケナウの生き残り』は、過去の証言としてではなく、ナチスが計画したユダ

＊ ローザ・ルクセンブルグ(一八七〇年~一九一九年)はポーランド生まれの女性社会主義者。第一次大戦後、社会主義革命派の武装蜂起に参加、捕えられ銃殺される。

[著者紹介]

モシェ・ガルバーズ　(MOSHÈ GARBARZ)

1913年12月12日、ポーランドのワルシャワ郊外プラガで生まれる。子ども4人の最年少。父親は1915年に死去。

1929年、ワルシャワの革職人工房で技術を習得後、パリに移民。革職人として原型から裁断、釘打ち、縫製まで特殊技術をこなす。

1935年、ラシェル・ステルヌキャツ（パリ生まれ）と結婚。1939年、長男エリが誕生。1941年、ユダヤ系外国人として仏警察に捕まり、フランス中部ピティヴィエの収容所に拘留される。

1942年7月、アウシュヴィッツ・ビルケナウ強制収容所に移される。ヤヴィショヴィッツ炭坑作業地に移され、1944年末、「死の強行軍」を生き延び、ブーヘンヴァルトのロケット弾製造工場で働く。

1945年、チェコのテレジエンシュタット（ドイツ語読み）で解放され、パリに帰還。1947年初頭、次男が誕生。アウシュヴィッツで亡くなった叔父の名前ジャックと命名。戦後、革製品製造の小企業を設立。工場が火災に遭い、新しい企業を設立。定年退職後、南仏に購入したアパートとパリのあいだを行き来する。2001年、妻が死去。

2010年3月31日死去。パリ20区のペール・ラシェーズ墓地に埋葬される。息子2人と孫3人、曾孫4人を遺す。

エリ・ガルバーズ (ÉLIE GARBARZ)

1939年11月7日、パリ18区で生まれる。1950～57年、パリのヴォルテール高校に在学、バカロレアCコース（ラテン語・数学科）に合格。1958～60年、グランドゼコール進学準備校ルイ・ルグラン高校に在学。1960年、国防省所管の理工系グランドゼコール、ポリテクニックに入学。1962年10月卒業。1962～63年、陸軍少尉として兵役をおさめる。

1963～65年、パリ政治学高等学校及びパリ大学統計学科に通学。財政省保険監督部に就職。1972年、保険監督チーフに。1975年、保険監督国際機構のフランス代表に就任、1979年までガボンに駐在。以来20年間、カメルーンの保険国際学院で教授を務めるとともに、アフリカ諸国やアンチーユ諸島、欧州連合でも種々の特命任務をはたす。5カ国語に堪能。1999年、財政省保険監督部長として定年退職。

1962年、ジョスリーヌ・オリヴィエ（物理学博士号取得後、ソルボンヌ大学で教授を務める）と結婚、1992年、妻は癌を患い死去。

子どもは3人（1963年エリック、1967年サラ、1969年ダニが誕生）。